Anni E. Lindner

DIE WAHRHEIT SCHMECKT NACH *Marzipan*

Francke

Über die Autorin:
Anni E. Lindner ist Heilsarmeeoffizierin und lebt in dieser Funktion mit ihrem Mann und den sechs Kindern ein fröhliches Nomadenleben. Derzeit leitet das Ehepaar das Kinder- und Familienzentrum »Heilse« in Chemnitz.

MIX
Papier aus verantwortungsvollen Quellen
FSC® C014138
www.fsc.org

Bibliografische Information der Deutschen Nationalbibliothek
Die Deutsche Nationalbibliothek verzeichnet diese Publikation in der Deutschen Nationalbibliografie; detaillierte bibliografische Daten sind im Internet über http://dnb.dnb.de abrufbar.

ISBN 978-3-96362-212-0

35037 Marburg an der Lahn
Umschlagbild: © Stocksy / Jeff Wasserman
Umschlaggestaltung: Francke-Buch GmbH
Satz: Francke-Buch GmbH
Printed in Czech Republic

www.francke-buch.de

Im Andenken an meine Freundin Lisann,
die das neue Abenteuer schon begonnen hat.

Prolog

Der Tod. Er schwebt über meinem Leben, dunkel und bedrohlich. Ich weiß nicht, wann er das nächste Mal zuschlägt. Ich habe versucht, ihn zu verdrängen, aber er lässt sich nicht ausklammern. Er kommt, wann er will, und ich kann mich nicht wehren. Ich liege im Bett und stelle mir vor, wie er ist. Gefährlich leise, wie ein Raubtier. Er beobachtet, schleicht sich an, lauert. Und springt. Schlägt seine Krallen in mein Fleisch und drückt mir die Luft ab. Ich höre ihn höhnisch lachen, während das Leben aus mir weicht. Ausgelöscht. Dieser Tod lässt mich zittern, schlottern vor Angst, verkrampft mir den Magen.

Aber manchmal träume ich, dass er anders ist.

Es ist nur eine ferne Ahnung, ein Gefühl, dass es ihn nicht wirklich gibt. Dass er nur eine Tür ist, und hinter dieser Tür funkeln bunte Farben, wilder und wärmer als das Leben. Und dann ist da einer, der auf mich wartet. Er steht in der Tür und lächelt. Ich weiß, er wird mich umarmen, wenn ich komme.

Und vielleicht, vielleicht ist das die Wahrheit. Aber wer weiß das schon.

Kapitel 1

»Erde zu Erde, Asche zu Asche …«

Krümel trockener Erde prasseln auf den Sarg, der da unten in diesem Loch liegt. Sauber ausgehobene Wände, glatt geschliffenes Holz, glänzender Lack. Ein Blumenbouquet in seinen Lieblingsfarben. Tock. Ein Steinchen springt zur Seite.

»... Staub zu Staub.«

Der Pfarrer wirft die letzten Erdkrumen von der Hand, als wolle er den Tod von seinen Fingern schütteln. Sein Blick hebt sich von dem kleinen rotbraunen Buch in seiner Hand und gleitet über die Menge. Über uns. Er soll wohl andächtig sein, wirkt aber eher vorwurfsvoll. Der Tod, er hat wieder zugeschlagen. Und keiner hat es verhindert, nicht einmal er mit seiner salbungsvollen Stimme.

»Aus Staub sind wir gemacht, zu Staub müssen wir wieder werden. Möge Paul Kramer in Frieden ruhen. Möge er schauen, was er geglaubt hat.«

Ich zucke zusammen, als ich seinen Namen höre. Paul Kramer. So nenne ich ihn nie. Ich nenne ihn Papa, manchmal auch Paps, wenn ich besonders gute Laune habe.

Gute Nacht, Papa. Ich hab dich lieb.

Nein, das ist alles einfach surreal. Ich stehe doch nicht wirklich an diesem Grab, und wenn, dann liegt da unten nur ein leerer Kasten. Nie im Leben ist das die Beerdigung meines Vaters, niemals. Ich weiß genau, dass ich gleich aufwache. Irgendwann muss dieser schräge Traum ein Ende haben. Bestimmt vibriert gleich mein Handy und es ist vorbei. Dann schlage ich die Augen auf, sehe die Morgensonne durch die Jalousien scheinen und atme auf.

»Es ist Zeit.« Meine Mutter gibt mir einen sanften Stups und schiebt mich näher an das Grab heran.

Der Pfarrer starrt mit leerem Blick auf die obere Kante der Grube. Ich bemerke die Rose in meiner Hand. Meine Mutter hat sie mir vorhin gegeben, als wir die Kirche betreten haben. Ich mache einen Schritt auf die Grube zu und fühle, wie ich wanke. Ich halte mich an meiner Mutter fest, aber nur für den Bruchteil einer Sekunde. Nur damit ich nicht in das Grab hineinfalle. Obwohl, vielleicht wäre das gar nicht so schlimm. Ich will ihn umarmen. Ich will mich an ihn kuscheln und ihn sagen hören, dass alles gut ist. Dass es wirklich nur ein böser Traum war.

Die Rose meiner Mutter landet mit einem sanften Plopp auf dem Deckel des Sarges. Ich vernehme ein Schniefen, ein hartes Schluchzen; unterdrückt und leise nur, aber umso verzweifelter.

Meine Hand zittert. »Gute Nacht, Papa«, höre ich mich flüstern. Die Rose fällt in die Tiefe und rutscht neben den Sarg.

Dann wird mein Kopf auf einmal klar. Ich sehe die Erde und die Blumen, ich fühle den leichten Windstoß auf dem ansonsten heißen Friedhof. Streiche mir unwillkürlich eine Strähne meines roten Haares aus der Stirn, das Paps so geliebt hat. Die Gegenwart der Menschen hinter mir ist angespannt ruhig und gedrückt. Als ich zurücktrete, wanke ich nicht mehr. Nein, ich träume nicht. Das hier ist die Realität.

Ich stelle mich neben meine weinende Mutter und schaue die Menschen an. Ihre Blicke sind entweder auf den Boden gerichtet oder auf den Rücken der Person vor ihnen. Sie tragen Schwarz oder zumindest gedeckte Farben – eine dunkle Menge zwischen den blumengeschmückten Gräbern. Der Himmel ist unverschämt blau. Jetzt kommt der Erste zu uns, um zu kondolieren. Es ist Opa Bernd, der Vater meines Vaters. Sein Gesicht ist blass, die Augen sind rot unterlaufen. Er drückt mich. Oma Ute laufen die Tränen über die Wangen und ich bin ganz nass, nachdem sie mich umarmt hat. Die beiden tun mir leid. Es muss schwer sein, das eigene Kind zu beerdigen.

Danach kommen die Eltern meiner Mutter, meine Tanten und die beiden Cousinen, Freunde meines Vaters, Freunde meiner Mutter und unendlich viele Studenten und Kollegen von Papa Paul Kramer, Facharzt und Dozent für Lungenchirurgie an der Charité. Ich sehe ihnen allen ins Gesicht, während sie mir die Hand drücken. Es scheint sie zu verwirren. Die meisten schlagen die Augen nieder und murmeln irgendetwas Unverständliches, bevor sie rasch zu meiner Mutter weitereilen und ihr ihr Beileid aussprechen.

Es dauert lange, bis sie alle vorbeigezogen sind. Ich bin froh darüber, denn es zeigt, dass mein Papa ein angesehener Mann war. Natürlich wird die Flut von Trauerkarten und Zeitungsanzeigen, die uns in den letzten Tagen überschwemmt hat, bald enden. Sobald der Schock über den unerwarteten Tod Dr. Kramers sich gelegt hat, werden alle zu ihren Alltagsgeschäften übergehen. Aber jetzt, heute, sehe ich sie alle. All die, die mein Papa beeinflusst hat. Deren Leben mit seinem verknüpft sind – als Freund, als Chef, als Lebensretter. Ich will glauben, dass sein Leben nicht sinnlos war, weil er so vielen etwas bedeutet. Sein Tod ist es trotzdem, das steht für mich fest.

Und ich drehe mich um, als der Letzte kondoliert hat, werfe ich dem Grab einen letzten Blick zu und lasse den Friedhof hinter mir. Mein Handy vibriert in meiner Hosentasche. Es ist zwölf Uhr siebenunddreißig, meine beste Freundin Sanna hat mir eine Nachricht geschickt. Ich bin wach. Hellwach und lebendig. Das hohe Tor des Friedhofs knarzt, als ich es schließe.

Auf der Straße tobt der Verkehr. Meine Mutter hängt sich an meinen Arm und schnieft.

Kapitel 2

Am nächsten Tag gehe ich wieder zur Schule. Ich muss weitermachen, die Schonfrist ist abgelaufen. Es ist schon warm, als ich aus dem Haus trete. Der Himmel ist so blau wie gestern, ein kleines bisschen verschleiert vom Morgendunst nur. Der Gehweg ist staubig, auf einem Hundehaufen sitzen dicke Fliegen. Meine Füße gehen den Weg von allein. An der Ecke zur Hauptstraße steht Sanna; ihre weißblonden Haare leuchten mit den Farben ihres Rockes um die Wette. Sie ist unheimlich hübsch, aber das glaubt sie mir nicht.

»Hey, Tally.«

Zum Glück fragt sie nicht, wie es mir geht, denn darauf wüsste ich keine Antwort. Aber Sanna kennt mich. Wir sind befreundet, seit unsere Mütter uns den Krippenerzieherinnen in die Arme drückten und verschwanden. Angeblich haben wir uns dann immer gegenseitig getröstet und in gewisser Weise tun wir das immer noch. Genau wie damals oft auch ohne Worte.

Wir gehen nebeneinanderher die Straße hinunter, über die Ampel, an den Läden und Wohnhäusern vorbei, bis wir vor dem Schulgebäude stehen. Schüler schwirren um uns herum die Treppe hinauf.

»Bist du bereit?«, fragt Sanna und schaut mich prüfend an.

Ich schiebe trotzig die Unterlippe vor und erwidere ihren Blick, ohne zu blinzeln. »Klar.«

Je tiefer wir in das Gebäude eindringen, desto beklommener wird mir zumute. Es kommt mir vor, als würden alle mich anstarren, dabei stimmt das wahrscheinlich überhaupt nicht. Von den knapp siebenhundert Schülern wissen vielleicht zwanzig, dass mein Vater vor acht Tagen, drei Stunden und siebenundzwanzig Minuten gestorben ist. Also haben die anderen keinen Grund, mich mitleidig anzugucken.

Dann sind wir im ersten Kursraum angekommen. Es sind noch nicht allzu viele Leute da, typisch für die erste Stunde. Die Hälfte des Kurses stürzt erst um kurz vor acht in den Raum, obwohl man es sich besonders bei Frau Heyme nicht erlauben sollte, zu spät zu kommen. Sie freut sich immer über Opfer, die sie direkt zur mündlichen Leistungskontrolle drannehmen kann. Ich setze mich neben Sanna auf meinen Platz und packe Biobuch, Collegeblock und Schreibzeug auf den Tisch.

»Hey, Tally, ich hab's gerade gehört. Wie geht's dir denn?« Jenny hockt sich auf den Stuhl zu meiner anderen Seite und schaut mich mit großen Hundeaugen an.

Ich finde, sie sollte weniger Mascara benutzen. Außerdem redet sie im Normalfall nie mit mir. »Was meinst du überhaupt?«, frage ich patzig und starre ihr ins Gesicht.

Ihre Augen werden noch ein bisschen größer und sie stammelt verwirrt: »Na, das mit deinem Vater … das tut mir leid.«

Ich runzle die Stirn und drehe mich weg. Aus den Augenwinkeln sehe ich, wie Sanna Jenny besänftigend anblinzelt. Jenny springt auf und verdrückt sich an ihren Platz. Sanna stupst mich an, sagt aber zum Glück immer noch nichts. Trotzdem weiß ich, was sie von mir will. Das war doch nur nett gemeint, bedeutet ihr Stupser. Aber das glaube ich nicht. Es war einfach nur sensationslustig. Sie wollen alle wissen, was passiert ist. Hinter meinem Rücken höre ich sie beinahe flüstern. Ich kann mir vorstellen, wie die Nachrichten, die in den Pausen unsichtbar von einem Handy zum anderen schweben, in etwa lauten: *Hast du schon gehört? Das mit Tallys Vater? – Ja, der ist tot. Schlimm, oder? Weißt du, warum? – War der nicht so ein bekannter Arzt? Der hatte bestimmt einen Unfall … Eine tödliche Krankheit hätten Mediziner wie die doch bestimmt rechtzeitig bemerkt. Tallys Mutter ist doch auch Ärztin, oder? – Ja, stimmt. Es muss ein Unfall gewesen sein.*

Ich bin so in Gedanken versunken, dass ich verpasse, wie Frau Heyme in die Klasse kommt. Ich schrecke erst auf, als ich meinen Namen höre.

»Talitha Kramer, ich habe dich aufgerufen. Würdest du bitte die Güte haben, an die Tafel zu kommen?«

Ich sitze wie festgenagelt auf meinem Stuhl und starre sie ungläubig an. Ruft sie mich allen Ernstes auf, da vorn mein Wissen zu präsentieren?

»Was ist los? Hast du dich etwa nicht vorbereitet?«

Ich bin immer noch bewegungsunfähig, aber nun meldet sich Sanna an meiner Stelle zu Wort: »Frau Heyme, vielleicht können Sie eine Ausnahme machen. Sie war gestern auf einer Trauerfeier.«

Frau Heymes Blick wird finster. »Dann hätte sie eben vorgestern lernen müssen. Das ist keine Entschuldigung.«

»Es war die Beerdigung ihres Vaters.«

Jetzt wird die Lehrerin plötzlich rot.

Siebzehn Augenpaare richten sich auf mich und ich höre, wie ein paar meiner Mitschüler scharf die Luft einziehen.

»Das – äh – ist natürlich etwas anderes. Mein Beileid.« Frau Heyme sieht kurz so aus, als würde sie die Leistungskontrolle damit für heute ausfallen lassen, dann fängt sie sich jedoch wieder. »Ja, dann schlage ich vor, dass du den Test für heute übernimmst, Sanna.«

Ein leises Murmeln deutet an, dass die meisten es herzlos finden, angesichts der Todesnachricht überhaupt einen Test stattfinden zu lassen.

Aber Sanna zuckt mit den Schultern und geht nach vorn. Sie ist vorbereitet, wie immer. Bio ist eben ihr Lieblingsfach. Während sie fehlerfrei über die Vererbungslehre referiert, versuche ich, meine Gedanken in diesen Raum hier zu ziehen, aber es ist schwer. Vor meinem inneren Auge sehe ich das Krankenbett, das blasse Gesicht meines Vaters und den blinkenden Bildschirm neben seinem Kopfende.

»Mach dir keine Sorgen, Füchslein«, sagt er. Seine Stimme ist leise und ein bisschen rau, aber warm wie immer. *»Jeder von uns stirbt irgendwann. Ich hätte mir auch gewünscht, noch ein bisschen länger bei dir bleiben zu können, aber so ist es nun einmal.«*

Ich spüre, wie mein Herz heftig pocht. *»Aber das ist ungerecht«*, flüstere ich in meiner Erinnerung.

Paps lächelt. Er lächelt immer, wenn ich wütend werde. Nicht verächtlich, sondern verständnisvoll. Dafür liebe ich ihn, denn das macht sonst niemand.

»Weißt du … das Sterben ist wie eine Geburt, nur rückwärts.«

Ich schaue ihn vollkommen verständnislos an. Seine Augen sind ruhig und klar; ich weiß, dass er das alles im Vollbesitz seiner geistigen Kräfte sagt. *»Wie meinst du das?«*, frage ich heiser.

Das Lächeln sitzt tief in seinen Augen. *»Der, der loslassen muss, erfährt unerträglichen Schmerz. Davor hast du Angst. Aber für denjenigen, der geboren wird oder stirbt, ist es der Beginn eines neuen Abenteuers, der Übergang in eine neue Welt. Es wartet Glück auf dich, Tally. Sei bereit, es zu umarmen.«*

Sanna kommt an ihren Platz zurück und reißt mich mit dem Rücken ihres Stuhles aus meinen Gedanken. Ich kann mich an diese Unterhaltung mit meinem Vater so klar und deutlich erinnern, als hätte ich sie gefilmt und könnte sie jederzeit abspielen. Sogar der Geruch des Desinfektionsmittels ist abgespeichert, vermischt mit dem leisen Duft nach Mittagessen, der vom Flur ins Zimmer geweht kam. Wer auch immer auf der Intensivstation in der Lage ist, ein ordentliches Mittagessen zu verspeisen. Mein Vater war es jedenfalls nicht.

»Tally, du musst dein Buch aufschlagen!«

Sanna schiebt mir das Lehrwerk hin und zeigt mit dem Finger auf die Seitenzahl.

»Tut mir leid«, murmle ich automatisch und folge ihrer Aufforderung. Tut mir leid, Paps. Ich muss mich jetzt auf mein Leben konzentrieren. Es gibt schließlich nichts Wichtigeres als die Kombinationsmöglichkeiten von Desoxyribonukleinsäuren.

Irgendwie vergeht die Stunde, ohne dass Papa dazwischenfunkt. Allerdings bekomme ich vom Stoff auch nicht wirklich viel mit. Mein Kopf füllt sich mit Informationen, aber irgendwo zwischen Kurzzeit- und Langzeitspeicher gibt es ein leises Puffen und alles ist weg. Sanna wirft mir immer wieder prüfende Seitenblicke zu. Vielleicht befürchtet sie, dass ich jederzeit in Tränen ausbrechen könnte. Aber die Gefahr besteht nicht. Gestern Abend, als ich allein in meinem Zimmer war, habe ich geweint. Nein, nicht geweint: geheult. Geheult wie nie zuvor in meinem Leben, mit so vielen Tränen, dass unmöglich noch eine übrig geblieben sein kann. Am Ende bin ich vor Erschöpfung eingeschlafen. Und als ich heute Morgen aufgewacht bin, wusste ich, dass ich nie wieder in meinem ganzen Leben weinen werde. Es ist einfach alles aufgebraucht.

Der ganze Schultag läuft einfach so an mir vorbei. Ich setze mich in den Unterricht, trotte hinter Sanna her die Flure entlang, wenn wir den Klassenraum wechseln müssen. Ich esse mein Pausenbrot, beantworte die Fragen meiner Freunde, lächle und fühle rein gar nichts.

»Er hatte Krebs.«

»Nein, es kam überraschend.«

»Ich denke, dass er es schon lange gefühlt hat, aber er hat es nicht ernst genommen.«

»Ja, er war Arzt. Aber Ärzte können auch Fehler machen.«

Als die letzte Stunde zu Ende ist, nehme ich meine Sachen und gehe zum Ausgang.

»Was machst du heute Nachmittag?«, fragt Sanna und wirft ihr Haar mit einer eleganten Kopfbewegung in den Nacken.

Ein Typ aus der Zwölften schielt zu uns herüber.

»Gar nichts«, antworte ich. Ich werde nach Hause gehen und mich ins Bett legen. Dann mache ich die Augen zu und denke an gar nichts. So einfach. Und das werde ich für den Rest meines Lebens machen. Vielleicht stehe ich auch einfach gar nicht mehr auf. Sanna erzähle ich das nicht. Sie würde nur versuchen, mich aufzumuntern.

»Ich gehe mit Helen zu *Falcos*. Komm doch mit!«

Ich zucke mit den Schultern und deute ein Kopfschütteln an. »Keine Lust.«

Sanna verzieht den Mund und legt die Stirn in Falten, sagt aber nichts. Schweigend geht sie neben mir her bis zu meiner Haustür. »Ruf mich an, wenn du reden willst«, bietet sie mir an.

Ich fummele an meinem Schlüsselbund herum und nicke.

»Und wenn du doch noch Lust kriegst, dann komm einfach vorbei.«

Ich nicke ein weiteres Mal und sie sieht mich noch eine Sekunde lang zögernd an. Dann hebt sie die Hand und dreht sich um. »Bis dann«, wirft sie mir ein wenig unglücklich zu.

Wenn ich etwas fühlen würde, hätte ich jetzt wahrscheinlich ein bisschen Mitleid mit ihr, weil sie sich so viel Mühe gibt und ich so undankbar bin. Aber nein, da ist nichts. Kein Gefühl übrig.

Ich schließe die Tür auf und gehe nach oben. Die Wohnung ist leer und still. Alles ist sauber und ordentlich wie immer. Keiner bringt hier etwas durcheinander, seit Papa nicht mehr da ist. Mutters tausend Paar Schuhe präsentieren sich in dem hohen weißen Regal wie in einem Schuhgeschäft, an der Garderobe hängt einzig und allein ihre schwarze Lederjacke. Der Autoschlüssel liegt in der Glasschale auf dem Sideboard und ein Strauß weißer Lilien verströmt seinen strengen Duft.

Das Einzige, was nicht so recht in die gut sortierte Wohnung passt, sind drei Umzugskartons. Sie stehen im Essbereich, etwas verloren neben der Tür zum Flur. Ich weiß, dass meine Mutter in diese Kisten jeden Tag ein paar Dinge packt, die Papa gehört haben. Stück für Stück wandert in die Kartons, die sie zu einer wohltätigen Organisation bringen wird. Eigentlich tut es tief in meinem Innern weh, wenn ich diese Kisten sehe. Eigentlich kontrolliere ich an jedem Tag, was meine Mutter neu eingepackt hat, und manchmal nehme ich heimlich etwas heraus und verstecke es in meinem Zimmer. Aber heute gehe ich einfach daran vorbei. In mir bleibt alles teilnahmslos.

Ich werfe einen Blick in die Küche. Mein Magen ist genauso unbeteiligt wie der Rest meines Körpers an diesem Tag, also schaue ich gar nicht erst nach, was Rosi für mich gekocht hat.

Meine Füße laufen in mein Zimmer. Zum Glück meidet Rosi diesen Raum. Sie ist seit ungefähr zwölf Jahren unsere Haushaltshilfe. Früher, als ich klein war, hat sie auf mich aufgepasst, wenn meine Eltern auf einem Kongress waren oder lange arbeiten mussten. Damals sind die beiden sogar noch abends zusammen ausgegangen.

Mein Bett ist zerwühlt. Auf dem Boden und auf allen verfügbaren Sitzgelegenheiten liegen Klamotten von mir herum. Der Schreibtisch ist unordentlich und aus dem Mülleimer quellen Papierreste. Ich ignoriere das, was meine Mutter in den Wahnsinn treibt, sooft sie hier hereinschaut, und lasse mich auf das Bett fallen. Ich kneife die Augen zu und hoffe auf den Schlaf. Stattdessen taucht wieder Papas Gesicht in meiner Erinnerung auf. *»Ich hab dich lieb, Füchslein.«* Ich sollte jetzt weinen. Oder einschlafen. Aber nichts von beidem passiert. Meine Augenlider flattern, als ob es verboten wäre, am frühen Nachmittag zu schlafen. Trotzdem bleibe ich liegen, bewegungslos. Ich versuche meinen Herzschlag zu spüren. Nach einer Weile gelingt es mir. Schön gleichmäßig arbeitet das verräterische Ding in meiner Brust, das mir doch versprochen hatte, stehen zu bleiben, als meine Mutter mir die alles zerstörende Nachricht überbrachte.

»Tally, ich muss dir etwas sagen.«

Ich war gerade dabei gewesen, mir einen von Papas Krimis aus dem Bücherregal auszusuchen, und hatte keine Lust, mich mit ihr zu unterhalten. Aber ihre Stimme klang irgendwie komisch.

»Worum geht es?«, fragte ich über die Schulter hinweg.

»Komm, setz dich mal kurz hin.« Sie selbst stand an der Tür, in

der Hand ein Glas Wasser. Es kann auch Wodka gewesen sein. Jedenfalls fiel mir auf, dass ihre Hand zitterte. Ich setzte mich auf die Kante des weißen Ledersessels, der meiner Position am nächsten stand.

Mit unsicheren Schritten kam sie ein bisschen näher. Während sie zu sprechen begann, hob sie den Blick und schaute an mir vorbei auf die Schrankwand.

»Du weißt ja, dass es Papa in letzter Zeit nicht so richtig gut ging«, holperte sie los.

Mein Herz fing an, erschreckt zu klopfen.

Ich sagte nichts, versuchte nur, ihren Blick zu finden. Aber sie starrte weiterhin auf die Schrankwand.

»Er hat sich endlich untersuchen lassen und es sieht nicht gut aus.«

»Wann kommt er heute von der Arbeit?«, fragte ich. Eine blöde, völlig unpassende Frage, das war mir schon klar, aber sie stellte sich eben einfach.

»Er ist nicht auf der Arbeit.« Meine Mutter trank das Glas in einem Zug leer, ohne das Gesicht zu verziehen. Dann stellte sie es mit einem Klirren auf den Glastisch und sah mich direkt an. *»Er liegt auf der Chirurgie und wird auf die OP vorbereitet. Er hat ein Lungenkarzinom und vermutlich eine Menge Metastasen. So genau konnten sie es auch nach dem MRT nicht sagen.«* Ihr Gesicht war hart und kantig wie die Tischplatte, auf der das leere Glas stand. Ihre Augen stachen mich, blau und wütend. Als ob es meine Schuld wäre. Oder seine.

»Ich habe ihm seit Monaten gesagt, dass er sich verdammt noch mal untersuchen lassen soll. Aber Doktor Kramer wusste es besser. Jetzt ist es wahrscheinlich zu spät.«

Sie ging aus dem Zimmer und ließ mich einfach sitzen. Ich wusste, sie meinte es nicht böse. Sie war einfach selber völlig überfordert. Aber ich war es auch. Und ich fühlte mich, als hätte sie mich mit ihren Worten getötet.

Ich saß da und versuchte das Gehörte zu verstehen. Es ging

nicht. Ich fühlte nur das Stechen des Messers, das sie in meine Brust gestoßen hatte. Es blutete nicht, es steckte da einfach nur und brannte die Seele aus mir heraus. Ich traute mich nicht, mich zu bewegen. Das macht man nicht, wenn der Fremdkörper noch in der Wunde ist. Man hält einfach still und wartet, bis Hilfe kommt.

Sanna kam ein paar Minuten später. Meine Mutter hatte sie angerufen.

Sie tat das Einzige, was man in so einer Situation tun kann. Sie stabilisierte mich. Sie setzte sich neben mich und hielt mich fest. So lange, bis meine Mutter wieder zurückkam.

Meine Mutter ist Allgemeinärztin. Sie hat eine Praxis im Erdgeschoss unseres Hauses. Ihr Job ist es, sich anzuhören, welche Beschwerden ihre Patienten haben, sie zu untersuchen und mit einem rettenden Medikament nach Hause zu schicken. Wenn es ernst wird, überweist sie sie an einen Facharzt oder ins Krankenhaus. Vermutlich ist sie deshalb nicht so sonderlich geübt im Überbringen von Hiobsbotschaften.

Paps konnte das besser. Aber der lag zu diesem Zeitpunkt selbst in einem Krankenhausbett.

»Ich fahre zu Papa«, sagte ich, als der Eispanzer um meinen Kehlkopf aufsprang.

Sanna half mir aufzustehen.

Meine Mutter kam auf mich zu und nahm mich unbeholfen in den Arm. *»Es tut mir so leid«*, flüsterte sie und fing an zu heulen. *»Vielleicht wird ja doch noch alles gut.«*

»Natürlich wird alles gut.« Ich schob sie weg und ging mit Sanna in den Flur.

Es dauerte nicht lange, in meine Sneaker zu schlüpfen und die Jacke überzustreifen.

»Station D12, Zimmer 7.« Meine Mutter sah uns nach, als Sanna und ich zur Tür hinausgingen.

Das war das letzte Mal gewesen, dass sie von Hoffnung sprach.

Kapitel 3

Ich muss aufhören, immer wieder diese Erinnerungen durchzugehen! Es ändert ja doch nichts. Das Leben ist, wie es ist. Es endet immer tödlich.

Das Dumme ist, dass man nie weiß, wann das sein wird.

Papa hatte noch vier Tage Leben nach diesem Tag. Oder was man eben so »Leben« nennt. Er hat sie genutzt, um sich zu verabschieden.

Ach, Paps. Als ob es möglich wäre, mit Worten und guten Vorsätzen dafür zu sorgen, dass das Leben aller anderen nahtlos weitergeht.

Als ob du hättest verhindern können, dass ich leer bin ohne dich. Ich bin nicht mehr Tally, dein Füchslein. Und ich werde sie auch nie wieder sein. Es tut mir leid.

Ich liege hier und lasse mich von dem großen Nichts umarmen, das mich begleitet, seit ich heute Morgen aufgewacht bin. Zehn Minuten. Zwanzig Minuten. Eine Stunde … wie lange werde ich wohl in diesem Zustand schweben können? Hoffentlich schellt niemand an der Tür. Hoffentlich ruft Sanna nicht an. Hoffentlich kommen die Gedanken nicht zurück … Hoffentlich schlafe ich ein und wache nie wieder auf.

Hör doch endlich auf zu schlagen, du dummes Herz.

Es ist schon Abend, als ich mich wieder rühre. Ich bin tatsächlich eingeschlafen und nur das Klicken der Eingangstür hat mich geweckt.

Meine Mutter geht durch die Wohnung. Sie klappert in der Küche herum, flucht, lässt etwas auf den Boden fallen, hebt es auf und schaltet die Kaffeemaschine an. Dann kommt sie zu meinem Zimmer. Sie klopft und öffnet gleichzeitig die Tür, ohne eine Antwort abzuwarten. »Warum liegst du im Bett?«, fragt sie und steht schon mitten im Zimmer. »Bist du krank?« Sie klingt eher vorwurfsvoll als besorgt.

»Nein.«

»Hast du nichts für die Schule zu erledigen?«

»Nein.«

»Triffst du dich nicht mit Sanna?«

»Nein.«

»Steh bitte auf. Wir können uns nicht hängen lassen. Das Leben geht weiter.«

»Nein.«

Sie holt Luft, um etwas zu erwidern, überlegt es sich dann aber anders. Ich glaube, sie hat keine Lust zu diskutieren. Das ist gut, denn ich will auch nicht reden.

Sie dreht sich um und geht. Ich höre, wie ihre Schritte im Wohnzimmer stoppen. »Davon, dass du im Bett liegst, wird er auch nicht wieder lebendig, Tally!«, ruft sie bitter.

Gönn mir wenigstens den einen Tag, wenn schon nicht den Rest dieses Lebens.

Nur den einen Tag im Nichts.

Ich glaube, ich bin am Ertrinken, weil ich die ganze letzte Woche geschwommen bin. Seit dem Moment, als ich Paps nach der zweiten OP gesehen habe, schwimme ich.

Ich bin losgeschwommen, als der Monitor zu piepen anfing. Mit voller Kraft geschwommen, als die Krankenschwester den Alarm ausmachte und mir die Hand auf die Schulter legte.

Hab gegen die Wellen gekämpft, als aus der gezackten Linie eine gerade wurde und er ganz still dalag.

Es ist schwer, in einem aufgewühlten Ozean gegen die Brandung anzuschwimmen, aber man muss es tun. Zumindest, solange man das Gefühl hat, dass man es schaffen kann. Nach Paps' Tod habe ich das die ganze Zeit über getan. Aber seit der Beerdigung gestern habe ich dieses Gefühl nicht mehr.

Ich habe aufgehört zu schwimmen. Ich lasse mich treiben. Und wenn ich untergehe, dann gehe ich eben unter. Oder vielleicht werde ich auch an den Strand gespült, wer weiß.

Auf jeden Fall tue ich jetzt nichts mehr.

Meine Mutter verlässt die Wohnung wieder. Sie geht noch einmal in die Praxis, das macht sie immer so. Nur hätte sie mich früher nicht im Bett liegen lassen. Sie hätte darauf bestanden, dass ich aufstehe und mich zu irgendetwas aufraffe. Sie hätte es gefordert, energisch oder mit einem Scherz, je nach Laune. Aber sie hätte es getan, früher. Früher, vor zwei Wochen.

Durch meinen Körper läuft ein Ruck.

Ich spüre, dass ich nicht mehr im Wasser treibe. Es ist wie gestern bei der Beerdigung: Der nächste Punkt ist erreicht. Überraschenderweise bin ich doch nicht ertrunken. Meine Mutter hat mich mit ihrem Verhalten an den Strand geschubst.

Verwirrt liege ich da, spüre den Sand unter mir und muss eine Entscheidung treffen.

Ein paar kleine Wellen rollen noch über mich, unter mir zieht sich der nasse Sand zurück, Muschelschalen kratzen an meiner Haut. Aber ich bin an Land, obwohl ich mir nicht sicher bin, dass ich da sein will.

Die Sonne brennt auf meinen Schultern.

Steh auf, Tally. Davon, dass du hier liegst, wird er nicht wieder lebendig.

Aus dem Nichts kommt der Schmerz zurück.

Und ich stehe auf.

Kapitel 4

Am nächsten Morgen piept der Wecker zur üblichen Zeit. Das Geräusch reißt mich aus einem Traum, der friedlich und angenehm war. Irgendwas mit Freunden und chilliger Musik, und Paps hat kurz zur Tür hereingeschaut.

Jetzt schramme ich direkt beim Übergang vom Schlafen ins Wachsein an der harten Kante der Realität entlang. Noch bevor ich die Augen aufmache, krallt sich eine Faust um mein Herz und ein bitteres Gefühl erfüllt mich: Es ist nicht mehr wie früher.

Ich blinzle unwillig. Die Sonne drängt durch die Ritzen der Jalousie in mein Zimmer und malt helle Streifen auf den Fußboden. Optimistisch. Von mir aus sollte es besser regnen, aber es geht im Leben nicht nach meinen Wünschen.

Ich richte mich auf und werfe dem Fenster einen bösen Blick zu.

Das taube Gefühl von gestern ist Geschichte. Jetzt toben in mir drei Gegner: Bitterkeit, Wut und Trotz.

Sollen sie toben. Davon werde ich mich nicht beeindrucken lassen.

Ich stehe auf, schnappe mir die Beanie-Mütze, die ich mir gestern Abend zurechtgelegt habe, setze sie auf und gehe ins Bad. Ich sehe eigentlich aus wie immer. Noch ein bisschen blass, weil verschlafen. Aber die Sommersprossen sind noch da, genau wie die grauen Augen mit den hellen Wimpern und die kleine Nase, die mich kindlicher aussehen lässt, als ich mich fühle. Ich putze mir die Zähne und nehme mir Zeit, mich zu schminken. Ich habe nicht vor, wie ein Trauerkloß herumzulaufen. Das Leben geht weiter und meine Mutter hat recht: Ich kann nichts daran ändern, dass mein Vater tot ist. Also werde ich einfach so tun, als wäre alles normal. Nur eben anders, weil ich nicht mehr die alte Tally bin.

Ich suche mir die buntesten Klamotten aus, die ich in meinem Schrank finden kann, und gehe in die Küche.

Es ist noch früh am Morgen, deshalb ist meine Mutter noch da. Sie sitzt am Küchentisch, trinkt Kaffee und liest die Nachrichten auf ihrem Tablet. Als ich hereinkomme, hebt sie kurz den Blick.

»Morgen, Mam«, sage ich und mache mich am Kaffeeautomaten zu schaffen.

»Morgen, Tally.«

Eigentlich hatte ich eine Reaktion auf mein Outfit erwartet, aber sie sieht mich gar nicht weiter an. Erst, als mir klirrend ein Löffel herunterfällt, bemerkt sie etwas.

»Warum trägst du eine Mütze?«, fragt sie. Mit gerunzelter Stirn betrachtet sie mich, als wäre ich ein schräges Zootier.

»Einfach so.« Ich habe nicht vor, ihr die Wahrheit unter die Nase zu reiben. Sie wird es sowieso früh genug erfahren. Und für eine ausflippende Mutter bin ich erst heute Nachmittag bereit. »Ich hab´s eilig«, behaupte ich und nehme mir rasch ein Croissant aus dem Brotkorb auf dem Tisch. Der Automat hat meinen Kakao zum Glück schon fertig produziert und ich beeile mich, mit dem dampfenden Becher die Küche zu verlassen.

Ich schnappe mir den Schulrucksack und verschwinde Richtung Wohnungstür.

»Ich hab dich lieb, Mam!«, rufe ich im Gehen. Schließlich hat sie mich gestern gerettet und sie kann nichts dafür, dass mein altes Leben kaputt ist. Also kann ich auch ein bisschen nett zu ihr sein. »Mach´s gut!«

»Ich hab dich auch lieb«, höre ich sie sagen, bevor die Tür hinter mir ins Schloss fällt.

Im Treppenhaus atme ich erleichtert auf. Ich gehe langsam nach unten, denn in Wirklichkeit habe ich es natürlich überhaupt nicht eilig. Im Gegenteil. Ich bin viel zu früh dran für die Schule. Sanna kommt erst in fünfzehn Minuten zum Treffpunkt. Ich wollte einfach nicht mit meiner Mutter reden heute Morgen. Es reicht, dass ich mich mit meinen eigenen Gefühlen beschäftigen muss. Die einer anderen Person verkrafte ich jetzt nicht noch zusätzlich.

Ich setze mich auf die Bank am Ende der Straße und warte.

Die Sonnenstrahlen fangen sich in meiner schwarzen Beanie und ich frage mich, ob ich es wohl den ganzen Tag aushalten werde, sie zu tragen. Es sieht so aus, als würde es heiß werden.

»Schöne Mütze«, ist Sannas erste Bemerkung, als wir uns ein paar Minuten später an der Ecke treffen. »Aber das Top ist noch besser. Hat was von den Neunzigern.« Sie grinst und umarmt mich. »Ich hab dich gestern vermisst. *Falcos* ist langweilig ohne dich.«

Ich erwidere nichts und zähle stattdessen die weißen Striche des Zebrastreifens, um nicht an den letzten Nachmittag zu denken. Sanna redet einfach weiter. Sie hat irgendein Buch angefangen, das sie spannend findet, und, ach ja, es gibt da so einen neuen Treff an der Schule, ob ich mal mit hingehen will.

»Kannst ja mal drüber nachdenken.«

Ich schaue hoch, weil sich ihre Stimme anhört, als würde sie eine Antwort erwarten.

»Ähm … ja, ich denk drüber nach«, sage ich schnell. Sie fragt sowieso noch mal nach, wenn sie mich wirklich irgendwo hinschleifen will.

Kurz vor der Schule begegnet uns ein Typ, den ich zwar schon mal gesehen habe, aber mit dem ich noch nie ein Wort gewechselt habe. Er kommt lächelnd auf uns zu. Sehr seltsam.

Ich überlege noch, ob zurücklächeln oder weggucken angebracht ist, da bleibt er vor uns stehen und umarmt Sanna kurz.

»Grüß dich, Sanna.« Dann schaut er mir ins Gesicht, hält mir die Hand hin und sagt strahlend: »Hi, ich bin Timo.«

»Hallo, Timo.«

Ich fühle mich wie in einer Selbsthilfegruppe für anonyme

Fremdbegrüßer. Nicht dass Sanna keine Freunde hätte, die ich nicht kenne. Aber bei einem so hübschen Bekannten hätte sie mich ruhig mal vorwarnen können. Ich vermute, dass Mister Wow-ich-schaue-dich-megaherzlich-an mich als verklemmte Stubenfliege mit schwarzer Mütze wahrnimmt.

Sanna grinst fröhlich. »Das ist Tally«, sagt sie locker und geht weiter.

Timo begleitet uns: die schöne Sanna mit ihrem leuchtend blonden Haar, perfekt-imperfekt abgestimmten Hipsterklamotten und den elegant schwingenden Hüften; und die Neunzigerjahre-Tally mit roboterhaften Schritten. Vielleicht ist der Typ ihr Freund und ich hab nichts mitbekommen, weil ich gestern mit dem Stranden beschäftigt war.

Die beiden Schönen unterhalten sich über etwas, dem ich gerade nicht folgen kann. Ich stelle aus gegebenem Anlass meine derzeitige Zurechnungsfähigkeit infrage. Zum Glück muss Mister Wow in einen Unterrichtsraum im Erdgeschoss, während wir die erste Stunde im Dachgeschoss haben.

»Wer war das denn?«, würge ich heraus, als er verschwunden ist.

Sanna schaut mich schon wieder komisch von der Seite an, als wäre ich krank oder so.

Dann lacht sie und stupst mich in die Seite. »Timo gibt mir neuerdings Nachhilfe in Physik. Ich kenne ihn aus dem Chor.« Sie mustert mich noch einmal und fängt an zu lachen. »Was ist denn los? Du siehst aus, als hättest du einen Geist gesehen.«

Wir haben die letzte Treppe fast hinter uns gebracht. Dass mein Gesicht knallrot ist, liegt nur daran, dass man eben ins Schwitzen kommt, wenn man bei Temperaturen von gefühlt 30 °C bis ins Dachgeschoss stiefeln muss.

»Ich will nichts von ihm, falls du das gerade denkst«, redet Sanna weiter. »Aber er ist echt süß, oder?«

Ich ziehe die Augenbrauen in die Höhe und schüttle den Kopf. Das kann auch Zustimmung bedeuten, glaube ich. »Ja, hat was«, räume ich ein.

Wir haben den Klassenraum erreicht. Ich setze mich an meinen Platz, um mir noch schnell durchzulesen, was wir in der letzten Stunde gemacht haben. Man weiß nie, ob die Lehrer auf dumme Ideen kommen und Sachen unangekündigt abfragen. Wenn es mir gelingt, bis zum Stundenklingeln beschäftigt auszusehen, spricht mich bestimmt auch niemand an. Ich brauche ein paar Minuten mit mir und meinem Hirn allein.

Tatsächlich bin ich relativ entspannt, als Herr Müller den Raum betritt. Ich mag ihn persönlich nicht besonders, aber sein Unterricht ist spannend. Geschichte interessiert mich. Ich finde es beeindruckend und erschreckend zugleich, was die Menschheit in der Vergangenheit alles erlebt und getan hat. Und Herr Müller hat so eine Art zu unterrichten, die das Ganze lebendig macht.

Der Mann ist um die sechzig und geht bestimmt in ein paar Jahren in Rente. Im Sommer trägt er immer Baumwollhemden, deren oberster Knopf offen steht. Im Winter gesellt sich ein Sakko dazu und dann bindet er sich oft sogar eine Krawatte. Heute präsentiert er sich in einem blassrosa Oberhemd und grauen Stoffhosen. Dazu polierte schwarze Schuhe. Seine Brille funkelt, als er den Blick über seine Schülerschaft gleiten lässt. Ich glaube, er wollte gerade sein Begrüßungslächeln aufsetzen, da bleiben seine Augen an mir hängen.

»Talitha Kramer, würden Sie bitte Ihre Mütze abnehmen?«

Ich schaue ihm ins Gesicht und spüre, wie der Rest der Klasse mich anschaut.

Ich atme tief durch und wage den Widerstand: »Aus persönlichen Gründen würde ich sie gern auflassen, Herr Müller. Vielen Dank für Ihr Verständnis.«

»Es tut mir leid, aber das kann ich nicht akzeptieren. In meinem Unterricht herrscht eine Keine-Mützen-Politik.«

Ich höre ein paar Schüler kichern und frage mich, ob ich mich hier auf irgendwelche Grundrechte berufen kann. Als Geschichtslehrer müsste Herr Müller sich eigentlich mit der Verfassung und all dem Kram auskennen. Ich habe leider in Politik nicht so gut aufgepasst.

»Können Sie bitte im Interesse aller eine Ausnahme von Ihrer Regel machen?«

Er runzelt die Stirn. Vermutlich gehen ihm gerade Szenen aus Ghandis friedlichem Widerstand durch den Kopf und er überlegt, ob es seine Autoritätsstellung in der Klasse gefährdet, wenn er einer Schülerin erlaubt, sich seinen Regeln zu entziehen.

»Im Interesse aller also«, murmelt er. »Nun gut. Ich nehme an, dass Sie sinnvolle Gründe für diese Bitte haben. Ich werde also heute – und nur heute! – eine Ausnahme machen. Zur nächsten Stunde kommen Sie bitte wieder ohne Kopfbedeckung. Ich empfinde das Tragen von Mützen und Hüten in geschlossenen Räumen als unhöflich.«

Die hintere Reihe stöhnt genervt, schließlich hatten wir diese Diskussion in Bezug auf Basecaps schon des Öfteren bei ihm. Zum Glück beginnt er jetzt endlich mit dem Unterricht und wir wenden uns wichtigeren Dingen zu als der Frage, warum Tally heute eine schwarze Mütze trägt.

In der letzten Stunde hat Herr Müller mit uns die politischen Entwicklungen im Vorfeld des Zweiten Weltkrieges durchgenommen. Heute kommen wir zur Sache. Hitler ist an der Macht und wir tauchen in seine verrückte Vorstellung einer reinen arischen Rasse ab. Es ist mir so unbegreiflich, wie man auf die Idee kommen kann, dass nur gesunde, blonde, blauäugige Menschen mit der richtigen Religion das Recht auf Leben haben. Aus den Augenwinkeln betrachte ich meine Klassenkameraden. Es würden, wenn ich richtig zähle, nur fünf das Glück haben zu überleben: Sanna (blond und christlich), Max (blauäugig, gut trainiert, die hellbraunen Haare werden ihm sicher verziehen), Katharina, Linn und Emma. Obwohl ich mir bei Emma nicht ganz sicher bin, denn soweit ich weiß ist ihr Vater Jude. Sie selber hat es nicht so mit der Religion, aber es könnte schon ein Ausscheidungsgrund sein. Ich würde es vielleicht auch schaffen. Schließlich habe ich eine atheistische Mutter – die allerdings schwarzhaarig ist, aber dafür einen ziemlich »sauberen« Stammbaum hat – und einen christlichen Vater mit blonden Haaren. Einen Arzt. Ich will mir gar nicht vorstellen, was er getan hätte, wenn er zu Hitlers Zeiten gelebt hätte. Bestimmt wäre er in den Widerstand gegangen und hätte uns alle in Gefahr gebracht. Aber dafür liebe ich ihn auch. Ich hätte ihn auf jeden Fall dabei unterstützt.

Tja, und was das Aussehen betrifft: Ich bin da schon ziemlich auffällig. Das Rot meiner Haare ist echt intensiv – man kann es kupferrot nennen, wenn man nett ist, aber öfter habe ich feuerrot gehört. Meine grauen Augen sind zwar auch nicht ganz gewöhnlich, aber Grau ist doch recht nah an Blau.

Ich glaube, ich wäre durchgekommen. Es sei denn natürlich, ich hätte meinem Vater dabei geholfen, verfolgte Menschen in unserem Keller zu verstecken.

Meine Gedanken gehen mal wieder auf Wanderschaft. Ich male mir aus, wie ich mit Papa gegen das Hitlerregime vorgehe. Sein Deckname für mich ist »Rotfuchs«. Ziemlich nah an dem Spitznamen, den er mir verpasst hat und den niemand anderes verwenden darf. Mir wird plötzlich klar, dass mich nie wieder jemand »Füchslein« nennen wird, und diese Erkenntnis schmeckt bitter. Sie hilft mir allerdings auch, wieder in die Realität zu kommen, und so überhöre ich nicht, wie Herr Müller uns warnt, in unserer Zeit nicht auf Hetze hereinzufallen.

In der Pause gehe ich mit Sanna nach draußen auf den Flur. Wir setzen uns auf den Boden – dunkelgrünes Linoleum, abgeschabt und alt, aber als Pausenplatz irgendwie gemütlich. Dummerweise habe ich vergessen, mir ein Brot mitzunehmen, aber Sanna teilt gern. Wir kauen schweigend an der Vollkornschnitte und beobachten die anderen Klassen, die, Karawanen gleich, an uns vorüberziehen, um das Zimmer zu wechseln.

»Kommst du heute Nachmittag zum Lernen rüber?«, fragt Sanna schließlich.

Ich weiß, dass es mir nicht schaden könnte, mich auf die Klassenarbeit in Englisch vorzubereiten. Bisher habe ich fast nichts gemacht und Sanna ist eine spitzenmäßige Lernpartnerin.

»Ja, klingt sinnvoll«, antworte ich also und ziehe meinen Fuß zurück, über den beinahe ein Siebtklässler gestolpert wäre. »Aber ich komme erst gegen fünf. Ich will vorher noch zum Friedhof.«

»Okay, kein Problem. Ich kann auch mitkommen, wenn du gern Gesellschaft hättest.«

So weit bin ich noch lange nicht. Ans Grab meines Vaters kann ich ganz sicher niemanden mitnehmen, nicht einmal meine beste Freundin.

»Nein, danke. Ich muss erst mal allein dahin.«

Wie gut, dass Sanna jemand ist, dem ich das nicht erklären muss. Ich schaue ihr in die Augen und sehe darin simples Verständnis.

Es klingelt. Wir gehen zurück in den Klassenraum und warten auf Herrn Menzel, der mich garantiert auch wieder auf die Mütze ansprechen wird. Seufzend lege ich das Mathebuch auf den Tisch und harre der Dinge, die da kommen werden.

Kapitel 5

Die Dinge kommen immer anders, als man denkt.

Gleichungen werden an die Tafel geschrieben und ich gebe mir Mühe, sie zu verstehen. Mathe ist nicht unbedingt meine Stärke, obwohl ich damit auch nicht auf Kriegsfuß stehe. Die ganze Klasse ist konzentriert, weil Herr Menzel ziemlich streng ist. Er ist einer von denen, die es schaffen, eine Horde Schüler ruhig zu halten.

Es wundert mich ein wenig, dass er mich nicht auf die Mütze anspricht. Aber es war natürlich nur eine Frage der Zeit. Zehn Minuten nach Unterrichtsbeginn fällt es ihm auf, dass da jemand gegen das verstößt, was scheinbar Schulgesetz ist. Die Unterhaltung läuft in etwa so wie die in der Geschichtsstunde. Bis zu dem Punkt, an dem die Unbekannte in die Gleichung eingefügt wird.

Die Unbekannte heißt Charlotte. Sie ist berühmt dafür, zu schwänzen und andauernd zu spät zu kommen. Heute hat ihr Wecker allem Anschein nach erst zur zweiten Stunde geklingelt. Sie kommt, ohne anzuklopfen, ins Zimmer, gerade als ich meinen Spruch mit »im Interesse aller Beteiligten« mache. Da sie zwei Plätze neben mir sitzt, drängt sie sich an mir vorbei, schiebt dabei mit ihrem Rucksack die Sachen von Samet beinahe vom Tisch und sagt, fast an ihrem Platz angekommen, mit einem Grinsen: »Mützenverbot, Frau Kramer!«

Schneller, als ich denken kann, hat sie nach meiner Kopfbedeckung gegriffen und zieht sie herunter. Ich versuche die Beanie festzuhalten, aber es ist zu spät. Die ganze Klasse sitzt da wie erstarrt. Ich fluche. Sanna schlägt die Hand vor den Mund und Charlotte lacht lauthals los.

»Oh Gott, Tally!«, krächzt Linn.

Max stößt Charlotte unsanft den Ellbogen in die Rippen, damit sie aufhört zu lachen.

Sie knallt ihren Rucksack auf den Boden und guckt mich böse an. »Was denn?«, fragt sie wütend, weil sie plötzlich auf eine andere Art im Mittelpunkt steht als sonst. »Bist du krank, oder was?«

Sie wirft mir die Mütze zu und ich setze sie wieder auf. Trotzdem spüre ich die Blicke der Klasse noch auf meinem blank rasierten Schädel.

»Hast du … machst du Chemotherapie oder so was?« Es ist Linn, die es wagt, das zu fragen. Sanna starrt mich mit einem dermaßen erschrockenen Blick an, dass ich fast anfange zu heulen. Aber das geht ja zum Glück sowieso nicht mehr.

Jetzt ergreift Herr Menzel das Wort: »Es sieht so aus, als müsstest du nun doch erklären, was los ist, Talitha.« Er ist einer der Lehrer, der uns noch duzt, weil wir schon seit der siebten Klasse bei ihm Unterricht haben.

Ich atme tief durch. »Nein, ich bin nicht krank. Ich hab mir einfach die Haare abrasiert. Die wachsen wieder.« Ich habe nicht vor zu begründen, warum ich das gemacht habe. Ich werde es Sanna nachher sagen, aber die anderen geht es nichts an. Die halten mich jetzt wahrscheinlich sowieso für gestört.

»Gut, dann ist das erledigt«, beschließt Herr Menzel. »Charlotte, ich erwarte, dass du dich bei Talitha entschuldigst. Und Talitha, da du die Haare freiwillig abrasiert hast, kannst du dich in der nächsten Stunde auch an das Mützenverbot halten.«

Ich beiße mir auf die Unterlippe und nicke. Herr Menzel fängt wieder an, Zahlen an die Tafel zu schreiben. Ich ziehe mir langsam die Mütze vom Kopf und lege sie neben mich auf den Tisch.

Meine Haare liegen, zum Zopf geflochten, zu Hause in einer Schachtel, ganz oben auf meinem Schrank. In dieser Schachtel bewahre ich auch meine Milchzähne auf, den ersten Schnuller, das Armband, mit dem ich als Baby im Krankenhaus gekennzeichnet wurde, die Glückwunschkarten zur Taufe, meine ersten Schuhe – all solche Sachen, die meine Eltern für mich gesammelt haben, damit ich mich später erinnern kann.

Ich habe gelesen, dass es in manchen Kulturen üblich ist, sich die Haare abzuschneiden, wenn ein neuer Lebensabschnitt beginnt. Sich von ihnen zu trennen, ist ein spiritueller Schritt, mit dem man sich auch von der alten Persönlichkeit trennt. Ich hab mir das nicht ausgedacht. Es macht nur kaum jemand hier bei uns. Aber gestern Abend, als ich verstanden habe, dass die alte Tally weg ist und die neue weitermachen muss, da brauchte ich diese Sache. Also hab ich es gemacht.

Es war traurig und gut zugleich. Das Füchslein hat seinen Pelz gelassen. Paps würde das verstehen.

Ich streiche mit der Hand über meinen Kopf. Winzig kleine Stoppelchen kratzen an meiner Handfläche. Die neue Tally muss erst wachsen. Das muss nicht jeder sehen, aber hier in der Klasse ist es mir jetzt auch egal. Eigentlich bin ich Charlotte beinahe dankbar, dass sie mich bloßgestellt hat. So habe ich es wenigstens hinter mir.

»Hast du dir jetzt überlegt, ob du mitkommst?«, fragt Sanna mich in der nächsten Pause, während wir den Unterrichtsraum wechseln. Wir haben über die Haargeschichte gesprochen und meine beste Freundin hat natürlich Verständnis. Hat sie immer. Meistens.

Ich habe keine Ahnung, was sie gerade meint. »Mitkommen? Wohin?«

»Zum Schülerbibelkreis. Hab ich dir doch heute Morgen erzählt.«

Ach ja, da war doch was. Die Sache, auf die sie mich noch mal ansprechen wollte. Das Gespräch, das stattfand, bevor Mister Wow auftauchte. Ich runzle die Stirn und frage mich, wie Sanna auf die Idee kommt, dass ich zu so einer Veranstaltung gehen würde.

»Ich bin nicht religiös, das weißt du doch«, antworte ich deshalb etwas pampig.

Sanna grinst ihr Sanna-Sonne-Optimistengrinsen und schüttelt fröhlich ihre blonde Mähne. Eine Bewegung, die sie andauernd scheinbar unbewusst macht und jedes Mal schauen dann irgendwelche Kerle zu ihr herüber.

»Das ist ein Grund, aber kein Hindernis«, gibt sie zurück. Ihre Augen glitzern herausfordernd.

»Hab ich erwähnt, dass Timo die Gruppe leitet?«

Sie lacht laut los, als sie meinen Gesichtsausdruck sieht. Ich hasse es, meine Mimik nicht besser unter Kontrolle zu haben. Aber ihr Lachen macht mich nur trotzig.

»Ist mir schnuppe, welche Clubs und Grüppchen Mister Wow anführt. Dass er religiös ist, macht ihn für mich sowieso uninteressant.«

Jetzt ist Sanna gekränkt, verständlicher Weise. Normalerweise reden wir nicht viel über Glaubensfragen, weil sie weiß, wie ich dazu stehe. Ich mag nicht über solche Dinge nachdenken, über die jeder eine andere Meinung hat. Keiner kann irgendwas beweisen, also muss man nicht streiten deswegen.

»Tut mir leid«, lenke ich ein, weil Sanna echt getroffen aussieht. »Ich weiß ja, dass du es nur gut meinst. Aber ich bin echt nicht in der Verfassung, solche Themen zu wälzen, okay? Ist nicht böse gemeint.«

Sanna zuckt mit den Schultern und lächelt schon wieder. »Schon gut. Ich hab es mir ja schon gedacht. Trotzdem schade, denn es sind echt nette Leute und es macht wirklich Spaß. Aber ich will dich nicht überreden.«

Wir sind im Chemieraum angekommen und nehmen unsere Plätze zwischen den Bunsenbrennern an verfärbten Tischplatten ein. Die Sonne heizt den Raum schon kräftig auf. Draußen ist es bestimmt richtig schön warm. Wären doch noch Sommerferien!

Dann wäre ich wieder mit Papa am Meer. Noch gar nicht so lange her. Die Postkarte, die wir uns selbst nach Hause geschickt haben, klemmt an der Pinnwand in der Küche.

Ich lege den Kopf auf den Tisch und versuche mich an den Geruch des Atlantischen Ozeans zu erinnern. Dummerweise hat die Klasse, die vor uns im Chemieraum war, wohl mit Ammoniak experimentiert und die Erinnerung fällt ins Wasser.

Irgendwann ist auch heute der Unterricht vorbei. Während Sanna die Hofpause beim Bibelkreis verbracht hat, habe ich unten auf dem Hof im Schatten gesessen und die ganze Zeit darüber nachgedacht, was die in dieser Gruppe tun. Dummes Ich. Trotzdem bin ich froh, nicht hingegangen zu sein. Ich weiß genau, dass ich mich nur geärgert hätte.

Sanna läuft mit mir bis zu meiner Haustür, dann verabreden wir uns für den späten Nachmittag bei ihr. Ich bringe meinen Rucksack nach oben, hole meine Kopfhörer und was zu essen und gehe zum Bus. Ich könnte die paar Stationen auch laufen, aber ich bin zu faul. Die Entscheidung bereue ich allerdings, als der Bus kommt. Er ist rappelvoll. Bei dieser Hitze wirklich kein Genuss. Ich quetsche mich an ein paar Leuten vorbei und gehe nach oben. Im Obergeschoss eines Doppeldeckers findet man meistens noch ein Plätzchen. So auch diesmal. Ich setze mich und suche auf meinem Smartphone nach der richtigen Musik für meine Stimmung. An der nächsten Haltestelle steigt die Frau aus, neben der ich saß. Ich rücke ans Fenster und schaue nach draußen. Jemand setzt sich neben mich, aber ich achte gar nicht darauf. Bis er mich anspricht.

»Hey, Tally, oder?«

Ich sehe überrascht auf und treffe mit meinem Blick genau in die braunsten Augen des Universums. Die Röte schießt mir ins Gesicht und ich gucke wahrscheinlich automatisch grimmig.

»Hm«, bringe ich mühsam hervor. »Hi, Timo.«

Er lächelt. Ungefähr genauso sonnig wie Sanna und es macht mich verrückt. Ich starre das Polster des Sitzes vor mir an und versuche seine Anwesenheit in meiner Komfortzone zu ignorieren. Erfolglos.

»Ich fahre zur Bibliothek«, informiert er mich ungefragt. »Und du?«

Ich will nicht mit dir reden, denke ich, aber ich mag auch nicht komplett bescheuert wirken.

»Ich besuche meinen Vater«, antworte ich deshalb knapp und schiebe mir die Kopfhörer auf die Ohren. Was nicht verhindert, dass ich seine nächste Frage höre: »Oh, leben deine Eltern getrennt? Tut mir leid.«

Ich könnte ihm in den Magen boxen für diese komplett überflüssige Bemerkung. Aber weil ich gut erzogen bin, stehe ich einfach nur auf und dränge mich an ihm vorbei in den Gang.

»Ich muss aussteigen«, sage ich und ergreife die Flucht. Ich gehe nach hinten und steige an der nächsten Haltestelle aus. Bestimmt fragt Timo Wow sich jetzt, warum die hübsche Sanna sich eine so sozial inkompetente Freundin ausgesucht hat. Ich hingegen frage mich, warum ich nicht mit dem süßesten Typen der Schule reden will, wenn er mich anspricht. Aber ich habe mittlerweile ein bisschen Übung im Verdrängen unangenehmer Gedanken, daher mache ich einfach die Musik lauter und marschiere schnellen Schrittes Richtung Friedhof.

Am Tor nehme ich die Kopfhörer ab. Ich bleibe kurz stehen und atme durch. Hinter mir fahren Autoschlangen über den heißen Asphalt. Vor mir liegt ein Kiesweg, der in eine andere Welt führt. Über den Gräbern fächern Bäume ihr grünes Dach aus, als wollten sie die Stille in Bodennähe halten. Das Tor quietscht wieder, ein Geräusch, das mir bestimmt bald so vertraut wird wie das

Knarzen meines Bettes. Unter meinen Füßen knirscht der Kies. Der Autolärm verschwimmt zu einem leisen Brummen und ich höre vereinzelte Vogelstimmen. Wärme steigt vom Boden auf. Es fühlt sich an, als liefe ich über den sacht atmenden Bauch eines Riesen.

Papas Grab liegt am Ende einer Reihe, die in eine Rasenfläche mündet. Dort, direkt neben ihm, werden Menschen anonym bestattet. Eine schreckliche Vorstellung, wie ich finde. Kein Grabstein, nichts, was daran erinnert, wessen früher quicklebendiger Körper dort das gefunden hat, was man seine »letzte Ruhestätte« nennt. Vielleicht ist es dumm, aber ein Stein, auf dem ein Name steht, ist doch wenigstens der Hauch einer Erinnerung für die Nachwelt. Wie traurig, wenn jemand sich nicht einmal diese letzte Würde leisten kann.

Das Grab von Papa wirkt beinahe übertrieben neben diesem leeren Feld. Es ist über und über mit Blumen und Kränzen geschmückt. Zwar sehen sie alle welk aus, aber sie sind da. Jede Menge Schleifen liegen dazwischen. Stoffstreifen, auf denen Namen von Papas Freunden stehen. *Unvergessen*, behauptet der weiße Stoff, der mir als Erstes ins Auge fällt. *Deine Kollegen, Dr. Dr. Hermann, Dr. Schweiz und Dr. Leinen.*

Ich lasse meinen Blick eine Weile lang über all die netten Worte gleiten.

Dann hocke ich mich hin und nehme das Ende meiner eigenen Schleife in die Hand.

Mutter wollte eigentlich nicht, dass ich diesen Text darauf drucken lasse, aber ich habe mich durchgesetzt. Es war wichtig. Ich nehme meine Mütze ab und stecke sie in meine Tasche. Dafür nehme ich eine Papiertüte und eine kleine Schippe heraus. Ja, es ist ein bisschen ungewöhnlich. Aber es geht hier nicht darum, was »man« tut. Es geht hier um Paps. Na ja, und um mich.

Ich sehe mich um, um sicher zu sein, dass mich niemand beobachtet. Ein paar Gräber weiter gießt eine alte Frau die Blumen, aber sonst ist keiner in der Nähe. Die Dame wird es nicht verwunderlich finden, dass jemand mit einer Schippe in einem frischen Grab buddelt. Schließlich könnte ich etwas einpflanzen. Ich schiebe meinen Kranz beiseite und befühle die Erde darunter. Sie ist trocken, zumindest oberflächlich. Und sie ist schön locker, weil die Beerdigung erst vor zwei Tagen war. Zum Glück weiß ich, dass der Sarg sehr tief unten liegt, sonst würde ich mich nicht trauen zu graben. Die Schippe gleitet ohne Widerstand in das Erdreich. Ich hole kleine Erdhäufchen heraus, bis ein etwa zwanzig Zentimeter tiefes Loch entstanden ist. Ein Blick über die Schulter sagt mir, dass mir immer noch niemand zusieht. Ich drücke rasch die Papiertüte fest in das Loch und werfe die Erde wieder darüber. Dann schiebe ich den Kranz zurück an seinen Platz und atme auf. Mein Zopf wird hoffentlich in Ruhe verfallen, während über ihm Blumen sprießen. Das Leben geht weiter. Die neue Tally wird wachsen und ein Teil der alten bleibt einfach in Papas Nähe. Die Kiste auf dem Schrank war nicht der richtige Ort. Das hier fühlt sich besser an.

Ich streiche noch einmal mit der Hand über die Schleife, die ich für Paps bestellt habe.

Halte dein Versprechen, Paps!, steht darauf. *Für immer, deine Tally*.

Kapitel 6

Meine Mutter sitzt auf dem Sofa und blättert in einer Zeitschrift. Ich bin gerade von Sanna zurück und es ist an der Zeit, dass sie die Neuigkeit mit meinen Haaren erfährt.

»Hey, Mam«, sage ich und trete von hinten an sie heran.

Als sie aufschaut, sehe ich, wie müde ihr Gesicht aussieht und wie verweint ihre Augen. Sie tut mir leid. Ich glaube, sie kommt mit Papas Tod schwerer zurecht als ich. Aber das würde sie niemals zugeben.

Ich setze mich neben sie – etwas, das ich lange nicht gemacht habe. Sie saß aber auch lange nicht mehr einfach auf dem Sofa. Ich registriere das Wasserglas auf der Tischplatte und rieche an ihrem Atem, dass es wieder russisches Wasser ist. »Ich war bei Paps«, versuche ich leichthin zu sagen. Es klingt nicht ganz so locker, wie ich wollte.

Sie gibt ein leises Schnaufen von sich und schüttelt den Kopf. »Du meinst, du warst am Grab.«

»Ja.«

Wir schweigen ein bisschen, ein sanftes, verstehendes Schweigen. Die Zeitschrift liegt auf ihrem Schoß, ihr Blick auf der Tischplatte.

»Er fehlt mir so«, flüstert sie plötzlich und ihre Augen füllen sich mit Tränen.

Ich beiße mir auf die Lippe und nicke stumm. Mir fehlt er auch. So sehr. Aber weinen kann ich nicht. »Ich muss dir was zeigen«, platze ich nach einer Weile heraus.

Sie wischt sich über die Augen und schnäuzt sich. »Okay«, antwortet sie. Ihre Stimme bebt ein bisschen, aber sie hat sich unter Kontrolle.

Während ich noch überlege, wie ich es am besten sage, deutet sie mit der Hand auf meine Mütze. »Das mit deinen Haaren, meinst du.«

Mir fällt vor Schreck nichts ein, was ich sagen könnte.

Sie zieht die Brauen in die Höhe und sieht mich mit einem leicht vorwurfsvollen Blick an. »Ich bin deine Mutter, Tally. Ich kenne dich seit deiner Geburt. Außerdem bin ich Ärztin. Du glaubst doch nicht etwa, dass es mir entgeht, wenn du dir die Haare abschneidest? Mal abgesehen davon bist du nicht besonders geübt im Umgang mit Kehrblech und Besen. Ich habe es schon gestern Abend im Bad gesehen.«

Ich laufe rot an und kann meine eigene Blödheit nicht fassen. Natürlich ist es ihr aufgefallen. Aber aus irgendeinem Grund dachte ich, dass sie es nicht bemerken würde. Ich dachte, dass sie *mich* nicht wirklich bemerken würde.

Sie rückt noch ein Stück näher an mich heran und nimmt mir die Mütze ab. Ihre Hand streicht über meine Stoppeln. »Als du geboren wurdest, waren deine Haare pechschwarz«, sagt sie mit einem Lächeln in der Stimme. »Und so weich. Man kann das gar nicht beschreiben. Jetzt bist du eher ein Kaktus.« Sie drückt meinen Kopf sanft zu sich herab, sodass meine Stirn an ihrer Schläfe liegt. Es ist unbequem, aber sie braucht das. Ich glaube, sie braucht mich jetzt. Und, auch wenn es wehtut, ich denke, es kann nicht schaden, einen vertrauten Menschen mit an einem unbekannten Strand zu haben. Es wird sich nicht vermeiden lassen, dass wir beide zusammenarbeiten, wenn wir das neue Land urbar machen wollen, an das das Schicksal uns gespült hat.

Als ich einige Zeit später in mein Bett krieche und mir die Decke trotz der Wärme bis unters Kinn ziehe, stelle ich fest, dass es guttut, Freunde zu haben. Es wäre schrecklich, wenn ich jetzt ganz allein wäre. Sanna tut mir gut und meine Mutter auch, obwohl wir nicht den allerheißesten Draht zueinander haben. Im

Hintergrund gibt es auch noch ein paar Leute: die Mädels aus der Ballettschule, meine Verwandten … Ich bin nicht ganz so allein, wie es sich anfühlt. Darüber bin ich froh. Und morgen werde ich Oma Ute anrufen. Ich habe nicht vergessen, wie sehr sie an Papas Grab weinen musste.

Nächste Tage haben so ihre Tücken. Zum einen weiß man nie, mit welcher Laune man aufwacht. Zum anderen ist es absolut nicht berechenbar, wie die Pläne, die man gemacht hat, zu dem passen, was einem an Ereignissen präsentiert wird.

Mein Tag beginnt mit Bauchschmerzen. Ich gehe ins Bad und stelle genervt fest, dass meine Periode eingesetzt hat. Ich hasse diese dämliche Routine des Körpers, einem jeden Monat mindestens zwei Tage zu versauen, indem er einen zwingt, sich mit Schmerztabletten am Leben zu halten. Ich schaue in den Medizinschrank im Bad, nur um festzustellen, dass die Tablettenschachtel leer ist.

»Mam, haben wir noch irgendwo Schmerztabletten?«, rufe ich in Richtung Küche. Das hätte ich mir allerdings sparen können, denn meine Mutter antwortet aus Prinzip nicht auf Schreie aus anderen Zimmern. Ich ziehe mich an und wanke in den Essbereich. »Mam, ich hab Schmerzen. Hast du bitte was für mich?«

Ihr Blick wird besorgt und ich vermute, dass sie mein Rufen vorhin nicht verstanden hat.

»Was ist los?«, fragt sie panisch.

Das verwirrt mich, denn normalerweise nimmt sie mich nicht besonders ernst, wenn ich über Schmerzen klage. Sie betrachtet mich dann fachmännisch, stellt kühl und überlegt ein paar Fragen und erstellt eine Diagnose. Heute reagiert sie über. Das ist schlecht. Sie hat Angst, dass mir jetzt auch was Schlimmes passiert und sie in den vergangenen Monaten etwas übersehen hat. Als ob sich Papas Geschichte wiederholen würde.

»Es sind doch nur Krämpfe«, beruhige ich sie, obwohl ich genervt von ihren vor Schreck geweiteten Augen bin. »Ich hab meine Tage.«

Ihre Pupillen werden wieder kleiner und sie setzt sich an den Tisch.

»Tut mir leid«, sagt sie und streicht sich mit einer fahrigen Bewegung das Haar aus ihrer Stirn. »Ich hab wohl noch nicht alle meine Sinne zusammen. In meiner Handtasche ist noch eine Packung Tabletten. Nimm dir was raus.«

Ich drehe mich erleichtert um und hole mir die rettende Pille. Jetzt etwas trinken und die nächsten zwanzig Minuten überstehen, dann wird der Tag schon werden.

Aber meine Mutter findet den Moment anscheinend passend, mir noch einen Brocken hinzuwerfen.

»Ich habe einen Termin mit Frau Reuter für dich vereinbart«, teilt sie mir mit und schiebt mir einen Zettel zu.

Dagmar Reuter, steht darauf. *Psychotherapie und Trauerbegleitung.* Der Termin ist heute Nachmittag um 16 Uhr. Mein Bauch krampft und ich drücke die Hand dagegen. Am liebsten würde ich wieder ins Bett kriechen. Warum denkt meine Mutter, dass ich eine Psychotante brauche?

»Ich komme klar, Mam«, sage ich ärgerlich und schiebe den Zettel wieder zu ihr zurück. »Ich will nicht zu dieser Dame gehen. Ich hab Freunde zum Reden.«

Mutter seufzt und sieht mir in die Augen. »Deine Freunde sind Teenager und haben keine Erfahrung mit dem Tod, Tally. Du denkst jetzt, dass du stark bist, aber irgendwann wirst du mir dankbar sein. Geh zu diesem Termin. Denn glaub mir, du kommst nicht wirklich klar.«

Die Wut in meinem Bauch ist so heiß, dass sie beinahe die Krämpfe zu lindern scheint.

»Ach so, ich komme also nicht klar. Aber du tust es, ja? Du kommst klar? Du kommst klar, indem du jeden Tag trinkst und deine Trauer im Alkohol ersäufst. Glaubst du, ich falle auf deine Wassergläser rein? Geh doch selber zu dieser Frau Reuter. Du hast es eindeutig nötiger als ich!«

Meine Mutter hält dem aufgebrachten Blick stand, den ich in ihre blauen Augen funkele. Sie schiebt den Zettel energisch in meine Richtung zurück. »Ich habe schon zwei Sitzungen bei ihr hinter mich gebracht. Und ja, mir ist schon klar, dass ich Hilfe brauche, um die Sache zu verarbeiten. Genauso wie du. Also, nimm den Zettel und geh hin. Es wird dich schon nicht umbringen.«

Ich fühle mich, als hätte sie mir ins Gesicht geschlagen, aber ihr Eingeständnis hat mir den Wind aus den Segeln genommen. Wortlos stecke ich den Zettel ein. Ich werde mir später überlegen, was ich damit mache.

Ich denke die ganze Zeit darüber nach, während ich im Unterricht sitze. Eigentlich will ich auf keinen Fall einer fremden Person von meinen Gefühlen erzählen. Ich weiß, dass ich nicht selbstmordgefährdet bin oder so was. Aber wenn ich bei dieser Psychotante sitze und mir etwas über die Sache mit dem Stranden herausrutscht, erklärt sie mich vielleicht für verrückt, weil sie es nicht versteht; aber für mich macht es Sinn und ich weiß, dass ich nicht durchgeknallt bin. Sanna meint, es kann nicht schaden, mit einer Therapeutin zu reden. Ich muss ihr ja nicht alles sagen, was mir durch den Kopf geht. Aber genau da liegt das Problem. Ich weiß, dass ich alles sagen werde. Diese Leute sind doch darauf geschult, einem die tiefsten Geheimnisse der Seele zu entlocken, und ich trage mein Herz sowieso auf der Zunge.

Am Nachmittag trödele ich extra lange auf dem Schulhof herum, um vielleicht »aus Versehen« den Termin zu verpassen. Sanna musste schnell nach Hause, weil sie ihre Schwester aus der Kita abholen muss, und die schließt freitags schon um viertel vor vier. Ich spiele auf meinem Smartphone und warte auf Jenny, die ein Stück des gleichen Heimweges hat wie ich. Normalerweise gehe ich nie mit ihr irgendwohin und sie weiß auch noch nichts von ihrem Glück. Aber sie ist nun einmal die, bei der das Umziehen nach dem Sport am längsten dauert, und das hilft mir heute weiter. Außer uns, die wir freitags bis fünfzehn Uhr Sportunterricht haben, ist kaum jemand mehr an der Schule. Das Wochenende ist schon beinahe eingeläutet.

Die Tür der Turnhalle öffnet sich und ich blicke Jenny entgegen, meinen Rucksack schon schulternd. Nur dass es gar nicht Jenny ist, die herauskommt. Es ist Mr Wow und das ist jetzt wirklich megapeinlich. Als hätte ich auf ihn gewartet, so muss das aussehen. Ich laufe schon wieder rot an. Er lächelt mich an (kann er eigentlich auch anders gucken?) und ich rette mich, indem ich ihn mit einem desinteressierten Gesichtsausdruck leichthin grüße, während ich in Richtung Turnhalle gehe. Dann muss ich Jenny eben eigenhändig aus der Umkleidekabine ziehen, nur um ein Alibi für meinen Aufbruch zu haben. Zum Glück geht Mr Wow weiter und verschwindet rechtzeitig aus dem Schultor, bevor Jenny doch endlich kommt und mich überrascht fragt, warum ich auf sie gewartet habe.

Leider ist es trotz der Warterei noch viel zu früh, um den Termin zu verpassen. Ich begleite Jenny bis zu ihrer Haustür. Wir haben uns noch nie so ausführlich über Ballett unterhalten wie heute, obwohl wir bis vor den Sommerferien gemeinsam in einem Tanzkurs waren.

Ich drehe seufzend noch eine Runde um den Block, die Sonne heiß auf meiner schwarzen Mütze. Es ist so schönes Wetter. Man sollte es nicht verschwenden, indem man auf einer Couch beim Therapeuten sitzt. Aber morgen soll es genauso schön sein, deshalb zählt auch das nicht als Ausrede. Als es endlich kurz vor vier ist, stehe ich vor der Tür einer kleinen Praxis. Mein Herz klopft und meine Finger zittern, als ich auf den Klingelknopf drücke. Es summt und ich trete ein.

Warum mache ich das bloß, frage ich mich zum tausendsten Mal.

Ein heller Vorraum begrüßt mich mit einem Panik steigernden Blumenarrangement und einer Glaskaraffe voller Wasser, auf deren Boden Heilsteine schimmern. Ich habe Durst, misstraue aber der Kieselgeschichte, weil meine Mutter ein Fan davon ist. Außerdem würde ich bei dem Versuch, mir Wasser einzuschenken, vermutlich sowieso aus lauter Nervosität die Karaffe fallen lassen.

Mit klammen Fingern und Puddingknien stehe ich mitten im Raum, als sich geräuschlos eine Tür öffnet. Heraus tritt eine ältere Dame in Jeansrock und Bluse, selbstverständlich mit einem locker um den Hals geknüpften Seidentuch. Ich wäre enttäuscht gewesen, hätte dieses Accessoire gefehlt. Ebenso die Lesebrille, die, an einer Kordel hängend, auf ihrer Brust liegt.

Mit einem künstlich strahlenden Lächeln kommt sie auf mich zu und streckt mir die Hand hin.

»Talitha, ich grüße dich. Deine Mutter hat mir von dir erzählt.«

Ich atme tief durch und erwidere lustlos ihren Händedruck. Warum bin ich nicht umgekehrt, als ich noch die Gelegenheit dazu hatte?

Frau Reuter bietet mir Heilsteinewasser an und ich nehme das Glas.

Dann lotst sie mich in das Therapiezimmer. Zu meiner Überraschung gibt es hier nur einen großen Schreibtisch, der quer im Raum steht – keine Couch. Dafür zwei bequem wirkende Stühle am Fenster. Frau Reuter lädt mich ein, Platz zu nehmen. Mein Blick fällt nach draußen in einen grünen Gartenbereich. Die Hinterhöfe in unserem Viertel sind oft überraschend groß und dieser hier wirkt wie der Outdoor-Meditationsbereich eines Wellnesscenters. Dunkle Holzbohlen bilden die Sitzfläche einer Veranda, an die sich akkurat gepflegter Rasen, ein Kiesweg und ein Gartenteich anschließen. Der kleine Baum ist bestimmt eine japanische Zierkirsche und auf einer niedrigen Mauer, deren Zweck sich mir nicht erschließt, finden sich tatsächlich einige Stapel dieser glatten schwarzen Steine, die immer in Wellnessprospekten abgebildet sind. Ich muss automatisch grinsen und natürlich fragt Frau Reuter just in diesem Moment: »Gefällt es dir?«

Ihre Stimme holt mich zurück in den Raum. Ich räuspere mich und richte den Blick auf die Dame, die mir gegenübersitzt. Ihr Blick ist übertrieben aufmerksam und mir fällt plötzlich der Pfarrer am Grab meines Vaters wieder ein.

»Sehr nett«, antworte ich unbeholfen. Ich will ihren Vorzeigegarten ja nicht gleich beim ersten Mal kritisieren. Obwohl ich es viel zu offensichtlich finde, dass diese übertrieben harmonische Pseudonatur wohl einen Gegenpart zu den zerwühlten Schlachtfeldern menschlicher Seelen darstellen soll, die sich in den Sesseln am Fenster wiederfinden.

Der Stift in ihrer Hand zuckt leicht, aber sie schreibt nichts auf. Ich frage mich sowieso, warum sie einen Notizblock in der Hand hält.

»Wollen Sie mitschreiben, was ich sage?«, rutscht es mir patzig heraus.

Frau Reuter bewegt Mundwinkel und Augenbrauen nach oben und sieht damit so aus, als würde sie auf ein besonders dummes Exemplar von Patient herabschauen. Betont langsam legt sie Stift und Block auf ihren Schoß, hält beides aber weiter griffbereit zwischen den Fingerspitzen. »Nicht, wenn es dich stört«, erwidert sie mit professioneller Stimme. »Aber es ist hilfreich für unsere nächsten Termine, wenn ich mir das eine oder andere Stichwort notiere.«

»Ich weiß noch nicht einmal, ob ich zu weiteren Terminen kommen will«, sage ich unfreundlich. Eigentlich hat sie mir ja nichts getan, aber ich mag die Frau nicht. Ich fühle mich schon jetzt so was von nicht ernst genommen. »Schreiben Sie das ruhig auf!«

Ich sehe demonstrativ wieder aus dem Fenster und schweige. Frau Reuter schreibt tatsächlich. Ich höre die Kulimine über das Papier flitzen. Dann ist es lange still. Es ist voll unangenehm. Mein Nacken fängt an wehzutun, weil ich den Kopf so krampfhaft in Richtung Fenster halte. Aber ich will mich nicht bewegen, weil Frau Reuter dann bestimmt mit Worten auf mich losspringt wie eine Spinne auf die Fliege in ihrem Netz.

Es fühlt sich an wie eine Ewigkeit. Die Uhr tickt – leider kann ich sie nicht sehen, aber irgendwann fange ich an, das Ticken zu zählen. Ich bin gerade bei zweihundertvierundsiebzig, als Frau Reuter plötzlich fragt: »Schreibst du Tagebuch, Talitha?«

Ich zucke zusammen. Mein Kopf fährt herum und ich sehe der Dame direkt ins Gesicht. Dann senke ich schnell den Blick. »Warum?«, frage ich mit gerunzelter Stirn. Was für ein blödes Gespräch. Was soll mir das bringen?

»Oh.« Sie schüttelt fast unmerklich ihre rot gefärbten Löckchen und lächelt professionell. »Es könnte dir helfen, deine Gedanken zu sortieren.«

Woher um alles in der Welt nimmt sie die Vermutung, dass meine Gedanken geordnet werden müssten? »Sie sind nicht durcheinander«, bringe ich wütend hervor. »Mit mir ist alles okay. Ich habe mich nicht für diese ›Therapie‹ angemeldet. Meine Mutter wollte das. Und ich bin nur hier, weil ich eine brave Tochter bin!«

»Hast du dich mit deiner Mutter unterhalten, bevor du dir den Schädel rasiert hast?«, bohrt Frau Kreuzspinne nach.

Ich fühle, wie die Wut in mir immer heißer brodelt. »Das geht Sie so was von gar nichts an!«, schleudere ich ihr entgegen und springe auf. »Ich habe mir immerhin nicht die Pulsadern aufgeschnitten. Braucht jeder eine Therapie, der zum Friseur geht, weil er eine Typveränderung möchte?«

Mein Blick könnte sie töten, aber sie bleibt seelenruhig sitzen und sieht mich gelassen an. »Talitha, ich bin nicht dein Feind. Ich bin hier, um dir zu helfen.«

In meinen Hosentaschen ballen sich die Hände zu Fäusten. »*Ich* bin hier, weil Sie mir helfen *sollen*, aber ich will Ihre Hilfe nicht. Ich habe Freunde zum Reden.«

»Und, redest du mit ihnen über deinen Vater?«

Jetzt platzt der Wutballon in mir. Sie hat ihn mit ihrem Pfeil ganz genau getroffen. Heiße Luft entweicht, aber ich explodiere nicht. Eher falle ich in mich zusammen. Bewegungslos stehe ich da und erwidere ihren Blick, der, ehrlich gesagt, beinahe milde und mitfühlend aussieht. Nicht so triumphierend, wie ich erwartet hätte.

»Nein«, gebe ich zu und setze mich wieder hin. »Aber ich werde es irgendwann tun. Jetzt … jetzt brauche ich erst mal Zeit, um die Sache mit mir selbst auszumachen. Ist das denn so schlimm?«

Die freundliche Spinne lächelt. »Nein«, gibt sie zu. »Aber wir wollen verhindern, dass du dich zu tief in ein Schneckenhaus verkriechst. Das ist der Grund, warum du hier bist.«

Ich fühle mich überrumpelt. Fies hintergangen.

Nur weil meine Mutter nicht in der Lage ist, mit mir zu reden, schiebt sie die Aufgabe der Therapeutin zu. Das ist nicht fair. Ich will keinen Rat von jemandem, der dafür bezahlt wird, meine angeknackste Seele wieder zu richten. Ich will jetzt kaputt sein dürfen. Meine Mutter soll sich um mich kümmern. Sie soll mir Kakao kochen und an meinem Bett sitzen, wenn es mir mies geht. Sie soll mich in den Arm nehmen und nicht nach Wodka riechen. Sie soll mit mir auf einer Wiese sitzen und in den Himmel starren, ganz einfach. Ich will keine Therapie.

Entschlossen stehe ich auf und gehe.

»Es tut mir leid, dass ich Ihre Zeit verschwendet habe«, sage ich über meine Schulter. Ich öffne die Tür und trete in den Flur.

»Nächste Woche zur selben Zeit bin ich wieder für dich da«, höre ich Frau Reuter von ihrem Sessel aus sagen. »Bis dann.«

Die Tür fällt ins Schloss und ich renne ins Freie.

Kapitel 7

Draußen merke ich, wie sehr ich zittere. Meine Knie schlottern und ich friere, obwohl es warm ist.

Mit schnellen Schritten gehe ich die Straße hinunter, um meine Beine wieder fest zu bekommen. Wohin ich gehe, ist mir ganz egal. In mir tobt ein Orkan mit extremer Windstärke. Das Meer bäumt sich auf, Sand weht in mein Gesicht, vermischt mit salzigem Wasser. Hinter mir biegen sich die Stämme der Palmen und ihre Wipfel werden vom Sturm zerfleddert. Ich laufe gedankenlos dahin. Sicherheit gibt es nirgends. Ich muss einfach versuchen, nicht wieder ins Meer gezogen zu werden.

Irgendwann reißt mich das Hupen eines Autos aus meiner Inselwelt. Erschrocken bleibe ich stehen – irgendwo an einer Kreuzung in Berlin, an einem warmen Spätsommertag. Der Autofahrer schreit mir durch das offene Seitenfenster zu: »Rot heißt warten!«, und ich beiße mir schuldbewusst auf die Lippe. Die Fußgängerampel steht wirklich auf Rot. Ich hatte wohl Glück, dass der Typ mit seinem Auto mich nicht erfasst hat, als ich – blind wie ich war – einfach auf die Straße getreten bin. Ich kann mich nicht erinnern, nach rechts oder links geschaut zu haben. Die Ampel springt auf Grün und ich überquere die Fahrbahn. Auf der anderen Seite beginnt ein kleiner Park. Eigentlich ist es eher ein Spielplatz. Ein winziger Spielplatz mit Sandkiste, Rutsche und einer Schaukel. Die Buddelkiste ist mit mindestens sieben Kleinkindern überbelegt. Auf den beiden Bänken sitzen Mütter, mit einer Hand den Kinderwagen mit dem jüngsten Sprössling schaukelnd, während die andere Hand souverän den Kaffeebecher hält. Ich atme tief ein und gehe an der heilen Welt vorbei.

Am anderen Ende des Platzes sorgt ein Geländer für Sicherheit, damit die Steppkes nicht auf die Straße laufen. Ich hocke mich darauf und starre vor mich hin.

Muss das Leben so kompliziert werden, wenn jemand den Absprung macht? Ich weiß ja, dass ich auch vor Papas Tod nicht der ausgeglichenste Teenager der Welt war, aber im Moment habe ich meine Gefühle einfach überhaupt nicht mehr unter Kontrolle. Ich bin nicht sicher, ob Frau Reuter nett oder vollkommen unsympathisch ist. Ich weiß nicht, ob ich wirklich sauer auf meine Mutter bin. Ich fühle mich nur überrumpelt, ausgelaugt, kraftlos und traurig und ich will nicht selber daran schuld sein. Eine Weile sitze ich auf diesem Geländer und lasse meinen Blick die Straße entlangschweifen. Eigentlich bin ich gar nicht weit von zu Hause entfernt, stelle ich fest. Meine Füße haben mich automatisch in Richtung Heimat getragen.

Seufzend lasse ich mich von meinem Sitzplatz gleiten und gehe weiter.

Als ich nur noch eine Querstraße von meiner Wohnung entfernt bin, sehe ich eine kleine alte Frau vor mir. Sie quält sich, langsam hinkend, an einen Rollator geklammert, den holprigen Gehweg entlang. Am Griff ihrer Gehhilfe hängt eine Papiertüte, deren Boden gefährlich durchdrückt. Bei jeder Unebenheit im Boden, über die der Rollator holpert, knallt sie zusätzlich noch gegen das Gefährt. Ich laufe etwas schneller, weil ich das Gefühl habe, dass die Tüte gleich reißen wird. Und das tut sie auch, aber leider, bevor ich nah genug bin, um irgendetwas aufzufangen. Ein Gurkenglas zerschellt auf den Steinplatten, Tomaten und Zwiebeln purzeln in den Rinnstein. Rasch bücke ich mich und sammle das Gemüse ein.

»Ach, wie ungeschickt!«

Die kleine Dame sieht furchtbar unglücklich aus. Ihre weißen Haare sind in dünne Löckchen gelegt, die ein sanftes, knittriges Gesicht umrahmen. Die blauen Augen in diesem Gesicht wirken groß, ganz erschrocken aufgerissen. Hoffentlich fängt die alte

Frau nicht gleich an zu weinen. Ich möchte sie am liebsten umarmen, um sie zu trösten. Stattdessen lege ich ein paar der Tomaten in den Korb an ihrem Rollator. Dieser ist auch recht voll: Ein Beutel Kartoffeln und eine Tüte mit Backwaren liegen darin.

»Das ist wirklich nett von Ihnen«, sagt die kleine Frau und schaut mich an.

»Kein Problem. Warten Sie, ich hole schnell noch die Zwiebel von da drüben. Die Gurken sind wohl nicht mehr zu retten.«

Sie setzt sich auf die Sitzfläche des Rollators und schaut mir zu, wie ich das zerbrochene Glas vorsichtig hochhebe und in einen Mülleimer werfe. Mit dem Fuß schiebe ich ein paar Scherben in Richtung Laternenpfahl, damit sie nicht so sehr im Weg liegen. Wie ein Häufchen Elend kauert die Dame da auf ihrem Stühlchen.

»Kann ich Sie vielleicht nach Hause begleiten?«, wage ich vorsichtig zu fragen. Ich will ihr nicht zu nahe treten, aber mir ist unklar, wie sie es mit all dem Kram auch nur ein paar Meter weit schaffen will. Ein paar Bananen und eine Packung Mehl haben den Absturz aus der Tüte ebenfalls heil überstanden, passen aber nicht mehr in den Korb. Ich halte sie in der Hand und warte auf die Antwort der Dame.

»Das wäre wirklich sehr nett«, erwidert sie und ein kleines Strahlen lässt ihre Augen leuchten. »Das wäre wirklich sehr lieb von Ihnen.« Mit neuem Mut greift sie die Handstücke ihrer Gehhilfe und setzt sich in Bewegung. »Ich wohne gleich hier vorn in diesem Haus«, erklärt sie mir.

Dieses Haus kenne ich natürlich. Es ist das verfallenste im ganzen Kiez und es passt außergewöhnlich gut zu der kleinen alten Dame.

Wir bewegen uns langsam auf den baufälligen Kasten zu. Während der Rollator neben mir Zentimeter für Zentimeter weitergeschoben wird, betrachte ich das Haus kritisch. Eigentlich habe ich mich schon oft, wenn ich daran vorbeigegangen bin, gefragt, wie es wohl von innen aussieht. Von außen jedenfalls macht es den

Eindruck, als sei es vergessen worden. Es steht in einer Reihe von alten Gebäuden, die alle in den letzten dreißig Jahren schön restauriert wurden. Manche der Häuser sind alte Stadtvillen. Früher war unser Kiez ein Randbezirk, in dem sich die Reichen niederließen. Nach dem Krieg wurden die Häuser, die zerstört waren, zum Teil in modernerem Stil aufgestockt. Aber viele der großen Wohnhäuser haben immer noch diesen verschwenderischen Charme: hohe Räume, große Fenster mit Bögen und Flügeln, Engelköpfe über den Türen, schnörkelige Brüstungen, Erker, Türmchen und Verzierungen. Ich liebe diesen Alltagsprunk. Das ist so viel schöner als die schlichten, funktionalen Glasfronten oder der Sechzigerjahre-Betonchic.

Unsere Wohnung ist eine Kombi aus beidem. Der untere Teil des Hauses ist alt, aber wunderschön wiederhergerichtet. Die oberste Etage dagegen ist erst später hinzugefügt worden. Dort wohnen wir. Alles ist schnörkellos und geradlinig – nur der Grundriss entspricht dem des ursprünglichen Gebäudes. Das macht die Wohnung doch ein wenig verwinkelt und liebenswert. Trotzdem schaue ich lieber auf die verspielte Fassade des Hauses, das meinem Fenster gegenüberliegt.

Der Bau, auf den ich mich Seite an Seite mit der Dame zubewege, war früher sicher auch einmal schön. Er wirkt auf mich nicht so einladend wie die anderen, eher ernst und distanziert. Aber er muss einmal respektabel gewesen sein. Man hat den Eindruck, dass der Architekt ein Haus gestalten wollte, in dem sich Akademiker wohlfühlen. Menschen, die klug sind, die klare Ziele haben und hart dafür arbeiten. Menschen mit viel Verstand, vielleicht ein bisschen wenig Fantasie, aber dafür mit dem starken Willen, einen Beitrag zum Zeitgeschehen zu leisten. Menschen wie meine Mutter.

Jetzt bröckelt der Putz überall ab. Von oben bis unten ist das Haus gelblich grau und schäbig. Hinter dem wackeligen Gartenzaun wuchern Büsche, Gras und Blumen im Wildwuchs. Die Fensterläden haben ihren Anstrich längst dem Wetter überlassen und an manchen Stellen blitzen nackte Ziegel aus dem Mauerwerk. Durch die schlecht geputzten Fensterscheiben sehe ich vergilbte Gardinen. Und hinter einer dieser Gardinen, direkt vorn, im größten Fenster des Erdgeschosses, steht eine Voliere. Ein ausladender Vogelbauer, in dem ein mächtiger grauer Papagei sitzt. Ich sehe ihn seit Jahren beinahe täglich, weil mein Weg zur Schule mich an diesem Haus vorbeiführt. Einen Menschen habe ich noch nie hier herauskommen oder hineingehen sehen. Als wir endlich die paar Stufen erreicht haben, die zur Eingangstür führen, bin ich richtig aufgeregt …

Die Dame schiebt ihren Rollator an die Hauswand und erklimmt die Treppe.

»Ich hole einen Beutel für die Sachen«, sagt sie und fummelt einen Schlüsselbund aus ihrer Hosentasche.

Ich bin vor lauter Neugier ein wenig außer Atem. »Darf ich Ihnen schon etwas mit hineintragen?«, frage ich.

Sie hat das Schlüsselloch gefunden und die Tür öffnet sich mit einem leisen Knacken.

»Das wäre wirklich sehr nett«, lautet die Antwort wieder.

Neugierig folge ich der Dame in den Hausflur. Es riecht muffig, wie zu erwarten war. Alte Wände haben so einen speziellen Geruch, als hätten sie einfach schon viel zu viele Menschen kommen und gehen sehen. Die vergangenen Zeiten bleiben an ihnen kleben und verwittern. Mit den Bananen und der Tüte Mehl in der Hand trete ich in die Wohnung der Frau. Als Erstes sehe ich einen schmalen, hohen Flur, von dem mehrere Türen abgehen. Der Boden ist mit einem antiken Teppich ausgelegt und ich schlüpfe rasch aus meinen Turnschuhen.

Hinter der ersten Tür scheint sich das Badezimmer zu verbergen. Sie steht einen Spaltbreit offen und ich erkenne den Umriss einer Wanne. Die Tür gegenüber ist geschlossen. Wir gehen weiter und ich stehe in der Küche. Die Wände sind rauchblau gestrichen. Hinter der Arbeitsfläche blitzen weiße Fliesen – alt, aber blank gescheuert. Obwohl ich eher einen echten Kohleherd erwartet hätte, gibt es einen Gasherd mit Backofen. Immerhin, der Wasserkessel, der darauf steht, passt perfekt zu Haus und Frau. »Legen Sie die Sachen einfach auf den Tisch«, werde ich gebeten. Die Dame steuert schon wieder auf die Wohnungstür zu, aber ich halte sie auf.

»Bitte, ich kann alles nach oben holen«, sage ich schnell. »Soll der Rollator auch in die Wohnung?«

Sie stützt sich an der Wand ab. Das Atmen scheint ihr schwerzufallen. War das vorhin auch schon so? »Nein, der muss unter den Unterstand hinter dem Haus. Wenn Sie das erledigen könnten, das wäre wirklich sehr nett. Ich glaube, ich muss mich erst einmal hinsetzen.«

Ich überlege kurz, ob ich warten sollte, bis sie einen sicheren Sitzplatz eingenommen hat, entscheide mich aber dagegen. Am Ende läuft sie wirklich selbst noch einmal ins Treppenhaus, wenn ich zu lange zögere.

Ich ziehe meine Schuhe wieder an und gehe hinaus. Die Tür lasse ich angelehnt. Draußen empfangen mich Helligkeit und Wärme, die einen krassen Kontrast zu dem zwielichtigen Flur bilden. Es fühlt sich an, als wäre die Haustür ein Portal, durch das man in die Vergangenheit reist. Was für ein verlockender Gedanke!

Ich schiebe den Rollator um das Haus herum und parke ihn unter dem Unterstand, von dem die Dame gesprochen hat. Er besteht aus zwei Holzbalken an der Außenwand, die drei Spundwandplatten tragen. Aus dem aufgeplatzten Betonboden wächst Löwenzahn.

Mit den Armen voller Lebensmittel gehe ich zurück in die Wohnung. Es ist still, überall: im Haus, im Wohnungsflur, in der Küche. Mich beschleicht ein ungutes Gefühl. Wo ist die Dame? Der Küchenstuhl ist leer. Immerhin liegt sie nicht im Flur – von Herzmassage habe ich nämlich keine Ahnung und ich weiß ja nicht, was einer alten Dame mit Atemnot alles zustoßen könnte, während ich um das Haus herumlaufe.

»Hallo?«, rufe ich vorsichtig, nachdem ich die Lebensmittel auf dem Tisch abgelegt habe. Keine Antwort. Mein Herz beginnt zu rasen. Hat es der Tod auf mich abgesehen, oder was? Ich werde auf keinen Fall eine tote Oma in einer fremden Wohnung finden, nur weil ich so dumm war, ihr die Bananen nachzutragen. Ich habe den starken Impuls, einfach aus dem Haus zu laufen und die ganze Sache zu vergessen. Aber das würde ich bereuen. Also hole ich tief Luft, bereite mich innerlich, so gut es geht, auf das Schlimmste vor und gehe, aus irgendeinem Grund auf Zehenspitzen, in Richtung Wohnzimmer.

Kapitel 8

Sie sitzt im Sessel, den Kopf zur Seite gedreht, die Augen geschlossen. Ihr Gesicht ist blass und eine Hand hängt schlaff über die Armlehne. Mir bricht der kalte Schweiß aus. Das darf nicht wahr sein! Mit noch einem toten Menschen in meinem Leben komme ich im Moment ganz sicher nicht klar. Außerdem, was wird die Polizei machen? Die denken vielleicht, ich hätte die alte Dame umgebracht! Verdammt. Was soll ich jetzt bloß machen?

Plötzlich zerreißt ein heiseres Krächzen die Stille und mir rutscht der Magen ins Hosenbein.

»Schon gut, Gregor.«

Ich fahre herum. Der graue Papagei wippt herausfordernd auf seiner Stange.

»Schon gut, Gregor.«

Ich starre das Vieh an. Mein Herz flattert. Ich schätze, dass ich jetzt auch einen Infarkt bekomme. Was für eine Schlagzeile: »Polizei findet Teenager und Rentnerin tot in Wohnung bei kreischendem Papagei«.

»Nicht doch, Gregor!« Diese Stimme klingt weicher und der Papagei hat den Schnabel nicht bewegt. »Hat er Sie erschreckt, junges Fräulein?«

Erleichtert atme ich auf und drehe mich zu dem Sessel um. Sie ist wieder lebendig. Okay, vermutlich war sie doch nicht tot. Was für ein Glück!

»Es tut mir leid, ich muss eingenickt sein. Das passiert mir häufiger. Normalerweise stört es niemanden. Verzeihen Sie bitte.«

»Nein, nein, kein Problem. Wirklich, kein Problem.« Mir wer-

den die Knie weich und ich sehe mich Hilfe suchend um. »Darf ich … mich kurz setzen?«

Die Dame richtet sich in ihrem Sessel auf und deutet mit der Hand auf das Sofa. »Natürlich, bitte. Nehmen Sie doch Platz.«

Sie steht auf und tappt in die Küche, als wäre nichts gewesen. »Sie trinken doch eine Tasse Tee mit mir, ja?«

Ich bin wirklich unfähig zu protestieren. Gregor hockt auf seiner Stange, legt den Kopf schief und sieht mich misstrauisch an.

»Schon gut, Gregor«, sage ich sarkastisch.

Wenn das Vieh wüsste, wie es mich erschreckt hat. Eigentlich glaube ich sogar, dass es weiß, was es tut. Papageien sind mir irgendwie nicht geheuer.

Gregor hebt einen Fuß, fixiert mich mit den Augen, friert in seiner grotesken Stellung ein, blinzelt und stellt ihn dann wieder ab, als hätte er es sich anders überlegt.

Ich wende den Blick ab und versuche den komischen Vogel zu ignorieren.

Das Wohnzimmer der alten Dame ist herrlich altmodisch. Dunkelbraune Schränke, auf denen kein Körnchen Staub liegt, sind mit Büchern gut gefüllt. Auf einigen Buchrücken kann ich Titel erkennen, die wissenschaftlich klingen. Alles tendiert in Richtung Biologie. Ein Schrankfach besitzt Glastüren. Dahinter erkenne ich wertvoll aussehende Porzellanfiguren. Pferde und junge Frauen mit nacktem Oberkörper.

In der Küche höre ich Geschirr klappern.

»Kann ich Ihnen vielleicht helfen?«, rufe ich, bevor mir einfällt, dass es unhöflich ist, durch Wohnungen zu rufen. Zumindest behauptet das meine Mutter. Unter Gregors kritischem Blick stehe ich auf und gehe in Richtung Küche. Dabei fällt mein Blick auf ein Schwarz-Weiß-Foto, das in einem üppigen Rahmen an der Wand hängt. Eine extrem hübsche, zierliche Braut steht neben ihrem Bräutigam, der in stolzer Haltung vor der Kamera posiert. Sie wirkt ein bisschen schüchtern, aber trotzdem selbstbewusst. Eben so, wie eine Frau, die ihren frisch Angetrauten noch nicht so richtig einschätzen kann und vielleicht ein bisschen Angst vor der Hochzeitsnacht hat. Ich habe gehört, dass das früher so war. Aber er sieht eigentlich so aus, als würde er sie lieben. Wirklich, er hat so einen Blick in den Augen, dem man vertrauen kann. Ich glaube, sie werden eine richtig gute Hochzeitsnacht haben. Gehabt haben.

»Da bin ich wieder.« Die alte Dame reißt mich aus meinen Betrachtungen, indem sie mit einem Tablett in den Händen auf mich zugesteuert kommt. »Der Tee ist fertig.« Sie lächelt und die Tassen auf dem Tablett klirren hell, weil sie ein wenig zittert.

»Bitte, lassen Sie mich das doch tragen.«

Sie geht mir voran zum Tisch. In den Tassen dampft heißer schwarzer Tee. Nie im Leben wäre ich auf die Idee gekommen, so etwas an einem Sommertag zu trinken.

Aber als wir sitzen – sie auf dem samtgepolsterten Sessel, ich auf der Couch und Gregor auf seiner Stange –, fühlt es sich einfach richtig an. Ich bin auf einer Zeitreise. Frühes zwanzigstes Jahrhundert, würde ich sagen.

»Nehmen Sie Milch in Ihren Tee?«

Ich nicke und sie reicht mir ein Porzellankännchen. Mit einer kleinen Silberzange darf ich mir anschließend Kandisstückchen aus der Zuckerdose klauben. Eigentlich fehlt nur ein kleines Kammerorchester, das im Hintergrund für Hausmusik sorgt. Ich atme vorsichtig, als könnte ich die Atmosphäre zerstören, wenn ich mich zu normal verhalte. Aber die Dame hat da keine Bedenken. Obwohl sie so gebrechlich wirkt, springt sie schon wieder aus ihrem Sessel auf und tappt zur Schrankwand hinüber.

»Entschuldigen Sie bitte meine Unruhe«, sagt sie, als hätte sie meine Gedanken gelesen.

»Zu einer Tasse Tee gehört einfach ein wenig Marzipan.«

Ich schlucke. Marzipan esse ich nicht. Das Zeug ist mir verhasst, seit ich fünf bin.

Die faltige Hand stellt eine Glasschale mit Marzipanpralinen

in kleinen Papierförmchen auf den Tisch und schiebt sie mir zu. »Ich habe so selten Gesellschaft«, bemerkt die alte Frau seufzend. »Greifen Sie zu!«

Jetzt weiß ich nicht, wie ich reagieren soll. Es tut mir richtig leid, dieses liebe Angebot abzulehnen. Aber ich kann mich wirklich nicht überwinden, etwas davon zu essen.

»Vielen Dank«, wehre ich deshalb so höflich wie möglich ab. »Marzipan mag ich leider gar nicht. Als Kind ist mir einmal furchtbar übel davon geworden, deshalb esse ich das jetzt nicht mehr. Aber der Tee ist sehr gut!«

Sie schaut mich verwundert an, drängt mich aber nicht.

»Schon gut, Gregor!«, kreischt der Papagei. Mein Blick fällt auf die Uhr, die in der Schrankwand steht. Viertel vor sechs. Meine Mutter wird gleich aus der Praxis kommen und mich anrufen, wenn ich nicht zu Hause bin.

Ich versuche, den heißen Tee so rasch wie möglich zu schlürfen, ohne dass es zu sehr auffällt. »Ich muss leider gleich nach Hause«, sage ich entschuldigend.

Die Dame beobachtet mich einfach nur. Sie scheint keine Frau der großen Worte zu sein. Aber in ihren Augen steht deutlich ein waches Interesse. Ich würde es beinahe als Neugier bezeichnen. Sie betrachtet mich, als wäre ich die Mutation einer Tierart, die sie noch nicht erschöpfend erforscht hat. Oder vielleicht auch einfach die Urenkelin, von der sie bisher nichts wusste.

Obwohl die Tasse klein ist, ist der Tee doch recht heiß, und ich fühle mich irgendwie gedrängt, noch ein wenig Konversation zu betreiben. Weil die Dame von sich aus nichts sagt, probiere ich es mit etwas Small Talk. »Das ist ein schönes Bild da drüben«, beginne ich tastend.

Sie dreht den Kopf gar nicht, sondern schaut mir nur weiter ins Gesicht. »Sie meinen unser Hochzeitsbild.«

Ich nicke und überlege schnell, was ich als Nächstes sagen könnte.

»Ist … ist Ihr Mann schon lange tot?« Eine blödere Frage hätte mir wirklich nicht einfallen können, aber da ist sie mir auch schon herausgerutscht. Hoffentlich ist die Dame mir jetzt nicht böse. Aber nein, sie lächelt.

»Er starb vor sieben Jahren«, antwortet sie mit ruhiger Stimme. »Aber eigentlich habe ich das Gefühl, dass er für immer bei mir ist. Wir sind aneinander festgewachsen, wissen Sie. Das ist so, wenn man fast sechzig Jahre verheiratet war.«

Ich nippe nachdenklich an meiner Tasse. »Sechzig Jahre sind wirklich eine lange Zeit«, stimme ich ihr zu.

»Ich kannte meinen Vater leider nur sechzehn Jahre lang. Aber ich hoffe, dass er auch an mir festgewachsen ist.« Erst als ich es schon gesagt habe, fällt mir auf, dass ich über meinen Papa geredet habe. Frau Reuter wäre stolz auf mich. Aber ich werde ihr sicher nicht davon erzählen. Nein, was auf meiner Zeitreise geschieht, das wird die Welt nie erfahren.

Die alte Dame lächelt noch immer, tiefer jetzt. In ihren Augen sehe ich Verständnis. Und das, obwohl sie mich überhaupt nicht kennt.

»Gute Väter wachsen direkt bei der Geburt an ihren Töchtern fest«, behauptet sie nachdrücklich.

Meine Tasse ist leer und ich stelle sie auf den Tisch zurück. »Danke. Das ist wirklich ein schöner Gedanke«, sage ich und stehe auf. »Es tut mir leid, aber ich muss wirklich gehen.«

»Das ist sehr schade.«

Eigentlich würde ich mich am liebsten wieder hinsetzen und für immer in dieser veränderten Zeitzone bleiben, aber ich habe Angst, dass der Traum platzt, wenn ich zu lange verweile.

Ich reiche der alten Frau die Hand. Die ihre fühlt sich wie ein kleiner Vogel an. Ich drücke sie ganz vorsichtig, aber sie erwidert den Druck fest.

»Vielen Dank für den Tee«, murmele ich, um nicht einfach wortlos Abschied zu nehmen. »Ach ja, mein Name ist übrigens Talitha Kramer. Ich hatte mich gar nicht vorgestellt.“

»Sie sind jederzeit willkommen bei mir«, sagt sie freundlich

und ihre Augen unterstreichen, wie ernst sie das meint. »Und nochmals vielen Dank für Ihre Hilfe.«

»Sie haben mir auch sehr geholfen«, gebe ich zurück und mein Herz ist für einen Augenblick ganz leicht.

Dann gehe ich durch die Diele zur Wohnungstür, schlüpfe in meine Schuhe und trete in den Hausflur.

Dr. R. Möller, steht auf dem Klingelschild. Ich schließe die Tür vorsichtig und lasse das zwanzigste Jahrhundert hinter mir.

Später, zu Hause, mache ich mein Vorhaben von gestern Abend wahr. Oma Ute freut sich, als ich sie anrufe.

Wir reden ziemlich lange darüber, wie die Schule so läuft, wie sich die Kinder ihrer Nachbarn entwickeln und wie uns das Wetter gefällt. Ich traue mich nicht, sie zu fragen, wie es ihr geht. Und sie fragt mich auch nicht danach. Am Ende lädt sie mich ein, morgen zu ihr und Opa in den Garten zu kommen. Die Äpfel sind reif und sie würde einen Kuchen für mich backen. Ich werde Sanna fragen, ob sie mitkommt. Früher, als wir noch keine schwer beschäftigten Gymnasiastinnen waren, sind wir oft am Wochenende mit der S-Bahn rausgefahren und haben die Sommertage in Omas Schrebergarten verbracht. Vielleicht hat Sanna Lust auf ein Revival unserer Kindheit.

Als ich auflege, breitet sich die Leere wieder in mir aus. Ich habe mit Oma über alles gesprochen, nur nicht über das, worüber ich so gern reden wollte: über Paps.

Aber vielleicht ist heute Abend einfach nicht die richtige Zeit gewesen.

Vielleicht wird die morgen sein.

Oder nächstes Jahr.

Oder nie.

Kapitel 9

Aus irgendeinem Grund wache ich am nächsten Morgen ziemlich früh auf. Es ist Samstag und ich könnte theoretisch ausschlafen, aber ich bin hellwach. Ein Blick auf die Uhr sagt mir, dass es gerade einmal kurz vor acht ist. Mutter wird noch mindestens eine Stunde im Bett liegen, so wie ich sie kenne. Ich versuche noch einmal einzuschlafen. Erfolglos. Mein Hirn arbeitet bereits auf Hochtouren und die Sonne schreit geradezu durchs Fenster. Ich schüttle die Decke ab und stehe auf. War mein Zimmer gestern auch schon so ein chaotischer Haufen? Ich bin mir sicher, dass es schon seit Wochen so aussieht, doch heute stört es mich plötzlich. Ich glaube, das ist gut. Da ist eine Sehnsucht in mir nach einem Rückzugsort, an dem ich sicher bin. Die Insel, auf der ich gestrandet bin – sie muss jetzt langsam mal mit einer Hütte versehen werden, in der ich mich heimisch fühlen kann. Ja, das wird es sein.

Noch bevor ich ins Bad gehe, fange ich an, Klamotten aufzusammeln, meinen Schreibtisch zu sortieren und den Fußboden hindernisfrei begehbar zu machen. Es fühlt sich gut an.

Voller Tatendrang bringe ich die Wäsche ins Bad und mache mich selbst fertig. Die Haare sind schon ziemlich nachgewachsen: Natürlich sind es noch immer nur kurze Stoppeln, aber eindeutig keine Glatze mehr. Ich streiche mit der Hand darüber; vermutlich fühlt sich ein abgemähtes Feld ganz ähnlich an. Ich erinnere mich plötzlich an einen Ausflug, den ich mit Mutter und Paps gemacht habe. Wir sind aufs Land gefahren und eine weite Strecke gewandert. Keine Ahnung, was das eigentliche Ziel war. Der Anblick eines abgeernteten Getreidefeldes kommt mir wieder in den Sinn und der Duft von Kiefernnadeln. Mir fällt ein, wie fasziniert ich von der Weite des Himmels war.

»Los, wir laufen über das Stoppelfeld!«, höre ich Paps rufen und schon rennt er los.

Ich laufe hinter ihm her, mein Rock flattert zwischen meine Knie und der Zopf hüpft auf meinem Rücken hin und her. Meine Sandalen füllen sich mit trockener Erde und ich stolpere in den Kuhlen des Feldes.

»Ich krieg dich!«, schreie ich ausgelassen und versuche Papas T-Shirt zu fassen. Dann falle ich. Ich sehe die Stoppeln und die auf dem Acker liegenden Steine und habe Angst, dass es wehtun wird, aber im letzten Moment hält Paps mich fest und zieht mich in seine Arme. Ich schmiege mich, nach Luft japsend, an seinen Hals und weine ein bisschen vor Schreck und Erleichterung.

Paps drückt mir einen Kuss auf die Stirn und stellt mich zurück auf den Acker. *»Komm, Füchslein«*, sagt er lachend. *»Lass uns wieder zu Mama gehen. Sie sieht schon ein bisschen gelangweilt aus da am Feldrand, findest du nicht?«*

Die Erinnerung verfliegt wie die Staubwolke, die unsere Füße bei dem wilden Rennen aufgewirbelt hatten. Als Letztes sehe ich Mama am Feldrain sitzen, eine ernste junge Frau im hellen Kleid zwischen Gras und blauen Kornblumen.

Ich glaube, ich werde heute keine Mütze tragen. Es ist ja keine Schule, und was die Leute in der U-Bahn denken, ist mir egal. Oma Ute wird den Anblick schon verkraften. Außerdem, ich finde, die Frisur hat was. Meine Augen wirken größer, wenn der rote Schopf nicht von ihnen ablenkt, und meine Sommersprossen machen mein Gesicht frech. Ich helfe mit ein bisschen Make-up nach und suche mir Klamotten aus, die meine Sommererinnerung unterstreichen. Die kürzesten Jeansshorts und ein hellgelbes Shirt. An die Ohren kommen blaue Steine: Sie sehen aus wie die Kornblumen, neben denen Mama saß. Hab ich sie gerade Mama genannt? Ich glaube, heute wird ein guter Tag.

Als ich aus dem Bad komme, schläft Mama immer noch. Ich

schaue mich in der Küche um: aufgeräumt und sauber wie immer. Rosi macht ihre Arbeit einfach gut. Auf dem Tisch steht ein Strauß Blumen, Sonnenstrahlen fangen sich in den roten Blütenblättern. Von wem Mama die Blumen wohl hat? Wurden sie auf ihre Order hin von der umsichtigen Rosi besorgt oder hat jemand gedacht, er könnte meine Mutter aufmuntern?

Ich beschließe, zum Bäcker zu laufen und frische Brötchen zu besorgen. Das habe ich auch schon lange nicht mehr gemacht. Normalerweise war Paps derjenige, der am Samstagmorgen als Erster wach war. Wenn ich aus meinem Bett gekrochen kam, saß er schon im Wohnzimmer auf der Couch, las ein Buch und begrüßte mich mit unerträglicher Munterkeit. Wenn er keinen Dienst hatte. Eigentlich hatte er wohl öfter Dienst, als er samstags zu Hause war, aber mein Gehirn schenkt mir heute nur positive Erinnerungen.

Ich trete aus der Haustür und fühle die Wärme auf meinem Gesicht. Vielleicht geht dieser Sommer nie zu Ende ... das wäre schön. Denn vor dem Herbst habe ich Angst. Nicht vor den goldenen Tagen, sondern vor den grauen. Bestimmt beißt der Schmerz dann noch stärker zu, als ihm das bei diesem Sonnenschein gelingt.

Während ich zum Bäcker gehe, fallen mir tausend Dinge ein, die ich erlebt habe, wenn ich Paps auf Arbeit besuchte. Viele davon haben sich in der Cafeteria des Krankenhauses abgespielt. Hausaufgaben machen mit Johann, dem Medizinstudenten. Der konnte Mathe richtig gut erklären. Oder Pamela, die Dame vom Catering. Sie trug immer viel zu viel Schminke, aber sie hat mir Muffins und Kakao geschenkt, wenn ich mit meinem Buch hinten an dem Tisch am Fenster saß und darauf gewartet habe, dass Paps eine Pause machen konnte.

»Was darf es denn sein?« Die Stimme der Verkäuferin in der Bäckerei reißt mich aus meinen Gedanken. Wie kann es sein, dass ich automatisch in den Laden gelaufen bin, ohne es zu merken? Vielleicht habe ich Frau Reuter doch nötiger, als ich dachte.

»Ähm … drei Brötchen und zwei Croissants, bitte«, stammle ich leicht verwirrt. Mein Herz pocht und ich bin garantiert knallrot im Gesicht.

Ich zahle, nehme die Tüte entgegen und drehe mich um. Ein blaues T-Shirt steht hinter mir, der Kragen genau auf Höhe meiner Nase. Weil ich in meiner Aufregung über die Beinahe-Peinlich-Situation so schwungvoll bin, wäre ich dem Typen fast auf die Füße getreten. Ich schaue nach oben in sein Gesicht und mir rutscht die Tüte aus der Hand. Timo grinst, hält sie fest, bis ich wieder ordentlich zugreife, und wünscht mir einen schönen Tag. Ich stürme aus dem Laden in der Hoffnung, von irgendetwas verschluckt zu werden, wenn der Boden es schon nicht direkt vor Ort tun konnte.

Warum um alles in der Welt taucht dieser Kerl neuerdings ständig irgendwo auf, wo ich nicht mit ihm rechne? Ich habe ihn vorher nie gesehen, außer in der Schule natürlich. Und warum kann ich in seiner Nähe nicht ein einziges Mal die coole Tally sein, die alles im Griff hat? Ich bin es nicht gewohnt, mich plump und ungeschickt zu fühlen. Dieser Typ tut mir echt nicht gut.

Als ich unsere Wohnung wieder betrete, bin ich immer noch total aufgewühlt. Immerhin, meine Mutter kommt gerade aus dem Bad und freut sich, dass es Frühstück geben kann.

»Hast du heute etwas vor?«, fragt sie, während wir essen.

Ich erzähle ihr, dass ich mich für ein Uhr mit Sanna verabredet habe, um zu Oma Ute zu fahren.

»Kannst du vorher noch einkaufen gehen? Ich habe vergessen, Rosi die Liste zu geben.«

Ich ziehe überrascht die Augenbrauen in die Höhe. Meine Mutter hat etwas vergessen und gibt es auch noch zu? Das ist ja mal etwas ganz Neues.

»Klar, kein Problem.« Wirklich, dieser Tag ist außergewöhnlich. Ich fühle mich beinahe euphorisch. Ich erkläre mich freiwillig bereit, meiner Mutter zu helfen. Wir führen ein Gespräch, ohne uns anzuzicken. Die einzige Schwachstelle des Tages war bisher Mr Wow. Aber die Erinnerung an ihn verdränge ich ganz schnell wieder.

»Gib mir einfach die Liste«, bitte ich meine Mutter, während ich meine Tasse in die Spülmaschine stelle. »Ich erledige das jetzt gleich.«

Mutter lächelt, steht ebenfalls auf und geht ins Wohnzimmer. »Hier ist sie«, erwidert sie und ihr Lächeln macht mich jetzt doch langsam misstrauisch. Es sieht so aus, als wolle sie sich im Voraus für etwas entschuldigen. »Und das hier ist für dich.« Sie drückt mir ein kleines Päckchen in die Hand, eingewickelt in glattes, glänzendes Geschenkpapier.

»Frau Reuter hat gemeint, es würde dir sicher guttun, Tagebuch zu schreiben.«

Ich starre meine Mutter an, als hätte sie mir Gift gegeben. Das Lächeln auf ihrem Gesicht gefriert. Plötzlich ist der Zauber des Tages vorbei, die Euphorie verschwunden, als hätte jemand ein Loch in eine Luftmatratze geschnitten.

Die Palmen auf meiner Insel beugen sich schon wieder einem starken Windstoß, der Unwetter ankündigt.

Ich atme tief ein, beiße auf meine Lippe und schaue zu Boden. »Ich gehe dann mal«, sage ich und schleppe mich Richtung Wohnungstür.

Meine Mutter bleibt mitten im Zimmer stehen und schaut mir hilflos nach. Ich fürchte, sie versteht nicht, was gerade passiert ist. So richtig verstehe ich es auch nicht, aber ich weiß, dass meine Insel ein empfindliches Ökosystem ist. Von einer Sekunde auf die andere ist der Himmel grau und die Luft drückend.

Ich ziehe meine Schuhe an und gehe nach draußen. Im Vorbeigehen greife ich nach meiner Mütze. Ich brauche sie wieder. Schade.

Das Päckchen stecke ich in den Beutel, den ich mir für den Einkauf von der Garderobe genommen habe. Es wiegt schwer und ich habe das Gefühl, ganz gebeugt zu gehen. Wie in Trance laufe ich die Straße hinunter; nicht in guten Erinnerungen versunken wie heute Morgen, sondern in trüben Gedanken. Musste mich die Trauer jetzt wieder anspringen? Es war doch alles gut vorhin. Wie kann das nur so schnell umschwingen? Und wird das jetzt für den Rest meines Lebens so weitergehen?

Im Laden packe ich mechanisch die Sachen von der Liste in den Korb. Ich bin fast fertig, als mir plötzlich die Reihe von Gurkengläsern auffällt, vor der ich gerade stehe. Ich denke an Frau Möller und das zersprungene Glas im Rinnstein. Sogar das Etikett steht mir wieder vor Augen. Ich nehme ein Glas aus dem Regal und lege es zu den anderen Sachen. Dann reihe ich mich in die Schlange an der Kasse ein. Frau Möller hat gesagt, ich dürfe jederzeit wiederkommen. Eigentlich hatte ich gedacht, dass ich das nie in Anspruch nehmen würde, aber plötzlich sehne ich mich nach ihrer der Zeit entrückten Wohnung und den weisen Worten, die sie sagt. Sie kennt den Tod. Vielleicht weiß sie auch, wie man dem Wetter auf der Insel trotzt.

Als ich ein paar Minuten später vor dem alten Haus ankomme, das still und erhaben in der Sonne steht, verliere ich wieder den Mut. Das Glas Gurken in meiner Hand fühlt sich kühl an, auf meiner Schulter drücken die Henkel des Beutels mit den Einkäufen. Er ist schwer, aber ich bin mir sicher, das liegt nur an dem blöden Tagebuch.

Die Stufen vor der Haustür sehen aus wie eine unüberwindbare Blockade. Sie sind bröckelig wie der Putz an der Fassade. Aus der untersten wächst Löwenzahn. Bestimmt brechen sie zusammen, wenn ich darauf trete. Wie in einem Fantasyfilm: Die Treppe, die gestern gehalten hat, wird heute unter mir nachgeben, weil ich nicht in Begleitung der alten Dame bin.

Aber ich habe ihre Gurken.

Ich atme durch, fasse mir ein Herz und betrete den Vorgarten. Vier Schritte bis zur Treppe, drei Stufen zur Klingel. Der Knopf ist warm, meine Finger zittern. Ich lasse die Hand sinken und überlege noch einmal. Kann ich wirklich klingeln? Wird sie mich hören? Werde ich sie vielleicht wecken und ihren ganzen Tagesrhythmus durcheinanderbringen?

Während ich zögernd vor dem Klingelknopf stehe, beginnt der Öffner plötzlich zu summen. Ich zucke zusammen und fahre herum. Automatisch drücke ich die Tür auf und trete unsicher ein. Das Gurkenglas fest an mich gepresst bewege ich mich durch den dämmrigen Flur auf Frau Möllers Wohnung zu. Sie steht im Türrahmen und lächelt.

»Sie sind gekommen.«

Ihre Augen strahlen, als wäre ich ihre sehnlichst vermisste Enkeltochter. Es zieht in meinem Bauch und ich muss schlucken.

»Woher wussten Sie das?«, frage ich verwirrt.

Sie tritt zur Seite und lässt mich herein. Während ich die Schuhe von meinen Füßen streife, sagt sie mit einem kleinen Kichern in der Stimme: »Alte Frauen liegen immer mit einem Kissen an der Fensterbank, wussten Sie das nicht?«

Ihre Fröhlichkeit ist ansteckend. Wie ein sanfter Windhauch in der tropischen Schwüle meiner Insel.

»Kommen Sie, ich wollte mir gerade einen Tee machen.«

Widerstandslos folge ich ihr in die Küche.

»Sind die Gurken für mich?«

Das Glas, das ich immer noch in der Hand halte, hatte ich ganz vergessen. »Oh!« Ich fühle, wie mir das Blut ins Gesicht schießt, und stelle es rasch auf den Tisch. »Ja … das andere ist doch gestern kaputtgegangen.«

»Das ist so nett von Ihnen«, strahlt sie. »Ich liebe saure Gurken und hatte schon überlegt, ob ich mich heute noch einmal auf den Weg machen muss.«

Ich stehe hinter ihr und beobachte, wie sie mit langsamen, beinahe andächtigen Bewegungen Schwarzteeblätter in ein Sieb füllt und dieses in die Kanne hängt. Auf dem Herd pfeift der Wasserkessel: ein Geräusch, das ich bisher nur aus den Kindheitsgeschichten meiner Großeltern kannte.

»Darf ich den Tee aufgießen?«, frage ich schnell. Ich habe

Angst, dass Frau Möller sich verbrüht. Sie sieht so gebrechlich aus, als könnte sie keine schwere Kanne tragen. Mir ist klar, dass sie es vermutlich jeden Tag mindestens drei Mal tut, aber jetzt bin ich ja da.

Sie lässt mich gewähren und kurze Zeit später sitzen wir auf der antiken Couch in ihrem Wohnzimmer. In den Tassen dampft der Tee, auf dem Tisch steht ein Schüsselchen mit Marzipanpralinen.

»Nehmen Sie doch ein Stück«, bietet Frau Möller mir an.

»Danke, ich mag kein Marzipan«, gebe ich zurück.

»Schon gut, Gregor!«, kreischt der Papagei.

Und wie gestern nimmt die alte Dame mein Ablehnen hin und wickelt ihrerseits mit zittrigen Fingern ein Stück der Süßigkeit aus.

Wir sitzen eine Weile schweigend da und nippen an unseren Teetassen. Der Papagei hüpft zweimal hin und her, gibt ein knatterndes Geräusch von sich und schaut mich mit schief gelegtem Kopf an. Ich lasse meinen Blick durch den Raum schweifen.

»Ist das ein Fotoalbum?«, frage ich, um die Stille zu beenden. Ich deute auf ein dickes, altes Buch, das auf einem Beistelltisch neben dem großen Sessel liegt.

»Ja«, nickt Frau Möller. »Ich habe es heute Morgen hervorgeholt. Möchten Sie es anschauen?«

Seltsamerweise geht von dem Album eine unwiderstehliche Faszination aus. Ich stehe eigentlich nicht auf Bilder von anderen Leuten. Aber Fotoalben sind etwas anderes als Fotos auf dem Handy. Und das hier ist definitiv alt. Man sieht schon von Weitem, dass sich der Buchrücken löst, und der Einband ist ein wenig ausgefranzt.

»Gern«, antworte ich eifrig. Ich springe auf und hole das Buch an den Tisch. Es hat Gewicht; vielleicht wiegen die Geschichten darin schwer.

Frau Möller zieht das Buch so zurecht, dass wir beide gemeinsam hineinschauen können.

»In diesem Album befindet sich meine ganze Kindheit.« Ihre Stimme klingt wehmütig, aber dankbar. Ihre schmale Hand schlägt die erste Seite auf.

Der Geruch von vergilbtem Papier steigt mir in die Nase und ich tauche in die Vergangenheit ein.

»Das ist das Hochzeitsbild meiner Eltern«, erklärt sie mir und zeigt auf das Schwarz-Weiß-Foto zweier streng blickender Herrschaften. »Sie besaßen ein Rittergut in Ostpreußen. Es gehörte zu einem der vielen Schlösser, die es damals dort gab.«

Staunend folgt mein Blick der Hand, die auf ein herrschaftliches Anwesen am Ende einer Allee mächtiger Kastanienbäume weist. Auf dem Hof steht eine Pferdekutsche, an der sich ein Bursche zu schaffen macht. Es folgen Bilder von Verwandten der alten Dame: Mutter, Schwester, die Schwiegereltern. Zwei Fotos zeigen sie selbst als kleines Mädchen, umringt von vier Geschwistern mit großen, ernsten Augen. Die Kinder tragen adrette Kleidchen und Anzüge mit steifen Kragen. Frau Möller ist die Jüngste von ihnen.

Sie blättert weiter. Ein kleines Bild im Passfotoformat flattert zu Boden. Ich bücke mich, um es aufzuheben, und mich trifft der Schlag.

Kapitel 10

Es ist Liebe auf den ersten Blick.

Der Prinz auf dem Bild dürfte ungefähr achtzehn Jahre alt sein. Das helle Haar liegt ordentlich gescheitelt, wie es sich für ein Foto gehört. Es ist wellig und man sieht seine Rebellion. Sobald der Fotograf abgedrückt hat und das Bild im Kasten ist, wird der junge Mann mit einer leichten Kopfbewegung den Zwang abschütteln und die Haare werden ihr nur halb gezähmtes Eigenleben wieder ganz aufnehmen. Ähnlich verhält es sich mit seinem Gesicht. Es ist frisch rasiert, aber es gibt keinen Zweifel, dass die Glätte der Haut nicht lange anhalten wird. Mit dem kantigen Kinn und den ausgeprägten Jochbeinen wirken seine Züge ernst und wichtig. Aber wenn die Kamera nicht mehr vor ihm steht, wird er sich umdrehen und lächeln. Und dann wird mein Herz nicht nur schmelzen, sondern sich gleich in eine rosafarbene Wolke auflösen.

Denn da sind noch seine Augen.

Ich stehe auf braune Augen, das war schon immer so. Aber seine Augen sind nicht nur braun, sie sind schwarz. Okay, es ist ein Schwarz-Weiß-Foto. Aber diese Augen sind einfach so dunkel und intensiv, da kann nicht mal Mr Wow mithalten, der neben diesem Prinzen sowieso verblasst wie Schulbrot neben einem Fünf-Gänge-Menü.

Die Brauen über diesen phänomenalen Augen sind dunkler, als man es bei einem so hellhaarigen Mann erwarten würde, aber genau das macht einen echten Zauber aus. Sie geben dem Gesicht eine Prägnanz, die mich fesselt. Aber tiefer noch beeindruckt mich, dass ich in seinen Augen die Tiefe des Alls und die Weite des Meeres sehe. Ich liebe ihn. Ich brauche diesen Mann auf meiner Insel.

»... bevor wir 1945 hierherkamen.«

Ich schaue erschrocken auf, als mir bewusst wird, wie abwesend ich gerade war.

Frau Möller betrachtet wehmütig ein Bild, auf dem mehrere Menschen in bäuerlicher Kleidung einen Heuwagen beladen. Sie lachen und sind sichtlich stolz auf ihre Arbeit.

»Sind … sind Sie auch auf diesem Bild?«, frage ich stockend, um zu vertuschen, dass ich ihr nicht zugehört habe.

Sie sieht mich verwirrt an. »Nein, das habe ich doch gerade gesagt. Das sind meine Tanten und ein paar Nachbarinnen. Ich war damals erst fünf und habe ihnen das Mittagessen aufs Feld gebracht.« Jetzt entdeckt die alte Frau das Bild meines Prinzen; offenbar hat sie gar nicht mitbekommen, wie ich es aufgehoben habe. Ihr Gesicht hellt sich auf, bevor sich im nächsten Moment ein noch tieferer Schatten darüberlegt. Wortlos nimmt sie mir das Foto aus der Hand und betrachtet es lange.

»Eugen«, seufzt sie schließlich. Sie hält das Bild zärtlich wie einen zerbrechlichen Schatz in ihren faltigen Händen.

»War er … ist das …?« Ich will wissen, ob es ihr Geliebter ist, aber ich mag die Frage nicht stellen. Ich glaube, ich könnte es nicht ertragen, wenn sie Ja sagt. Also warte ich ab und mir fällt plötzlich auf, dass der Prinz und Frau Möller sich ähneln. Ihre Brauen sind ebenfalls dunkel, während ihr Haar wellig und schlohweiß ist. Aber ihre Augen sind von einem hellen Blau. Sind sie Geschwister?

»Eugen war mein Lieblingsonkel«, erklärt sie endlich. Ihre Stimme ist weich und traurig. »Er war der jüngste Bruder meines Vaters und nur sechs Jahre älter als ich. Eigentlich wäre er der Erbe des Schlosses gewesen, das meinen Großeltern gehörte. Aber der Krieg hat alles verändert.« Sie fummelt ein Taschentuch hervor und schnäuzt sich umständlich.

»Ist das Schloss zerstört worden?« Ich kann die Fragen nicht zurückhalten, obwohl ich weiß, dass die alte Dame sowieso gerade mit den Tränen kämpft.

Sie zuckt mit den Schultern. »Ich weiß es nicht, aber ich glaube nicht. Wahrscheinlich hat es irgendjemand übernommen und nun verfällt es, wie die meisten der alten Güter in meiner Heimat. Man kann es keinem verübeln. Es ist nicht die Schuld dieser Leute.«

Um ehrlich zu sein, verstehe ich nicht wirklich, wovon sie spricht. Es kleines Glöckchen läutet in meinem Hinterkopf: der Krieg, die ehemals deutschen Gebiete, Flucht und Vertreibung … Ich hätte noch besser aufpassen sollen im Geschichtsunterricht.

Frau Möller steht auf und lehnt das Foto von Eugen an einen Bilderrahmen, der neben dem Fernseher steht.

Es fühlt sich an, als würde sie mich von ihm trennen. Ich will das Bild wenigstens abfotografieren, aber mein Anstand hält mich zurück. Nicht jetzt. Es ist gerade alles viel zu emotional.

In diesem Moment klingelt mein Handy. Natürlich ist es meine Mutter, die anruft. Sie hat ein Gespür für unpassende Zeitpunkte.

»Wo steckst du, Tally? Sanna ist hier und wartet auf dich!«

Erschrocken sehe ich auf die Uhr. »Mist, das habe ich total vergessen. Sorry!« Ich werfe Frau Möller einen bedauernden Blick zu, krame meine Sachen zusammen und gehe zur Tür.

»Es tut mir leid, dass ich schon wieder so hektisch verschwinde«, versuche ich mich zu entschuldigen. »Ich habe nicht auf die Zeit geachtet und ich bin mit einer Freundin verabredet.«

Frau Möller wirkt ein bisschen abwesend, aber sie lächelt verständnisvoll.

Plötzlich habe ich Angst, heute zum letzten Mal bei ihr gewesen zu sein. Was, wenn sie mich nicht wiedersehen will? Ich spüre schon wieder ein Ziehen in meinem Bauch, einen Schmerz, als würde ich etwas verlieren, das mir unendlich wertvoll war.

»Darf ich vielleicht in den nächsten Tagen noch einmal vorbeikommen?« Meine Stimme klingt wie ein Flehen, wofür ich mich fast ein bisschen schäme. »Ich könnte auch für Sie einkaufen gehen oder Ihnen irgendeine andere Arbeit abnehmen.«

»Du bist jederzeit willkommen, Talitha«, gibt sie wie selbstverständlich zurück.

Ich weiß nicht, wieso sie mich auf einmal duzt und warum sie sich überhaupt an meinen Namen erinnern kann, aber es fühlt sich an, als würde ein Steinwall zerbröseln.

Ich falle ihr vor lauter Erleichterung um den Hals und drücke sie ganz vorsichtig.

»Sie zu treffen, war das Beste, was mir in den letzten drei Wochen passiert ist«, murmele ich in ihr Ohr, bevor ich sie wieder loslasse und im Flur verschwinde.

»Passen Sie gut auf sich auf!«

Ich eile nach draußen und laufe mit schnellen Schritten nach Hause.

In der S-Bahn rückt Sanna nahe an mich heran. »Ich freu mich voll auf deine Oma«, sagt sie lächelnd und zupft mir einen Fussel von der Schulter.

Ich weiß nicht, ob ich mich freue. Einerseits ist es schön, mal wieder mit Sanna unterwegs zu sein. Ich glaube, ich habe das in den letzten Tagen vermisst. Andererseits bin ich nicht wirklich gesprächig im Moment und würde lieber still vor mich hin brüten. Was neben einer quasseligen Person wie Sonnenschein-Sanna schlicht unmöglich ist, jedenfalls, wenn ich ihr nicht befehle, mich in Ruhe zu lassen. Außerdem steckt mir eine Angst in den Knochen, die ich nicht beschreiben kann. Die ganze Zeit muss ich an Oma Utes verquollenes Gesicht auf der Beerdigung denken. Was, wenn sie wieder anfängt zu weinen? Was, wenn ich sie trösten muss oder – noch schlimmer – wenn sie erwartet, dass ich mitheule? Ich werde nie wieder Tränen vergießen können, selbst wenn ich es mir wünsche und vornehme und versuche.

Ich seufze tief und Sanna wirft mir einen komischen Blick zu.

»Alles okay?«, fragt sie mitleidig. Ihre großen blauen Augen sind vor lauter plötzlichem Erinnern an Mitgefühl noch größer als normal. Ich habe das Gefühl, gleich durchzudrehen.

»Nichts ist okay, aber alles ist gut.« Ich erwarte eine verwirrte Rückfrage auf diese pseudophilosophische Aussage, die mir da gerade aus Versehen herausgerutscht ist, aber Sanna drückt nur meine Hand. Wie konnte ich nur denken, dass sie nicht mehr über die Beste-Freundin-Fähigkeiten verfügt?

Sie schaut aus dem Fenster auf die vorbeifliegenden Bahndämme und Häuser, dann dreht sie sich wieder zu mir um und sagt ruhig: »Ich hab mal gelesen, dass es hilft, über den Verlust zu reden, wenn man trauert.«

So was in der Art hat Frau Reuter auch gemeint. Deshalb das Tagebuch. Es liegt, immer noch in Geschenkpapier verpackt, zu Hause in meinem Papierkorb, in den ich es gleich nach meinem Besuch bei Frau Möller versenkt habe.

»Irgendwann vielleicht«, gebe ich bitter zurück.

Das bei Frau Möller war ein Ausnahmemoment. Ich kann nicht über Paps reden. Das geht einfach nicht, weil es viel, viel zu weh tut – zumindest heute, jetzt, in diesem Moment. Deshalb habe ich ja auch Angst, Oma Ute zu treffen.

Die S-Bahn kennt allerdings kein Erbarmen und bringt uns mit null Minuten Verspätung ans Ziel. Vom Bahnhof aus müssen wir noch ein ziemliches Stück gehen. Der Schrebergarten befindet sich ganz am Ende einer riesigen Kolonie, die an diesem Spätsommertag ganz verschlafen wirkt. Bei näherer Betrachtung herrscht jedoch emsiges Treiben in den Parzellen. Männer mit Bierbauch sprengen den Rasen, alte Frauen auf Trittleitern ernten Äpfel. Vor manchen Gartenzäunen stehen Körbe mit Birnen, Pflaumen und Salatgurken. *Zum Mitnehmen,* steht auf den Zetteln, die daran befestigt sind. Scheint ein fruchtbares Gartenjahr gewesen zu sein. Der Sand stiebt unter unseren Sandalen.

Oma Ute sitzt auf der Gartenbank vor ihrem Holzhäuschen und schnippelt Bohnen. Als sie uns entdeckt, winkt sie mit dem Messer in der Hand.

»Wie früher«, grinst Sanna. Sie hat keine Ahnung, wie schmerzhaft diese Bemerkung ist.

Später sitzen wir alle um den Tisch herum und essen den Apfelkuchen, den Oma Ute mir versprochen hatte. Der Nachmittag vergeht schnell und ehe ich mich versehe, sitze ich wieder mit Sanna in der S-Bahn. Kein Wort über Paps. Nur über das Grab haben wir geredet; wer es pflegt und ob Mama oft hingeht.

Oma Ute hat mir eine Pflanze mitgegeben. Eine Rose ist es, ein ziemlich stacheliges Exemplar. Angeblich die Lieblingsblume von Paps, aber das glaube ich nicht. Ich bin mir sicher, dass seine Lieblingspflanzen Kornblumen und Gänseblümchen waren.

Jedenfalls soll ich sie Rosi geben, die sie dem Gärtner aushändigen soll, der sie wiederum auf das Grab pflanzt. So ein Quatsch. Ich werde selbst hinfahren, und zwar gleich heute Abend.

Sanna wohnt in der Nähe der S-Bahnstation und holt mir Gartenhandschuhe und eine Pflanzschaufel aus dem Keller. So etwas besitzen wir gar nicht, aber Sannas Familie pflegt Hochbeete im Hinterhof.

»Soll ich wirklich nicht mitkommen?«

Ich schüttle den Kopf und umarme sie kurz, so gut es eben geht, wenn man einen Rosenstrauch und Werkzeug in den Händen hält.

»Irgendwann mal, ja? Ich weiß, dass du es blöd findest, aber ich bin einfach noch nicht so weit.«

Sie lächelt wieder, dann wird sie ernst. »Ich finde es nicht blöd. Dazu hab ich gar kein Recht. Ich mache mir nur Sorgen um dich. Aber ich denke, du weißt, was richtig für dich ist. Also, bis bald. Ruf mich an.«

»Danke.«

Sie dreht sich um und geht die Treppe zu ihrer Wohnung hinauf. Aus der Tür dringt Kinderlärm. Wie glücklich sie sein kann, zwei lebendige Eltern und einen Haufen quirliger Geschwister zu haben. Es erscheint mir auf einmal wie das Paradies, obwohl ich sie sonst angesichts des ständigen Trubels bei ihr zu Hause immer ein wenig bedauert habe.

Zum Glück muss ich an der Bushaltestelle nicht lange warten und diesmal setzt sich auch kein redebedürftiger Typ neben mich.

Das knarzende Friedhofstor fühlt sich mittlerweile vertraut an, genauso wie der Weg zum Grab.

Daran, dass die Sonne schon ziemlich tief steht und die Bäume lange Schatten werfen, merke ich, dass der Herbst nun doch schon nahe ist. Die Sonnenflecken auf der Wiese der Namenlosen schimmern golden.

Papas Grab ist inzwischen eingefasst und ordentlich bepflanzt. Die Kränze und Sträuße waren verdorrt, die Schleifen ausgeblichen. Jetzt wachsen Heidekraut und irgendwelche dunkelroten Blumen zwischen weißem Kies. Ich muss einen ganzen Haufen Steinchen beiseiteräumen, um ein Loch für die Rose graben zu können. Weil ich vergessen habe, die Handschuhe anzuziehen, sind meine Finger im Nu dunkelbraun. Besonders professionell mag es nicht aussehen, aber es dauert nicht lange und die neue Pflanze ist im Boden. Ein Zweig lehnt sich gegen den funkelnagelneuen Grabstein – ein Wunder, dass der so schnell fertiggestellt war. Ich sehe Gräber mit verwitterten Holzkreuzen, die aussehen, als würden sie schon seit Jahren auf einen Stein warten. Aber wie Mutter immer zu betonen pflegt: Es ist alles eine Frage der Bezahlung.

»Viele Grüße von Oma«, sage ich zu Paps, als könnte er mich hören. Vielleicht kann er das ja. Wer weiß. Obwohl ich es, rein wissenschaftlich betrachtet, nicht für möglich halte. Aber Wissenschaft hilft mir im Moment nicht weiter.

Ich stehe auf und versuche mir die Erde von den Händen zu klopfen. Es funktioniert nicht wirklich gut. Also gehe ich zu dem kleinen Platz unter dem Ahornbaum, wo man neben Mülltonnen und einem Komposthaufen eine Wasserpumpe und Gießkannen findet. Gedankenverloren wasche ich mir die Hände, fülle eines der grünen Exemplare und gehe zurück zum Grab. Die Rose rutscht ein bisschen zur Seite, als das Wasser sie umspült. Ich seufze und häufe noch mehr Erde um die Wurzeln herum. Jetzt bin ich endgültig voller Matschpampe, sogar meine Knie sind dreckig, weil ich Wasser vor dem Grab verschüttet habe. Wer hätte gedacht, dass Paps mich zur Gärtnerin macht?

»*Jede neue Herausforderung bringt dich weiter, Füchslein.*« Ich muss unwillkürlich lächeln, als ich seine Stimme in meinem Kopf höre.

»Das reicht aber für heute.« Mir fällt auf, dass ich das laut gesagt habe, und ich drehe mich vorsichtig um, um zu sehen, ob es jemand gehört hat. Zum Glück bin ich die Einzige, die in dieser Gräberreihe steht. Nur ein Stück weiter hinten kniet jemand an einer der alten Grabstellen. Daneben steht eine Frau mit Rollator.

Ich werfe Papas neuer Blume einen letzten Blick zu und bringe die Kanne zurück. An der Pumpe wasche ich mir erneut die Hände, so gut es geht. Dann schultere ich den Beutel mit dem Werkzeug und gehe nach Hause. Der Friedhof bleibt schweigend hinter mir.

Schweigend, so wie dieser Teil meines Lebens in mir. Als ich das Tor schließe, entdecke ich eine erste Wolke am Abendhimmel.

Kapitel 11

Das Gießen der Rose hätte ich mir eigentlich sparen können.

Die Sonne verschwindet erst hinter den Wolken, dann hinter den Häusern, und als es dunkel ist, beginnt es zu regnen. Ich sitze in meinem Zimmer am offenen Fenster und starre in die Nacht, fest um mich gezogen eine Wolldecke, weil die Regenluft mich im Schlafanzug frösteln lässt. Es ist spät, aber ich kann nicht schlafen. Die ganze Zeit denke ich an Paps, an Frau Möller – und an Eugen. Was mag sein Schicksal gewesen sein? War er als Soldat im Krieg? Oder musste er mit den anderen fliehen, als die Front näher rückte? Das war erst Anfang 1945, ich habe im Internet nachgelesen. Aber die Männer waren zu diesem Zeitpunkt fast alle zum Kämpfen eingezogen worden und die Frauen und Kinder mussten allein vor dem Feind flüchten. Bei bitterer Kälte und tiefem Schnee. Wie alt mag Frau Möller damals gewesen sein? Dreizehn? Vierzehn? Ich mag nicht darüber nachdenken. Warum tun Menschen sich nur so etwas gegenseitig an?

Ich ärgere mich darüber, dass ich Frau Möller nicht gefragt habe, was aus Eugen geworden ist. Vielleicht kam er Jahre nach Kriegsende aus einem Gefangenenlager zurück, gründete eine Familie, wurde trotzdem ein verbitterter alter Mann und lebt jetzt in München in einem Altenheim. Wenn er auf dem Foto aussieht wie siebzehn – höchstens achtzehn –, dann müsste er jetzt mindestens neunzig sein. Wahrscheinlich hat er auch schon ein Grab mit einer Rose oder mit einem verwitterten Holzkreuz.

Der Regen wird stärker und ein böiger Wind kommt dazu. Tropfen wehen in mein Gesicht. Aus der Ferne höre ich Donnergrollen.

»Tally, mach doch bitte dein Fenster zu.«

Ich fahre herum. Wie ich es hasse, wenn Mutter in mein Zimmer kommt, ohne anzuklopfen.

»Warum schläfst du eigentlich noch nicht? Es ist schon nach elf.«

Ich schiebe meinen Stuhl mit einer harten Bewegung nach hinten und knalle das Fenster zu. »Elf ist nicht spät für einen Samstag«, knurre ich unfreundlich. Ich dachte, dass ich meine Mutter damit vertreibe, aber sie bleibt, in den Türrahmen gelehnt, stehen.

»Wie war es bei Ute?«

Vorhin, als ich nach Hause gekommen bin, war Mutter noch unterwegs. Wir hatten also noch keine Gelegenheit zu reden und jetzt habe ich weniger als keine Lust dazu.

»Gut«, erwidere ich patzig. Es erinnert mich an unser tägliches Ritual nach der Schule, bevor ich ans Gymnasium kam. Ich trudelte am Nachmittag irgendwann in der Praxis ein, wartete, bis meine Mutter kurz aus dem Sprechzimmer schaute, und schlüpfte für ein paar Minuten hinein.

»*Wie war's in der Schule?*«, fragte sie, jedes Mal, während sie hinter ihrem Schreibtisch saß, die Hände auf eine geschlossene Patientenakte gelegt, ihren Blick professionell auf mein Gesicht gerichtet.

»*Gut.*«

Nach dieser Standardantwort schob sie mir ein Bonbon mit dem Werbeaufdruck einer Pharmafirma zu und erzählte mir kurz, wie der Rest des Tages ablaufen würde. Mich interessierte nur, wann Paps von der Arbeit kommen würde. Dann gab ich ihr ein Küsschen auf die Wange und verschwand; entweder nach oben zu Rosi oder – viel öfter – zu Sanna nach Hause, wo wir den Nachmittag damit verbrachten, auf ihre kleine Schwester Leona aufzupassen oder mit den großen Brüdern im Hof zu spielen.

»Gut«, wiederholt meine Mutter und blickt auf ihre Schuhspitzen. Beinahe will sie mir leidtun, aber dann fällt mir das Tagebuch wieder ein. Warum musste sie mir nur schon wieder den Tag verderben?

»Ich erzähle es dir morgen«, versuche ich noch einmal, sie loszuwerden.

Meine Mutter ist klug, sie versteht, wenn man ihr etwas durch die Blume zu verstehen gibt. Sie stößt so was wie ein trauriges Lachen aus und drückt sich vom Türrahmen ab. »In Ordnung.«

Mit schweren Schritten geht sie ins Wohnzimmer, ohne die Tür hinter sich zu schließen. Als ich es tun will, entdecke ich die Flasche auf dem Couchtisch. In mir brodelt Wut auf. Dann knalle ich die Tür zu. Das da ist ganz allein ihr Problem. Ich bin nicht für meine Mutter verantwortlich!

Es ist unmöglich einzuschlafen. Hellwach liege ich unter meiner Decke, starre auf die Regentropfen an der Fensterscheibe und fluche innerlich, weil ich dringend auf die Toilette muss, aber nicht noch einmal meiner Mutter begegnen möchte. Vierzig Minuten später halte ich es nicht mehr aus. Durch den Spalt unter meiner Zimmertür schimmert Licht herein, im Wohnzimmer läuft Jazzmusik. Ich wette, Mutter sitzt auf dem Sofa und döst vor sich hin. Wenn ich ganz leise nach draußen schleiche und dann unsichtbar über den Flur laufe, wird sie mich vielleicht nicht bemerken.

Entschlossen schlüpfe ich hinaus. Das Sofa ist leer, die Flasche verschwunden. Ich husche ins Bad, froh, dass sie es nicht gerade besetzt. Während ich meine Hände wasche, überlege ich, wo sie wohl sein mag. In der Küche wahrscheinlich nicht, das hätte ich gesehen. Bestimmt auch nicht im Schlafzimmer; es passt nicht zu meiner Mutter, ins Bett zu gehen, ohne das Licht zu löschen. Bleibt noch Papas Arbeitszimmer, das wir beide in den letzten Wochen gemieden haben. Meine Neugier siegt über das Gefühl, kein Wort mit meiner Mutter wechseln zu wollen. Vielleicht ist sie zu betrunken, um daran zu denken, dass die Musik noch läuft. Vielleicht liegt sie komplett bekleidet auf ihrem Bett wie eine verzweifelte Trinkerin im Film. Ich schüttle mich und versuche mich für diesen Anblick zu wappnen. Es wäre nicht das erste Mal. Vor ein paar Jahren kam ich mit Paps spät aus dem Kino. Meine Mutter war bei einem Kongress gewesen und am Abend zurückgekehrt. Damals haben wir sie genau so vorgefunden. Paps hat sich ihrer angenommen, die Wodkaflasche entsorgt und Mutter ins Bett gebracht. Wir haben nie darüber gesprochen und ich hatte die Situation beinahe vergessen. Bis jetzt.

Leise, automatisch auf Zehenspitzen, nähere ich mich dem Schlafzimmer. Ich bin fast an der Tür, als ich gedämpftes Kichern höre. Erschrocken bleibe ich stehen, die Hand, mit der ich die Tür aufdrücken wollte, in der Luft erstarrt. Schnelles Atmen und Rascheln von Kleidern. Dann das heisere Murmeln einer männlichen Stimme.

Ist das ein Albtraum? Wer ist mit meiner Mutter in diesem Zimmer? Das Flüstern wird zum Stöhnen und mir bleibt die Luft weg. Wer auch immer da drin ist, es klingt, als hätte er Sex mit meiner Mutter. Das kann einfach nicht wahr sein.

Alles in mir drängt danach, die Tür aufzustoßen und mein Entsetzen über den Verrat herauszuschreien. Den Typen an den Haaren aus dem Bett zu ziehen und meiner Mutter die Augen auszukratzen. Aber ein weiteres lustvolles Stöhnen, diesmal von meiner Mutter, treibt mich in die Flucht. Ohne darauf zu achten, leise zu sein, renne ich in mein Zimmer, verkrieche mich unter der Decke und drücke mir das Kissen auf die Ohren. Ich beiße auf den Arm meines Teddybären, um nicht laut zu schreien. Ich habe mit allem gerechnet, aber nicht damit. Was für ein Hochverrat an Paps.

Ich werde nie wieder mit ihr reden.

Es scheint mir die angemessene Reaktion auf das Verhalten meiner Mutter zu sein. Oder die einzige, die mir möglich ist.

Denn wenn ich mit ihr reden sollte, dann werde ich sie anschreien und so richtig ausrasten. Also vermeide ich das lieber.

Ich stehe so früh wie möglich auf, um sicher zu sein, dass sie noch nicht in der Küche sitzt. Eilig ziehe ich mich an, absolviere in Rekordgeschwindigkeit die morgendliche Zahnputzroutine und verschwinde. Es regnet nicht mehr, aber alles liegt in feuchtem Dunst. Auf der Klinke der Gartentür schimmern noch Tropfen und die Straßen sind von großen Pfützen bedeckt.

Ich strebe auf den Bäckerladen zu, der zum Glück auch sonntags geöffnet ist. Mit einer Tasse Kakao und einem Marmeladenbrötchen hocke ich mich kurz darauf auf die hinterste Polsterbank und starre missmutig ins Leere. An einem Sonntagmorgen um sieben Uhr dreißig ist nicht viel los. Ein paar Senioren kommen, um Brötchen zu kaufen, und gehen wieder. Gegen acht trudeln mehr und mehr Familienväter ein, grüßen freundlich, machen ein Späßchen mit der Verkäuferin und begeben sich nach Hause, wo die glücklichen Familien strahlend um den Frühstückstisch sitzen werden.

Ich texte Sanna.

Was machst du heute?

Als ich es abschicke, fällt mir ein, dass das eine dumme Frage ist. Sonntags ist Sanna immer in ihrer Gemeinde. Vor eins muss ich nicht mit ihr rechnen. Wahrscheinlich wird sie nicht einmal ihr Handy checken heute Morgen. Überraschenderweise schreibt sie doch sofort zurück.

Gottesdienst und danach Grillen in der Gemeinde. Willst du dich treffen? Hab ab zwei Zeit.

Meine Kakaotasse ist leer. Ich wippe unschlüssig mit dem Fuß. Es ist gerade mal halb neun, bis zwei sind es also noch fünfeinhalb Stunden, in denen ich meine Mutter meiden muss. So lange kann ich nicht hier beim Bäcker sitzen.

Ich verstecke mich vor meiner Mutter.

Die Nachricht ist abgeschickt, bevor ich viel darüber nachgedacht habe.

Sanna reagiert prompt: *Wieso? Was ist passiert?*

Sie hat gestern nen Kerl mit ins Bett genommen.

Diesmal dauert es lange, bevor eine Antwort kommt. Ich beobachte das Display meines Telefons.

Verstehe.

Wieder eine lange Pause. Sanna tippt, löscht, tippt ... Schließlich die nächste Nachricht: *Ich schätze, es ist für dich extrem hart. Aber weißt du ... Jeder trauert auf seine Weise.*

Mein Gesicht zieht sich zusammen, als hätte ich in eine Zitrone gebissen. Nimmt Sanna meine Mutter etwa in Schutz? Ausgerechnet meine religiöse Moralapostelin Sanna?

Du findest das okay???, antworte ich ungläubig.

Ich finde es nicht gut, aber sie ist erwachsen. Sie steht genauso neben sich wie du. Jeder Mensch reagiert anders ... Verstehst du, was ich meine? Sie ist verzweifelt. Vielleicht sieht Trost für sie so aus.

Mir fällt nichts ein, was ich darauf noch schreiben könnte. Tief in mir drin verstehe ich wirklich, was Sanna meint. Aber es geht einfach gar nicht. So was darf meine Mutter nicht machen. Und wenn schon, dann wenigstens so, dass ich sie nicht hören muss.

Komm doch rüber, schlägt Sanna vor. *Wir haben noch nicht gefrühstückt.*

Hinter der Glasscheibe des Bäckerladens liegt der neblig-graue Morgen. Der Himmel ist wolkenverhangen. Soll ich meine stumpfe Melancholie gegen die trubelige Sonntagsstimmung von Sannas Familie eintauschen? Wie werden es ihre Eltern finden, wenn ich am heiligen Sonntagmorgen auftauche?

Na ja, eigentlich weiß ich, dass sie immer einen Platz an ihrem Tisch für mich haben. Warum sollte es heute anders sein?

Okay, ich komme. Danke.

Ich kaufe eine große Tüte voller Brötchen und Croissants und mache mich auf den Weg. Kurze Zeit später stehe ich vor Sannas Wohnungstür.

»Tally!!« Leona fliegt mir entgegen und klammert sich an meinen Bauch. Sie ist fünf, hat so blonde Haare wie Sanna und will jedes Mal Memory mit mir spielen, wenn ich da bin.

»Lass sie doch erst mal reinkommen«, bestimmt Sanna und versucht Leona von mir wegzuziehen. Aber mir tut ihr Überschwang gerade gut. Ich gehe in die Hocke und knuddele die Kleine. »Hier, gib das mal deiner Mama.«

Leona steckt die Nase in die Brötchentüte und hüpft davon. »Bröööötchen!«, ruft sie begeistert.

Ich ziehe meine Schuhe aus und lasse mich von Sanna umarmen. Als die Tür ins Schloss fällt, bricht plötzlich eine unglaubliche Müdigkeit über mich herein. Obwohl aus dem Esszimmer lautes Stimmengewirr dringt und ich weiß, die ganze Familie wartet darauf, dass ich mich zu ihnen an den Tisch setze, kann ich mich auf einmal kaum mehr auf den Beinen halten.

Sanna sieht es mir wohl an. »Ist alles okay?«

Ich schüttle den Kopf. »Wäre es sehr unhöflich, wenn ich nicht mit euch esse? Ich hab grade gefrühstückt und ehrlich gesagt hab ich diese Nacht kaum geschlafen. Wenn es nicht megablöd ist, dann würde ich mich echt gern einfach kurz auf dein Sofa legen.«

»Du kannst auch mein Bett haben«, lächelt Sanna verständnisvoll. Sie schiebt mich in ihr Zimmer.

Das vertraute Bunt ihrer Wände, die Ketten und Spiegel und selbst gemalten Bilder umhüllen mich wie ein Zauber aus Tausendundeiner Nacht.

Sanna schlägt die Bettdecke zurück und weist mit der Hand auf ihre Kissen. »Schlaf mal«, befiehlt sie.

Ich lasse mich nicht lange bitten. Sanna schließt sanft die Tür hinter sich und ich bin innerhalb von Sekunden weggedämmert.

Als ich wieder aufwache, ist es still in der Wohnung.

Mein Blick fällt auf Sannas Wecker: zwölf Uhr fünfzehn. In meinem Kopf steckt immer noch eine drückende Müdigkeit, aber ich weiß, dass ich nicht hier liegen bleiben kann. Mit ziemlicher Anstrengung schaffe ich es, mich aufzusetzen und die Beine aus dem Bett zu schwingen. An der Wand gegenüber hängt einer der Spiegel. So was macht nur Sanna. Wer möchte schon gleich beim Aufstehen in sein eigenes verquollenes Gesicht schauen? Der heutige Anblick überrascht mich allerdings ein wenig. Ich hatte erwartet, dass ich dunkle Augenringe und Falten auf der Wange haben würde. Aber im milchigen Licht des Regenmittags schaut mir aus dem Spiegel ein überraschend gut aussehendes Mädchen mit weichen Zügen entgegen. Das ultrakurze Haar wirkt immer dichter. Ein roter Hochflorteppich über dem sommersprossigen Gesicht.

Ich stehe auf und gehe ans Fenster. Die Luft ist angenehm kühl, der Morgennebel einem leichten Nieselregen gewichen. Das Grillen, zu dem Sanna gehen wollte, fällt bestimmt aus.

Etwas unschlüssig schaue ich nach draußen und überlege, was ich machen soll. Hier auf Sanna warten? Mein Handy liegt auf dem Boden neben dem Bett. Wie zu erwarten war, hat meine Mutter versucht, mich zu erreichen – mir werden gleich drei verpasste Anrufe angezeigt. Ich schlucke die Bitterkeit hinunter, die wieder in mir aufsteigt. Außerdem habe ich eine Nachricht von Sanna: *Komm zum Grillen, wenn du Hunger hast. Ich würde mich freuen.*

Sie weiß, dass ich den Weg zur Gemeinde kenne. Als ich kleiner war, bin ich manchmal zu der Kindergruppe mitgekommen, die mittwochs stattfand. Aber jetzt gehe ich schon lange nicht mehr hin. Nicht erst seit Papas Tod. Die Sache mit Gott ist mir zu kompliziert. Man weiß nicht, ob es wirklich einen gibt. Und selbst wenn: Es gibt so viele Religionen. Welche hat denn recht? Eine? Keine? Alle? Ich mag Sanna sehr und manchmal beneide ich sie um die Sicherheit, die sie in Bezug auf die großen Fragen des Lebens zu haben scheint. Sie hat keine Angst vor dem Tod – nicht vor ihrem eigenen. Nur der Gedanke, jemanden zu verlieren, den sie liebt, macht ihr Angst. Bei mir ist es seit Papas Tod andersherum. Ich weiß jetzt, wie der Schmerz sich anfühlt und dass ich nicht vor ihm weglaufen kann. Er hat mich schon in den Krallen, also wovor soll ich mich fürchten? Aber, dass ich selber irgendwann tot sein werde, das macht mir Angst. Vielleicht ist es so wie Einschlafen, das wäre schön. Ich hätte nichts dagegen, nicht einmal jetzt. Es klingt beinahe verlockend. Aber was, wenn es nicht so ist? Wenn es doch irgendwie weitergeht und ich absolut nicht vorbereitet bin? Wenn man wirklich ein guter Mensch gewesen sein muss, ein gutes Karma braucht oder was auch immer ... Ich weiß nicht, ob ich da einen Test bestehen könnte. Wenn ich Gott wäre, würde ich jemanden wie mich nicht ins Paradies lassen. Dann wäre es kein perfekter Ort mehr.

Puh, diese Gedanken machen mich verrückt. Ich habe keine Lust, weiter über das Ganze nachzugrübeln. Außerdem knurrt mein Magen jetzt wirklich. Ich könnte Sannas Angebot annehmen und zum Grillen gehen.

Ich stecke mein Telefon ein und schlendere ins Esszimmer. Der Tisch ist abgeräumt und es liegt auch in der Küche kein Brötchen mehr herum. Schade.

Das Ticken der Wanduhr dringt durch die Wohnung, die ich eigentlich nur voller Lachen und Chaos kenne. Tick-tack-geh-schon-los-jetzt ... Ich schlüpfe in meine Schuhe und mache mich auf den Weg. Ist doch egal, was die Leute denken, wenn ich einfach so dort aufkreuze. Sanna hat mich eingeladen. Der Gottesdienst ist hoffentlich längst vorbei.

Schon ein paar Meter vor dem Gemeindehaus riecht es nach Rauch und Bratwurst. Der Nieselregen hat aufgehört und am Horizont wird der Himmel heller. Ich biege um die Ecke in den Hof und finde mich in einer Menschentraube wieder. Die Leute stehen mit Kaffeetassen in der Hand herum und reden. Ich fühle mich wie ein Fremdling in einem Volk von Eingeborenen. Das Sandkorn im gut geschmierten Getriebe. Ich sollte besser wieder gehen.

»Tally, da bist du ja!« War ja klar, dass Sanna mich entdeckt, bevor ich die Flucht ergreifen kann. Sie umarmt mich stürmisch und zieht mich an der Hand mitten ins Gewimmel. »Ich organisiere dir eine Wurst«, sagt sie und schiebt mich auf eine Bank.

Ich entdecke Fred neben mir, Sannas ältesten Bruder, der schon lange nicht mehr zu Hause wohnt.

»Schön dich zu sehen, Tally!«, sagt er mit einem Lächeln. »Hier, magst du ein Glas Cola?«

Ich bin überfordert von dieser Fürsorge.

»Da drüben ist das Buffet, du kannst dich gern schon bedienen, während Sanna am Grill wartet.«

Ich überlege noch, ob ich dazu Lust habe, da steht er auf. »Komm doch mit. Ich hole mir auch noch etwas.«

Zögernd folge ich ihm in Richtung Hauseingang. Neben der Tür stehen zwei lange Tische, auf denen wirklich lecker aussehende Dinge angerichtet sind. Fred nimmt einen Teller vom Stapel und hält ihn mir hin.

»Moment, ich gehe nur erst noch meine Hände waschen«, wehre ich rasch ab und schlüpfe ins Haus. Um zu den Toiletten zu gelangen, muss ich den Gemeindesaal durchqueren. Er ist leer, nur vorn neben der Bühne hockt jemand und packt ein Instrument in eine Tasche. Ich beeile mich, hinter der Tür mit der Aufschrift *Damen* zu verschwinden. Weil am Waschbecken zwei kichernde Mädchen stehen, verziehe ich mich in eine der Kabinen. Warum bin ich nur hergekommen? Das sind viel zu viele Menschen hier und sie sind alle so gesellig. Ich fühle mich bedrängt von so viel Freundlichkeit. Im Vorraum wird es still. Ich atme durch und gehe zum Waschbecken. Während mir das Wasser über die Hände rinnt, überlege ich, wie ich die Sache möglichst schnell hinter mich bringen kann. Ich werde mir irgendetwas Kleines vom Buffet holen, mit Sanna an meiner Seite die Wurst verzehren und dann darauf drängen zu gehen. Sanna weiß, dass ich niemanden kenne, und sie weiß ja Bescheid darüber, was im Moment bei mir los ist. Bestimmt versteht sie es, wenn ich sie bitte, nicht so lange zu bleiben.

Seufzend drehe ich den Hahn zu und trockne meine Hände ab.

Ich habe den Saal schon zur Hälfte durchquert, als eine Stimme meinen Namen ruft. Es ist weder Sanna noch Fred, überhaupt niemand aus ihrer Familie. Die Stimme gehört einem Jungen.

Mr Wow.

Er strahlt und hält mir die Hand hin. »Wie cool, dich hier zu treffen«, behauptet er und seine Augen blitzen fröhlich. Auf dem Rücken trägt er die Instrumententasche. »Hat Sanna dich eingeladen?«

Ich lasse mir die Hand von ihm schütteln, während mein Hirn auf Autopilot schaltet. Seine Hand ist warm und stark und irgendwie sanft. Es tut weh in mir drin.

»Ja«, stammele ich, überrascht, überhaupt ein Wort herauszukriegen. »Aber ich wollte gerade wieder gehen.«

Damit drehe ich mich auf dem Absatz um und stürme aus dem Raum, als wäre der Teufel hinter mir her.

Am Eingang steht Sanna, eine Bratwurst in der Hand.

»Ich hab's mir anders überlegt«, murmele ich im Vorbeieilen. »Tut mir leid.«

Als ich am Ende des Hofes um die Ecke biege, sehe ich Sanna und Timo zusammenstehen und mir mit verständnislosen Gesichtern hinterherschauen. So ein Mist. Jetzt wird sie ihm erklären, ich sei eigentlich gar nicht so menschenscheu und sie wisse nicht, was mit mir los ist. Ich laufe schneller, als könnte ich damit den nervigen Gedanken davonrennen, die in meinem Kopf herumflitzen. Schließlich falle ich in einen Joggerschritt. Der Rhythmus meiner Füße beruhigt mich. Ich biege in den Park ab und drehe ein paar Runden. Mittlerweile drängt die Sonne durch die Wolken und die nassen Blätter glitzern wie frisch geputzt. Auf, ab, auf, ab. Ich weiß, dass ich laufe, aber es fühlt sich ein bisschen an wie schwimmen. Das Meer hat mich wieder. Meine Insel ist in Sichtweite, ich will nicht weit raus aufs Wasser. Nur ein kleines Stück, ein bisschen Abstand, das brauche ich jetzt. Vielleicht sehe ich von hier aus etwas, was mir bisher verborgen geblieben ist. Es ist seltsam: Während ich immer noch dabei bin, den richtigen

Platz für eine stabile Hütte auf meiner Insel zu suchen, scheint meine Mutter schon bereit zu sein, sich ein Luxushotel am Strand errichten zu lassen. Wie hat sie so schnell eine Baufirma für dieses Projekt gefunden? Und was erwartet sie von mir? Soll ich auch einziehen? Das kommt nicht infrage. Ich bin überzeugt, dass sie viel zu nah am Strand baut, auf Sand. Die See wird ihr Traumschloss schneller wegschwemmen, als ihr lieb ist.

Mein Atem geht keuchend und ich halte an. Vor lauter Gedanken bin ich viel zu schnell gerannt. Ich schüttele meine Beine aus, atme tief durch und gehe langsam weiter. Die Sonne scheint warm auf meinen Kopf. Ich werde nach Hause gehen. Es war dumm von mir, mich von den Eskapaden meiner Mutter vertreiben zu lassen. Sie steht also auf Wodka und Männer zur Trauerbewältigung? Gut. Auch wenn sie das noch nicht weiß: Wenigstens spielen wir jetzt mit offenen Karten.

Kapitel 12

Natürlich ist die Wohnung leer, als ich zu Hause ankomme. Mein Handy zeigt nur eine neue Nachricht von Sanna an, die ich später lesen werde. Nichts von Mutter. In der Küche, im Wohnzimmer, in meinem Zimmer: kein Zettel. Die Schlafzimmertür ist abgeschlossen. Das ist neu. Ich weiß nicht, ob ich enttäuscht oder erleichtert sein soll. Eigentlich bin ich froh, nicht gleich mit meiner Mutter reden zu müssen. Aber hätte sie mir außer den gescheiterten Anrufen nicht wenigstens eine Nachricht hinterlassen können? Ist es ihr egal, dass ich immer noch verschwunden bin?

Frustriert lasse ich meinen Blick durch die Wohnung gleiten. Alles ist sauber und aufgeräumt, wie immer. In der Küche stehen zwei leere Gläser, zwei Teller und Kaffeetassen. Es gab also ein heimeliges Frühstück. Obwohl ich diejenige war, die weggelaufen ist, habe ich plötzlich einen Kloß im Hals. Ich will nicht, dass mein Leben noch komplizierter wird.

Wie von einem unsichtbaren Band gezogen, bewege ich mich auf Papas Arbeitszimmer zu. Die Tür ist angelehnt. Ich gebe ihr einen kleinen Stups und sie geht langsam auf. Dahinter blendet mich das Sonnenlicht, das durch die klaren Fensterscheiben fällt. In der Luft tanzen winzige Staubkörnchen. Es ist, als ob ich einen heiligen Ort betrete. Als würde ich in eine Kirche gehen oder in den Steinkreis von Stonehenge treten. Meine nackten Füße machen kein Geräusch auf dem Teppich.

Das Zimmer sieht aus, als stünde ein Umzug bevor. Regale und Schreibtisch sind fast leer geräumt, vor der Heizung stehen Umzugskartons. Wann hat Mutter das gemacht? Oder hat sie Rosi damit beauftragt, Papas Sachen wegzupacken? Mein Blick fällt auf das graue Sofa, auf dem Papa manchmal übernachtet hat. Warum hat er dort geschlafen? Ich habe immer angenommen, dass er bis spät in die Nacht hinein gearbeitet hat und Mutter dann nicht mehr stören wollte. Aber vielleicht war ich auch nur zu naiv, um zu bemerken, dass die beiden Beziehungsprobleme hatten? Ich bin mir plötzlich mit nichts mehr sicher.

Der Kloß in meinem Hals wird immer größer. Es fühlt sich an, als würde ich ersticken.

»Warum bist du gegangen, Paps?« Das Flüstern klingt viel zu laut, heiser, verzweifelt. Ich nehme ein Kissen von der Couch und drücke mein Gesicht hinein. Es riecht nach Staub und einem Hauch von Waschmittel, nicht nach Papas Aftershave. Frustriert lege ich es zurück. Ich habe in diesem Zimmer nichts mehr zu suchen. Es ist leerer als nur leer – Paps wird nicht zurückkommen.

Ich streiche noch einmal mit der Hand über die Schreibtischplatte und gehe hinaus. Es tut zu weh, in dieser Leere zu sein.

Zurück in meinem Zimmer lege ich mich aufs Bett und starre an die Decke. Meine Insel. Ich brauche sie mehr denn je. Ich brauche den Sand unter den Zehen, die Sonne auf dem Rücken, die Muscheln in der Hand. Ich brauche einen strahlend blauen Himmel, türkises Wasser und rauschende Palmen. Ich brauche Stille um mich herum, Ruhe, nichts, das stört … Aber das Hämmern und Baggern, das von der Baustelle zu mir herüberdringt, macht alles kaputt. Dieses blöde Hotel, das meine Mutter errichten lässt. Es darf nicht sein. Ich muss meine Mutter von der Insel vertreiben! Aber wie? Sie ist stark und sie sitzt am längeren Hebel. Sie ist der Chef in unserer Familie, das war sie schon immer. Was Mutter sagt, ist Gesetz. Paps und ich, wir handeln die Kompromisse aus. Am Ende bekommen wir, was wir wollen, aber meine Mutter muss das Gefühl haben zu bestimmen. Ich brauche einen guten Plan, um meine Mutter davon zu überzeugen, dass die Insel mir allein gehört. Gibt es nicht eine größere, bessere, schönere in der Nähe?

Plötzlich habe ich eine Idee. Ich laufe mit schnellen Schritten über den weißen Sand am Strand. Die Luft flirrt und ich bin beschwingt. Immer schneller werde ich, es fühlt sich an, als würde ich fliegen. Die Geräusche der Baustelle werden lauter. Das Brummen der Lastwagen, das Klirren von Metall an Metall, das beim Aufbau der Gerüste entsteht.

»Vorsicht!«

Die tiefe Männerstimme reißt mich aus dem Schlaf. Verwirrt blinzle ich die Bilder des Traums weg. Draußen vor meinem Fenster steht ein Laster mit brummendem Motor, der versucht, sich zwischen parkenden Pkws durchzuzwängen. Unsere Straße ist schmal und es fahren selten große Fahrzeuge hindurch, noch dazu am Sonntag. Bei genauerem Hinsehen stelle ich fest, dass der Wagen von einer Leihfirma stammt. Da versucht wohl jemand, der nicht viel Erfahrung hat, den Brummifahrer zu spielen.

Nach einer Weile wird es langweilig, dem Manöver da draußen zuzusehen. Ich lasse mich auf den Stuhl an meinem Schreibtisch fallen und suche in meinem Hirn nach den Resten meines Traumes. Hatte ich nicht eben die Lösung für das Problem mit meiner Mutter gefunden? So sehr ich mir auch den Kopf zermartere, mir fällt nicht mehr ein, welcher brillante Gedanke mir auf der Insel gekommen war.

Mein Blick fällt auf das Geschenk im Papierkorb. Frau Reuter, das Tagebuch, jeder trauert auf seine Weise … Vielleicht bin ich ja auch zu streng mit meiner Mutter. Woher soll ich wissen, wie man sein Leben richtig lebt, nachdem einem der Boden unter den Füßen weggezogen wurde? Vielleicht weiß sie es tatsächlich auch nicht. Aber muss sie sich wirklich mit einem anderen Mann trösten?

Andererseits, ein Mann ist besser als die Wodkaflasche. Glaube ich.

Aber warum belügt sie mich? Sie hätte mir doch einfach sagen können, dass sie einen Typen erwartet. Dann hätte ich … okay, ich weiß. Dann hätte ich sie angeschrien und wäre schon gestern Abend weggelaufen.

Mein Handy brummt. Als ob sie Gedanken lesen könnte, schickt meine Mutter mir ausgerechnet jetzt eine Nachricht: *Isst du heute Abend mit mir? Wir könnten was bestellen.*

Keine Entschuldigung und keine Frage, wie es mir geht. Vielleicht ist das auch besser so.

Ich schaue auf die Uhr. Abendessen findet frühestens in zwei Stunden statt.

Sushi, texte ich zurück. Dann nehme ich meine Mütze vom Stuhl und gehe nach draußen. Bevor ich das Zimmer verlasse, ziehe ich das Geschenk aus dem Papierkorb und werfe es aufs Bett. Meine Mutter und Frau Reuter verdienen eine zweite Chance, fürchte ich.

Sanna wartet wie verabredet am Eingang des Parks. Ich bewundere es, wie sie meine momentane Sprunghaftigkeit aushält. Ob ich an ihrer Stelle auch eine so geduldige Freundin wäre?

Innerhalb der letzten zwei Stunden hat die Sonne die Stadt noch einmal richtig aufgeheizt. Die Luft ist dicht, ein neues Gewitter zieht auf, aber noch ist es weit weg. Es fühlt sich ein bisschen an, als läge Berlin in den Tropen. Ich begrüße Sanna mit einer Umarmung und sie lässt die Hand auf meiner Schulter liegen, als wir zusammen in den Park gehen.

»Sorry für vorhin«, murmle ich verlegen.

Sie grinst nur. »Kein Ding.«

Auf der Wiese in der Mitte des Geländes sitzen eine Menge Leute aus unserer Klasse im Gras. Samet, Max, Nazar und Mine spielen Karten, Linn und Emma starren auf ihre Handys und Katharina guckt einfach in die Luft. Vielleicht beobachtet sie die drei Typen, die auf dem Fußballfeld kicken.

Als wir bei den anderen ankommen, wirft Nazar ihre Karten hin. »Ich bin durch, Leute«, behauptet sie und springt auf. »Ich hole mir was zu trinken. Noch jemand?«

»Ist ’ne Idee.« Emma steckt ihr Handy weg und folgt Nazar zum Kiosk.

»Hi, Tally«, werfen sie mir im Vorbeigehen zu.

Sanna lässt sich neben Katharina nieder. Unschlüssig, zu wem ich mich setzen will, schaue ich herum.

Max’ Blick trifft meinen und er lächelt einladend. »Spielst du ’ne Runde mit?«

Schulterzuckend willige ich ein. »Was spielt ihr denn?« Mir fällt ein, dass wir letztes Jahr in den Wochen vor den Sommerferien beinahe jeden Tag im Freibad zusammen Skat geklopft haben – und das ist auch seine Antwort.

Es dauert nicht lange, bis ich wieder richtig drin bin. Max zieht mich trotzdem total ab.

»Mensch, Tally, ich bin enttäuscht von dir«, behauptet er am Ende lachend.

Samet pflichtet ihm bei: »Wir müssen dich wirklich mal wieder in Form bringen. Oder hast du dir mit den Haaren auch den Verstand weggeschnitten?«

Er wollte es vielleicht nicht, aber das trifft mich. Ich schlucke und raffe meine Karten zusammen.

Max wirft Samet einen strafenden Blick zu und stupst mich versöhnlich an. »Nimm’s ihm nicht übel«, bittet er. »Er hat keine Ahnung. Außerdem siehst du super aus.«

»Ist mir eigentlich egal«, gebe ich schnippisch zurück und stehe auf. »Nazar ist wieder da.« Ich drücke ihr die Karten in die Hand. »Du kannst weiterspielen.«

Ich bin mir sicher, dass Nazar mir mit hochgezogenen Augenbrauen nachsieht, als ich davongehe. Weil sie so dunkle Brauen hat, sieht sie dabei immer übertrieben verwundert aus.

Ich bin noch nicht einmal unten am Trampelpfad angekommen, als ich schnelle Schritte hinter mir höre. Ob es Sanna ist? Ich drehe mich nicht um, aber es klingt nicht wirklich nach ihr. Ihre Schritte sind leichter.

»Warte mal, Tally.« Die Stimme gehört Max. Einen Augenblick

später legt er den Arm um meine Schultern. Sein T-Shirt ist warm von der Sonne und sein Oberkörper fühlt sich stark und männlich an. Als ich zwölf war, war ich in ihn verknallt, allerdings beruhte das nicht auf Gegenseitigkeit, glaube ich. Jetzt ist er nur mein Kumpel. Aber umarmt hat er mich noch nie. Ich stolpere über eine Wurzel und er hält mich fest. Was ist bloß los mit mir? Seine Hände fassen meine und wir bleiben stehen. Mein Herz klopft wie verrückt und ein Brennen zieht über mein Gesicht. Ich hätte Tränen erwartet, wenn sie nicht aufgebraucht wären. Und das alles nur, weil Max mich in Schutz genommen hat und ich ihm scheinbar nicht egal bin.

»Hey, lass dich bitte nicht von so einer Bemerkung vertreiben.«

Ich versuche ein Kopfschütteln und starre auf meine Schuhspitzen. »Nein, das ist es nicht«, kommt ein Stammeln aus meinem Mund. »Ich reagiere übertrieben, tut mir leid.«

Max legt die Hand unter mein Kinn und hebt mein Gesicht an, bis ich ihm in die Augen schaue. »Das ist dein gutes Recht bei dem, was du gerade durchmachst.« Er streicht mir über die Wange und gibt mich frei.

Kann er mich nicht einfach noch einmal richtig umarmen und ein paar Minuten festhalten? Das würde guttun. Aber die anderen sehen zu uns her und ich weiß nicht, ob ihm das vor ihnen peinlich wäre.

»Ich muss nach Hause«, behaupte ich deshalb schnell.

Er nickt, kickt mit dem Fuß gegen ein unschuldiges Steinchen und sieht mir noch einmal kurz in die Augen. »Wir sehen uns morgen in der Schule.«

Mit langen Schritten geht er zurück zu unserer Gruppe. Ich hebe die Hand, winke zu Sanna hinauf und beeile mich, aus dem Park wegzukommen. Schlimm, wie empfindlich ich geworden bin. Wie eine Mimose führe ich mich auf. Das passt überhaupt nicht zu der selbstsicheren Tally, die ich einmal war. Aber ich kann es nicht ändern. Jeder trauert auf seine Weise.

Als ich zurück in meinem Zimmer bin, stelle ich fest, dass

gerade einmal eine Stunde vergangen ist. Ich hole mein Englisch-Vokalbelheft heraus, um mich abzulenken, aber es nützt rein gar nichts. Die Wörter gehen zwar durch meine Augen ins Hirn, aber dort lösen sie sich auf wie Badeschaum, in den man ein Stück Seife hält.

Ich denke an Paps, an meine Haare in seinem Grab, an Mr Wow und an Max. Ich überlege, wann ich zum letzten Mal eine Umarmung bekommen habe, die länger war als die bei einem »Hallo« oder »Ciao«. Sanna würde mich in den Arm nehmen, wenn ich sie darum bitten würde. Aber es wäre nicht das Gleiche wie eine Umarmung von Paps. Mutter muss ich gar nicht fragen. Ich weiß, sie würde es versuchen, aber wenn sie mich in den Arm nimmt, dann steif und pflichtbewusst. Bei ihr konnte ich mich noch nie fallen lassen, zumindest nicht, seit ich älter als fünf bin.

Ach, Paps. Du warst selten zu Hause, aber wenn du da warst, dann warst du wirklich für mich da. Warum bist du gegangen?

Ich sitze bewegungslos auf meinem Stuhl wie eine Echse in Winterstarre. Minuten vergehen. Vielleicht haben die Märchenerzähler diesen Zustand vor Augen gehabt, als sie Schneewittchen dem Apfeltod anheim- und Dornröschen in den hundertjährigen Schlaf fallen ließen. Eine Starre, die nur durch den Kuss eines Liebenden gelöst werden kann. Wo bleibt der Prinz, wenn man einen braucht? Zu blöd, dass ich auf einmal anfange, das Handeln meiner Mutter ein bisschen zu verstehen.

Wie es sich wohl anfühlt, geküsst zu werden? Wenn Mr Wow käme, mich ganz fest umarmen und mir einen Kuss auf die Lippen drücken würde … Würde mich das heilen? Aber er käme natürlich niemals auf die Idee, ein stoppelhaariges, soziophobisches Mädchen zu küssen. Da könnte ich schon eher Max überreden. Der würde mich vielleicht aus lauter Mitleid küssen, wenn ich ihn darum bitten würde. Ich bin so erfroren, dass mir dieser Gedanke nicht einmal besonders abwegig erscheint. Sein T-Shirt war so warm. Ich fühle immer noch die Stärke seiner Brustmuskeln, wenn ich mich an vorhin erinnere. Mann, bin ich krank.

Ich weiß, dass ich hier sitzen kann, bis ich schwarz werde. Es ist niemand in Sicht, der sein Pferd heute freiwillig vor meine Haustür lenken würde. Wenn ich mich mit meiner Bedürftigkeit nicht lächerlich machen will, dann muss ich die Starre selbst abschütteln.

Einmal tief durchatmen und mit äußerster Anstrengung die Beine bewegen. Es kostet wirklich Kraft, mich ins Leben zurückzuholen.

Schließlich stehe ich doch wieder mitten in meinem Zimmer, würge an dem dunklen Brocken in meinem Hals und versuche etwas zu finden, was mich trösten könnte.

Mein Blick fällt auf das Geschenk auf meiner Bettdecke. Zögernd nehme ich es an mich. Auf der Bettkante sitzend fühle ich das glatte Packpapier unter meinen Fingern. Was passiert, wenn ich es öffne? Erkenne ich damit die Weisheit der Therapeutin an? Kapituliere ich vor meiner Mutter? Verpflichtet es mich dazu, wirklich meine Gefühle niederzuschreiben? Ich sehe meinen Händen dabei zu, wie sie das Papier lösen. Unter der glänzenden Oberfläche kommt ein dickes Buch zum Vorschein. Der Einband ist von einem weichen hellbraunen Leder. Es fühlt sich so zart an, dass sich in meinem Inneren ein Gefühlsknoten bildet. Es schmerzt, aber auf eine beinahe schöne Art und Weise. Weiches Leder, wie Babyhaut. Nicht dass ich oft mit Babys zu tun hätte. Eigentlich nie. Aber es muss sich einfach so anfühlen. Ich schlucke schon wieder und hole das Buch ganz aus seiner Papierhülle.

»Das Sterben ist wie eine Geburt, nur rückwärts …«

Ich drücke das Buch an meine Brust, kämpfe weiter gegen den Trauerkloß an und schließe die Augen.

Plötzlich ist mir klar, was ich in dieses Buch schreiben werde.

Kapitel 13

Ich hole mir meinen Prinzen.

Prinz Eugen.

Ich werde ihn einfach zum Leben erwecken, ganz egal, welches Schicksal ihn in Wirklichkeit getroffen hat. Er sollte das Schloss erben und das wird er tun, in meinem Buch. Ich werde seine Prinzessin sein. Das Leben ist unfair und hinterhältig, aber ich werde die Geschichte umschreiben. Paps hat mal zu mir gesagt, in mir stecke eine Schriftstellerin. Aufsätze zu schreiben, fällt mir immer leicht. Früher habe ich manchmal meine verrückten Tagträume festgehalten. Dieses Tagebuch ist perfekt dafür geeignet, einen Roman zu Papier zu bringen, der Eugens Vergangenheit in Ordnung bringt.

Oh ja.

Ich bin besser als das Schicksal. Ich mache eine Zeitreise und verändere die Welt.

Wenn Gott – falls es ihn gibt – nicht in der Lage ist, mir einen Tröster zu liefern, wenn ich einen brauche, dann sorge ich eben selbst dafür. Ich brauche kein gnädiges Schicksal und ich werde mich nicht dem Ge- oder Missfallen realer Menschen ausliefern. Frau Reuter und meine Mutter wären vermutlich entsetzt. Eine Flucht in die Welt der Träume ist so ziemlich das Gegenteil dessen, was sie sich an therapeutischer Wirkung von diesem Buch erhoffen. Aber das ist mir egal.

Ich allein weiß, was ich brauche. Und ich brauche jetzt eindeutig meinen Prinzen.

Irgendwo in meinem Schreibtisch muss das Kalligrafie-Set sein, das Paps mir zum dreizehnten Geburtstag geschenkt hat.

Bisher hab ich es nie benutzt, weil ich es für etwas Besonderes aufheben wollte. Eigentlich ist das ja total dumm. Paps hätte sich gefreut, wenn er gesehen hätte, dass ich sein Geschenk benutze. Jetzt sieht er es nicht mehr. Wie viele solcher Gelegenheiten, ihn glücklich zu machen, hab ich eigentlich verpasst?

Ich ziehe das kleine Paket hervor. Es lag die ganze Zeit da hinter meinem Stapel aus Schreibblöcken und Zeichenpapier, die ich für die Schule brauche. Eine hellbraune Pappschachtel, deren Deckel ein Sichtfenster hat. An der Seite klebt das Siegel: goldene Schrift auf weinrotem Grund. Es ist noch unversehrt. Ich zögere, bevor ich es mit dem Fingernagel breche. Ach, Paps. Wenn ich geahnt hätte, dass dein Tod mich dazu bringt, das Geschenk zu öffnen! Hast du wirklich nicht geahnt, wie krank du bist? Kann man als Arzt so blind für die Signale des eigenen Körpers sein?

Ich sitze da, die geöffnete Schachtel im Schoß, das Buch vor mir auf dem Tisch. Ein Geschenk von Paps, drei Jahre lang gehütet und nie benutzt. Und ein Geschenk von Mutter, weggeworfen und aus dem Papierkorb gefischt. Ich will nicht über all das nachdenken. Ich will mir ein Zweitleben erschaffen, um diesem zerbrochenen, zertrampelten Mistleben zu entkommen, das ich habe. Und wenn ich dazu die beiden Gegenstände nutzen muss, die mir Schuldgefühle verschaffen, dann muss es eben so sein.

Entschlossen klaube ich den Stifthalter aus der Schachtel und wähle die dünnste Schreibfeder aus. Natürlich kleckst die Tinte. Ich ziehe Striche auf einem Stück Papier, störrische Linien, krakelig, brüchig, mit dicken Flecken am Anfang. Nach einer Weile wird es besser. Ich forme Buchstaben, *P... P... P... Paps. Panik. Prinz.*

Es wird gehen.

Vorsichtig öffne ich das Buch. Streiche die erste Seite glatt. Tauche die Feder in die Tinte nur so weit, dass es nicht tropft.

Und schreibe.

Die Welt war still.

In Marilenas Rücken lag das Meer – salzig und schaumgekrönt, überspannt von einem hellblauen Himmel, den Möwen kreuzten. Vor ihr erstreckte sich die Straße. Marilena konnte nur bis zur nächsten Biegung schauen, doch die wand sich erst in vielen Hundert Schritten ins Unbekannte. Die Sonne schien heiß auf die von Sand umwehten Pflastersteine. Flirrend lag die Mittagshitze auf dem Land. Rechts und links der Straße neigte sich hohes Gras zum Boden. Weiter vorn begann die Allee. Marilena schritt mutig aus, die Füße fest auf den Boden setzend. Ein leichter Wind kam vom Meer herüber und bauschte ihre Röcke auf. Sie drückte den Strohhut fester auf ihr Haar und hakte die rechte Hand in das wollene Tuch, das quer über ihre Brust lief. Es hielt ein Bündel auf ihrem Rücken. Alle ihre Habseligkeiten befanden sich darin. Viel war es nicht: ein Umhang für kältere Tage, ein paar feste Schuhe und ein Kanten Brot. Seit sie der Knechterei auf dem Gut ihrer Großtante entflohen war, gab es wenig, was sie zum Leben brauchte. Sie war glücklich, wenn das Wetter ihr gnädig war.

Als kleines Mädchen hatte sie ihre Eltern verloren und war ihren entfernten Verwandten in Obhut gegeben worden. Doch die gaben ihr keine Heimat, keine liebevolle Familie, wie ein Kind es sich ersehnt. Sie zogen das Mädchen mit harter Hand auf. Ihre zarte, beinahe zerbrechliche Gestalt wurde durch die Arbeit auf dem Hof zäh und drahtig. Sie lernte, Tiere zu versorgen und bei der Getreideernte kräftig zuzupacken, Böden zu schrubben, zu kochen und die Wäsche eines großen Haushaltes in Ordnung zu halten. Ein »Danke« hörte sie für ihre Arbeit nie – welcher Knecht würde das erwarten. Denn als Familienmitglied wurde sie nie angesehen. Sie schlief in der Gesindekammer und aß mit den Mägden. Das alles war ihr vertraut und sie hätte bis an ihr Lebensende so weitermachen können. Glücklos vielleicht, aber doch in so etwas wie Sicherheit. In ihren Träumen erlebte sie Abenteuer, fand ihre große Liebe und lebte das Leben, zu dem sie sich eigentlich geboren fühlte.

Doch dann war dieser eine Tag gekommen, der alles bisher Er-

trägliche unerträglich gemacht hatte. Es war am Nachmittag, als die Sonne schon die Spitzen der Bäume am westlichen Ende des Grundstücks berührte. Marilena hackte Kartoffeln aus der Erde. Der kleine Acker lag hinter der Scheune, abseits der anderen Gebäude. Auf einer Seite begrenzte ihn die Bruchsteinmauer, die den Hof an drei Seiten umgab, auf der anderen ein Holzzaun. Hinter diesem begann ein Wäldchen. Marilena war so vertieft in ihre Arbeit und die Tagträume, die sie bei solchen Gelegenheiten durch ihren Kopf wandern ließ, dass sie den Mann nicht bemerkte. Sie schreckte zusammen, als seine Stimme plötzlich ganz nah neben ihrem Ohr kratzte wie eine bösartige Distel.

»So ganz allein, meine Schöne?«

Das Mädchen fuhr auf und blickte in das bärtige Gesicht ihres Großonkels. Sein schlechter Atem streifte ihre Nase und sie machte einen Schritt zurück.

Die von der schweren Arbeit kräftige Hand des Mannes packte ihr Handgelenk. »Nicht doch«, sagte er rau. Seine Lippen zuckten lüstern und in den Augen funkelte widerwärtiges Begehren. »Wenn du dich nicht wehrst, wird es nicht besonders wehtun.« Er zerrte sie vom Acker und drückte ihren Körper gegen die Steinmauer, das Gesicht voran, den Arm auf den Rücken gedreht.

»Lass mich los!« Marilena wand sich, doch das ließ seinen Griff nur fester werden. Das Mädchen wollte schreien, aber wer würde ihr helfen? Hier, an diesem abgelegenen Ort, könnte sie keiner hören. Und selbst wenn: Keiner der Knechte würde etwas gegen den Herrn des Hofes unternehmen, wenn er sich ein Mädchen ausgesucht hatte. Alle Mägde hatten, am Abend leise in der Gesindekammer flüsternd, davon erzählt, wie er sich nahm, was er wollte. Es war die natürliche Ordnung für sie. Marilena hatte gedacht, dass es sie niemals treffen würde. Und wenn er es versuchte, so hatte sie gemeint, dann würde er es bei ihr nicht schaffen. Auf keinen Fall würde er sie auf diese Weise erniedrigen.

Jetzt presste seine Linke sie gegen die Mauer, während seine Rechte ihr unter den Rock fuhr. Er keuchte. Marilena holte Luft, spannte ihre Muskeln an und wollte nach hinten buckeln, als ihr ein besserer Gedanke kam.

»Ich dachte, du würdest nie zu mir kommen«, sagte sie, ihrer Stimme einen lockenden Klang gebend. Wie erhofft lockerte sich sein Griff vor Überraschung. Sie nutzte die Gelegenheit und drehte sich um. Ihr Gesicht war jetzt dicht unter dem seinen. Sein Atem ging schnell. Marilena zwang sich zu einem verführerischen Lächeln, obwohl der Würgereiz sie packte.

»Ich habe immer davon geträumt, das zu tun«, schnurrte sie.

Er ließ sie los und stützte sich mit einer Hand an der Mauer ab. »Wer hätte das gedacht?«, erwiderte er geschmeichelt.

Sie lächelte weiter und wartete, bis er seinen schweren Körper wieder näher an sie sinken ließ. Seine Hände wollten sich eben an ihrer Brust zu schaffen machen, als sie ihm ruckartig und mit voller Wucht das Knie zwischen die Beine stieß. Jaulend krümmte der Mann sich zusammen und Marilena schlüpfte an ihm vorbei. Ohne sich umzusehen, überwand sie den Holzzaun und rannte in den Wald. Das Blut rauschte in ihren Ohren, Zweige schlugen ihr ins Gesicht. Das Kleid zerriss an den Ästen der Bäume, zwischen denen sie hindurchhastete.

Sie würde nicht viel Vorsprung bekommen. Sobald er sich wieder bewegen konnte, würde ihr Großonkel die Hunde losmachen und auf sie hetzen. In aller Ruhe würde er den Knechten befehlen, sie zu suchen und zurück zum Hof zu schleppen. Was dann käme, das wagte Marilena sich nicht auszumalen.

Ihre Füße liefen weiter durch das Dickicht, während ihr Kopf versuchte, einen Ausweg aus dem Dilemma zu finden. Den Hunden entkommen – aber wie? Sie wich einem Brombeergestrüpp aus und stolperte über einen Felsbrocken. Halb rennend, halb kriechend erklomm sie eine kleine Anhöhe, noch immer fieberhaft überlegend, wie sie ihre Spur verwischen könnte. Als sie auf der anderen Seite der Erhebung hinunterschlitterte, fiel ihr Blick auf einen schmalen Bach. Ein paar Hundert Meter weiter wand er sich dicht am Gehöft vorbei. Die Frauen schrubbten in ihm ihre eigene Wäsche, weil der

Waschzuber im Keller nur für die Sachen der Hofherren zu benutzen war.

Im Wasser zu laufen, würde es den Hunden schwer machen, ihrer Spur zu folgen. Aber sie konnte es nicht riskieren, sich dem Hof wieder zu nähern. Marilena sprang in den Bach und blieb schwer atmend stehen. Noch regte sich nichts im Gebüsch hinter ihr, doch das würde sich bald ändern. Obwohl ihr Körper schmerzte und die Beine ihren Dienst versagen wollten, zwang sie sich weiterzugehen. Sie folgte dem Bachlauf entgegen der Fließrichtung. Lange würde das nicht gehen. Das Gelände wurde steiler und felsiger und immer öfter knickten ihre Knöchel zwischen den glitschigen Steinen um. Sie kletterte ans Ufer und sah zurück. Gerade in diesem Moment tauchte der zottige Kopf eines Hundes neben der Brombeerhecke auf, die sie in der Ferne noch ausmachen konnte. Heiß durchlief Marilena der Schreck. Sie sprang hinter einen Felsen und sah sich panisch um. Wohin?

Das Bellen der Hunde schnitt durch die Stille des Waldes.

»Sucht! Sie kann noch nicht weit gekommen sein.«

Mit klopfendem Herzen presste das Mädchen sich gegen die Felswand. Der Wald lichtete sich an dieser Stelle. Dahinter begann freies Feld. Unmöglich, dort hinauszurennen. Sie wäre leichte Beute.

Wahrscheinlich war es sowieso hoffnungslos. Die Hunde würden ihre Fährte wieder aufnehmen. Sie würden sie finden. Bald wäre sie eingekreist, die Männer würden sie packen und auf den Hof schleppen. Ihr Onkel würde sie prügeln. Und wenn er sie nicht totschlug, dann …

Vielleicht war Sterben nicht die schlimmste Vorstellung.

Marilena fühlte, wie alle Kraft aus ihrem Körper entwich. Sie wollte fliehen, sah aber keine Möglichkeit mehr, es zu schaffen. Ein Teil von ihr drang darauf zu laufen und alles zu versuchen, um zu entkommen. Der andere resignierte. Das Bellen der Hunde klang jetzt näher. Verzweifelt drückte das Mädchen sich fester gegen den Felsen, als könne es mit ihm verschmelzen. Sie entdeckte ein Gebüsch, nur ein paar Schritte weiter, und versuchte darin Deckung zu finden, doch es war nicht dicht genug. Plötzlich gab der Boden nach. Die trockene Erde unter ihren Füßen rutschte nach hinten ab. Marilena verlor das Gleichgewicht und fiel in eine Felsspalte. Sie wusste nicht, wie ihr geschah, da lag sie schon in einem engen Loch. Ein Schuh hing noch oben am Wurzelwerk des Strauches, der die Öffnung verdeckte. Marilena konnte sich kaum rühren; ihr Oberkörper klemmte zwischen kaltem Gestein, in ihrem Rücken fühlte sie die Nässe eines Rinnsales. Draußen, da, wo sie eben noch gestanden hatte, erschien die schnüffelnde Schnauze eines Hundes. Ein zweiter kam dazu. Schnaufen, Scharren. Dann schlugen die Hunde an.

»Tally?«

Ich zucke zusammen. Wann ist meine Mutter nach Hause gekommen? Ich höre ihre Schritte im Wohnzimmer. Gleich wird sie an meiner Tür sein. Rasch ziehe ich das Löschblatt aus dem noch aufgeschlagenen Vokabelheft und werfe es in das Buch. Mit einer Hand drücke ich es zu, mit der anderen schiebe ich die Kalligrafiefeder unter einen Stapel Papier.

»Tally, bist du da?«

Sie wird es nie lernen zu klopfen, bevor sie reinkommt. Zum Glück gelingt es mir, das Tagebuch hinter den Bildschirm meines Computers verschwinden zu lassen, bevor sie den Kopf durch die Tür steckt.

»Ich habe Sushi mitgebracht, wie gewünscht.«

Ausgerechnet jetzt. Ich will sie wegschicken und weiterträumen, aber es geht nicht. Ihre Stimme hat die Welten zerrissen.

Widerwillig drehe ich mich um und stehe auf. »Ich komme gleich«, brumme ich.

Zum Glück lässt sie mich in Ruhe und geht. Ich ziehe das Buch wieder hinter dem Bildschirm hervor und lege es in die Kiste unter meinem Bett, die weder Rosi noch meine Mutter je anrühren würden, weil sie Erinnerungen an Paps enthält. Dann säubere ich die Feder mit einem Taschentuch und schraube langsam das Tintenfläschchen zu. Wollte ich mir nicht eigentlich einen Prinzen erschaffen? Bis jetzt gibt es nur ein vom Unglück verfolgtes Mädchen. Das war nicht mein Plan. Aber irgendwie hat die Geschichte sich so geschrieben. So was haben meine Aufsätze nie gemacht.

Mit gerunzelter Stirn trete ich ins Wohnzimmer. Dort sitzt meine Mutter auf dem Sofa, zwei Plastikschalen mit Sushi vor sich, ein Wasserglas daneben. Warum läuft der Fernseher?

»Da bist du ja.«

Missmutig lasse ich mich neben sie auf die Couch fallen. Mit genügend Abstand, denn eine Berührung von ihr könnte ich jetzt nicht ertragen. Sie wirft mir einen ihrer langen Blicke zu. So einen, mit dem Mütter ihre pubertierenden Töchter betrachten. Überlegen und herablassend, um die eigene Unsicherheit zu überspielen.

»Wir müssen nicht reden, oder?«, werfe ich in den Raum und ziehe eine Packung Sushi an mich heran.

Sie wendet den Blick ab und starrt zum Fernseher. »Es ist nicht gut, wenn du einfach fortläufst.«

»Es ist nicht gut, wenn du einfach fremde Männer mitbringst.«

Sie schnappt nach Luft, erwidert aber nichts.

Schweigend essen wir beide. Ich liebe Sushi, aber heute bleibt mir jeder Bissen fast im Halse stecken. Draußen entlädt sich das Gewitter, das vorhin aufgezogen ist.

Vielleicht hätte meine Mutter mir gern erzählt, wer er war und warum sie ihn eingeladen hat. Vielleicht wollte sie sich herausreden und rechtfertigen. Oder behaupten, ich hätte mir alles nur eingebildet. Er wäre ein Kollege und sie hätten etwas für eine Konferenz vorbereitet. Es könnte auch ein Anwalt gewesen sein, der am Samstagabend mit ihr über Papas Erbe geredet hat. In ihrem Schlafzimmer. Stöhnend.

Beinahe wäre mir das letzte Surimi-Röllchen wieder hochgekommen. Ich schlucke hart, spüle mit der Cola nach, die Mutter auf den Tisch gestellt hat, und schiebe die leere Plastikschale von mir. »Ich geh ins Bett«, behaupte ich platt und springe auf.

Mutter schaut mich misstrauisch an. »Es ist erst acht.«

Ich zucke mit den Schultern, nehme die Schale vom Tisch, um sie zum Mülleimer zu bringen, und drehe mich um. »Vielleicht lerne ich noch ein bisschen. Wir schreiben morgen einen Test.«

Sie wartet, bis der Deckel des Mülleimers zugefallen ist, bevor sie die Frage ausspuckt, die sie die ganze Zeit zurückgehalten haben muss: »Woher weißt du, dass Frank gestern da war?«

Schockiert fahre ich herum. »Frank?« Das Gesicht ihres ehemaligen Bosses steht mir überdeutlich vor Augen. Ein älterer Herr mit grauem Haar und einer silbergefassten Brille. Schlank, oder eher dürr. Der Anzug schlotterte immer ein bisschen um seine Beine. Als ich klein war, habe ich von ihm immer als »dem Opa« geredet. Dabei hat er gar keine Kinder, von Enkeln ganz zu schweigen. Er war ständig bei uns und saß mit Mutter in der Küche oder unten in der Praxis. Angeblich arbeiteten sie an irgendeiner der Studien, die sie auf Tagungen präsentierten. Immer was anderes. Es hat mich eigentlich nie interessiert.

»Ich habe ihm viel zu verdanken«, behauptet meine Mutter, völlig zusammenhanglos, wie ich finde.

»Das war *Frank*? Dein Boss?«

Sie seufzt, stellt das Glas ab und steht auf.

Ich weiche einen Schritt zurück. *Fass mich nicht an*, denke ich.

»Er ist schon lange nicht mehr mein Boss, Schätzchen«, erklärt sie mit dieser leicht genervten Stimme, die man begriffsstutzigen Kindern gegenüber verwendet. »Das weißt du genau. Wir arbeiten zusammen als gleichwertige Partner.«

»Ach, und jetzt macht ihr eine Studie über das Sexualleben älterer Menschen – mit Selbstversuch?«

Die Ohrfeige, die sie mir versetzt, habe ich nicht kommen sehen. Sie brennt in meinem Gesicht. Ich schubse die Frau von mir weg, die vor mir steht, die Wangen gerötet, in ihren Augen gleichzeitig Entsetzen und Empörung. Mit festen Schritten stampfe ich in mein Zimmer und knalle die Tür hinter mir zu. Drehe den Schlüssel im Schloss – zwei Mal.

Werfe mich auf mein Bett und schlage mit der Faust in das Kissen.

Kapitel 14

Am nächsten Morgen wache ich erst auf, als mein Wecker das Piepen längst aufgegeben hat. Sogar der Schlummermodus ist schon abgelaufen. Es ist zehn Minuten vor Schulbeginn und ich springe aus dem Bett wie von der Tarantel gestochen.

Keine Zeit für Kosmetik oder Frühstück. Ich ziehe an, was in Bettnähe liegt, stopfe das Vokabelheft in den Rucksack und rase in die Küche. Dort sieht es genauso aus wie gestern Abend. Hat meine Mutter auch nicht gefrühstückt?

Wir haben kein Wort mehr gewechselt gestern. Ja, ich habe mich schlecht gefühlt, nachdem die Wut verflogen war. Ich fühle mich immer noch schlecht. Nicht vom Fisch, sondern von den Gewissensbissen. Aber warum muss ausgerechnet ich die Vernünftige sein? Sie ist doch erwachsen. Ich bin ein Teenager.

Bestimmt ist sie schon unten in der Praxis und arbeitet sich den Frust von der Seele. Früher hat sie das auch oft gemacht. Sie hätte mich sonst bestimmt geweckt. Als ich mir die Schuhe anziehe, fällt mir allerdings auf, dass von ihren kein Paar fehlt. Auch ihre Handtasche steht im Flur auf der kleinen Kommode. Mutter würde niemals in Hausschuhen zur Arbeit gehen. Alarmiert werfe ich einen Blick auf die geschlossene Schlafzimmertür. Ist sie noch da drin? Aber ich habe keine Zeit nachzusehen. Der Unterricht beginnt in vier Minuten und ich schaffe es wahrscheinlich nicht einmal, wenn ich renne, noch pünktlich zu sein. Was wiederum bedeutet, dass mich sowieso nichts vor dem Zorn des Lehrers rettet. Ich rolle die Augen und gehe zu der Tür, hinter der sich in den letzten Tagen das Unheil zu verbergen scheint. Mein Herz klopft wilde Trommelwirbel und in meinem Kopf überschlagen sich düstere Szenarien. Ist sie krank? Hat sie wieder Männerbesuch? Ist sie tot?

Ich klopfe.

Weil ich keine Antwort bekomme, drücke ich die Klinke vorsichtig herunter und öffne die Tür so langsam, als befürchte ich, dass mir ein Monster entgegenspringen könnte.

Mutter liegt im Bett und rührt sich nicht. Hat sie heute frei oder warum schläft sie so lange? Sie hat nichts gesagt, aber na ja: Wir haben nicht geredet. Trotzdem, es ist Montag. Sie muss arbeiten. Ich schleiche mich ans Bett, obwohl ich doch vorhabe, sie zu wecken. Im Zimmer riecht es unangenehm, nach schlechtem Atem und schlechten Träumen.

»Mutter?«

Keine Reaktion. Immerhin, sie grunzt leise, also ist sie nicht tot. Dann kann ich ja gehen. Es ist nicht meine Verantwortung, sie rechtzeitig zur Arbeit zu schicken. Als ich mich umdrehe, um das Zimmer zu verlassen, fällt mein Blick auf ihren Nachttisch. Ein halb ausgetrunkenes Wasserglas steht da. Daneben liegt eine Packung Tabletten. *Tavor 1.0,* steht darauf. Ich nehme sie in die Hand. *Wirkstoff: Lorazepam. Zur Kurzzeitbehandlung von Angst-, Spannungs- und Erregungszuständen.* Beruhigungstabletten also? Mein Magen flattert schon wieder. Schläft sie deshalb so tief? Wie viele von den Dingern hat sie genommen? Aus der Schachtel fehlen acht Stück. Woher soll ich wissen, ob sie die alle gestern genommen hat? Wut und Panik steigen in mir auf. Ich komme zu spät zur Schule und meine Mutter simuliert hier einen Selbstmordversuch, oder was? Weil ich nicht weiß, was ich machen soll, gebe ich Mutter einfach einen heftigen Stoß gegen die Schulter. Sie brummt und dreht sich zur Seite.

»Mensch, wach jetzt auf! Ich muss zur Schule!« Ich brülle und meine Hände ballen sich automatisch zu Fäusten. »WERD WACH!«

Endlich zwingt sie ihre Augen auf und starrt mich verständnislos an. »Was ist denn los?«, murmelt sie verschlafen.

Ich könnte heulen, wenn ich nur könnte.

»Du hast verschlafen«, fauche ich, obwohl ich das ja selbst auch habe.

»Die Praxis ist heute geschlossen«, gibt sie leicht verärgert zurück und richtet sich auf. »Habe ich dir das nicht gesagt? Ich habe eine Fortbildung. Sie fängt erst um elf an.«

Ich blase wütend die Wangen auf und drehe mich auf den Hacken um. »Ich komme zu spät!«, werfe ich ihr noch zu, bevor ich aus der Wohnung stürme.

Erst als ich schon mit brennender Lunge vor der Schultür stehe, fällt mir auf, dass ich meine Mütze zu Hause vergessen habe. Aber eigentlich ist das auch egal, denn im Unterricht darf ich sie ja sowieso nicht tragen.

Es fühlt sich seltsam an, durch die leeren Flure zu gehen. Aus den Klassenräumen dringt kein Laut, nur hinter der Tür des Musikraumes ist Chorgesang zu hören. Ich habe in der ersten Stunde Englisch. Ein Blick auf die Uhr im Treppenhaus zeigt mir, dass ich schon fünfzehn Minuten Verspätung habe. Vom Laufen ist mein Gesicht vermutlich knallrot. Ich zögere kurz, bevor ich anklopfe. Weil ich keine Antwort bekomme, öffne ich die Tür und schaue hinein. Das Zimmer ist leer. Was ist nur heute los? Wo ist meine Klasse? Natürlich habe ich in meiner Eile vergessen, auf den Vertretungsplan zu schauen. Der hängt im Erdgeschoss aus und ich befinde mich in der dritten Etage. Super. Es könnte auch sein, dass wir im Sprachlabor Unterricht haben. Manchmal wechseln wir dorthin, um irgendwelche Hörverständnisübungen zu machen. Das Labor befindet sich im Dachgeschoss. Gehe ich also nach oben oder nach unten? Resigniert zucke ich mit den Schultern und trotte eine Treppe höher. Ich gehe zum Ende des Ganges und stoße, ohne weiter nachzudenken, die Tür zum Sprachlabor auf.

Ungefähr zwölf Gesichter blicken mir entgegen. Überraschte Gesichter. Nicht die Gesichter meiner Klasse. Ganz vorn das von Mr Wow. Ich fahre zusammen und knalle die Tür wieder zu. Mit quietschenden Schuhen rase ich den Gang zurück und die Treppe hinunter. Verfolgt mich das Unglück? Oder bin ich in irgendeinem irren Albtraum gefangen? Ich rette mich auf die Damentoilette, lehne mich gegen die Wand und atme tief ein und aus. Irgendetwas läuft heute gründlich schief. Und ich weiß immer noch nicht, wo sich Sanna und die anderen befinden. Schließlich ziehe ich mein Handy aus der Tasche – was übrigens im Schulgebäude ausdrücklich verboten ist – und rufe meine Nachrichten ab. Dazu hatte ich heute Morgen keine Zeit. Na, super, da steht es ja.

Sanna: *Englisch fällt heute aus, hab grade Vertretung gecheckt. Treffen wir uns um neun beim Bäcker?*

Es ist jetzt acht Uhr dreißig und ich könnte ausflippen. Der ganze Stress für nichts und wieder nichts. Unterrichtsbeginn um neun Uhr fünfunddreißig und ich hetze durch die Gegend und sammle Verrücktheitspunkte bei Mr Wow. Das Schicksal hat es heute wirklich auf mich abgesehen.

Nach einem bösen Blick in den Spiegel verlasse ich den Waschraum und gehe nach unten. Als ich auf dem Hof ankomme, hat sich meine Wut ein bisschen gelegt. Dafür knallt das Schamgefühl rein. Wie oberpeinlich, mitten in der Stunde verdattert ins Sprachlabor zu glotzen. Mit rotem Gesicht und abrasierten Haaren den süßesten Typen der Schule anzustarren, vor dem ich am Tag zuvor die Flucht ergriffen habe. Falls er mich bis jetzt nicht für völlig verschroben gehalten hat, dann tut er es jetzt mit Sicherheit. Ich versuche die Gedanken an mein Versagen zurückzudrängen und schreibe Sanna. Mittlerweile stehe ich auf dem Bürgersteig vor der Schule.

Jep, tippe ich in mein Handy und stecke es weg.

Eine Frau mit Hund kommt mir entgegen. Der Köter schnüffelt an meinem Bein. Es hätte mich nicht gewundert, wenn er rangepinkelt hätte.

Als er an mir vorüber ist, habe ich endlich Zeit, den klaren Himmel zu bemerken, der sich heute über der Stadt spannt. Mein Gehirn beginnt, die Erlebnisse des Morgens zu sortieren.

Meine Mutter und ich verschlafen beide, nachdem wir uns am Abend zuvor gestritten haben. Ich flippe aus, weil Beruhigungstabletten auf ihrem Nachttisch liegen. Sie fühlt sich berechtigt, an einem Montag auszuschlafen, und motzt mich an. Ich glaube, zu spät zum Unterricht zu kommen, und blamiere mich vor … Warum ist es mir eigentlich nicht egal, was dieser Typ von mir denkt? Alles in allem ein ganz normaler Vormittag in meinem ganz normalen Leben. War das schon immer so?

Ich trete wütend nach einem unschuldigen Kieselstein, der knapp an einem Hundehaufen vorbeischrammt und neben einer der grünen Wasserpumpen liegen bleibt, die an den Straßen in meinem Kiez stehen. Sie sind Zeugen einer anderen Zeit. Einer Zeit, in der Mütter noch keine Beruhigungstabletten schluckten und Schulen geschlechtergetrennt waren. Muss das eine gute Zeit gewesen sein! Dann fällt mir ein, dass es auch die Zeit der großen Kriege in Deutschland war, und ich bin mir nicht mehr sicher, ob ich einer Zeitreise zustimmen würde. Wenn ich diesen Sprung in eine andere Epoche machen könnte, dann wäre eine Liebesgeschichte zwischen mir und Frau Möllers Onkel Eugen möglich – und am Ende fällt er dem Kampf an der Front zum Opfer?

Ich bin immer noch mit diesen Fantasien beschäftigt, als Sanna auf einmal vor mir steht.

»Hey, Tally, da bist du ja.«

Ich brauche einen Moment, um in den Freundschaftsmodus umzuschalten. Wie viel weiß Sanna über das, was im Moment in mir vorgeht? Eigentlich erschreckend wenig, glaube ich.

»Hi.« Mehr als dieses eine Wort fällt mir spontan nicht ein.

Sie umarmt mich kurz und macht einen kleinen Schlenker mit dem Arm, um mich zum Weitergehen zu bringen. »Du bist gestern zweimal so überstürzt abgehauen«, stellt sie fest. Ihre Augen blicken besorgt.

Meine Schultern zucken nach oben. »Daran wirst du dich vermutlich gewöhnen müssen.« Weil sie auf einmal gekränkt wirkt, füge ich schnell hinzu: »Ich weiß, ich bin blöd im Moment. Ich kann es nicht ändern.«

Sanna runzelt die Stirn und streicht sich eine Strähne ihres blonden Haares aus dem Gesicht. »Weißt du, ich versuche dich zu verstehen.« Sie zögert, bevor sie weiterspricht. »Aber ich fühle mich irgendwie total … unfähig. Ich hab keine Ahnung, wie ich dir helfen kann.«

Mir kann keiner helfen, denke ich. Aber ich will es nicht aussprechen, weil Sanna es bestimmt nicht hören will. »Ich werd schon wieder«, versuche ich es deshalb mit einem erzwungenen Lachen.

Sie guckt immer noch traurig vor sich hin und in mir blubbert schon wieder Ärger hoch. Ich muss doch jetzt nicht auch noch meine Freundin trösten, die eigentlich mir den Rücken stärken sollte, oder? Frustriert balle ich die Hände in den Hosentaschen. Dass wir gerade jetzt beim Bäcker ankommen, hilft immerhin ein bisschen, die Situation zu entschärfen.

»Ich habe noch nichts gegessen«, sage ich und gehe zielstrebig zum Tresen.

Sanna stellt sich neben mich und betrachtet mit abwesendem Blick die Backwaren. »Schokolade«, murmelt sie.

»Ja, wir nehmen zwei Schokobrötchen und zwei Becher Kakao.«

Die Verkäuferin nimmt die Bestellung entgegen und kurz darauf sitzen wir an einem kleinen Ecktisch. Ich habe keine Lust darauf, Sanna anzuschweigen. Um ein Gespräch anzufangen, fehlt mir aber der Antrieb.

»Timo hat mich gefragt, warum du gestern so plötzlich wegmusstest«, sagt Sanna plötzlich. Vor Schreck spucke ich heißen Kakao über den Tisch. »Entschuldige.« Ich rubble mit der Serviette auf der Tischplatte herum. Mit Sicherheit glüht mein ganzer Kopf samt den Ohren in einem sichtbaren Grellrot, das allen Besuchern der Bäckerei auffallen muss. »Und, was hast du gesagt?«, frage ich. Meine Stimme ist heiser.

Sanna grinst. Sie kennt mich vielleicht doch besser, als ich dachte. Zumindest, wenn es um das Thema Jungs geht. Ich war schon öfter verliebt und es gab auch schon einige Verehrer. Aber es ist noch nie etwas Ernsthaftes zustande gekommen. Sanna weiß, dass ich jemand bin, der eine Sache entweder ganz oder gar nicht will. Und sie scheint zu ahnen, dass ich Mr Wow wirklich gern ganz wollen würde. Was vollkommen unmöglich ist, weil ich aussehe wie ein gerupftes Huhn, mich benehme wie eine verschreckte Henne und weil Timo fromm ist. Trotzdem muss ich wissen, was Sanna ihm über mich erzählt hat.

»Ach, ich hab ihm gesagt, dass du gerade 'ne schwere Zeit hast." Als sie meinen widerwilligen Blick sieht, schiebt sie hinterher: »Keine Angst, ich habe ihm nicht verraten, warum. Ich wusste nicht, wie viel persönliche Info ich von dir weitergeben darf.«

»Mann.« Ich starre böse auf die Tischplatte und kratze an einem eingetrockneten Klecks Zucker. »Hättest du nicht sagen können, dass mir plötzlich schlecht geworden ist? Oder dass ich einen Termin vergessen hatte?«

»Nein«, erwidert Sanna seelenruhig. »Ich lüge nicht mit Absicht, das weißt du.«

Manchmal könnte ich sie samt ihren hohen moralischen Ansprüchen an sich selbst gegen die Wand klatschen. Was um alles in der Welt ist gegen eine kleine Notlüge einzuwenden, wenn sie meine Ehre rettet? Ich weiß aber, dass es keinen Zweck hat, mit Sanna darüber zu diskutieren. Das haben wir alles schon x-mal durchgekaut.

»Du kennst Timo nicht wirklich.« Sannas Stimme klingt jetzt weich. Sie will mich beruhigen. Für Sanna ist es eine Katastrophe, wenn jemand böse auf sie ist. »Er ist nicht so oberflächlich wie andere. Er findet dich nicht komisch, nur weil du überstürzt von einem Fest wegläufst.«

Ich zucke mit den Schultern. Wieso interessiert es mich eigentlich, was Mr Wow denkt? Ich habe doch Prinz Eugen. Der macht, was ich will. Ich werde mich mit seinem Schicksal beschäftigen, gleich heute Nachmittag wieder, wenn ich nach Hause komme. Es ist sehr viel ungefährlicher, in einer Traumwelt zu leben, als sich auf die Wirklichkeit einzulassen.

»Wir sollten gehen«, stelle ich mit einem Blick auf die Uhr fest, die an der gegenüberliegenden Wand hängt. Es ist zwar erst Viertel nach neun, aber ich halte das Stillsitzen nicht mehr aus.

Sanna seufzt und nimmt ihre Tasche. Bestimmt wünscht sie sich, ich wäre wieder die Tally von früher. Die, die immer einen dummen Spruch auf den Lippen hat. Die Blödsinn macht, der Sanna an den Rand dessen bringt, was sie mit ihrem geschärften Gewissen vereinbaren kann. Die Tally, die sich lustige Geschichten über die Lehrer ausdenkt und samstags bei *Falcos* mit dem Kellner flirtet. Tally, die sich das leuchtend rote Haar lachend über die Schulter wirft und dem Bus so entschieden hinterherrennt, dass der Fahrer an der Ampel noch einmal die Tür öffnet, obwohl das für ihn bestimmt streng verboten ist. Sanna hofft wahrscheinlich, dass diese Tally nur eine »schwere Zeit« hat und danach wieder auftaucht. Aber ich weiß es besser. Diese Tally ist tot. Sie wurde mit ihrem Vater begraben. Was übrig ist, ist irgendein Teil, der aus Versehen am Leben geblieben ist. Er ist scharfkantig und hart, ein bisschen verdorrt und innen drin ganz leer. Eigentlich ist es nicht viel mehr als Abfall, aber keiner hat den Mut, das zu erkennen. Nicht einmal ich selbst, fürchte ich.

Kapitel 15

Nach der Schule trotte ich allein nach Hause. Sanna hat Nachhilfe in Mathe. Sie trifft sich dafür mit einem Mädchen aus der Zwölften. Manchmal würde ich mir wünschen, so ehrgeizig zu sein wie sie. Ich hätte keine Lust, mich in meiner Freizeit regelmäßig mit Schulsachen herumzuschlagen, die über die Hausaufgaben hinausgehen. Andererseits fällt mir das Lernen auch ziemlich leicht. Ich lerne vor Arbeiten und mache zu Hause das Nötigste. Damit komme ich normalerweise auf Einsen und Zweien. Weil ich noch keine Idee habe, was ich mit meinem Leben nach der Schule anfangen will, reicht mir das vollkommen. Davon abgesehen ist mir im Moment sowieso alles egal. Wieso sollte ich für die nächsten Jahre planen, wenn das Leben eh macht, was es will? Vielleicht erlebe ich das Abitur nicht einmal. Warum also jetzt meine Zeit verschwenden?

Mein Blick fällt auf das alte Haus, in dem Frau Möller wohnt. Ob es ihr gut geht? Ich gehe ein bisschen langsamer und versuche durch die Fensterscheiben einen Blick in die Wohnung zu erhaschen. Aber die Gardinen lassen das nicht zu. Außerdem sind die Scheiben von Staub und getrocknetem Regen verschleiert. Es hat wohl länger keiner die Scheiben geputzt. Ob ich Rosi bitten sollte, mal bei Frau Möller einen Extraeinsatz zu machen? Als ich schon an dem Haus vorüber bin, befällt mich ein unwiderstehlicher Drang umzukehren. Wie von einem unsichtbaren Seil gezogen, gehe ich zurück und finde mich vor der verwitterten Haustür wieder. Soll ich läuten? Ist das nicht verrückt? Aufdringlich? Ich habe überhaupt keinen Grund, die alte Dame zu besuchen. Nur Sehnsucht nach der Reise in ihre vergangene Welt, nach alten Möbeln,

Tee aus dünnwandigen Porzellantassen und Schwarz-Weiß-Bildern von Eugen. Bevor ich weiter darüber nachdenken kann, hat mein Finger schon auf den Klingelknopf gedrückt. Für eine Weile ist es still. Mein Herz schlägt zum Zerspringen und ich will weglaufen. Aber meine Füße stehen wie festgewachsen auf der bröckeligen Treppe. Endlich sehe ich, wie das Rollo des Seitenfensters ein Stück auseinandergebogen wird und Frau Möller zwischen den Lamellen hindurchlugt. Kurz darauf ertönt der Summer. Ich drücke die Tür auf und betrete den Flur. Sofort umfängt mich der verlebte Geruch des Hauses. Die Treppenstufen knarren.

»Fräulein Kramer!«

Ich lächle verlegen bei dieser Begrüßung. Frau Möllers Stimme klingt weniger überrascht, als ich erwartet hatte.

»Guten Tag, Frau Möller.«

Sie bittet mich mit einer kleinen Geste nach drinnen und wartet geduldig, bis ich mir die Schuhe von den Füßen gezogen habe. »Ich freue mich, dass Sie gekommen sind.«

Ob sie vergessen hat, dass sie mich bei meinem letzten Besuch schon geduzt hat?

Etwas unsicher schaue ich in ihre klaren blauen Augen. Ich stottere verlegen: »Ich wollte nur einmal sehen, wie es Ihnen geht.«

»Das ist sehr freundlich.« Sie geht mir voraus in das Wohnzimmer. »Nehmen Sie doch Platz. Ich setze nur rasch etwas Teewasser auf.«

»Aber das kann ich doch machen«, protestiere ich.

Sie schüttelt lächelnd den Kopf. »Nein, meine Liebe. Sie ruhen sich aus. Gönnen Sie mir etwas Bewegung auf meine alten Tage.«

Während ich etwas steif auf dem Sofa hocke, höre ich sie in der Küche mit den Tassen klappern. Ich möchte aufspringen, den Teekessel füllen oder das Tablett tragen, aber ich weiß, dass sie das nicht möchte. Deshalb versuche ich mich wie ein guter Gast zu benehmen, obwohl ich die Regeln nicht wirklich kenne.

Wieder wandert mein Blick über die Bücher im Schrank bis zu

dem gerahmten Bild neben dem Fernseher. Dort lehnt auch noch die Fotografie von Eugen, wo Frau Möller sie letztens hingestellt hat. Ach, Eugen.

»Gregor!«, kreischt plötzlich der Papagei und ich fahre zusammen. Ich hatte ihn völlig vergessen.

»Hallo Gregor«, sage ich, als mein Herz seinen normalen Rhythmus wiedergefunden hat. Meine Stimme klingt spöttisch. Ob ich wohl aufstehen und ein wenig im Zimmer herumlaufen darf? Es wäre interessant, all die alten Sachen aus der Nähe zu begutachten. Aber vielleicht ist es unhöflich. Ich bleibe also sitzen, wippe mit den Zehenspitzen und fühle, wie die Zeit verrinnt.

Endlich tappt die alte Dame mit dem Tablett zu mir herein.

»Teeeee, Gregor!«, posaunt das graue Tier auf seiner Stange. Es flattert mit den Flügeln und reißt den Schnabel auf.

»Schon gut, Gregor«, antwortet Frau Möller sanft.

Diesmal stehen nicht nur zwei Tassen und die Teekanne auf dem Tablett. Drei belegte Brötchen sind auch dabei.

»Sie sehen hungrig aus.« Die weißhaarige Frau, die mir so vertraut scheint, als sei sie meine Urgroßmutter, schiebt den Teller nah an mich heran.

Die Brötchen riechen gut. Oben auf jeder Käsescheibe prangt eine saure Gurke. Mein Magen fühlt sich tatsächlich ziemlich leer an und so greife ich zu.

Die blauen Augen der Frau leuchten eine Spur heller. »Nun fehlt nur noch das Marzipan.«

Ich schaue überrascht auf und lege das Brötchen neben meiner Tasse ab. »Das … Darf ich es holen?«

Frau Möller lächelt. »Aber ja«, gibt sie freundlich zurück, »dann setze ich mich schon einmal.«

Bestimmt ist sie angestrengter, als sie vorgibt. Ich habe keine Ahnung, wie alt sie wirklich ist. Aber aus den Geschichten, die sie mir von ihrem Leben erzählt, schließe ich, dass sie mindestens achtundachtzig Jahre alt sein muss, vielleicht sogar schon neunzig. Ob sie wohl jemanden hat, der sie regelmäßig besucht?

Ich stehe auf und gehe zu dem Schrank, in dem sie ihren Pralinenvorrat aufbewahrt. Es dauert nur einen Moment, bis ich die angebrochene Schachtel in den Händen halte. Nur eine winzige Weile, um die Schranktür zu schließen. Dabei zieht das Foto von Eugen meinen Blick wie magisch an. Der Gedanke schießt unwillkürlich durch meinen Kopf: *Eugen gehört mir.* Wie zufällig streift mein Ellbogen die Fotografie und sie flattert zu Boden. Hat Frau Möller es gesehen? Sie rührt gerade in ihrer Tasse und schaut nicht zu mir herüber. Ich bücke mich, hebe das Bild auf und lasse es im Ausschnitt meines T-Shirts verschwinden, wo ich es unter den Cup meines BHs stecke. Ein besserer Ort fällt mir gerade nicht ein. Mir ist klar, dass es Diebstahl ist. Trotzdem verziehe ich keine Miene, stelle mit einem verkrampften Lächeln die geöffnete Schachtel auf den Tisch und setze mich neben die alte Dame. Hat sie wirklich nichts bemerkt? Ob ihr in den nächsten Sekunden auffallen wird, dass Eugen nicht mehr neben dem Fernseher steht?

»Lassen Sie es sich schmecken«, fordert Frau Möller mich auf und hebt die Tasse. Dann schweigt sie.

Wir trinken den Tee, ich kaue an dem Brötchen. Es schmeckt gut, aber es scheint in meinem Mund anzuschwellen. Dass das an meinem schlechten Gewissen liegt, ist mir klar. Das Foto brennt an meiner Brust. Hätte ich sie nicht einfach fragen können, ob ich mir eine Kopie von diesem Bild machen darf? Aber mit welcher Begründung?

»Haben Sie eigentlich Kinder?«, frage ich, um das Schweigen zu brechen und mich abzulenken.

»Greeegor!«, kreischt der Papagei und Frau Möller schmunzelt. Ein trauriges Schmunzeln, das die Falten um ihre Augen noch tiefer macht und ihre Augen dunkelblau werden lässt.

»Tja, Gregor, du hast wohl recht. Du bist das einzige Kind, das ich habe.« Sie schaut den Flattermann an, dann stellt sie ihre Tasse ab. »Ich habe meine Jugend dem Studium gewidmet«, sagt sie und ich versuche zu hören, ob Bedauern in ihrer Stimme mitschwingt. »Mein Mann und ich waren uns einig, dass ich meinen Forschungen nachgehen sollte, bis ich genug habe und zur Hausfrau werden möchte.«

»Was natürlich nie passiert ist, weil Sie eine kluge und wissbegierige Frau sind, nicht wahr?« Sie nickt und schüttelt dann den Kopf. »Ja und nein«, sagt sie. »Ich habe meinen Beruf geliebt und wollte mir einen Doktortitel erarbeiten wie mein Mann. Aber es kam anders. Es kommt vieles anders, als man denkt.«

Das kann ich mehr als bestätigen, denke ich, spreche es aber nicht aus. Gespannt warte ich auf ihre Geschichte, aber sie erzählt nichts mehr.

Sie nimmt eine Marzipanpraline aus ihrem Förmchen, führt sie zum Mund, legt sie dann doch wieder ab und steht auf. Fast andächtig stellt sie sich vor ihr Hochzeitsfoto und sieht es lange an. Als sie zurückkommt, wirkt sie müder als je zuvor. Ich bereue, die Frage gestellt zu haben.

»Jedenfalls habe ich keine Kinder mehr bekommen, als wir es schließlich versucht haben«, greift sie den Gedanken wieder auf. »Ich habe lange mit der Traurigkeit darüber gerungen. Manchmal stelle ich mir heute noch vor, wie es wäre, Töchter und Söhne zu haben, die mich besuchen kommen. Sie würden ihre eigenen Kinder mitbringen und selbst die hätten jetzt schon kleine, niedliche Babys, die ich in meinem Schoß halten könnte.« Sie lacht leise. »Es fällt mir immer noch schwer zu glauben, dass es so das Beste ist. Aber ich musste mich damals entscheiden, welchem Lebenstraum ich folgen möchte: dem der Wissenschaftlerin oder dem der jungen Mutter. Und ich habe beschlossen, meine Entscheidung nie zu bereuen.«

»Schon gut!«, kreischt Gregor und ich muss lachen, obwohl ihre Worte mich tief beeindrucken.

Ich stelle meine Tasse auf den Tisch und sehe Frau Möller ins Gesicht. »Ich bewundere Sie.«

Ihre Augen versuchen meinen Blick zu halten und ich wende mich rasch ab.

»Wie versorgen Sie eigentlich Ihren Haushalt?«, wechsle ich wieder das Thema. »Halten Sie die Wohnung ganz allein so gut in Schuss?«

Sie sieht sich um, als müsse sie selbst erst einmal überlegen, wer die Arbeit eigentlich macht. Dann zupft sie an ihrem Rock und antwortet: »Nun, das meiste mache ich wohl selbst. Manchmal kommt meine Nachbarin und saugt die Teppiche, aber sie ist selbst schon alt und schafft es nur noch selten. Deshalb ist es hier nicht mehr so reinlich wie früher.«

Mich hat es bisher nicht gestört, dass die Fenster blind und die Gardinen vergilbt sind. Auch der Staub in den Ecken ist mir kaum aufgefallen, weil ich so auf den blitzblanken Schrank fokussiert war. Jetzt ist es, als hätte mir jemand die Augen geöffnet. Natürlich schafft sie es nicht allein. Oder besser: Sie schafft es, aber nicht so, wie sie es gern schaffen würde.

»Wenn es Ihnen hilft, würde ich gern einmal pro Woche kommen und Ihnen zur Hand gehen«, biete ich an, obwohl ich selbst absolut keine Ahnung von Hausarbeit habe. Das macht schließlich Rosi bei uns. Aber so schwer kann es nicht sein. Ich werde einfach Sanna bitten, mir Tipps zu geben: Sie muss zu Hause regelmäßig helfen und kennt sich aus. Der Gedanke gefällt mir plötzlich ausgesprochen gut. Mit Hausarbeit werde ich mein Gewissen reinwaschen. Blanke Fenster und saubere Böden gegen ein altes Passfoto von Eugen. Es scheint mir ein fairer Tausch.

Frau Möller blinzelt unschlüssig. Dann lächelt sie. »Vielleicht tut uns das beiden gut«, stimmt sie schließlich zu. Sie blickt zum Fernseher, dann zu mir, und gibt mir die Hand. »Ich freue mich darauf, Sie einmal pro Woche zu sehen, Fräulein Kramer.«

»Nennen Sie mich doch wieder Talitha, bitte.«

Sie lächelt sanft und nickt. »Ja, Kind. Das tue ich gern.«

Als ich wenig später aufbreche, folgt sie mir bis zur Wohnungstür.

»Auf Wiedersehen, Talitha.«

»Auf Wiedersehen, Frau Möller.«

Ich stolpere durch den Hausflur nach draußen ins Licht, falle beinahe die Treppe hinunter und fange an zu laufen, sobald ich auf dem Bürgersteig angekommen bin. *Ich habe sie betrogen*, pocht es in mir. Und doch bereue ich es nicht. Denn ich habe mir vorgenommen, meine Entscheidungen nie wieder zu bereuen.

Kapitel 16

Zu Hause erwartet mich Stille.

Die Praxis ist geschlossen, meine Mutter unterwegs. Auf dem Tisch liegt ein Zettel mit dem Programm der Fortbildung, die sie besucht. Außerdem die Adresse und Telefonnummer eines Hotels. Darunter hat Mutter mit großen Buchstaben geschrieben: *Bin bis Mittwochabend unterwegs. Rosi weiß Bescheid. Wenn du Fragen hast, schreib mir eine Nachricht, ich rufe zurück. Ich schätze, du kannst gut auf mich verzichten. Dein Verhalten zeigt mir,* dass *du dich für erwachsen hältst. Mutter.*

Wow, was für ein Schlag ins Gesicht. Der zweite nach gestern Abend. Es macht mich unglaublich wütend, dass sie so böse auf mich ist. Als hätte ich keinen Grund, mir Sorgen um sie zu machen, auf meine Art zu trauern oder schockiert zu sein, weil sie mit ihrem Ex-Boss rummacht.

Rosi weiß Bescheid – wie schön für Rosi. Warum sollte eine Mutter auch mit ihrer Tochter sprechen, wenn sie genauso gut alles mit der Haushälterin klären kann? Ich bin so sauer, dass meine Hände zittern. Am liebsten würde ich irgendetwas zertrümmern, aber dafür bin ich zu gut erzogen. Paps würde es nicht richtig finden, wenn ich durchdrehe. Er hat es verdient, dass seine einzige Tochter den Anstand wahrt.

Während ich in mein Zimmer gehe und den Schulrucksack in die Ecke pfeffere, legt sich eine weitere harte Schale um mein Herz. Offensichtlich bin ich meiner Mutter so was von absolut unwichtig, dass ich mir von ihr keinerlei Verständnis mehr erhoffen sollte.

Paps ist tot und für meine Mutter bin ich gestorben. Bleibt

also nichts anderes, als tatsächlich jetzt sofort erwachsen zu werden.

Ich bin sechzehn, in diesem Alter ziehen manche aus und fangen eine Ausbildung an. So weit werde ich nicht gehen; ich bleibe hier und mache wie geplant mein Abitur. Aber ich werde von jetzt an alles, was mich betrifft, selbst organisieren. Ich werde Mutter aus meinem Leben ausschließen, so wie sie es mit mir tut. Von ihr erwarte ich nichts mehr: kein Mitgefühl, keinen Trost und keine Hilfe. Soll sie doch machen, was sie will, ins Bett gehen, mit wem sie will, und weg sein, sooft es ihr gefällt. Mir soll es egal sein.

Zu Frau Reuter gehe ich selbstverständlich auch nicht mehr.

Ich setze mich auf die Kante meines Bettes und schaue auf meine Hände. Das war es wohl mit der Kindheit. So fühlt es sich also an, erwachsen zu werden? In mir ist ein Gefühl wie Glas. Glatt und hart, mit einer Kante, die drückt, aber nicht schneidet. Ich fühle mich nicht unsicher, auch nicht schwach oder ängstlich, im Gegenteil. Ich bin stark. Aber ich bin noch etwas anderes, etwas, das mich hohl und leer macht: Ich bin einsam.

Noch während ich diesen Gedanken zu begreifen versuche, pikt mich etwas am Herzen.

»Autsch«, rutscht es mir unwillkürlich heraus und ich fasse an meine Brust.

Eugen! Ich hatte tatsächlich kurz vergessen, dass er da ist. Schnell ziehe ich das Bild aus meinem BH und streiche mit der Hand darüber. Trotz der unschönen Situation, in der ich mich befinde, muss ich lachen. Eugen schaut mich mit seinem gefassten, selbstsicheren Blick an, als wolle er sagen: *Jetzt komm mal runter. Was jammerst du? Dein Leben ist hart? Glaub mir, meines war auch kein Zuckerschlecken. Aber hey, es ist dein Leben! Nimm es in die Hand und mach was draus.*

Und er hat recht. Paps hat mir beigebracht, standfest zu sein und das Beste aus allem zu machen. Danke für die Erinnerung, Eugen.

Ich lehne sein Bild an den Bildschirm meines Computers. Dann ziehe ich mich um, hole mir etwas zu trinken aus der Küche und drehe die Musikanlage in meinem Zimmer auf. Eugen schaut mir ungerührt zu, wie ich tanze: auf dem Teppichboden und auf dem Bett, mit einer Menge Kraft und erstaunlich vielen Ballettelementen, die heute irgendwie so gut sitzen, wie sie es in keiner Unterrichtseinheit getan haben.

Danach geht es mir besser.

Ich atme tief durch, öffne das Fenster und hole das Tagebuch aus seinem Versteck. Obwohl ich es hasse, weil es nun mal ein Geschenk von meiner Mutter aufgrund einer Idee von Frau Reuter ist, schlägt mein Herz schneller, als meine Finger den weichen Einband berühren. *Nimm, was du hast, und mach daraus, was du brauchst*, schießt es mir durch den Kopf. Bestimmt ist das noch ein Ratschlag von Eugen. Ich schraube das Tintenglas auf und setze die Feder an. In mir zittert es vor Spannung darüber, wie die Geschichte weitergehen wird.

Die Hunde bellten siegessicher. Mit schnellen Schritten näherten sich nun die Männer und sammelten sich vor dem Felsen.

»Hier muss etwas sein!«, rief eine raue Stimme den anderen zu. Marilena erkannte sie: Das war Jörg, einer der Stallknechte. War er nicht eigentlich immer freundlich zu ihr? Und jetzt würde er sie einfach so verraten?

Sie stellte sich vor, wie die Männer verwirrt auf die Felswand und dann hinüber zum Feld schauten.

»Sie muss über den Acker gelaufen sein«, behauptete einer von ihnen. Marilena konnte nur ihre Beine sehen.

»So schnell kann sie unmöglich sein.« Es war Hans, der die Behauptung abwehrte. »Wenn die Hunde hier anschlagen, ist sie vielleicht auf den Felsen geklettert.«

Spöttisches Lachen.

»Das würde sie niemals schaffen.«

Ich bin stärker, als ihr denkt, dachte Marilena erbost. Aber nicht so dämlich, dass ich auf einen Felsen klettern würde, von dem es keinen Fluchtweg gibt.

Die Hunde liefen noch immer aufgeregt vor der Öffnung hin und her. Marilena hoffte, die Männer würden endlich gehen, doch da kam der alte Herr dazu. Er war außer Atem und keuchte wie vorhin. Das Mädchen zitterte am ganzen Körper und duckte sich so tief es nur konnte in die Finsternis des Loches.

»Wo ist sie?«, brüllte der Mann.

»Die Hunde haben an dieser Stelle angeschlagen, aber hier ist nichts.«

»Habt ihr gründlich gesucht?«

Schweigen. Scharrende Schuhe. Rascheln. Marilena wagte kaum zu atmen, geschweige denn, den Kopf zu heben, um zu sehen, was da oben geschah. Stocksteif hockte sie in ihrem Versteck in der Hoffnung, selbst wie ein Felsbrocken auszusehen, sollte jemand die Spalte entdecken.

»Hier liegt ein Schuh!«, triumphierte Hans plötzlich. »Sie muss versucht haben, sich im Gebüsch zu verstecken. Aber hier kann sie nicht mehr sein.«

Die Zufriedenheit schlug in Ärger um.

»Dieses Weib foppt uns!« Der Alte spuckte aus und trat mit dem Fuß gegen den Busch. »Jörg, klettere nach oben auf den Felsen. Ihr anderen sucht weiter.«

Marilena war sicher, dass Jörg ebenfalls in den Spalt rutschen würde, sollte er an dieser Stelle versuchen den Fels zu erklimmen. Dann wäre sie geliefert.

Die Männer entfernten sich und Jörg näherte sich dem Gebüsch. Er fluchte. Doch bevor er einen weiteren Schritt machen konnte, erklangen leichtere Schritte vom Feldrand her.

»Was ist hier los?«

Anna! Das Mädchen aus der Küche kam vermutlich eben vom Markt zurück und hatte die Abkürzung über das Feld genommen. Jörg war in Anna vernarrt, das wusste jeder. Marilena schöpfte neuen Mut. Vielleicht ließ er sich ablenken und kletterte an einer anderen Stelle auf den Felsen.

Tatsächlich drehte Jörg sich um. Ein Hüsteln kam aus seiner

Kehle. »Wir suchen Marilena. Sie hat den Herrn bestohlen und ist geflohen.«

Anna lachte auf. »Marilena soll etwas gestohlen haben? Das ist absurd!«

Du Wunderbare, dachte Marilena. Wie gut du mich kennst.

Jörg wand sich verlegen. »Wenn der Herr es doch sagt. Ich tue nur, was er befohlen hat.«

Obwohl sie es nicht sehen konnte, wusste Marilena, dass Anna erbost die Hände in die Hüften stemmte.

»Ich habe sie vor ein paar Minuten auf der Straße hinüber ins Dorf getroffen«, behauptete das Mädchen mit sicherer Stimme. »Für eine Diebin sah sie sehr entspannt aus. Man sollte doch meinen, dass jemand, der etwas gestohlen hat und sich auf der Flucht befindet, keine Zeit hat, mir den neuesten Tratsch zu berichten, oder?«

Wie dreist sie doch lügen konnte! Aber würde Jörg darauf hereinfallen?

»Ich glaube dir kein Wort«, murmelte er hörbar verwirrt. Er zog den Schuh aus dem Gebüsch.

Zum Glück war Anna das klügste Mädchen auf dem ganzen Anwesen und sie folgerte blitzschnell. »Oh, Jörg, da ist ja mein Schuh!«, rief sie, als hätte er einen lang vermissten Gegenstand wiedergefunden. »Ich hatte Marilena das Paar vor zwei Tagen geborgt, weil ihre eigenen Schuhe so nass waren. Und dann hat der Braune den einen weggeschleppt, als Marilena sie wieder vor meine Tür gestellt hat.« Sie lachte. »Dieses verrückte Vieh liebt es, Sachen irgendwo hinzutragen. Meistens verbuddelt er das Zeug auch noch.«

Kurze Zeit blieb es still. »Igitt, wie nass er ist!«, erklang dann erneut Annas Stimme. »Es war aber auch viel Tau auf den Wiesen heute Morgen. Hör mal, ich glaube, du solltest den anderen nachgehen und ihnen sagen, dass Marilena im Dorf ist. Es ist Markttag, also findet ihr sie sicher schnell. Vielleicht hat die Herrin sie nach Stoffen ausgeschickt. Ich habe vergessen, sie zu fragen, was sie holen soll.«

»Anna, du solltest eine Diebin nicht decken, auch wenn ihr befreundet seid.«

Marilenas Mut sank. Der junge Mann mochte naiv sein, aber er kannte seinen Herrn und hatte gemerkt, dass Annas Geschichte nicht zu der Aufregung passte, mit der sie vom Hof aufgebrochen waren.

»Ich muss jetzt auf diesen Felsen, ob ich will oder nicht.«

»Dann versuche es wenigstens von hier drüben«, schlug Anna vor. »Hier ist die Wand nicht so steil.« Marilena vernahm Schritte, das Rascheln von Zweigen und ein paar schabende Geräusche. Wahrscheinlich erklomm Jörg gerade den Fels.

Endlich schien der Mann oben angekommen zu sein.

»Hier geht es nicht weiter!«, drang seine Stimme zu Marilena herunter. »Sie hätte von hier oben nur wieder zurück in Richtung des Hofes laufen können und von da kamen wir mit den Hunden.«

»Die ganze Sache erscheint mir völlig unsinnig«, bemerkte Anna.

Ein Plumpsen ließ vermuten, dass Jörg vom Felsen gesprungen war.

»Sag mir, was du wirklich denkst«, verlangte Anna.

»Ich denke, dass sie irgendwas getan hat, das den Alten gegen sie aufgebracht hat«, antwortete Jörg ausweichend. Er spuckte aus und schlug mit der Hand gegen den Fels. »Was auch immer vorgefallen ist, er schnaubt wie ein Ochse. Ich will auch nicht, dass ihr etwas passiert, aber was soll ich tun?«

»Du hast deinen Auftrag doch erledigt«, erwiderte Anna ruhig. »Jetzt geh zu den anderen und nimm von mir aus den Schuh mit. Vielleicht kommt sie von allein zurück.«

Der Stallknecht schien einverstanden. Das Geräusch seiner Schritte verklang und Stille legte sich über den Wald. Das ahnungslose Singen der Vögel am Feldrand drang in Marilenas Dunkelheit.

Meine Hand schmerzt. Das Schreiben mit der Kalligrafiefeder strengt an. Aber es sieht schön aus, wie die schwarzen Buchstaben sich an die Buchseiten schmiegen. Draußen vor meinem Fenster scheint immer noch die Sonne. Bestimmt ist Sanna jetzt fertig mit ihrer Lernerei. Mein Kopf hängt noch zwischen den Welten und ich mag nicht so richtig in mein echtes Leben zurückkehren. Aber ich will auch nicht wie Marilena bewegungslos in einem Loch feststecken. Also raus hier. Ich bin frei und ich kann tun, was ich will.

Ich trockne die Tinte mit einem Löschpapier und räume Buch und Feder sorgsam weg. Natürlich könnte ich sie liegen lassen, weil niemand außer mir dieses Zimmer betreten wird. Aber ich brauche die Sicherheit, dass diese Geschichte mir ganz allein gehört. Eugen schaut vom Schreibtisch aus ungerührt zu.

»Du musst auch verschwinden«, sage ich zu ihm und nehme das Bild in die Hand. Wenn ich ihn doch in Wirklichkeit zum Leben erwecken könnte, diesen jungen Mann, dessen Augen so abenteuerlustig blicken. Oder selbst in seine Zeit reisen. Zu der Kastanienallee und dem Schloss, von dem Frau Möller mir erzählt hat. Das wäre schön. Nachdenklich lasse ich mich auf die Kante meines Bettes sinken und starre dem Prinzen ins Gesicht. So lange, bis mir die Augen wehtun. Da klingelt mein Handy und ich nehme ab.

»Hey, Tally, heute lasse ich mich nicht abwimmeln. Ich stehe unten vor deiner Tür. Komm runter, wir gehen Eis essen.«

Ich schnaube leise. Sanna, die Unbeirrbare. »Ich wollte sowieso zu dir«, murmle ich, unentschlossen, ob ihr Anruf mich freut oder ärgert.

Ich lege auf und schnappe mir meine Mütze. Geld und Handy in die Tasche und ab nach unten. Eugen stecke ich unter mein Kopfkissen. Er wird auf mich warten.

Ein paar Minuten später sitze ich mit Sanna auf der Bank am Marktplatz, die unsere angestammte Eis-Bank ist. Die Sonne brennt immer noch heiß vom Himmel, obwohl es mittlerweile Ende September ist. Vielleicht dauert der Sommer ewig, nur damit ich nicht aus diesem Albtraum herauskomme. Der Sommer, in dem mein Vater starb. Er wird nie vergehen …

»Dein Eis tropft!« Sanna hält mir ein Taschentuch unter die Waffel. »Du bist schon wieder total abwesend«, stellt sie fest. Es klingt allerdings nicht vorwurfsvoll. »Was geht dir durch den Kopf?«

Zu viel, denke ich. »Ach, nichts«, höre ich mich erwidern. Das Eis ist süß und lecker und mir fällt plötzlich ein, dass ich doch in einer Sache von meiner Mutter abhängig bleibe: Geld. Oder ich muss mir einen Job suchen, aber dafür brauche ich vermutlich auch ihre Genehmigung.

»Ist irgendwas passiert?«, fragt Sanna weiter.

»Nur Stress mit meiner Mutter.« Ich bohre mit der Zunge ein Loch in mein Eis, sodass die Kugel beinahe herunterfällt.

»Sie ist mit ihrem Ex-Boss zusammen. Wehe, wenn du sie in Schutz nimmst.«

Sanna sieht mich mit hochgezogenen Brauen von der Seite an.

»Außerdem hat sie mir eine Ohrfeige verpasst und jetzt ist sie für drei Tage weg, ohne mir vorher Bescheid gegeben zu haben. Mein Leben ist toll.«

Eine Weile sitzen wir schweigend da. Ich glaube, Sanna überlegt die ganze Zeit, was sie sagen soll, aber mir ist es am liebsten, wenn sie einfach nichts sagt.

Dann fegt plötzlich ein Windstoß über den trockenen Marktplatz und wirbelt Staub auf. Sanna kneift die Augen zusammen und schaut in den Himmel. »Da kommen die Gewitterwolken«, stellt sie fest. »Ab morgen soll es kälter werden.«

Und plötzlich weiß ich, dass der Sommer doch irgendwann ein Ende haben wird und ich mit Eugen glücklich werde und meine Mutter mir nichts mehr anhaben kann, weil ich erwachsen bin.

Kapitel 17

»Kannst du mir beibringen, wie man Fenster putzt?«, frage ich Sanna, nachdem wir bei mir zu Hause eine Pizza verdrückt haben. Wir sitzen auf dem Sofa, die Füße hochgelegt, und verdauen.

Mit gerunzelter Stirn mustert mich meine Freundin. Dann fasst sie mir grinsend an den Kopf.

»Hast du Fieber?«

»Pah«, mache ich entrüstet und schüttele sie ab. »Ich meine es ernst!«

Weil Sanna Sanna ist, weiß sie, dass es stimmt. Seufzend setzt sie sich auf und schaut mich an. »Du musst es doch mit dem Erwachsenwerden nicht direkt übertreiben«, versucht sie mich zu beruhigen.

Sie hat ja keine Ahnung, dass diese Sache gar nichts mit dem Stress zu tun hat, den ich mit meiner Mutter habe.

»Mache ich auch nicht«, schnappe ich. Warum ich auf einmal sauer auf Sanna bin, kann ich mir selber nicht erklären. Es kommt einfach so über mich. »Wenn du nicht willst, sag's einfach. Dann frage ich eben Rosi.«

»Ach Mensch, jetzt werd doch nicht gleich böse.« Sanna ist aufgestanden. Wahrscheinlich brodelt es in ihr jetzt auch. Aber bei all dem Chaos in mir schaffe ich es nicht, Rücksicht auf ihre Gefühle zu nehmen. Wie lange sie es wohl noch mit mir aushält, wenn ich so biestig bleibe?

»Klar kann ich dir zeigen, wie das geht. Aber nicht heute Abend. Ich muss nach Hause.«

Ich beiße mir auf die Lippe und nicke stumm.

Sanna nimmt ihre bunte Jacke. Sie geht zur Tür und zwingt ihre Füße in die Schuhe.

Meine Knie werden auf einmal ganz weich und mir ist übel.

»Ciao, bis morgen.« Sanna hebt die Hand zum Abschied.

Die Tür fällt hinter ihr ins Schloss. Ich muss mich am Sofa festhalten, um nicht umzufallen.

Werde ich jetzt verrückt? Mache ich das Gleiche wie meine Mutter und vertreibe alle aus meiner Nähe, die ich mag?

Mit letzter Kraft schleppe ich mich in mein Zimmer und lasse mich aufs Bett fallen. Die Pizza drückt mir immer noch im Magen, aber ich weiß, dass die Übelkeit nicht davon kommt. Sie kommt von all den heruntergeschluckten Trauerklopsen und der verdrängten Angst. Ich habe solche Angst vor meinem Leben. Solche Angst davor, für immer traurig und einsam zu sein.

Plötzlich wünsche ich mir, wenigstens einen Hund zu haben.

»Ich verstehe dich, Füchslein. Aber ein Hund wäre so oft allein … Schau mal, Mama und ich sind den ganzen Tag auf Arbeit. Und du bist im Kindergarten. Wer sollte in all diesen Stunden mit ihm spielen?«

Ich sehe Papas Gesicht vor mir. Es muss mindestens elf Jahre her sein, dass wir dieses Gespräch geführt haben. Ich hatte es vergessen, aber auf einmal ist alles wieder da. Eine glasklare Erinnerung. Sogar die Farbe seines Shirts habe ich wieder vor Augen. Es war das hellblaue Poloshirt mit dem weißen Strich am Kragen. Ich mochte es, weil Papa darin super sportlich aussah.

»Rosi kann doch auf ihn aufpassen«, gebe ich trotzig zurück. *»Und dann bringt sie ihn mit, wenn sie mich vom Kindergarten abholt. Bitte, Paps, ich will so gerne einen Hund haben!«* Papa seufzt. *»Es geht nicht, Füchslein. Und Mama ist allergisch auf Tierhaare.«*

Enttäuscht ziehe ich die Stirn in Falten. *»Dann eben eine kleine Schwester«*, fordere ich und Paps lacht.

Er zieht mich in seine Arme und wuschelt mir durchs Haar.

»Ich finde, wir können uns genug sein«, flüstert er zärtlich in mein Ohr. *»Du und Mama, ihr seid alles, was ich brauche. Und du wirst sehen: Wir sind auch alles, was du brauchst. Vielleicht kaufst du dir einen Hund, wenn du erwachsen bist.«*

Die Erinnerung ist vorbei. Ich bin wieder sechzehn Jahre alt, liege zwischen meinen Kissen und habe weder einen Hund noch eine Schwester. Einen Vater habe ich auch nicht mehr. Und eine Mutter? Ach. Ich muss mir selbst genug sein.

Ein bitterer Geschmack liegt auf meiner Zunge. Aber die Übelkeit verschwindet langsam. Also gehe ich ins Bad, um mir die Zähne zu putzen. Morgen muss ich wieder in die Schule und ich will nicht noch einmal verschlafen.

Fünf Minuten später liege ich wieder in meinem Bett. Die Wohnung ist unheimlich still.

Draußen wird es immer dunkler. Es regnet, der Regen läuft in Bächen an den Scheiben hinunter. Gut, dass Sanna rechtzeitig nach Hause gegangen ist. Ich denke an Eugen und stelle mir vor, mit ihm in seinem Schloss zu sein. Wir sitzen vor dem Kamin, eng aneinandergeschmiegt. Seine Hand streicht mir durchs Haar und ich drehe ihm mein Gesicht zu. Seine Lippen berühren zuerst ganz sanft meine Nase und dann streifen sie über meine Wange hin zu meinem Mund …

Schrill klingelt mein Handy mich aus dem Tagtraum. Ich fluche, schiebe die Bettdecke beiseite und taste nach dem blöden Ding. Eugen hat sich vor Schreck zurückgezogen. Dabei wollte ich mit ihm schlafen, und zwar hier und jetzt.

Ich starre ungläubig auf das Display. Ernsthaft? Meine Mutter ist schuld daran, dass der Kamin erloschen ist und das heiße Gefühl in meinem Bauch verschwunden? Sie hat die Nerven, mit ihrem Anruf auch noch den einzigen angenehmen Teil des Tages zu zerstören?

Wütend drücke ich sie weg. Ich stelle das Telefon auf »nicht stören« und hoffe, dass der Wecker morgen früh trotzdem funktioniert. Dann lege ich es auf den Boden und drücke mir ein Kissen auf die Ohren, denn gleich wird meine Mutter es auf dem Festnetz versuchen.

Piep-piep. Piep-piep. Piep-piep.

Wie gut ich sie doch kenne.

»Talitha Kramer! Warum sind Sie nicht vorbereitet?« Die strenge Stimme von Frau Heyme schrillt in meinem Kopf.

»Sie kann nichts dafür. Sie musste eine Sahnetorte machen.« Sanna fängt an zu kichern. »Bratwürste!«, rufe ich wütend. »Bratwürste musste ich braten!« Ich baue mich mit geballten Fäusten vor Sanna auf. »Hör auf, dich über mich lustig zu machen, du eingebildete Tussi! Du gehst mir so auf die Nerven mit deiner heilen Scheißfamilie! Bratwürste musste ich braten für dich und deine frommen Freunde! Ich hasse euch alle!«

Sannas Gesicht verzerrt sich und sie fängt an, lauthals zu lachen. Sie hält sich mit einer Hand den Bauch, mit der anderen zeigt sie auf mich. Dann stimmen die anderen ein. Mr Wow, meine Mutter, Sannas Geschwister, Frau Reuter und sogar meine kleine, liebe Frau Möller. Sie lachen mich aus und ich schäume vor Wut und Angst und Schmerz.

Schweißgebadet wache ich auf.

Mein Herz rast, ich spüre es von innen gegen meinen Brustkorb klopfen. Oh Gott, ich brauche wirklich Hilfe. Mit in die Bettdecke gekrampften Fingern versuche ich ruhig zu atmen. Ein. Aus. *Es war nur ein Traum. Nur ein Traum.*

Endlich wird es stiller in mir. Wie früher, als ich klein war, ziehe ich mir die Decke über den Kopf. Warum bin ich so allein? Warum ist keiner da, der mich in die Arme nimmt? Die Decke ist kein Trost und die schützende Hülle der Nacht beginnt zu bröckeln. Ich werde wach und wacher. Die schlimmen Gefühle aus dem Traum werden von den schlimmen Gefühlen der Wirklichkeit abgelöst. Ich liege still und versuche, mich nicht zu bewegen.

Kapitel 18

Kann das möglich sein? Hat meine Mutter doch noch nicht fertig ausgeräumt? Ich würde mich über alles freuen, was ich von meinem Vater finde. Eine Rechnung, eine Skizze, Notizen aus seinen Forschungen. Irgendetwas, das seine Schrift trägt oder eine Spur seines Lebens zeigt.

Vorsichtig ziehe ich die Schublade weiter auf. Für einen Augenblick stockt mir der Atem. Da liegt ein Kuvert. Als hätte es nur darauf gewartet, von mir gefunden zu werden. Das Weiß leuchtet so hell im Mondlicht, dass es mich beinahe blendet. Unwirklich. Träume ich schon wieder?

Nichts anderes liegt dort, nur dieser eine Umschlag in einem vollkommen leer geräumten Schreibtisch. Und darauf steht in Papas schwungvoller Handschrift mein Name.

Die Wut, die mich eben noch beherrscht hat, ist verkocht. An ihre Stelle tritt ungläubige Verwunderung, die mich zittern lässt. Was ist das? Die Antwort auf meine unausgesprochenen Gebete an einen Gott, an den ich nicht glaube? Oder ein Trick meines übermüdeten Hirns? Vorsichtig, als könne eine Traumblase platzen, greife ich nach dem Kuvert. Streiche über die sanfte Maserung des Papiers. Fühle die glatten Kanten. Dann nehme ich den Brief aus der Schublade und halte ihn vor mein Gesicht.

Im Licht des Mondes kann ich die Buchstaben genau erkennen. Ach, Paps. Der einzige Arzt der Welt, der leserlich schreiben konnte. Der Brief fühlt sich dick an, als enthielte er mehrere Bögen Papier.

Mein Herz klopft schnell und ich spüre, wie kalt meine Finger sind. Soll ich das Kuvert öffnen? Jetzt gleich, hier auf Papas Sofa?

Langsam lasse ich mich auf die graue Couch sinken. Papa hat viele Nächte hier zugebracht. So wie ich jetzt, war er wach, während alle anderen schliefen. Er tippte Wissen aus seinem klugen Kopf in den Computer. Studierte Dokumente und Untersuchungsberichte, um dem nächsten Patienten noch besser helfen zu können. Hier, in diesem Zimmer, rettete er unzählige Leben, indem er sich auf die Behandlungen vorbereitete. So habe ich mir das zumindest immer vorgestellt.

Ich lasse mich fallen. Lege mich auf den Rücken, den Blick an die Zimmerdecke geheftet, und drücke den Brief an meine Brust. Ob Paps mir darin etwas mitteilt, das mein Leben verändern wird? Ich meine: noch mehr verändern, als sein Tod es ohnehin tut?

Obwohl ich unfassbar neugierig bin, kann ich mich nicht überwinden, das Kuvert zu öffnen. Es ist so heil und schön. So unberührt. Und wer weiß, ob ich mit dem klarkomme, was es enthält.

Ich blinzele. Mein Körper scheint sich plötzlich daran zu erinnern, dass es spät in der Nacht ist. Kälte kriecht an meinen nackten Füßen nach oben. Ach, Paps … Ich wünschte, du wärst hier. Ich wünschte, ich könnte wie früher in dieses Zimmer getapst kommen. Du würdest mich mit diesem Blick ansehen, der streng sein soll: *»Hey, Füchslein, du sollst doch schlafen. Sieh mal, ich muss arbeiten.«* Aber dann würdest du sagen: *»Hast du schlecht geträumt? Na los, komm her. Kuscheln wir eine Runde.«* Und dann kroch die fünfjährige Tally unter die Decke, die auf diesem Sofa jedes Mal schon auf sie wartete. Sie kuschelte ihren Kopf in deinen Schoß, denn du hast dich immer genau da hingesetzt, wo das Kissen gewesen wäre. Warm und geborgen lag sie da und schlief schneller ein, als sie bis hundert zählen konnte. Sie hat es oft ausprobiert. Und am Morgen wachte sie in ihrem eigenen Zimmer wieder auf. Wie oft hast du deine schlafende Tochter in die Arme genommen und in ihr Bett getragen?

Ich wünschte, du würdest mich auch jetzt in den Arm nehmen. Ich wünschte, *irgendjemand* würde mich in den Arm nehmen …

Meine Beine fühlen sich an wie Eisblöcke. Da ist keine Decke mehr, die wärmt, und kein Paps, der kuschelt. Nur ein kühles weißes Kuvert. Ich beiße auf meine Lippe, rolle zur Seite und stehe auf. Mit dem Umschlag in der Hand gehe ich durch die stille Wohnung. Lasse meine Zimmertür offen und krieche ins Bett. Den Brief verstecke ich unter Marilenas Geschichte. Ich habe nicht den Mut, ihn heute Nacht zu öffnen.

Als mein Wecker piept, fühle ich mich zerschlagen.

Ich könnte zu Hause bleiben. Mich einfach auf die andere Seite drehen und weiterschlafen. Sanna kann in der Schule Bescheid geben, dass es mir nicht gut geht. Und morgen gebe ich dann eine Entschuldigung ab … Mist. Dazu brauche ich die Unterschrift eines meiner Erziehungsberechtigten. Und von denen ist keiner da. Weder der eine noch die andere.

Erziehungsberechtigt, was ist das überhaupt für ein blödes Wort! Als ob irgendwer das Recht hätte, mich in eine bestimmte Richtung zu ziehen. Ich finde, es sollte »Versorgungsbeauftragte*r« heißen. Oder »Lebenspartner*in«. Von mir aus auch »Verantwortungstragende*r«. Meine Mutter sollte nicht erziehungsberechtigt sein. Na ja, Tatsache ist jedenfalls, dass ich ihre Unterschrift brauche. Und da ich die nicht bekommen werde, muss ich jetzt aufstehen.

Ich fröstele, als meine Zehen den Fußboden berühren. Draußen ist der Himmel grau verhangen und durch das gekippte Fenster zieht kühle Luft.

Der Herbst hat doch noch begonnen.

Müde schlurfe ich ins Bad. Die Erinnerung an letzte Nacht kehrt immer deutlicher zurück. Welcher unserer Nachbarn hat wohl bei uns geklingelt? Bestimmt der Mildner von unten. Der hat zwei kleine Kinder, eins davon ist erst ein halbes Jahr alt oder so. Das höre ich nachts auch manchmal schreien. Ist doch nur gerecht, dass ich jetzt auch mal laut war … Ich streiche wieder mit der Hand über meinen Kopf. Es ist eine Geste, die süchtig macht. Die kurzen Haare schmiegen sich an die Hand und schnellen dann wieder nach oben, als wäre ich ein kleiner, rebellischer Igel. Sie wachsen wirklich schnell.

Leider sieht mein Gesicht ziemlich mitgenommen aus. Augenringe zieren es und natürlich müssen da ein paar neue Pickel sprießen. Ich habe keine Lust, mich zu schminken. Es interessiert doch sowieso keinen, wie ich aussehe.

Ich zerre eine Jeans und eins meiner Lieblingsshirts aus meinem Schrank. Schnell ein paar essbare Dinge aus dem Kühlschrank gefischt, die Jacke übergeworfen, und schon bin ich auf dem Weg zur Schule. Wieder einmal zu früh. Scheinbar kann ich momentan nur zu zeitig oder zu spät. Aber ich halte es in der leeren Wohnung außerhalb meines Bettes einfach nicht mehr aus.

Während ich mit übertrieben langsamen Schritten Richtung Schule schleiche, denke ich an das weiße Kuvert. Ob darin ein richtiger Brief an mich steckt? Wenn ja, was steht wohl darin? Warum hat meine Mutter mir den Umschlag noch nicht gegeben? Warum habe ich ihn nicht gleich geöffnet?

Beinahe wäre ich umgekehrt, um doch jetzt gleich nachzuschauen. Aber bei dem Gedanken daran fängt mein Herz wieder an zu rasen und mein Mund wird trocken. Nein, ich kann das nicht. Noch nicht.

Ich fasse in meine Tasche, um das Handy herauszuholen. Ich will Sanna schreiben, dass ich schon vorgegangen bin. Aber das Teil ist nicht da. Super, ich habe es in der Küche vergessen! Also doch noch mal nach Hause? Nein. Ich werde versuchen, den Schultag ohne Telefon zu überleben. Ich hab schließlich schon ganz andere Dinge geschafft.

Langsam füllt sich die Straße um mich herum mit Schülern. Ich setze mich auf einen Poller neben dem Haupteingang der Schule und warte auf Sanna.

Eine Minute. Oder war es nur eine halbe? Oder schon fünf? Ich fange noch mal von vorne an mit dem Sekundenzählen.

Zwei Minuten. Über mir im Baum streiten zwei Eichhörnchen.

Zweieinhalb Minuten. Mein Po wird langsam kalt. Wie krass schnell das Wetter umgeschlagen ist!

Drei Minuten. Warum hab ich mein Handy nicht geholt? Wahrscheinlich wartet Sanna an der Ecke auf mich, bis sie fast zu spät kommt.

Vier Minuten. Ist das peinlich, hier zu hocken, während alle an mir vorbeilaufen! Noch dazu ohne etwas in der Hand zu halten, was mich beschäftigt aussehen lässt. Was, wenn Mr Wow auftaucht?

Fünf ... Endlich biegt Sanna in die Straße ein. Sie kommt heute mit dem Rad. Richtig, dienstags hat sie direkt nach der Schule Orchesterprobe. Da radelt sie immer hin. Die Querflöte trägt sie den ganzen Tag in der Schultasche mit sich herum.

»Hey, Tally!« Sie springt ab und lacht mich an. »Du bist ja früh dran.«

Gemeinsam gehen wir zum Fahrradständer im Hof.

»Ich hab versucht dich zu erreichen. Hast du dein Handy nicht dabei?« Während sie sich an ihrem Schloss zu schaffen macht, lasse ich den Blick über die Schülerschar gleiten, die ins Gebäude strömt. Aus unerfindlichen Gründen bin ich traurig, Mr Wow nirgends zu entdecken.

»Tally?« Sanna stupst mich an. »Alles okay bei dir?«

Ich verdrehe die Augen. »Klar, alles okay. Mir geht's super.«

Mit einem kleinen Seufzer legt Sanna mir die Hand auf die Schulter. »Hat deine Mutter sich gemeldet?«

Ich weiß es nicht. Irgendwie habe ich heute Morgen nicht einmal richtig auf mein Handy geschaut. »Keine Ahnung«, gebe ich deshalb schulterzuckend zurück. Meine Augen suchen nun das Foyer nach dem Jungen mit dem Beschützerblick ab, aber vergeblich.

Das Bedürfnis, ihn zu sehen, wächst mit jeder langweiligen

Unterrichtsstunde mehr. Wie bescheuert bin ich eigentlich? Ich habe doch beschlossen, ihn nicht zu mögen. Außerdem habe ich Eugen, von dem ich träumen kann. Trotzdem.

In der Deutschstunde werde ich so müde, dass ich beinahe einschlafe. Konzentration auf Grammatikregeln ist unmöglich. Aber Eugen will sich auch nicht blicken lassen. Stattdessen steht mir dieser Blick von Mr Wow vor Augen und in meinem Herz zieht eine Sehnsucht, als wäre ich verliebt. Ich bin so wütend auf mich selbst, dass ich davon beinahe wieder munter werde.

Dann kommt die große Pause und Sanna sagt: »Ich bin dann mal weg. Wir sehen uns nachher!«

Bevor sie aus dem Klassenraum ist, bin ich an ihrer Seite. Sie schaut mich verwundert an. »Du willst doch nicht zu dieser frommen Sache kommen«, wiederholt sie verständnislos meine Aussage von neulich.

Ich streiche über meinen Kopf und kräusle die Nase. »Heute ist nicht gestern.«

Sanna macht große Augen, sagt aber nichts. Nur ein kleines Lächeln schleicht sich auf ihr Gesicht.

Gemeinsam gehen wir den Flur hinunter. Meine Hände werden feucht und mein Herz hämmert. Mit jedem Schritt werde ich nervöser. Was ist nur in mich gefahren? Bestimmt komme ich mir gleich vor wie die letzte Trottelin in diesem Club der Religiösen. Aber Sanna ist ja dabei. Sie hat gesagt, dass ich jederzeit in ihrem Schülergebetskreis willkommen bin. Obwohl ich nicht bete.

Aus dem Klassenraum, auf den Sanna zusteuert, dringt Gelächter. Dann ein paar Töne – jemand stimmt eine Gitarre. Ich hole tief Luft und überlege, auf der Stelle kehrtzumachen. Aber da hat Sanna mich schon an der Hand gepackt und in das Zimmer gezogen.

»Hi, Leute!«, ruft sie strahlend.

Sieben Gesichter sehen mich neugierig an. Nur Mr Wow schaut nicht auf. Er ist vollkommen vertieft in das Stimmen seines Instruments. Aber er ist da. Wie gut sich das anfühlt, mit ihm im selben Raum zu sein.

Sanna plappert drauflos: »Das ist Tally, meine beste Freundin. Seid nett zu ihr, sie ist sehr schüchtern.«

Ich puste empört Luft aus, da lacht sie auch schon und drückt mich auf einen Stuhl.

»Das war nur Spaß. Aber das hier ist Neuland für dich, weil du nicht gläubig bist, stimmt's? Fühl dich einfach trotzdem wie zu Hause.«

Lieber nicht, denke ich. Ich versuche ein neutrales Gesicht zu machen. Aber es ist gar nicht so peinlich, wie ich dachte, in diese Runde zu kommen.

»Ich hab gestern gebacken«, sagt ein Mädchen, das beinahe so rote Haare hat wie ich, und hält mir eine Tupperdose mit Keksen unter die Nase. »Magst du einen?«

Kekse sind immer gut. Und diese schmecken wirklich fantastisch, wie ich nach dem ersten Bissen feststelle. »Danke!«

»Gern. Ich bin übrigens Olivia.« Sie lächelt mich an.

Irgendwie wirkt sie echt sympathisch, aber ich traue ihr nicht. Sie ist hübsch und verschenkt Kekse. Damit punktet sie bei den wenigen anwesenden Jungen. Bevor ich weiter darüber nachdenken kann, stellen sich mir die anderen vor. Und dann hebt der Gitarrenstimmer den Kopf.

Oh mein Gott, ich wusste nicht, wie treffsicher Blicke sein können. Seiner findet meinen sofort und mein Körper dreht komplett durch. Ich habe das Gefühl, gleich ohnmächtig unter den Tisch zu sinken.

Mr Wow dagegen bleibt gelassen und lächelt mich an. »Schön, dich zu sehen«, höre ich ihn sagen. »Ich hoffe, du fühlst dich wohl bei uns.«

Während ich noch versuche mein Gesicht zu einer angemessenen Reaktion zu bringen, wendet er sich schon den anderen zu. Ich fühle, wie Enttäuschung in mir aufsteigt. Der Augenblick seiner Aufmerksamkeit war zu kurz. Und dann sieht er auch noch so liebevoll zu Olivia hinüber, die ihm aufmunternd zuzwinkert. Die beiden wirken so vertraut miteinander. Vielleicht sind sie zusammen.

»Okay, dann wollen wir mal anfangen«, hörte ich Timo sagen. »Die Zeit ist ja eh immer so schnell rum.« Er fährt einmal mit der Hand über die Saiten. Dann macht er die Augen zu und redet einfach drauflos.

Es dauert ein bisschen, bis ich checke, dass er betet.

Nach dem Amen heben alle wieder ihre Köpfe und sehen Timo an.

»Können wir *Oceans* singen?«, bittet Julia, die auf dem Fensterbrett sitzt. »Klar.«

Scheinbar weiß jeder außer mir, wie das hier läuft. Alle zücken ihre Handys und Timo fängt an zu spielen. Sanna hält mir ihr Display hin, auf dem ein Liedtext zu lesen ist, aber ich wehre ab. Ich kann mich jetzt nicht darauf konzentrieren, ein unbekanntes Lied zu lernen. Lieber höre ich nur zu.

Du rufst mich raus aufs weite Wasser, singt die Gruppe. *Wo Füße nicht mehr sicher stehn.*

Timos Stimme ist dunkel und warm. Ein weiches Gefühl breitet sich in mir aus, aber ich versuche, mich dagegen zu wehren. Weich macht verletzlich. Timos eine Hand schlägt die Saiten an, die Finger der anderen tanzen am Hals der Gitarre. Das Haar fällt ihm ins Gesicht, während er singt.

Und kommt die Flut, hältst du mich fest in deinem Arm. Denn ich bin dein und du bist mein …

Ich verstehe nicht, warum sie hier Liebeslieder singen, aber die Melodie und der Text dringen tief in mein Herz. Ich spüre ein Brennen in meinen Augen, aber sie bleiben trocken. Genau wie mein Mund. Nur die Wärme des Liedes strömt immer tiefer in mich hinein und ich halte es nicht mehr aus, Timo anzuschauen.

Das ist Folter.

Ich sehne mich mehr als je zuvor in meinem Leben danach, in die Arme genommen zu werden und mich anzuschmiegen und nichts anderes zu tun, als zu spüren und zu atmen und zu ruhen, bis ich einschlafe.

Kapitel 19

Das Lied geht schneller zu Ende, als mir lieb ist.

Dann legt Timo die Gitarre beiseite und nimmt ein Buch in die Hand. »Bevor wir gleich für die Sachen beten, die euch auf dem Herzen liegen, lese ich euch eine kurze Andacht vor«, erklärt er mit seiner herzlichen Stimme. Er hebt das Buch in die Höhe, sodass wir den Titel sehen können. »Ihr wisst ja, dass ich jeden Tag hier drin lese. Heute gibt es einen Text aus Markus fünf, Verse achtunddreißig bis dreiundvierzig.«

Ich verstehe nur Bahnhof, aber die anderen wissen offensichtlich, wovon er spricht. Sanna blättert in der kleinen Bibel, die sie mitgebracht hat.

Timo fängt an zu lesen: »Als sie zum Haus von Jaïrus kamen, sah Jesus die vielen aufgeregten Menschen und hörte ihr Weinen und lautes Klagen. Er ging hinein und fragte: ›Weshalb macht ihr solchen Lärm? Warum weint ihr? Das Kind ist nicht gestorben, es schläft nur.‹ Da lachten sie ihn aus.«

Ich komme nicht ganz mit. Liest der Typ, in den ich wider Willen schockverliebt bin, da gerade eine Geschichte über ein totes Mädchen vor? Ausgerechnet am einzigen Tag meines Lebens, an dem ich jemals eine solche religiöse Veranstaltung besuche? Was ich übrigens mit Sicherheit niemals wieder tun werde. Ich schaue Sanna entrüstet an, aber sie liest hoch konzentriert in ihrem Buch mit.

»Jesus schickte sie alle weg«, liest Timo weiter. »Nur die Eltern und seine drei Jünger gingen mit in das Zimmer, wo das Mädchen lag. Dann nahm er ihre Hand und sagte …« Timo macht eine kurze Pause und schaut mich an. Er sieht ein bisschen erschrocken aus. Es dauert nur den Bruchteil einer Sekunde. Dann räuspert er sich und liest weiter. »Und sagte: ›Talita kum!‹ Das heißt übersetzt: ›Mädchen, steh auf!‹«

In meinen Ohren rauscht das Blut. Ohne darüber nachzudenken, wie das für die anderen aussieht, springe ich von meinem Stuhl und stürme aus dem Raum. Die Tür fällt mit einem lauten Knall hinter mir ins Schloss. Ich stürme die Treppen hinunter, vorbei an Schülern, die mir überrascht nachschauen. Unten angekommen renne ich weiter – wohin, weiß ich selbst nicht. Ich finde mich am Ausgang wieder, aber der Hof ist voller Kinder. Also drehe ich auf dem Absatz um und laufe nach unten in den Keller. *Nur für Personal,* steht auf der Tür, aber ich weiß, dass sich in diesem Raum die Landkarten und Modelle für den Unterricht befinden. Rasch schlüpfe ich hinein und krieche hinter einen Stapel aus Pappen, der an der Wand lehnt. In der Sicherheit dieser Abstellkammer beruhigt sich mein Atem langsam.

Was war das denn? Woher um alles in der Welt wusste dieser Typ, dass ich heute kommen würde? Oder wie kann es sein, dass er zufällig einen Text vorliest, in dem mein Name erscheint? Als Name *eines toten Mädchens*? Ich weiß nicht, was mich mehr erschüttert: dass mein Name in diesem Text vorkam – oder dass mein Name in diesem Text vorkam in Verbindung mit dem Tod. Gibt es kein anderes Thema mehr? Muss das in der Pause sein? Warum passiert mir so was?

Mein ganzer Körper zittert. Mir fällt ein, dass Sanna immer behauptet, sie könne nicht *nicht* an Gott glauben, weil sie schon so viele krasse Dinge erlebt hat, dass sie nicht mehr an Zufälle glauben kann. Sie behauptet auch, dass Gott durch die Bibel zu ihr spricht. Aber das halte ich für schizophren. Und jetzt fängt es bei mir auch schon an. Diese Art von psychischer Erkrankung scheint hoch ansteckend zu sein.

Während über mir die Schulglocke schrillt und Hunderte Füße in die Klassenräume eilen, kauere ich mich so eng wie möglich in meinem Pappversteck zusammen.

Mir wird das alles einfach zu viel. Zu viele Gefühle in zu kurzer Zeit. Zu viel Pubertät, zu viel Einsamkeit, zu viel Mutterstress, zu viel Sehnsucht nach Paps. Zu viel Tod.

Zum Glück ist es hier ruhig und warm. Automatisch fange ich an, mich auf den Zehenspitzen hin und her zu wiegen. Wie ein Baby im Bauch seiner Mutter. *Sterben ist wie eine Geburt, nur rückwärts …*

Eigentlich würde ich jetzt auch gern sterben. Dann wäre das alles vorbei, all diese furchtbar anstrengenden Gefühle. Andererseits will ich mich von diesem Leben auch nicht unterkriegen lassen. Ich will, dass einfach alles wieder normal wird.

Mann, jetzt hocke ich hier in diesem Keller wie ein angeschossenes Reh! Was ist bloß los mit mir? Was ist aus dem starken, selbstbewussten Wesen geworden, das ich vor Papas Tod war? Wie würde er es wohl finden, wenn er wüsste, dass ich mich in der Schule hinter müffelnden, ausrangierten Plakaten verstecke?

Es tut mir leid, Paps, ich weiß nicht, warum ich so austicke. Ich laufe einfach neben der Spur. Ich kriege irgendwann die Kurve, bestimmt! Ich will ja, dass du stolz auf mich sein kannst. Könntest.

Ich muss es schaffen, mich jetzt zusammenzureißen. Aufstehen, den Staub von den Hosen klopfen und nach oben in den Unterricht gehen. Ich werde einfach behaupten, ich sei auf der Toilette gewesen.

Ungelenk krabble ich aus der Papphöhle und schüttle mich. Während ich um mich schaue, setzt mein normaler Verstand wieder ein. Jetzt mal ganz sachlich gedacht. Dieses Erlebnis da oben im Bibelkreis oder wie dieser Club heißt … Wahrscheinlich habe ich mich nur verhört. Bestimmt klang dieses Wort nur so ähnlich wie mein Name und ich hab überreagiert. Schön peinlich. Und so dumm. Wie komme ich überhaupt auf die Idee, mein Name käme in diesem heiligen Buch der Christen vor? Das ist doch kein frommer Name so wie Josef oder Eva oder Mohammed. Andererseits: Timo hat beim Lesen gestockt und mich seltsam angesehen.

Das würde er nicht ohne Grund tun, oder? Egal, es hat keinen Sinn, sich darüber jetzt den Kopf zu zerbrechen. Ich muss wieder in meine Klasse gehen.

Gerade will ich die Tür öffnen, da höre ich Schritte. Mist, bestimmt kommt jetzt ein argloser Schüler, der von seinem Lehrer losgeschickt wurde, um Material zu holen. Auf diese Weise habe ich selbst diesen Raum auch kennengelernt. Wenn ich das arme Kind nicht zu Tode erschrecken will, muss ich mich noch mal verstecken. Hastig sehe ich mich um, aber da ist kein Ort. Unter die Pappe gehe ich nicht noch einmal. Also drücke ich mich einfach platt an die Wand hinter der Tür.

Die wird geöffnet.

Ich halte den Atem an.

»Tally?«

Verdammt, was macht Timo hier? Jetzt bloß nicht bewegen, dann geht er wieder.

Aber Timo macht die Tür weit auf und tritt in den Raum. Schließt sie hinter sich und steht genau vor mir. Ich kann einen Hauch seines Duschgels riechen. Oder seines Aftershaves. Er riecht gut.

»Tally«, sagt er.

Und ich sage: »Geh weg.«

Aber er bleibt vor mir stehen und sieht mir ins Gesicht. Er ist mir so nah, dass ich die Hand nur ein bisschen ausstrecken müsste, um ihn zu berühren.

»Woher wusstest du, dass ich hier bin?«, bringe ich zu meinem eigenen Erstaunen heraus. Es klingt ein bisschen böse und darauf bin ich stolz.

Er lächelt. »Hm, ich hab mich auch schon mal hierhin zurückgezogen. Ist ein ziemlich guter Ort, wenn man in diesem Haus voller Menschen für ein paar Minuten allein sein muss.«

»Das ist das Klo auch.«

»Ja, die Toiletten haben Sanna, Olivia und Mona als Erstes abgesucht. Sonst wäre ich schon früher hier gewesen.«

Sein Lächeln wird noch tiefer und ich muss beinahe lachen. »Na toll, ich hab also eure andächtige Gruppensitzung für heute zerstört.«

»Nein, hast du nicht. Die anderen haben inzwischen weitergebetet. Für dich.«

Das hätte er nicht sagen sollen. Ich boxe ihm mit der Hand vor die Brust und schiebe mich an ihm vorbei zur Tür.

»Das könnt ihr euch sparen«, fauche ich wütend. »Ich bin doch kein Versuchsobjekt für Gebetsexperimente!« Eigentlich will ich flüchten, aber mein Stolz gebietet mir, nicht zweimal an einem Tag vor der gleichen Person wegzulaufen. Also bleibe ich in der Tür stehen und funkle ihn an. Seine Miene ist jetzt ernst und leider sehr verständnisvoll. Das ist nicht fair! Es ist … so, wie wenn Paps mich anschauen würde.

»So ist das nicht gemeint«, versucht er mich zu beschwichtigen. »Tut mir leid, wenn du es blöd findest.«

»Ich glaube halt nicht an solchen Hokuspokus. Und ich will nicht im Mittelpunkt eurer Gruppe stehen.«

Jetzt lächeln seine Augen wieder. Sie sagen: Dann solltest du nicht während der Bibellese Türen knallend aus dem Raum laufen. Aber er spricht es nicht aus und das finde ich gut.

»Okay, du hast recht. Es tut ja nicht weh«, gebe ich zu.

Ich trete auf den Flur und Timo folgt mir. Seine Nähe bewirkt in mir schon wieder das gleiche Gefühl wie vorhin, als er Gitarre gespielt hat.

»Sorry, dass ich weggerannt bin. Sanna hat dir bestimmt erzählt, dass mein Vater vor Kurzem gestorben ist. Deshalb bin ich gerade ein bisschen … empfindlich.« Ich lache, weil es mir peinlich ist, was ich gleich sagen werde. »Und dann hab ich vorhin, als du den Text gelesen hast, irgendwie … na ja, ich hab meinen Namen verstanden. Doof, ich weiß.«

Inzwischen sind wir oben im Foyer angekommen. Es ist menschenleer, weil alle in ihren Klassen sind. Ich verpasse gerade Geografie. Immerhin war ich im Kartenraum, vielleicht gilt das.

Timo bleibt am Fenster stehen und schaut nach draußen. Weil ich das Gefühl habe, dass unser Gespräch noch nicht zu Ende ist, stelle ich mich neben ihn. Ziemlich nah, weil er mich irgendwie magnetisch anzieht.

»Du hast dich nicht verhört«, erklärt er ruhig. »Und als ich beim Vorlesen an diese Stelle kam, wusste ich auch nicht, ob ich einfach weitermachen sollte. Ich wollte dich eigentlich nicht gleich überfordern. Aber … auch wenn du das komisch findest … ich bete halt auch, wenn ich mich auf so einen Gebetskreis vorbereite. Und Gott hat mir in dem Moment das Gefühl gegeben, dass es richtig ist, das vorzulesen. Dass er es selber so geplant hat.«

Ich schlucke. Diese Aussage könnte eins zu eins von Sanna stammen. Die redet auch immer mit Gott und behauptet, er würde ihr antworten.

»Ich dachte, Jungs hören nicht auf Gefühle«, stichle ich. Gemein, aber Tally. Gut so. Und Timo ist keiner, der sich davon ärgern lassen würde.

»Du denkst ja ganz schön rückschrittlich«, kontert er gelassen. »Noch nie was von Emanzipation gehört?«

Wir lachen beide und dann nimmt er mich in den Arm. Ganz selbstverständlich, so, als wären wir schon lange befreundet. Er drückt mich kurz an sich, gerade so lange, dass ich weiß, wie gut es sich anfühlt. Dann lässt er mich wieder los und ich weiß, dass ich von jetzt an nie wieder an ihm vorbeigehen kann, ohne mir zu wünschen, dass er es wieder tut.

»Wie geht die Geschichte überhaupt aus?« Ich stelle diese Frage eigentlich nur, weil ich es nicht ertragen kann, neben ihm zu stehen und nichts zu tun.

»Jesus macht das tote Mädchen wieder lebendig«, gibt Timo zurück. Er nimmt meine Hand und drückt sie kurz, als wollte er mich ermutigen. »Komm, wir müssen in unsere Klassen.« Ich bin schon auf halber Treppe und er bereits beinahe aus dem Foyer in den anderen Gang abgebogen, da fällt mir noch etwas ein. »Und wie hat er das gemacht?«, rufe ich ihm nach.

Timo dreht sich um und hebt die Hände. »Er hat ihre Hand genommen und eben gesagt: ›Talita kum!‹ Das heißt: ›Mädchen, steh auf!‹ Dann ist sie aufgestanden und war wieder gesund.« Ohne ein weiteres Wort verschwindet er.

Ich gehe langsam die Stufen hinauf.

Meine Hand ist noch warm von seiner Berührung.

»Talita kum.«

Ja, es wird Zeit, dass Tally wieder zum Leben erweckt wird.

Kapitel 20

Am Nachmittag sitze ich an meinem Schreibtisch an den Mathehausaufgaben. Ich kann mich nicht wirklich konzentrieren. In meinem Kopf dreht sich alles um die Sache mit Timo. Ich habe Sanna erzählt, was passiert ist, und sie wiederum hat mir berichtet, was in der Gruppe abging. Angeblich sind alle schrecklich verständnisvoll. Sanna hat ihnen das mit Paps erzählt und ich soll ihr nicht böse sein. Bin ich nicht. Ich bin nämlich nicht nachtragend und außerdem muss das mit meinem Vater auch kein Geheimnis bleiben. Aber ich habe Sanna auch gefragt, ob Timo eine Freundin hat. Und das konnte sie leider nicht so recht beantworten. Sie meint, er würde viel Zeit mit einem Mädchen aus der Gemeinde verbringen, aber sie wüsste nicht, ob da was läuft. Ach ja, und er wäre immer so nett. Zu jedem. Toll, Sannas Ehrlichkeit kann manchmal echt grausam sein!

Ich klappe mein Matheheft zu und lege es entschlossen zur Seite. So wird das nichts. Mathe ist einfach nicht geeignet, mit diesen Gedanken zu konkurrieren.

Ich lege mich auf den Teppich vor meinem Bett und starre an die Decke. Und wieder steht mir ein Erlebnis mit Paps vor Augen. Es kommt über mich, so wie all die schönen Erinnerungen in den vergangenen Tagen immer einfach kommen und mich mit in die gute, alte Zeit nehmen.

Diesmal ist es ein Tag in den Sommerferien, gar nicht so lange her. Letztes Jahr in Schweden war das. Mutter, Paps und ich haben für vierzehn Tage in einem tollen Holzhaus mit Pool gewohnt. Es war ein Sommer wie aus dem Bilderbuch. Blauer

Himmel, Sonnenschein fast rund um die Uhr, da oben im Norden. Die Wiesen waren grün und die Wälder dufteten nach Harz und Nadeln.

»So müsste das Leben immer sein!«, rufe ich Paps in meiner Erinnerung zu.

Wir laufen über das Gras in Richtung Wald. Warme, holzige Luft streicht über mein Gesicht, als wir zwischen die Bäume tauchen.

»Zieh mal deine Schuhe aus«, sagt Paps und geht mit gutem Beispiel voran.

Wir lassen sie einfach dort stehen und gehen weiter. Der Boden federt unter meinen Füßen. Ein Bett aus weichen Kiefernnadeln.

»Paps, sag mir die Wahrheit. Du hast schon mehr Erfahrung als ich. Wie ist das Leben? Ist es gut? Ich meine, muss ich mir Sorgen machen wegen des Erwachsenwerdens?«

Paps lacht leise. Er legt mir den Arm um die Schultern und wir lassen uns gemeinsam auf einem umgefallenen Baumstamm nieder. *»Du stellst Fragen«*, erwidert er nachdenklich. *»Ich weiß nicht, wie dein Leben sein wird.«*

Ich lausche in die Stille des Waldes, die gar nicht so still ist. Die Bäume rauschen leise, Insekten summen und Vögel zwitschern unsichtbar zwischen den Ästen.

Ich schüttle den Kopf. *»So meine ich das nicht.«* Dann versuche ich noch einmal, es zu erklären: *»Ich meine, lohnt es sich, dem Leben eine Chance zu geben? Du siehst in deinem Beruf so viele Kranke. Lohnt es sich, für das Glück zu kämpfen? Oder muss man sich irgendwie in sein Schicksal ergeben und hoffen, dass es einen nicht allzu schlimm erwischt?«*

Paps streicht sich eine Haarsträhne aus der verschwitzten Stirn und lächelt. *»Weißt du, Tally, ich glaube, dass es jemanden gibt, der es gut mit uns meint. Nenn ihn Gott oder eine Macht im Universum. Ich glaube, es lohnt sich, optimistisch zu sein. Optimistisch und mutig, weil es immer einen Weg gibt, der aus schwierigen Situationen auch wieder herausführt. Manchmal fühlt es sich hoffnungslos an. Aber für mich gab es da immer diese Stimme in meinem Herzen,* *die mir gesagt hat: Gib nicht auf, es wird alles wieder gut. Ich liebe dich und ich will dein Bestes.«*

Ich will weiter mit ihm darüber reden, aber da knackt es plötzlich im Unterholz.

»*Still!*«, sagt Paps und packt meinen Arm.

Nur ein paar Meter vor uns schreitet ein Elch geruhsam durch den Wald. Wir starren ihn mit offenen Mündern an und können nicht glauben, dass es das Leben heute *so* gut mit uns meint.

Ich kehre wieder zurück in die Wirklichkeit, auf meinen Teppich, und diesmal bin ich frustriert. Denn mir fällt auf, dass Paps meine Frage nicht beantwortet hat, wie das Leben ist. Und deshalb gebe ich mir die Antwort selbst: Das Leben ist wie barfuß laufen. Manchmal habe ich frisches, kühles Gras unter den Füßen. Manchmal weiche Tannennadeln, warm von der Sonne und federnd bei jedem Schritt. Aber die meiste Zeit stolpere ich über spitzen, harten Kies, mit zusammengebissenen Zähnen, und versuche nicht zu schreien.

Das Summen meines Handys lässt mich aufschrecken. Ich schaue auf das Display und überlege, ob ich die Nachricht lesen will. Sie ist von Mutter. Seufzend lege ich das Telefon beiseite.

Unter dem Tagebuch liegt das Kuvert, das vielleicht eine Botschaft von Papa enthält. Neben mir auf dem Teppich das Handy mit der Nachricht meiner Mutter. Und in beiden Fällen fehlt mir der Mut, sie zu lesen.

»*Talita kum*«, fällt mir plötzlich wieder ein.

Aber das mit dem Auferwecken will noch nicht so recht funktionieren. Immerhin stehe ich auf und kehre an meinen Schreibtisch zurück. Ich nehme das Tagebuch heraus, hole Eugen unter dem Kopfkissen hervor und schraube das Tintenfässchen auf.

Seit diesem Tag waren viele vergangen. Marilena hatte sich Anna gezeigt und diese hatte ihr zur Flucht verholfen. Mit wenig Gepäck war sie mitten in der Nacht aus dem Dorf gezogen und wanderte seitdem immer weiter. Inzwischen hatte sie die Gegend längst verlassen, in der sie so harte Jahre verlebt hatte. Sie war nach Norden gegangen und schließlich weiter und weiter in den Osten. Es war nicht schwer, Arbeit und eine Unterkunft für ein paar Tage zu finden. Auf den Feldern gab es überall zu tun. Aber jetzt ging der Sommer zu Ende und Marilena begann sich zu sorgen. Die letzten Erntearbeiten waren im Gange. Danach kam der Winter. Bis dahin musste sie einen Ort finden, wo sie bleiben konnte.

Der Weg führte sie auf die weite Kastanienallee, die sie schon aus der Ferne gesehen hatte. Wenn sie Glück hatte brachte diese sie zu einem großen Gut, das Arbeit für sie bereithielt. Mit festen Schritten ging Marilena voran. Sie war mutig geworden in dieser Zeit. Mutig und wachsam. Schließlich war ihr Großonkel nicht der Einzige, der eine junge, unverheiratete Frau als Gebrauchsgegenstand für männliche Freuden betrachtete.

Ich setze ab und lockere mein Handgelenk. Wie seltsam sich das liest, was ich schreibe. Aber woher soll ich auch wissen, wie die Menschen zu Eugens Zeit tickten? Ich stelle es mir so vor. Ein bisschen »rückschrittlich«, wie Timo sagen würde. Aber auch mit einem ganzen Haufen anderer Werte. Wenn ich an Frau Möller denke, dann weiß ich, dass Höflichkeit und Respekt ganz bestimmt wichtig waren. Und echte, körperliche Arbeit. Die Fotos von den Menschen an dem Heuwagen haben mir gezeigt, dass die Menschen für ihr Überleben ordentlich anpacken mussten. Ich wünsche mir beinahe, es wäre heute noch so. Irgendwie habe ich es doch wirklich leicht. Mutter verdient Geld und ich sitze im Warmen. Ich habe noch nie schwer gearbeitet, obwohl ich schon sechzehn bin. Unkrautjäten in Omas Garten ist auch schon das Schweißtreibendste, was ich je getan habe. Dafür war ich früher im Sportverein und bis zu den Sommerferien beim Ballett. Aber ich habe noch nie eine Kuh gemolken, Heu gemacht oder Kartoffeln geschält. Bis jetzt hatte ich auch nie das Bedürfnis, so etwas zu tun. Aber wenn ich an Eugen denke, dann fühlt sich mein Leben auf einmal schrecklich oberflächlich an. Oder war er einer von denen, die jede Menge Bedienstete hatten und selbst auch nie angepackt haben?

Ich nehme das Bild in die Hand und versuche in seinem Gesicht zu lesen. Es bleibt stumm. Auf welche Art von Frau würde Eugen stehen? Auf ein Prinzesschen, das sich nur mit Sonnenschirm im Freien aufhält?

Ich hätte wirklich besser aufpassen müssen im Geschichtsunterricht. Wie war das Leben Anfang des zwanzigsten Jahrhunderts? Ich werde Frau Möller fragen, wenn ich wieder einmal zu ihr gehe. Bis dahin schreibe ich einfach, was ich will. Schließlich ist das hier mein Tagebuch. Das Tagebuch meines geheimen Zweitlebens, in dem alles genau so läuft, wie ich es will.

Mit der Feder in der Hand sitze ich da und runzle die Stirn. Wie ich es will? Ein ausgestoßenes, beinahe missbrauchtes Mädchen ohne Job und Obdach? Okay … Ich sollte Frau Reuter vielleicht doch noch eine Chance geben.

Bevor ich mich noch tiefer in meine Gedanken verstricken kann, schreibe ich weiter.

Endlich kam das Haus in Sicht. Es war ein großes Gut, eher ein Schloss. Marilenas Herz machte einen Hüpfer. Hier würde sie bestimmt Arbeit finden! Ein Heuwagen rumpelte heran und sie trat zur Seite. »Heda!«, rief sie den Mädchen zu, die obenauf saßen. »Wie heißt euer Gutsherr?«

Die Mädchen lachten nur und der Wagen rollte davon.

Achselzuckend ging Marilena weiter. Sie würde es schon herausfinden.

Die Allee führte geradewegs auf ein großes Tor zu, das den Haupteingang zu dem Gut bildete. Marilena bemerkte zwei weitere Wege, die vorher abzweigten: Der eine schien zu den Stallungen zu führen. Der andere, schmaler und ausgetreten, mündete in einem kleinen Tor. Die junge Frau kannte ihre Stellung. Lächelnd bog sie ab und betrat das Grundstück über die Dienstbotenpforte.

Puh. Diese Geschichte will nicht so recht vorangehen. Warum ist es so schwierig, ein perfektes Leben zu erfinden?

Vielleicht ist es leichter, wenn ich doch erst mehr über diese Zeit in Erfahrung bringe. Ein Blick auf die Uhr zeigt mir, dass es noch nicht zu spät ist, Frau Möller einen Besuch abzustatten. Ich lege Eugens Bild ganz vorn in das Buch. Mein Blick fällt ein weiteres Mal auf das Kuvert von Papa und mein Mund wird wieder trocken. Schnell stecke ich es in meine Schreibtischschublade und schließe sie ab.

Dann mache ich mich auf den Weg zu Frau Möller.

»Was ist aus ihren Verwandten geworden, als der Krieg kam?«, platze ich mit der Frage heraus, sobald Frau Möller und ich unsere inzwischen schon fast traditionelle Teezeremonie begonnen haben. Sie hat mich wieder gefragt, ob ich Marzipan möchte, und ich habe wieder abgelehnt. Gregor hat ein paar seltsame Dinge gekreischt und ich habe Frau Möller gefragt, ob ich ihr mit etwas helfen darf.

Aber sie möchte einfach nur Tee mit mir trinken.

Die zarte alte Frau mit den weißen Löckchen senkt den Blick. »Nun…«, beginnt sie zögerlich. »Was genau meinst du, Talitha? Es hat recht lange gedauert, bis wir in unserer Abgeschiedenheit den Krieg wirklich zu spüren bekamen. Eigentlich ging das Leben lange Zeit so weiter wie bisher. Nur die Männer wurden nach und nach eingezogen und wir Frauen machten uns große Sorgen um sie. Aber die Arbeit auf den Feldern musste trotzdem weitergehen und der Krieg schien auf unserem Gut weit weg zu sein.«

Ich nippe an meinem Tee. Die Männer wurden nach und nach eingezogen … Ich wage nicht zu fragen, ob dieses Schicksal auch Eugen ereilt hat. »Dann erzählen Sie mir vielleicht von der Zeit, als die Männer noch da waren. Das ist nicht so traurig.«

Frau Möller schmunzelt und ihre Augen hellen sich auf. »Hol doch noch einmal das Album«, bittet sie mich.

Nichts lieber als das! Ich springe auf und schleppe das dicke Buch zu ihr. Sie nimmt es auf den Schoß. Beinahe habe ich Angst, dass die Last sie zerdrückt. Aber die Erinnerungen scheinen meiner wunderbaren Freundin neues Leben zu verleihen.

Sie fängt an zu erzählen. Zeigt auf Menschen, beschreibt, wie sie waren. Malt mir die Landschaft vor Augen, inmitten der sie aufgewachsen ist. Berichtet von Festen und Tragödien, von Liebesgeschichten und ihrer eigenen Suche nach Glück. Auch von Eugen erzählt sie. Dass er ein lebhafter junger Mann war und der Erbe des Gutes, sich aber nicht davon abhalten ließ, selbst anzupacken und dafür zu sorgen, dass die Wirtschaft gedieh. Frau Möller erzählt von den »guten Tagen«, von ihrer Kindheit. Damals verschwendete sie noch keinen Gedanken an das, was kommen könnte. Und wer hätte auch ahnen können, was kam. Den Krieg erwähnt sie heute nur in ein paar kurzen Sätzen.

»Als wir fliehen mussten, da war ich vierzehn Jahre alt«, sagt sie. Ihre Stimme wackelt. »Die Männer waren alle fort und wir Frauen … Nun ja, das ist lange her.« Seufzend stellt sie ihre Teetasse auf den Tisch. »Talitha, bitte versprich mir, dass du dankbar bist für die Zeit, in der du lebst.« Ihr Blick sucht meinen. Es fällt mir schwer, ihm standzuhalten. »Ich weiß, dass es für euch auch nicht immer leicht ist. Das Leben ist niemals einfach nur leicht. Aber es herrscht Frieden und Wohlstand hier bei uns. Siehst du ihn?«

Ich lasse meinen Blick über ihre alten, abgelebten Wände streichen. Sie spricht von Wohlstand, aber ihre Wohnung spiegelt nur die Erinnerung an Zeiten ohne Sorge. Ob ihr bewusst ist, dass es anderen viel besser geht als ihr? Dass es mir viel besser geht als ihr? Und trotzdem ist sie dankbar und zufrieden.

»Ich versuche es«, stimme ich zaghaft zu.

Es scheint ihr zu genügen. Zufrieden nickt sie und ihr Blick gibt mich frei.

Sanft nehme ich ihr das Album aus den Händen und stelle es zurück in den Schrank.

»Ich danke Ihnen«, murmele ich. »Sie haben keine Ahnung, was es mir bedeutet, mich mit Ihnen zu unterhalten.« Dann umarme ich die schmale Frau, die sich so zerbrechlich anfühlt. »Wenn ich darf, komme ich am Wochenende wieder.«

Sie nickt und begleitet mich zur Tür. »Pass auf dich auf, Mädchen«, verabschiedet sie mich. Mit einem leisen Klicken fällt die Tür ins Schloss.

Mädchen. Mädchen, pass auf dich auf. Mädchen, steh auf.

Mit großen Schritten eile ich nach Hause.

Kapitel 21

Im Hof traf Marilena auf eine Gruppe von Frauen, die mit ihren Spinnrädern in der Sonne saßen.

»Guten Tag!«, grüßte sie höflich.

Die Frauen sahen auf und musterten sie neugierig.

»Ich bin auf der Suche nach Arbeit«, gab Marilena mit der selbstbewusstesten Stimme, die sie aufbringen konnte, bekannt.

»Bist du allein?« Die Frage kam von der jüngsten der vier. Sie mochte genauso alt sein wie Marilena.

Skeptische Blicke warteten auf Antwort.

Marilena straffte die Schultern. »Ja«, gab sie knapp zurück. »Wo finde ich einen Verwalter, der mir Auskunft geben kann?«

Eine der Frauen wies mit der Hand auf die Stallungen am anderen Ende des Hofes. Marilena dankte ihr mit einem Kopfnicken und ging hinüber. Das fing ja gut an. Hoffentlich waren die Männer gesprächiger als die Frauen des Hauses.

»Pass gefälligst auf!«, hörte sie schon von Weitem einen Mann wettern.

Im Tor der Scheune stand der Heuwagen und mehrere Burschen waren dabei, ihn zu entladen. Marilena blieb mit etwas Abstand stehen und versuchte zu erkennen, wer wohl derjenige sein könnte, der ihr weiterhalf. Es dauerte nicht lange, bis einer der Burschen auf sie aufmerksam wurde. Er warf den anderen einen vielsagenden Blick zu.

Aus der Scheune trat ein älterer Mann mit wichtiger Miene. »Wer bist du?«, fragte er barsch. »Mein Name ist Lene.« Sie hielt seinem Blick stand. »Ich suche Arbeit. Feld, Stall, Vieh, Haushalt – ich habe eine Menge gelernt.«

Die Burschen beobachten sie genau.

Mit schmalen Augen musterte auch der vermeintliche Verwalter die junge Frau. »Wir brauchen keine Helfer mehr«, sagte er schließlich und spuckte aus. »Du bist zu spät dran. Die Ernte ist so gut wie eingefahren.«

Seine Worte trafen Marilena wie ein Schlag in den Magen, aber sie wusste, dass es keinen Sinn hatte, weiter zu bitten. Mit einem letzten Rest Würde packte sie das Bündel um ihre Schultern fester und ging davon. Sie spürte die Blicke der Burschen in ihrem Rücken. Die Absage schien ihr die Kraft aus den Gliedern zu ziehen. Langsam bog sie auf den Weg ein, der an den Stallungen vorbei weiter ins Land führte. Die Sonne stand mittlerweile tief und am Horizont begannen sich Wolken aufzutürmen. Wenn sie Pech hatte, musste sie heute Nacht im Freien schlafen. Und wenn es noch schlimmer kam, dann würde es dazu noch regnen.

Nachdem sie ein paar Minuten gegangen war, gelangte sie an ein Feld. Hier waren Arbeiter eifrig dabei, Halme zu sammeln und Garben zu binden. Die Wolkenberge wurden rasch größer. Marilena erkannte, dass die Gefahr bestand, den Luxus des trockenen Getreides an einen Regenguss zu verlieren. Kurzentschlossen legte sie ihr Bündel am Wegrand ab und eilte den Frauen zu Hilfe, die ihr am nächsten waren. Keiner fragte, woher sie kam. Sie arbeiteten rasch und ohne viele Worte. Schließlich kamen zwei Wagen gefahren und sie schafften es, sämtliche Garben zu verladen, bevor der Himmel sich komplett verfinstert hatte. Schließlich fuhren die Wagen davon und die Frauen packten die Körbe, die sie mitgebracht hatten.

»Woher kommst du eigentlich?«, fragte ein Mädchen Marilena, als sie bereit waren zu gehen. »Frag lieber, wohin ich gehe«, lächelte Marilena müde. »Das weiß ich nämlich noch nicht. Ich bin auf einer Wanderung und suche Arbeit und Obdach.«

Bevor das Mädchen etwas erwidern konnte, trabte ein Reiter heran.

»Wer ist das?«, fragte Marilena.

»Prinz Eugen, der Herr des Gutes. Weißt du das nicht?«

Schüchtern traten die Frauen beiseite, um den Herren vorbeizulassen. Aber der hielt an und sprang neben ihnen zu Boden. »Das habt ihr gut gemacht!«, lobte er.

Marilena sah ihn voller Bewunderung an. Er war groß, mit hellem Haar und dunklen Augen. Seine Haut war von der Sonne gebräunt und seine Hand, die das Pferd an den Zügeln festhielt, sah aus, als sei sie Arbeit gewöhnt.

»Beeilt euch, damit ihr zu Hause seid, bevor der Regen kommt.«

Die Frauen ließen sich das nicht zweimal sagen und eilten davon. Nur Marilena blieb unschlüssig stehen. Sollte sie es wagen …?

»Ich kenne dich nicht«, stellte der Prinz verwundert fest. »Hast du bei der Ernte geholfen?« Marilena versuchte mutig zu sein. »Nur ein paar Stunden«, gab sie zu. »Ich bin erst am Nachmittag hier vorbeigekommen. Ich suche Arbeit, aber auf Eurem Gut wurde ich abgewiesen.« Vielleicht stand die Angst ihr in die Augen geschrieben. Und vielleicht war das ihre Rettung.

Der Prinz schien zu überlegen. Dann schwang er sich zurück in den Sattel. »Geh mit den anderen«, befahl er. »Ich werde dafür sorgen, dass du heute Nacht ein Dach über dem Kopf hast. Morgen sehen wir weiter.« Damit ritt er davon.

Vor Erleichterung traten Marilena Tränen in die Augen. Sie griff nach ihrem Bündel und eilte den Frauen nach.

Zufrieden drücke ich das Löschpapier auf die feuchte Tinte. Endlich haben sie sich kennengelernt. Jetzt muss der Prinz sich nur noch in Marilena verlieben und dann wird alles gut.

Ich nehme das Bild von Eugen in die Hand und streiche mit dem Finger über seine Stirn. »Danke«, sage ich leise. Dann stecke ich es zurück ins Buch, nehme mein Handy und gehe in die Küche.

Die Nachricht von meiner Mutter klingt versöhnlich. Sie fragt, wie es mir geht. Ob sie es wirklich wissen will? Oder braucht sie nur eine Beruhigung für ihr schlechtes Gewissen, weil sie ihre Tochter einfach so allein zu Hause gelassen hat, ohne wenigstens vorher mit ihr zu sprechen? Ist ja auch egal. Ich habe ihr nie erzählt, wie es mir wirklich geht. Dafür war Paps da.

Alles o. k., schreibe ich zurück. *Viel Spaß noch bei der Konferenz.*

Ich hätte auch schreiben können: Lass mich in Ruhe, ich komme klar. Aber wahrscheinlich versteht sie auch so, dass ich genau das meine. Ich bin stolz auf mich, dass ich geantwortet habe.

Heute versuche ich mein neues Leben sparsam zu gestalten. Angenommen, ich müsste mein Geld selbst verdienen: Wofür würde ich es ausgeben? Nicht für übertrieben teures Essen, denke ich. Ich öffne den Kühlschrank und stelle fest, dass er gut gefüllt ist. Rosi hat eine Liste von Dingen, die grundsätzlich in der Küche vorhanden sein sollen. Sie war heute Vormittag offensichtlich da, denn nichts davon fehlt. Ich bereite mir ein Käsebrot zu, schnappe mir noch ein paar Minitomaten, setze mich an den Tisch und beginne mein Abendessen.

Es ist auch heute schrecklich still in der Wohnung. Vermutlich nicht stiller als früher auch, denn meine Eltern waren längst nicht jeden Abend zu Hause. Aber heute fällt es mir wieder so deutlich auf, dass ich es nicht aushalte. Ich schlinge das Essen hinunter und ziehe mir noch einmal Jacke und Schuhe an. Wohin ich will, weiß ich nicht so genau. Vielleicht nur einmal um den Block.

Es ist kurz vor sieben, aber auf der Straße sind wie immer viele Menschen unterwegs. Ich trotte den Gehweg entlang und finde mich an der Bushaltestelle wieder.

Warum nicht? Ich nehme den nächsten Bus, der kommt, und fahre zum Friedhof. Die Dämmerung hat sich bereits über die Stadt gelegt. Das knarzende Tor führt diesmal in eine feucht-kühle Welt, über der ein leichter Nebel liegt. Mit schnellen Schritten gehe ich zwischen den Gräbern hindurch auf die Stelle zu, an der Papa begraben liegt. Gleich dort, hinter den Bäumen, da ist es.

Erschrocken bleibe ich stehen und starre in die beginnende Dunkelheit.

Da, an seinem Grab, stehen zwei Menschen. Wer ist das?

Ein paar Schritte weiter, und das Geheimnis offenbart sich. Ich erkenne sie an ihren Schuhen. Dem einzigen Paar, das im Regal fehlt. Es hätte mir schon längst auffallen müssen, dass sie zu einer Konferenz nicht nur ein einziges Paar Schuhe mitnehmen würde.

Gibt es eigentlich auch noch ein anderes Gefühl in diesem Stadium der Trauer, außer Wut und Überforderung? Werde ich irgendwann mal wieder etwas anderes machen als weglaufen?

Ich mache auf der Stelle kehrt und lasse das Friedhofstor hinter mir offen. Es brodelt und stürmt in mir fast genauso stark wie in der Nacht mit der stöhnenden Männerstimme.

Verdammt, wie konnte ich nur so dumm sein, ihr zu glauben? Und wieso muss sie ausgerechnet jetzt auf den Friedhof gehen? Wahrscheinlich, um sicher zu sein, dass ich ihr nicht begegne. Tja, das Schicksal ist eben wirklich ein mieser Verräter.

Wieder rast die übrig gebliebene Hülle von Talitha Kramer unter dem rasch dunkler werdenden Himmel dahin. Straßenlaternen und Leuchtreklame tauchen die Welt in ihr nimmermüdes Licht. Ich lasse meine Füße einfach laufen, egal wohin, einfach die Enttäuschung hinauslaufen.

Am meisten trifft es mich, dass sie mir etwas vorspielt. Nicht einmal ehrlich können wir zueinander sein. Natürlich weiß ich, dass es momentan nicht leicht ist, mit mir klarzukommen. Aber muss sie wirklich vor mir abhauen? Sich heimlich mit ihrem Lover treffen und ihn dann auch noch an Papas Grab mitnehmen?

Nach ein paar Metern bin ich außer Atem, weil ich so schnell gelaufen bin. Als ich mich umsehe, stelle ich fest, dass meine Füße mich zum Park getragen haben. Aber es ist dunkel und ich weiß nicht, wer sich um diese Uhrzeit dort herumtreibt. Also schlage ich den Heimweg ein. Meine Wut weicht der altbekannten Traurigkeit.

Zu Hause lege ich mich ins Bett. Ich versuche ruhig zu atmen und vernünftig zu denken. *Jeder trauert auf seine Weise*, fällt mir Sannas Spruch wieder ein. Und mein eigener Entschluss, jetzt erwachsen und resistent gegen Emotionen zu werden. Läuft nicht so gut, wie ich dachte.

Müde schließe ich die Augen. Wie schön es wäre, wenn der Schlaf einfach kommen würde. Aber in meinem Kopf herrscht Aufruhr. Die Insel erscheint wieder vor meinem geistigen Auge. Ich stehe am Strand – auf meiner Seite der Insel natürlich. Viel habe ich noch nicht gebaut, nur eine kleine Hütte. Es reicht für den Anfang, aber sie ist nicht sicher. Nichts im Vergleich zu dem Hotel, das meine Mutter schon errichtet hat. Was soll ich machen? Ich habe den perfekten Ort für mein neues Heim noch nicht gefunden. Noch kein fester Untergrund in Sicht. Ins dichte Grün des Waldes habe ich mich noch nicht gewagt.

Was machst du dir da schon wieder für dumme Gedanken, Tally?, werfe ich mir selbst vor. Vielleicht werde ich verrückt vor Sehnsucht nach Paps. Ich könnte Sanna anrufen oder sie wenigstens anschreiben. Vielleicht hilft es, mit jemandem zu reden, der mich mag. Aber was, wenn sie versucht, mich zu trösten? Oder mir gute Ratschläge gibt? Das könnte ich gerade nicht ertragen.

Ich spüre schwere Wellen auf den Strand rollen und habe Angst. Ich will in meinen Gefühlen nicht ertrinken.

Plötzlich schießt eine Liedzeile in meinen Kopf und sie beginnt in meinem Herzen zu schwingen, ohne dass ich etwas dazu getan hätte. Ich habe dieses Lied heute zum ersten Mal gehört, aber diese eine Zeile ist so klar in meinem Kopf, als hätte ich es tausend Mal gesungen.

Du rufst mich raus aufs weite Wasser … wo Füße nicht mehr sicher stehn …

Meine Hände krallen sich ins Kissen. Sicherheit ist es doch, was ich suche!

Die Zeile wiederholt sich endlos. An den restlichen Text kann ich mich nicht erinnern. Aber dieser eine Satz wird wie ein Mantra in mir und irgendwann höre ich auf, mich dagegen zu wehren. Und schlafe tatsächlich ein.

Es ist ein tiefer Schlaf, aber er dauert nur kurz. Dann wache ich auf und in meinem Kopf singt Timos Stimme eine weitere Zeile aus dem Lied:

Und kommt die Flut, hältst du mich fest in deinem Arm. Denn ich bin dein und du bist mein.

Wieder liege ich still und lausche den Worten. Entweder stimmt es, dass Religion eine Art Schizophrenie auslöst und ich dringend Frau Reuter besuchen muss. Oder irgendeine Macht im Universum versucht mich zu trösten. Mein Herz fühlt sich auf einmal leicht und optimistisch an. Als hätte mir jemand den Nebel von der Seele genommen. Ich traue der Sache nicht, kann aber nicht anders, als sie zu genießen. Wer auch immer das sein soll, der mich im Arm hält, wenn die Flut kommt: Es ist eine schöne Vorstellung, gehalten zu werden.

Meine Uhr zeigt an, dass es kurz nach Mitternacht ist. Weil ich Durst habe, gehe ich in die Küche. Der Umschlag fällt mir wieder ein, den ich letzte Nacht gefunden habe. Aber ich will auch jetzt nicht hineinsehen. Eine Sache nach der anderen.

Zurück in meinem Zimmer gebe ich die Liedzeile in mein Handy ein. Die App liefert mir ein Video, in dem Wellen an einen weißen Strand spülen, und meine Kehle schnürt sich zu. Es ist, als hätte jemand den Soundtrack zu meinem Inselleben geschrieben und verfilmt.

Wenn Angst mich lähmt und ich versage, lässt du nie los und gibst niemals auf …

Ich lasse das Video laufen, wieder und wieder, bis nichts anderes mehr in meinem Kopf zu hören und zu sehen ist. Dann krieche ich zurück in mein Bett, schließe die Augen, ziehe die Decke über den Kopf und schlafe wieder ein.

Kapitel 22

»Kann ich nicht bei dir einziehen?«, bitte ich Sanna halb ernst, halb scherzhaft, als die Schule am Mittwoch zu Ende ist. Heute Abend kommt meine Mutter zurück und ich habe Angst davor, mit ihr zu reden.

Aber Sanna lächelt nur milde. »Du weißt, dass du nicht ewig davonlaufen kannst.«

»Könnte ich schon.« Ich höre mich an wie ein trotziges Kind und ich fühle mich auch so. »Ich könnte zu Oma Ute ziehen. Oder mich beim Jugendamt melden und darum bitten, in ein Jugendhilfewohnheim aufgenommen zu werden.« Jetzt ist es mir zumindest gelungen, Sanna zu erschrecken.

»Du spinnst ja, Tally«, sagt sie und blickt mich böse an. »Komm schon, das hast du doch nicht nötig! Die Tally, die ich kenne, sagt ihrer Mutter die Meinung. Dann streiten die beiden sich ein bisschen und am Ende ist alles wieder gut. Bitte, versuch doch wenigstens, dich daran zu erinnern, wer du bist.«

Fassungslos schaue ich ihr in die blauen Augen. Sie zwinkert nicht einmal. »Wow, also Beileid und Geduld werden mir nur knapp drei Wochen zugestanden, oder was?« Meine Stimme überschlägt sich beinahe. Sanna hat wirklich die Nerven, es auf einen Streit mit mir ankommen zu lassen!

»Das hat damit nichts zu tun«, sagt sie beschwichtigend. »Ich wollte nur …«

»Du wolltest nur klarstellen, dass das Leben weitergeht und ich gefälligst wieder so sein soll wie früher. Überraschung: So läuft es nicht.« Ohne ein weiteres Wort packe ich die Bücher in meine Schultasche und gehe.

Sanna bleibt zurück. Ich weiß, dass sie todtraurig ist. Es ist der Horror für sie, wenn jemand böse auf sie ist. Aber das hat sie heute verdient.

Zu Hause verbarrikadiere ich mich in meinem Zimmer. Die Musik stelle ich auf volle Lautstärke. Vom Fensterbrett aus beobachte ich die Straße. Ob meine Mutter sich von einem Taxi zurückbringen lässt, um den Schein zu wahren?

Es dauert bis kurz vor sechs, bevor sich etwas tut. Inzwischen habe ich mich etwas beruhigt, oder besser: einen sicheren Eispanzer entwickelt. Wenn keiner mich versteht, dann zeige ich eben keine Gefühle mehr, das ist meine neue Devise. Nachdem ich diesen Entschluss gefasst habe, ist es mir gelungen, meine Hausaufgaben zu erledigen und für den nächsten Test zu lernen. Selbst die Musik konnte ich nach einer Stunde leiser stellen.

Deshalb höre ich auch das Klingeln an der Tür.

Wer um alles in der Welt ist das? Der Nachbar? Aber es ist doch längst wieder ruhig bei mir. Und meine Mutter würde nicht klingeln. Zuerst versuche ich das Geräusch zu ignorieren, aber der Klingler ist hartnäckig. Leider kann ich vom Fenster aus nicht sehen, wer direkt vor der Tür steht. Also raffe ich mich auf und gehe zur Gegensprechanlage. Auf dem Bildschirm sehe ich drei Gesichter: Sanna, Max und Mine. Was wollen die hier? Noch habe ich die Chance, so zu tun, als wäre ich nicht zu Hause. Stattdessen drücke ich den Türöffner.

Während die drei die Treppe raufkommen, überlege ich, wie ich jetzt reagieren soll. Eigentlich bin ich stinksauer. Und dann ist da der Eispanzer, an dem ich den ganzen Nachmittag gearbeitet habe. Blöderweise schmilzt er mit jedem Schritt, der die Stufen heraufgetrappelt wird, mehr.

Als Sanna oben ankommt, ist er weg.

»Mensch, Sanna«, sage ich und sie umarmt mich.

Max und Mine tun es ihr gleich. Die drei schlüpfen in die Wohnung und strahlen mich an.

»Wir wollten dir Gesellschaft leisten, wenn deine Mutter nach

Hause kommt«, verkündet Mine fröhlich. »Bei mir hilft es immer, Freunde dazuhaben. Mütter ticken dann nicht so hart aus.« Max lacht über mein Gesicht und fragt, ob wir im Flur stehen bleiben wollen. Ich lotse die anderen in mein Zimmer und frage mich, wieso Sanna ausgerechnet diese beiden mitgebracht hat.

»Schöne Wohnung«, stellt Mine bewundernd fest.

Ich bin froh, dass ich mein Zimmer letztens aufgeräumt habe. Mit einem raschen Blick versichere ich mich, dass Eugen und das Buch sicher in meinem Schreibtisch verstaut sind. Max lümmelt sich in den Sitzsack. Mine setzt sich auf den Teppich und Sanna wählt den Bürostuhl. Bleibt das Bett für mich. Ein kleines, peinliches Schweigen entsteht, in dem wir vier uns irgendwie unschlüssig beäugen. Dann kramt Max eine Packung Chips aus seiner Tasche.

»Also«, erklärt er feierlich, »Sanna saß vorhin etwas depri in der Klasse. Meinte, du hättest sie einfach so sitzen gelassen, weil sie was Falsches gesagt hat.« Seine Augen funkeln amüsiert.

Ich hole Luft, um mich zu verteidigen, aber Mine hebt abwehrend die Hand. »Weißt du, keiner von uns kann nachvollziehen, was in dir los ist.« Sie schlüpft zu mir aufs Bett und drückt mir liebevoll die Schultern. »Deshalb dachten wir, wir versuchen einfach, dir den Rücken zu stärken. Sei uns nicht böse, wenn es nicht genau das ist, was du brauchst. Wir haben noch keine Übung.«

Jetzt muss ich beinahe lachen, so gerührt bin ich von der Hilfsbereitschaft der drei.

Kleinlaut fügt Sanna hinzu: »Und es tut mir leid, dass ich so hart zu dir war.«

Jetzt fühle ich mich echt schlecht. Ich halte ihr meine Hand hin und sage: »Nein, mir tut es leid. Ich hab dir mit meinem Geknatsche ja gar keine Wahl gelassen. Ich glaube, es war gut, dass du mir das mal gesagt hast.« Ich runzle die Stirn und fahre mir mit der Hand übers Haar. »Aber mach es bitte nicht zu oft.«

»Okay, das wäre geklärt«, zerstört Max zum Glück die emotionale Stimmung. »Ich schlage vor, dass wir jetzt eine Runde zocken.«

Gleich darauf hängen wir einträchtig an unseren Handys und spielen gemeinsam in einer anderen Welt. Einer, in der das Schlimmste, was nach dem Tod passiert, ist, dass man das nächste Level nicht erreicht.

Meine Mutter kommt mitten in das Gelächter hinein, das entsteht, weil Max' Charakter von Sannas Monsterfreund in die Flucht geschlagen wird. Ich bin die Einzige, die das Klicken der Haustür hört. Ein Eisbatzen bildet sich in meinem Bauch. Das ist nicht so gut wie ein Panzer.

Sanna horcht auf, als der Fernseher im Wohnzimmer angeschaltet wird. Die anderen schauen mich erschrocken an und ich entscheide mich für die Flucht nach vorn.

»Ich gehe mal Hallo sagen«, erkläre ich, schlucke und stehe auf.

Max und Mine zeigen mir gedrückte Daumen, und was Sanna macht, das weiß ich, auch ohne dass sie es sagt. Sie betet für mich.

Mutter ist nicht im Wohnzimmer.

In der Küche sehe ich sie auch nicht und das Licht im Bad ist aus. Unschlüssig stehe ich da. Auf einen Besuch im Schlafzimmer will ich es nicht ankommen lassen. Eigentlich kann ich auch zurückgehen und warten, bis sie an meine Tür klopft. Bevor ich mich umdrehen kann, bewegt sich ein Schatten hinter der Tür. Sie war in Papas Arbeitszimmer. Als sie in den Raum tritt, in dem ich stehe, sind ihre Augen wie Dolche.

»Du hast in seinen Sachen gekramt«, lautet die Begrüßung.

Ich zucke zusammen bei dem Vorwurf. Wer hat denn all die Kartons gepackt und der Wohlfahrt überlassen? Außerdem: War es je verboten, in Papas Zimmer zu gehen?

Trotzdem weiß ich genau, was sie meint. Als ich den Umschlag an mich genommen habe, war mir klar, dass Mutter ihn mir aus irgendeinem Grund mit Absicht noch vorenthalten hatte. Mein Trotz überwiegt den Todesstoß, den ihr Blick mir versetzen will.

»Auf dem Kuvert stand mein Name«, gebe ich zurück.

Auge in Auge stehen wir uns gegenüber. Keine senkt die Lider. Da ist eine Spannung zwischen uns, als wären wir Kontrahenten in einem tödlichen Duell.

Natürlich könnte ich meiner Mutter den Brief zurückgeben. Er ist ja sogar noch genauso verschlossen, wie ich ihn vorgefunden habe.

Endlich beendet sie das Spiel, wendet den Blick ab und schließt die Tür hinter sich. Sie geht an mir vorbei, ohne mich zu berühren, ohne mich zu begrüßen und ohne etwas zu erklären.

»Dann kennst du also die Wahrheit«, sagt sie, als sie an der Küchenzeile angelangt ist.

Sie nimmt eine Tasse aus dem Schrank und stellt sie in die Kaffeemaschine.

Was meint sie? Welche Wahrheit sollte Paps mir in einem verschlossenen Kuvert hinterlassen? Und wann hat er sie aufgeschrieben? Er wurde so plötzlich ins Krankenhaus eingeliefert …

»Ich weiß mehr, als du glaubst«, gebe ich kalt zurück und wende mich ab. Dabei weiß ich nichts. Nichts, was mir Papa hätte schreiben können. Ich weiß nur, dass meine Mutter mich angelogen hat und jetzt von Wahrheit spricht.

Mutter macht ein Schniefgeräusch, das mich dazu bringt, stehen zu bleiben.

»Ich wollte das alles nicht«, sagt sie mit brüchiger Stimme.

Nein, bitte, heul jetzt nicht, Mutter.

»Er hat es so lange vorbereitet. Ich wollte, dass er es dir sagt, aber …«

»Hör auf zu reden, Mam«, versuche ich sie zu stoppen. Was auch immer es ist, ich will es nicht wissen. Ich will aus ihrem Mund nichts hören, was mit Paps zu tun hat. Nichts, was erklären könnte, warum sie drei Wochen nach seinem Tod mit ihrem Kollegen ins Bett geht und mir erzählt, sie wäre auf einer Konferenz. Nichts, was Paps in diesen Schlamassel aus Lügen und Betrug hineinzieht.

»Tally, wir können so nicht weitermachen.«

Sie dreht sich zu mir um und kommt auf mich zu, das Make-up von Tränen verschmiert.

Warum bin ich nicht in meinem Zimmer geblieben? Sanna, Max und Mine sitzen dort, hinter dieser Tür. Sie ist ganz nah und doch unerreichbar fern. Wie festgewachsen stehe ich da, obwohl alles in mir auf Flucht vorbereitet ist.

Dann hat sie mich erreicht. Ganz dicht vor mir hält sie inne. Ihr Dekolleté bebt. Es ist noch ganz schön, nicht so faltig wie das von Oma Ute. Vielleicht habe ich ihre Gene und bleibe auch lange jugendlich? Keine Ahnung, warum mir in diesem schrecklichen Moment ausgerechnet solche Gedanken durch den Kopf gehen.

»Tally …«

Ich mache einen Schritt zurück, um ihrer geplanten Umarmung auszuweichen.

Langsam lässt sie die Hände sinken. »Ich weiß, dass ich dir nie so viel bedeutet habe wie dein Vater.«

Erschrocken sehe ich ihr ins Gesicht und protestiere: »Das stimmt doch gar nicht!«

Aber tief in meinem Herzen weiß ich, dass sie recht hat. Doch, ich liebe sie, wirklich. Sie ist meine Mutter und ich habe sie immer bewundert. Ich bewundere sie sogar jetzt noch. Für ihre Zielstrebigkeit und ihr Wissen. Für die Klarheit, mit der sie sich ausdrücken kann. Aber sie hat mir eben nie dieses Gefühl gegeben, das Paps mir vermittelt hat: dass ich genau richtig bin, so wie ich bin. Neben meiner Mutter fühle ich mich so oft tollpatschig und irgendwie dumm. Als könnte ich ihre Erwartungen nie erfüllen.

»Ich … ich …« Mein Mund wird trocken und in meinem Kopf dreht sich alles. Hilflos fasse ich nach der Lehne des Sessels, neben dem ich stehe.

»Natürlich stimmt es. Und ich bin selbst schuld daran. Ich habe mir nie richtig Zeit für dich genommen. Ich dachte eben, dass ich mehr mit dir anfangen könnte, wenn du größer bist und wir wie erwachsene Menschen miteinander reden können.«

Ihre Direktheit hat mich schon immer überfordert, aber das hier macht mich sprachlos. Allerdings nur für ein paar Sekunden. Denn die Frau, die vor mir steht, ist und bleibt meine Mutter. Und sie ist traurig, das sehe ich, auch wenn sie solche schlecht platzierten Worte sagt.

»Ist dieser Zeitpunkt jetzt gekommen?«, frage ich spitz.

Sie tupft mit einem Taschentuch über ihre Augen und sieht mich lange an. »Das dachte ich eigentlich.«

Wir atmen beide gleichzeitig tief durch.

Dann streicht Mutter mir mit der Hand über den Kopf und diesmal ducke ich mich nicht weg.

»Vielleicht morgen«, sagt sie und geht in ihr Schlafzimmer.

Wie betäubt stehe ich da und versuche zu verstehen, was gerade passiert ist.

Kapitel 22

Als ich es endlich schaffe, zurück in mein Zimmer zu wanken, erwarten mich dort drei gespannte Gesichter. Sanna und Max springen auf, als ich zur Tür hereinkomme. Gerade rechtzeitig, um mich aufzufangen, denn meine Beine werden plötzlich ganz weich und geben nach. Max hält mich fest, während Sanna und Mine ihn und mich in Richtung meines Bettes schieben.

»Oh Gott, was ist passiert?«, fragt Mine.

Halb sitze, halb liege ich auf dem Bett, mein Oberkörper lehnt an dem von Max, Sanna hält meine Füße auf ihrem Schoß. In meinen Ohren rauscht es und vor meinen Augen tanzen weiße Punkte.

»Ich glaub, sie wird ohnmächtig.« Mines Stimme klingt panisch und sie sieht sich hektisch im Zimmer um. »Haben wir irgendwo Wasser?«

»Im Bad«, erklärt Sanna ruhig. »Erste Tür rechts.«

»Mir geht's gut«, flüstere ich und versuche mich aufzurichten.

Aber Max drückt meinen Kopf wieder zurück an seine Brust. »Bleib mal einen Moment liegen.« Er streicht mir über die Haarstoppeln. Wie schön das sein könnte.

Ich weiß nicht, wie lange dieser seltsame Zustand dauert. Meine drei Freunde scheinen nicht zu wissen, was sie mit mir anfangen sollen, und ich kann es ihnen nicht sagen. Also sitzen wir ein paar Minuten wortlos so da. Langsam beruhigt sich mein Herzschlag und in meine Beine kehrt das Gefühl zurück. Die kalten Fingerspitzen werden wärmer. Als die weißen Punkte vor meinen Augen verschwunden sind, ist auch meine Denkfähigkeit wieder da. Und in diesem Augenblick wird mir die ganze Sache furchtbar peinlich. Mit einem Ruck richte ich mich auf.

»Wow, Leute, es tut mir leid. Das war … so nicht geplant.« Ich strecke die Beine und schwinge sie über die Bettkante.

Sanna und Max werfen sich einen Blick zu. Mine wirkt erleichtert.

»Ich hab keine Ahnung, was das jetzt gerade war. Aber es ist vorbei.« Ganz sicher bin ich mir zwar nicht, aber das muss keiner wissen.

»Konntet ihr reden?«, fragt Sanna vorsichtig. Sie glaubt, dass man so ziemlich jedes Problem mit reden lösen kann, und normalerweise vertrete ich diese Theorie auch. Nur momentan funktioniert es offensichtlich nicht so recht.

»Sie hat geredet, aber nicht über das, was ich erwartet habe«, gebe ich zurück. Mir ist ein bisschen schwindelig und ich wünsche mir auf einmal, allein zu sein. »Kann ich euch morgen davon erzählen? Ich muss mich erst mal sortieren.«

»Klar«, erwidert Mine sofort. Ich glaube, sie ist froh, wenn sie gehen darf.

Sanna streicht mir über den Rücken. »Bist du sicher, dass es dir gut geht?«

»Gut ist nicht das richtige Wort, aber es ist okay. Ich komme zurecht. Danke, dass ihr mir geholfen habt.« Nach einer kurzen Pause füge ich hinzu: »Ehrlich, ich weiß nicht, was ich ohne euch gemacht hätte. Aber jetzt brauche ich Zeit für mich.«

Sobald meine Freunde die Wohnung verlassen haben, schließe ich meine Zimmertür doppelt ab, drehe die Musik laut auf und werfe mich aufs Bett.

Okay. Meine Mutter denkt also, dass ich sie weniger liebe als Paps. Außerdem hat sie bis jetzt auf den Zeitpunkt gewartet, an dem ich reif genug bin, um ihrem Intelligenzlevel zu entsprechen? Ich weiß nicht, was ich fühlen soll. Einerseits tut es mir leid, dass sie gespürt hat, wie eng mein Verhältnis zu Papa war – und sich vielleicht ein bisschen ausgeschlossen fühlte. Andererseits haben ihre Worte mir einen Stich gegeben. Ich bin in ihren Augen also wirklich nicht die Tochter, die sie sich gewünscht hat.

Keine vollwertige Kommunikationspartnerin. Kein Wunder, dass sie sich gleich einen neuen Partner suchen muss, wenn ich ihr doch nicht genüge …

Und was meinte sie mit: *»Dann kennst du also die Wahrheit«?*

Mir ist klar, dass ich nur das weiße Kuvert öffnen muss, um das herauszufinden. Aber: Wenn Papa mich vor dieser Wahrheit schützen wollte, indem er sie mir nicht erzählt hat, dann hatte er bestimmt einen guten Grund dafür.

»Die schlechte Wahrheit ist immer besser als eine gute Lüge, Füchslein«, höre ich seine vertraute Stimme in meinem Kopf. Diesen Satz hat er oft gesagt. Seit ich denken kann, hat er Wert darauf gelegt, mich Ehrlichkeit und Authentizität zu lehren. Das ist vielleicht der einzige Punkt, an dem ich nie ganz mit ihm übereinkam. Ich finde, dass es manchmal besser ist, Dinge schönzureden. Warum zum Beispiel sollte ich ehrlich sein, wenn Rosi mich fragt, ob mir ihr neues Kleid gefällt? Ich finde alle ihre Kleider grottenhässlich, weil sie einfach einen anderen Geschmack hat als ich. Also lächle ich, nicke und sage: »Es steht dir hervorragend!« Woraufhin Rosi sich freut, eine stolze Drehung vollführt und meinen Lieblingskuchen backt. Eine Win-win-Situation durch eine klitzekleine Höflichkeitslüge.

Aber Papa mochte so etwas nicht. Er fand immer einen Weg, auch schwierige Wahrheiten so einfühlsam zu formulieren, dass der Betroffene sie akzeptieren konnte. Deshalb war er auch ein so brillanter Arzt.

Was würde er seiner Tochter verschweigen? Oder warum würde er es hinauszögern, mir eine Tatsache zu erzählen?

Es muss etwas sein, was mich direkt betrifft – und was mir schwer zusetzen würde, wenn ich es wüsste.

Ich atme durch und starre an die Zimmerdecke.

Bin ich bereit dafür? Nein. Ich weiß, dass ich es nicht bin. Noch nicht. Erst muss ich verkraften, dass Paps nicht mehr hier ist, um mir den weißen Umschlag persönlich in die Hand zu geben. Dass Mutter davon ausgeht, ich wüsste es bereits, macht die Sache etwas kompliziert, aber trotzdem. Der richtige Zeitpunkt ist noch nicht gekommen.

Ich habe noch nicht den Mut dazu.

Marilena folgte den anderen Mägden zurück zum Schloss. Die Unbefangenheit, mit der sie in den letzten Stunden gearbeitet hatte, verflog mit jedem Schritt mehr. Vorhin hatte man sie auf dem Anwesen nicht gerade freundlich behandelt. Warum sollte das jetzt anders sein? Mit flatternden Röcken eilten die Frauen dem Haus zu, während sich hinter ihnen Gewitterwolken auftürmten. Ein starker Wind jagte über den Weg und wirbelte Staub auf. Marilena schlug sich ihr Kopftuch vors Gesicht und versuchte nicht zu weit hinter den anderen zurückzubleiben. Aber sie musste ihr schweres Bündel schleppen, während diese frei und ohne Last liefen. Als sie den Hof erreichten, setzte Regen ein. Marilena huschte als Letzte durch das Tor und sah sich suchend um. Der Großteil der Arbeiterinnen war bereits verschwunden, nur zwei standen unter einem Vordach. Marilena beeilte sich, zu ihnen zu kommen.

»Was machst du hier?«, wurde sie barsch gefragt.

Die Frau war hübsch. Sie trug ein langes Kleid und eine Schürze, so wie alle hier. Unter dem dunkelgrünen Tuch auf ihrem Kopf, von dem ein rotes Blumenmuster leuchtete, quollen zwei dicke schwarze Zöpfe und eine lockige Strähne hervor. Ihre blauen Augen funkelten angriffslustig. Marilena fragte sich, womit sie diese Ablehnung wohl verdient hatte.

»Der Gutsherr hat mir ein Obdach für heute Nacht angeboten«, gab sie, so ruhig wie möglich, zurück.

Die zweite Frau lachte und sagte: »In deinen Träumen!«, aber die Schwarzhaarige knuffte sie in die Seite.

»Woher kennst du den Herrn denn?«, bohrte sie nach. Der Regen war mittlerweile so heftig geworden, dass ihre Worte kaum mehr verständlich waren. »Ich habe dich jedenfalls noch nie in meinem Leben gesehen, abgesehen von der kurzen Zeit auf dem Feld. Wo bist du ihm also begegnet?«

»Genau dort!«, schrie Marilena gegen das Rauschen an. »Er kam mit seinem Pferd. Prinz Eugen.«

Die beiden Frauen warfen sich einen vielsagenden Blick zu. Dann beugte die hübsche Schwarzhaarige sich zu ihr herüber und rief ihr ins Ohr: »Da drüben ist der Pferdestall. Du kannst auf dem Heuboden schlafen. Dort wird umherziehendes Gesindel immer einquartiert.« Sie grinste hinterhältig und nahm ihre Freundin am Arm. »Wage nicht, uns zu folgen«, zischte sie, zog die andere Frau mit sich und verschwand im Haus.

Marilena fröstelte. Der Wind peitschte den Regen unter das Vordach. Erste Blitze zuckten. Wenn sie jetzt nicht irgendwo ins Trockene kam, würde ihr Bündel völlig durchnässt werden. Marilena holte tief Luft, packte ihre Sachen, raffte den Rock und rannte hinaus in das Unwetter. Auf dem Weg vom Vordach zum Stall wurde sie bereits klatschnass. Beine und Kleid waren schlammbespritzt, als sie die Tür aufstieß und in den warmen Raum trat. Hier war es ruhig. Zwar prasselte der Regen unvermindert weiter auf das Dach, aber das Geräusch war gedämpft. Es dauerte eine Weile, bis Marilenas Augen sich an das schummrige Licht gewöhnt hatten, das hier herrschte. Der Stall war geräumig: sechs Boxen auf jeder Seite eines breiten Ganges. An der Giebelseite erahnte Marilena einen Zwischenboden, der über eine Leiter zu erreichen war. Das musste der Heuboden sein. Jetzt erinnerte Marilena sich daran, wie die Männer am Nachmittag durch die Maueröffnung von außen Heu eingefahren hatten. In ihrem Magen gab es ein leises Ziehen, als sie an die lüsternen Blicke der Männer dachte. Ob gerade jetzt hier irgendwo ein Stallknecht saß? Vorsichtig machte sie ein paar Schritte, aufmerksam in die Dunkelheit lauschend. Außer dem unruhigen Schnauben der Pferde, denen das Gewitter unheimlich war, hörte sie nichts. »Ho«, flüsterte sie und strich über braune Nüstern, die sich ihr entgegenstreckten. Schritt für Schritt näherte sie sich der Leiter. Dabei bemerkte sie, dass in jeder Box ein Tier stand. Nur die letzte, direkt am Aufgang zum Heuboden, war leer. Daneben führte eine weitere Tür ins Freie. Der Wind drückte dagegen, aber sie hielt stand.

An der Wand machte Marilena Sättel und Zaumzeug aus. Ein Holzstuhl stand neben der Tür, eine graue Jacke unordentlich darübergeworfen. Wieder schnürte der Gedanke an den möglicherweise lauernden Stallknecht Marilena die Kehle zu, aber sie hatte keine bessere Idee, als den Rat der Schwarzhaarigen zu befolgen. Mit weichen Knien erklomm sie die Leiter und schlüpfte auf den Heuboden. Würzige, heiße Luft raubte ihr beinahe den Atem. Das Heu duftete frisch. Wie gut, dass es vor dem Unwetter noch eingefahren worden war. Die junge Frau fühlte sich jetzt ein wenig sicherer. Außer ihr schien niemand im Stall zu sein. Bis das Unwetter nachließ, würde *das wohl auch so bleiben – so lange hatte sie Zeit, sich vorzubereiten. Die Anstrengung des Tages machte sich bemerkbar, sobald Marilena ein wenig zur Ruhe kam. Müde schob sie ihr Bündel in eine Ecke, schüttete sich einen kleinen Haufen Heu zurecht, auf dem sie sich ausruhen konnte, und ließ sich in das warme, trockene Grasbett sinken. Nur kurz ausruhen, dachte sie schläfrig. Die Halme pikten ihr in Nacken und Wange, aber die Müdigkeit war größer als der Wunsch nach einem bequemeren Lager.*

Ich muss wachsam bleiben, ging es ihr durch den Kopf, als sie die Augen schloss. Gleich darauf war sie eingeschlafen.

Kapitel 23

Ein Windstoß fuhr in den Raum, als die Tür geöffnet wurde. Marilena spürte nichts davon; oben auf dem Heuboden blieb die Luft scheinbar unberührt. Sie hörte auch nicht das Stampfen der Hufe oder die Tritte des Mannes, der versuchte, den Schlamm von seinen Stiefeln zu schütteln. Das Schnauben des Pferdes drang in ihre Träume, verschwamm dort jedoch in seligem Vergessen. Erst das hohe Quietschen eines zur Seite geschobenen Metallriegels schreckte sie auf. Die Stalltür war längst wieder fest verschlossen. Marilena drückte sich auf ihr Heulager und versuchte ruhig zu atmen. Unten in der Box machte sich jemand zu schaffen. Eine Männerstimme sprach beruhigend auf das Pferd ein, das dort untergebracht wurde, noch immer schnell atmend wie nach einem heftigen Ritt. Während sie angespannt lauschte, erschlossen die Geräusche ihr, was geschah. Der Mann rieb das Tier ab und füllte dessen Futter auf. Dann wurde es still. Augenscheinlich standen Pferd und Reiter in Ruhe beieinander – etwas, das Marilena bei dem Stallknecht auf ihres Onkels Hof oft beobachtet hatte. Die Stille währte unerträglich lange. Das Unwetter schien langsam abzuziehen. Auf das Dach prasselte nur noch ein gleichmäßiger Regen. Marilena wagte keine Bewegung, aus Angst, der Knecht könne sie bemerken. Hoffentlich setzte er sich nicht auf den Stuhl, um auszuruhen. Hoffentlich packte er seine Sachen und ging schlafen. Hoffentlich … Ein Kitzeln begann in Marilenas Nase. Das Heu! Es war so frisch, dass es jeden zum Niesen bringen musste. Aber jetzt war der unpassendste aller Momente! Verzweifelt versuchte die junge Frau, den Impuls zu unterdrücken, doch umsonst. Ein Niesen überwältigte sie, das ihren Körper schüttelte. Es war unüberhörbar.

»Wer ist da?«, kam es alarmiert aus der Box.

Sollte Marilena sich in den Heuhaufen wühlen und hoffen, nicht entdeckt zu werden? Unmöglich. Fieberhaft überlegte sie, was zu tun war, aber es gab keinen Ausweg.

Schon hörte sie, wie jemand die Leiter hinaufkletterte.

Würde der Knecht sie hinausjagen? Oder Schlimmeres mit ihr tun?

Marilena presste die Lippen fest aufeinander, umklammerte ihre Beine mit den Armen und schaute dem Mann entgegen.

Es war Prinz Eugen.

Ich lege die Feder zur Seite und massiere mein Handgelenk.

Ach, Eugen. Mach jetzt bitte das Richtige.

Ich habe einfach angefangen zu schreiben, nachdem meine Freunde gegangen waren. Die Worte sind auf das Papier geflossen und es hat unendlich gutgetan. Ich mag diese Welt. Ich möchte darin verschwinden. Lieber kalten Regen im Gesicht haben und auf pikenden Halmen schlafen, als mit einer Lüge und einer unbekannten Wahrheit zu kämpfen und nicht den Mut zu haben, das eine oder das andere zu enttarnen.

Draußen ist es dunkel geworden. Die Wohnung ist still; ob meine Mutter gegangen ist oder schon im Bett liegt, weiß ich nicht. Ich will es auch nicht wissen. In meinem Magen ist ein Loch, das danach verlangt, gefüllt zu werden, aber ich mag meine Festung nicht verlassen. Ich mag Eugen nicht verlassen. Ich nehme sein Foto in die Hand und betrachte es zärtlich. Seine Augen sind so ernst und tief. Wenn ich sie doch nur zum Leben erwecken könnte. Was mag mit ihm passiert sein?

Egal, jetzt zählt nur, was ihm in meiner Version des Lebens geschieht. Diese Version ist gut, das weiß ich genau. Ich krame einen Schokoriegel aus der Schublade neben meinem Bett, beruhige damit meinen Magen ein wenig und tunke die Feder erneut ins Tintenfässchen.

Der Prinz schob sich über die Kante des Heubodens und schaute sich um. Beinahe glaubte Marilena, er würde sie nicht sehen. Doch da richtete der junge Mann sich auf und kam zielstrebig auf sie zu. Dicht vor ihr ließ er sich auf die Knie nieder und blickte sie an. Sein Gesicht war ihrem so nah, dass sie seinen Atem spüren konnte. Obwohl sie vor Angst zitterte, verspürte sie in diesem Moment eine Vertrautheit, als würde sie ihn kennen.

»Du?«, fragte der Prinz erstaunt. »Habe ich dich nicht mit den anderen Frauen geschickt, damit sie dir eine Unterkunft zuweisen?« Er hielt inne, als sei er über einen Gedanken erschrocken. »Bist du allein hier?« Jetzt schwang etwas wie Entrüstung mit.

Als Marilena klar wurde, was seine Vermutung sein musste, schoss ihr die Röte ins Gesicht. Wie gut, dass er es im Dunkeln nicht sehen konnte. »Ich bin allein hier«, versicherte sie. »Die Magd, die ich gefragt habe, hat mich auf den Heuboden geschickt. Sie meinte, das sei der Platz, an dem bei euch die Erntehelfer übernachten, die nur kurz bleiben.« Das war natürlich ein wenig anders formuliert als das, was die Frau über das »Gesindel« gesagt hatte, aber Marilena wollte sie nicht anschwärzen. Der Prinz schien ohnehin nicht zufrieden zu sein.

Er richtete sich wieder auf und hielt ihr die Hand hin. »Sie hat gelogen.« Seine Stimme klang rau, als ärgere er sich.

Unbeholfen fasste Marilena seine Hand und kam auf die Füße. Wohin würde er sie jetzt schicken?

»Hast du dein Bündel bei dir?«

Wie er sich an jedes Detail erinnerte! Ob er jeden seiner Knechte so gut kannte, dass sie ihm so deutlich im Gedächtnis geblieben war? Sie nickte und fasste nach ihren Sachen, doch er nahm ihr das Päckchen ab.

»Folge mir«, bat er.

Sie kletterten die Leiter hinunter. Prinz Eugen strich seinem Pferd zum Abschied über die Nüstern, dann öffnete er die Tür und ließ Marilena den Vortritt hinaus in die Nacht.

Marilena schaute hinauf zum Himmel: Kühle Tropfen fielen ihr ins Gesicht. Vielleicht würde es bis morgen früh weiterregnen. Den Pflanzen wäre es wohl recht.

Prinz Eugen setzte sich in Bewegung. »Hier entlang«, murmelte er und schlug den Weg zum Haupthaus ein.

In diesem Moment kamen zwei Männer aus dem Nebengebäude. Sie lachten. Als sie den Gutsherrn erblickten, blieben sie stehen wie ertappt. Einer räusperte sich, der andere hob verschämt die Hand zum Gruß.

»Wir … sehen noch einmal nach den Pferden«, gab der ältere der beiden ungefragt Auskunft.

Prinz Eugen brummte etwas, das Marilena nicht verstand. Dann ließ er sie ins Haus eintreten.

Die weiträumige Eingangshalle war nur durch zwei kleine Gaslichter erleuchtet. Die meisten Bewohner des Anwesens schliefen sicher schon. Eine mächtige Standuhr zeigte an, dass es bereits kurz vor Mitternacht war.

Jetzt kam eine betagte Dame die Treppe herunter, die in die Halle mündete. Sie hielt eine Kerze in der Hand.

Prinz Eugen lächelte ihr zu. »Mutter, du solltest längst schlafen«, tadelte er sanft.

Die Frau erwiderte sein Lächeln. »Du weißt, dass ich nicht zur Ruhe komme, solange du unterwegs bist. Besonders bei einem solchen Wetter.«

Mit einem verständnisvollen Lächeln gab der Prinz zurück: »Daran solltest du dich wirklich gewöhnen. Ich bin erwachsen. Auch wenn ich der Jüngste von uns Geschwistern bin, Mütterchen. So ist das Leben.«

Die alte Frau wirkte wenig überzeugt, sagte aber nichts dazu. Sie winkte nur ab und sah nun Marilena ins Gesicht. »Wen haben wir denn da?«

Der Prinz schaute erst zu seiner Mutter, dann zu Marilena, die sich reichlich unbehaglich fühlte. Sie war eine Landstreicherin und das war ihr deutlich anzusehen.

»Eine Erntehelferin, die von Magda zum Schlafen auf den Heu-

boden geschickt wurde.« Sein Tonfall ließ sie ahnen, dass so etwas nicht zum ersten Mal geschehen war.

Seufzend kam die Dame des Hauses die letzten Stufen zu ihnen nach unten. »Es tut mir leid, Kind«, murmelte sie zu Marilenas Überraschung, und zu Eugen gewandt: »Gib ihr ein Zimmer und leg dich schlafen. Ich möchte, dass du morgen bereit bist.«

Was auch immer am nächsten Tag geschehen sollte, Eugen sah getroffen aus. Er nickte und streckte die Hand aus. »Dort hinauf«, sagte er und wies auf die Treppe.

Marilena folgte seiner Aufforderung. Sie stiegen bis ins oberste Geschoss. Die Türen und Decken waren hier niedriger als im restlichen Haus. Zahlreiche Kammern schienen nebeneinanderzuliegen. Marilena sah Licht unter manchem Türspalt hindurchscheinen.

Vor der letzten Tür, am Ende des Ganges, blieb Prinz Eugen stehen. »Du kannst die Nacht hier verbringen. Schließ die Tür ab, das ist sicherer. Morgen früh kannst du dich bei Erna melden. Du findest sie in der Küche. Sprich mit ihr, ob es Arbeit für dich gibt, wenn du bleiben willst. Natürlich steht es dir frei weiterzuziehen.«

»Ich …« Marilena schluckte. Sie war dankbar und gleichzeitig überfiel sie aus heiterem Himmel eine immense Traurigkeit. Da stand sie nun, in seinen Augen eine Bettlerin. Dabei war sie ihm standesgemäß ebenbürtig – wäre da nicht das Schicksal gewesen, das sie ihrer Eltern beraubt hatte. Aber wie hätte sie das dem wunderschönen Mann erklären können, der vor ihr stand und höflich darauf wartete, dass sie endlich in ihr Zimmer ging? »Ich danke Euch.« Es war die einzige angebrachte Antwort. Sie wagte es, den Blick zu heben und in sein Gesicht zu sehen, während sie schon die Klinke in der Hand hielt.

Das hätte sie nicht tun dürfen.

Sein Blick ruhte in ihrem, sobald er ihn gefunden hatte. Seine Augen waren dunkel und gut, wild und vertraut. Warum nur waren sie ihr vertraut?

Ein warmer Strom floss durch ihren Körper.

Es währte nur einen kurzen Moment, dann fuhr der Prinz sich mit der Hand über das Gesicht, als müsste er ihren Blickkontakt durch eine Geste brechen. »Gute Nacht«, sagte er, drehte sich um und eilte mit langen Schritten den Gang hinunter.

Marilena sah ihm nach, bis er im Treppenhaus verschwunden war.

Mit einem tiefen Atemzug …

»Tally? Bist du noch wach?«

Die Tinte kleckst einen fetten Fleck auf die Seite. Ich fluche. Meine Mutter hat mich zu Tode erschreckt! Was will sie von mir? Sie rüttelt an der abgeschlossenen Tür.

»Ich komme!«, rufe ich nicht gerade mit meinem freundlichsten Tonfall.

Mutter trägt Nachthemd und Bademantel. »Willst du nichts essen?«, fragt sie und schaut mich vorwurfsvoll an.

»Ich hatte noch etwas hier.« Vor meinem inneren Auge erscheint der Kühlschrank und ich muss feststellen, dass ich den Hunger doch noch nicht vertreiben konnte.

»Es ist noch Lasagne da«, lockt Mutter. »Mach dir doch etwas warm, damit Rosi es morgen nicht wegwerfen muss.«

Widerwillig seufzend folge ich ihr in den Essbereich. Meine Gedanken sind noch bei Eugen und Marilena. Woher kennen sie sich? Ich weiß es noch nicht. Das Leben in Geschichten ist anscheinend genauso verwirrend wie das wahre.

Leider genügt es meiner Mutter nicht zu sehen, dass ich mir etwas zu essen nehme. Sie setzt sich auf einen Stuhl und sieht mir zu. Gleich wird sie etwas sagen. Aber ich will nicht reden. Nicht mit ihr und auch mit niemandem sonst …

»Hast du dich schon entschieden, ob du es herausfinden willst?«

Der Teller fällt mir beinahe aus der Hand. Erschrocken halte ich ihn fest und versuche ihn in die Mikrowelle zu schieben. Meine Hände zittern. Was meint sie? Es muss um den Inhalt des Kuverts gehen.

Ich fühle ihren Blick in meinem Rücken, während ich, scheinbar hoch konzentriert, auf den sich drehenden Teller schaue und das erlösende *Pling* des Gerätes herbeisehne.

Fieberhaft überlege ich, was ich antworten soll.

»Ich weiß es noch nicht«, gebe ich endlich zurück. Genau in diesem Moment ist das Essen fertig und ich nehme den dampfenden Teller heraus. »Ich muss mir das erst noch überlegen.« Dass ich nicht die geringste Ahnung habe, wovon sie redet, muss sie ja nicht wissen. »Bitte sprich mich nicht mehr auf das Thema an.« Ich setze mich und nehme mir eine Gabel Lasagne vor. Sie riecht köstlich.

Mutter nickt stumm und steht auf. »Gut, ich lasse dich in Ruhe. Aber versprich mir, dass du mir Bescheid gibst, wenn du es tust.«

Ich runzle die Stirn, starre auf meine Lasagne und zucke mit den Schultern. »Okay.«

Sie seufzt, dreht sich um und geht zum Bad. An der Ecke bleibt sie stehen und dreht sich noch einmal um. »Ich meine es nur gut mit dir, Tally«, flüstert sie unbeholfen. »Ich hab dich lieb.«

Die Lasagne flutscht von meiner Gabel zurück auf den Teller und sprenkelt mein Shirt tomatenrot.

»Ich weiß«, gebe ich unwillig zurück. Sie tut mir leid und das ist nicht fair.

Mit einem traurigen Blick geht sie weiter.

»Mam?«, rufe ich und sie kommt einen Schritt zurück.

»Ich hab dich auch lieb.« Ich beiße mir auf die Lippen, denn es war nicht leicht, das zu sagen. Ein bisschen fühlt es sich an wie eine Lüge. Aber immerhin, sie lächelt. Dann rutscht mir der Satz heraus, der mir die ganze Zeit schon auf der Seele liegt, den ich aber eigentlich gar nicht sagen wollte: »Übrigens, ich brauche unbedingt einen Hund.«

Kapitel 24

Am Samstag nehme ich Sanna zum ersten Mal mit an Papas Grab.

Es ist ein kühler Tag. Der Himmel ist grau verhangen und die Straßen sind noch nass vom Regen der Nacht. Zufrieden sehe ich, dass die Rose sicheren Stand gefunden hat. Trotz des Herbstwetters blüht sie noch immer.

»Ein schöner Stein«, stellt Sanna anerkennend fest und fährt mit der Hand über die sanfte Rundung im weißen Marmor.

»Meinst du, dass es ihm gefallen würde?« Meine Stimme klingt zweifelnd.

Sanna sieht auf den Stein, die Blumen und dann auf mich. »Er wäre zufrieden, wenn du zufrieden bist«, antwortet sie diplomatisch. Leider hat sie damit wohl recht. Paps ist es egal, wie sein Grab aussieht. Er weiß es doch sowieso nicht. Der Stein und die Blumen, das ist alles nur für uns da. Für Mam, für mich, für Oma und Opa und für Paps' Freunde … Eigentlich eine sinnlose Verschwendung von Geld. Was zählt, das sind doch die Erinnerungen, die wir an ihn haben. Und das, was er uns zurückgelassen hat … In meiner Brust bildet sich ein Stein, größer als der an der Stirnseite des Grabes. Er drückt mich nieder. Meine Beine fühlen sich auf einmal an, als könnten sie die Last der Trauer in mir nicht mehr halten. Ich lasse mich auf den Boden sinken und sitze da auf dem nassen Weg. Egal, dass meine Hose dreckig wird. Sanna hockt sich neben mich und legt mir den Arm um die Schultern.

»Ich habe Angst, dass ich vergesse, wie er war«, krächzt eine Stimme, die aus meiner Kehle kommt, aber gar nicht zu mir zu gehören scheint.

Die beste aller Freundinnen schweigt einen Moment. Dann

sagt sie leise: »Ich glaube, du wirst ihn immer in dir tragen. Er hat dich geprägt und das kann dir niemand nehmen.«

Ich schniefe und wische mit der Hand über mein Gesicht. Keine Träne, nur der feuchte Dunst liegt darauf.

Wir verharren so, bis ich merke, dass Sannas Fuß eingeschlafen ist und sie unauffällig versucht, ihn zu entlasten.

»Lass uns gehen«, schlage ich vor und versuche mich aufzurappeln. Es ist nicht leicht, denn der Stein in mir ist noch da. Vielleicht bleibt er für immer.

Sanna reicht mir die Hand und zieht mich hoch. Warum muss ich ausgerechnet jetzt an Timo denken? Talita kum! Wütend schüttle ich den Kopf, um die Erinnerung zu vertreiben. Tot ist tot. Mein Paps steht nicht wieder auf. Warum sollte Tally, die echte, frühere Tally, das können?

Auf unserem Weg zum Ausgang kommen wir an einer Reihe mit Kindergräbern vorbei. Immer wenn ich diesen Pfad gehe, macht es mich wütend. Heute muss Sanna, die Religiöse, das ertragen.

»Welcher Gott ist so unglaublich gemein, kleine Kinder sterben zu lassen?«, fauche ich, als wäre Sanna selbst dafür verantwortlich.

Sie sieht mich nicht an, sondern geht einfach weiter.

»Haben wir ein Recht auf eine bestimmte Anzahl Lebensjahre?«, fragt sie endlich.

Ich schnaube. Wir passieren gerade einen frischen Grabhügel. Blumen, Kerzen, Teddybären und das gerahmte Foto eines blondlockigen Jungen.

»Hättest du das der Mutter auch geantwortet?«, schieße ich zurück.

Meine Freundin bleibt stehen und sieht das Blumenmeer traurig an.

»Vielleicht«, sagt sie dann ernst. »Aber weißt du, wenn ich das hier sehe, dann bin ich innerlich zerrissen. Ich fühle den Schmerz der Eltern, natürlich. Sie tun mir unglaublich leid. Ehrlich, ich stelle es mir so schrecklich vor, ein Kind zu verlieren.«

Ich nicke und Wut brodelt in mir. Aber heute drückt der Stein sie nieder und es bleiben nur Trauer und Hilflosigkeit.

»Andererseits will ich glauben, dass es für das Kind vielleicht etwas ganz anderes ist.« Sie sieht mich immer noch nicht an. »Was, wenn es wirklich ein Leben nach dem Tod gibt? Ein schönes, eins ohne Angst und Schmerzen? Müsste ich mich dann nicht für dieses Kind freuen, dass es schon dort ist?«

»Das ist doch Unsinn«, schnappe ich bitter. War ja klar, dass Sanna so was sagt. »Tot ist tot. Das kann man im EEG nachweisen. Keine Hirnaktivität bedeutet, keine Gefühle mehr. Eine Maschine, die kaputt ist, ist wertlos. Warum soll es bei uns Menschen anders sein?«

Sanna schaut immer noch auf die Blumen und das Foto. »Aber in Physik haben wir gelernt, dass Energie nicht verbraucht wird oder verschwindet. Sie wird nur umgewandelt und weitergegeben. Was, wenn es mit unserer Seele auch so ist? Ich meine, Strom kann man auch nicht sehen. Wo ist er, wenn die Maschine aus ist, weil der Akku leer ist?«

Ich starre auf Sannas Hinterkopf. Ich dachte immer, dass sie glaubt, die Seele eines Menschen würde aus dessen Körper schlüpfen und direkt in den Himmel flattern, wo auch immer dieser mysteriöse Ort sich befinden soll. Mit Physik habe ich das nie in Verbindung gebracht.

»Glaubst du jetzt etwa doch an Seelenwanderung und Wiedergeburt?«, frage ich verwirrt.

Sie lächelt und dreht sich zu mir um. »Nein«, beginnt sie gelassen, als würde sie nicht gerade einen neuen Knoten in mein gemartertes Hirn knüpfen. »Nicht so, wie du jetzt denkst. Ich glaube nicht, dass meine Seele mich verlässt und dann in ein anderes Lebewesen geht oder so was. Wenn mein Bruder sein Rennauto fahren lässt und dabei die Batterien leer werden, dann geht die Energie ja auch nicht gleich in eine andere Batterie über.«

Wir haben die Kindergräberreihe verlassen und sind schon fast am Friedhofstor angekommen.

Sanna streicht ihr Haar zurück und schaut zum Himmel hoch. »Ich kann das nicht so einfach erklären. Irgendwie stelle ich es mir so vor, dass ich eben eine Seele habe. Die verlässt meinen Körper, wenn ich sterbe. Und dann geht sie in etwas Größeres über, was ich Gottes Reich nenne.«

»Na toll, also verliert sich dann deine Persönlichkeit im himmlischen Nirwana?« Ich frage mich, was an dieser Vorstellung tröstlich sein soll. Abgesehen davon klingt es für mich eher nach Buddhismus als nach Christentum, aber ich kenne mich da nicht aus.

Sanna drückt das knarzende Tor auf und lacht leise. »So meine ich es auch nicht.« Sie wartet, bis ich neben ihr auf dem Bürgersteig stehe. »Meine Seele kommt zu Gott und dort bekomme ich einen neuen Körper. Aber nicht so einen wie hier auf der Erde, sondern irgendwie … haltbarer, besser, mit krasseren Möglichkeiten. Und ich bin in einer Umgebung, die natürlich jetzt auch schon irgendwo da draußen ist.« Sie weist in den Himmel und beschreibt mit dem Arm einen großen Bogen. »Im jetzigen Zustand kann unser kleines Hirn sie noch nicht erfassen. Aber dann finde ich dort meine neue Bestimmung. Oder besser gesagt die richtig tolle Fortsetzung dessen, was meine Seele hier auf der Erde schon angefangen hat zu erleben.«

Ihre Wangen glühen und ihre Augen strahlen – Sanna sieht richtig begeistert aus von ihrer Vision des Himmels. Ich runzle die Stirn, rümpfe die Nase und trete gegen einen Stein. »Finde ich trotzdem schräg. Energie ist doch was anderes als Seele.«

»Okay, dann nenn es eben Datenfluss. Und Gott ist derjenige, der von überallher kommende Informationsströme überblickt und sie ihrer Bestimmung zuführt.«

»Wir sind computergesteuert?«

»Nee … ach Mensch, Tally. In meinem Kopf macht das alles Sinn.« Sie grinst schief und ich würde gern ebenfalls grinsen. Aber die dumme Trauer zieht mich immer noch runter und das ganze Denken hat mich unheimlich müde gemacht. Ich will einfach nur schlafen.

Der Bus kommt und Sanna schiebt mich hinein. Wie in Trance lasse ich die Haltestellen an mir vorübergleiten.

Irgendwann stupst Sanna mich an und sagt: »Aussteigen! Komm, meine Mutter hat Brownies gemacht.«

Wäre sie nicht gewesen, ich hätte den ganzen Tag im Bus gesessen.

Der Gedanke an Sannas große Familie verursacht mir heute Kopfschmerzen. Ich wäre lieber allein, aber ich habe ihr gestern versprochen, den Tag mit ihr zu verbringen.

Kurz bevor wir in die Wohnung treten, sagt sie noch: »Du solltest Timo fragen, ob er dir diese Dinge erklären kann. Er kennt sich richtig gut in der Bibel aus. Nach dem Abi will er Theologie studieren.«

Dann öffnet sich die Tür und ich werde vom Sog der Großfamilie verschlungen.

Abends liege ich auf der Gästematratze in Sannas Zimmer. Es ist still geworden. Um mich herum wächst die bunte Dunkelheit, die mir an diesem Raum so gefällt. An der violetten Wand schimmern die kleinen Spiegel, zwischen denen Bilder und eine Wimpelkette hängen. Die orangefarbene Wand, an der Sannas Bett steht, wird ganz schwach von einem Solarlämpchen erhellt, das nie genug Sonnenlicht abbekommt, um wirklich intensiv zu strahlen.

»Schläfst du schon?«, frage ich leise in Sannas Richtung.

»Fast«, murmelt sie müde.

Aber ich bin leider hellwach. »Ich glaube, meine Mutter weiß nicht, wer mein Vater ist.«

Ein Ruck ist zu hören und Sanna sitzt kerzengerade in ihrem Bett. »Wie bitte?«, fragt sie entsetzt.

Ich antworte nicht. Die Gefühle schnüren mir die Kehle zu.

Sanna gleitet aus dem Bett und kuschelt sich zu mir auf die Matratze. »Erzähl«, bittet sie zärtlich.

Sie ist die Schwester, die ich nie hatte. Mein Trauerstein wird ein kleines bisschen leichter und meine Stimme kehrt zurück.

»Ich weiß nichts Genaues«, fange ich an, ihr meine Vermutung zu erklären. Dann folgt die Geschichte mit dem weißen Umschlag, Mutters komischem Verhalten und der Frage, ob ich mich entschieden habe, »es« herauszufinden.

»Du denkst, sie hat einen Vaterschaftstest gemeint?«, versichert sich Sanna.

»Eher einen Tochterschaftstest.«

»Ich kann mir nicht vorstellen, dass jemand anderes dein Vater sein könnte.« Sanna nimmt meine Hand in ihre und drückt sie fest. »Du bist deinem Papa einfach so ähnlich!«

Ich werde ganz weich innen drin und ich bin ihr so dankbar, dass sie das sagt.

»Ich möchte es gar nicht wissen«, flüstere ich in die Dunkelheit.

»Und darum öffnest du den Umschlag nicht?«

»Ja.«

Das Schweigen, das danach herrscht, tut gut. Es ist alles, was nötig ist.

Ich atme ein und ich atme aus. Sanna ebenso.

Am Ende bin ich es, die zuerst einschläft.

Kapitel 25

Frau Möller lehnt am offenen Fenster, als ich am nächsten Morgen an ihrem Haus vorbeilaufe. Plötzlich fällt mir ein, dass ich die Scheiben putzen und die Wohnung saugen wollte. Stattdessen habe ich nur mit Eugen geflirtet und die alte Dame nicht ein einziges Mal besucht in dieser Woche. Das schlechte Gewissen beißt.

»Guten Morgen, Frau Möller!«, rufe ich.

Sie dreht den Kopf zu mir und strahlt. »Fräulein Kramer!«

Ein sonniges Lächeln hängt zwischen ihr und mir in der Luft. Es flattert, unsicher, was geschehen wird. Ein bisschen fühlt es sich an wie Verliebtsein. Wird sie mich einladen? Soll ich fragen …?

»Sie haben nicht zufällig Lust auf Tee, Talitha?« Ihre Stimme klingt so vorsichtig wie mein Lächeln.

In mir regnet es farbige Funken.

»Doch! Doch, sehr gern komme ich zu Ihnen.« Ich schlucke, da ist so viel Freude in mir über dieses Angebot. »Nur habe ich leider keine Gurken dabei.«

Sie lacht hell und winkt mich zur Tür. »Kommen Sie. Sie dürfen den Tee aufbrühen.«

Die Aussicht auf die unverhoffte Zeitreise lässt mich beinahe schweben. Eine Wohltat nach der drückenden Traurigkeit von gestern. Heute Morgen, als Sanna sich für den Gottesdienst fertig gemacht hat, war die auch schon beinahe weg. Bestimmt liegt es daran, dass ich dieses blöde Geheimnis mit meiner besten Freundin geteilt habe. Mist, warum denke ich jetzt wieder daran? Ich kneife die Augen zusammen, als würde das gegen unerwünschte Gedanken helfen. Dann drücke ich mit der flachen Hand gegen die Haustür, die schon summt. Frau Möller ist heute gut zu Fuß.

Gregor begrüßt mich schlecht gelaunt wie immer. »Greeeegor!«, knurrt er.

Ich grinse zu seiner Stange hinauf: »Schönen Tag auch!« Beinahe hätte ich ihm die Hand hingehalten, aber er senkt den Kopf und sein Schnabel sieht ziemlich gefährlich aus.

Es ist schön, das heiße Wasser aus dem Kessel auf die knisternden Teeblätter zu gießen. Das Tablett ins Wohnzimmer zu balancieren und Frau Möller den Zucker zu reichen. Eine Zeremonie, die sich anfühlt, als hätten wir sie schon jahrelang gemeinsam vollzogen.

»Wie geht es Ihnen?«, frage ich, nachdem sie mir die Marzipanpralinen angeboten hat und ich sie höflich abgelehnt habe.

Sie schnieft geziert und macht eine abwehrende Handbewegung. »Alte Menschen haben immer ein Zipperlein«, gibt sie ausweichend zurück.

Ich sehe die dunklen Ringe unter ihren wasserblauen Augen. Ihr Gesicht mit den vielen Falten – von denen besonders viele Lachfältchen sind – wirkt blass und auch ein wenig gelblich. Ihr Atem geht schnell, obwohl sie ganz ruhig dasitzt. Muss das alles so sein in ihrem Alter? Ich habe keine Ahnung.

Ältere Menschen als meine Omas und Opas gab es in meinem näheren Umfeld bislang überhaupt nicht. An meine Urgroßeltern mütterlicherseits kann ich mich nicht erinnern. Mutter hat allgemein wenig Kontakt zu ihrer Familie. Ihren Großeltern hat sie mich nie vorgestellt. Ich glaube, wenigstens zwei oder drei von ihnen leben noch. Irgendwo in Bayern, wo sie herkommt, hat sie mal gesagt. Aber es muss irgendwann mal etwas passiert sein, weshalb sie nichts mehr mit ihnen zu tun haben möchte. Papas Großeltern sind mir nur in den Geschichten begegnet, die Oma Ute und Paps von ihnen erzählt haben. Komisch, dass man von der eigenen Familie nur so wenige Menschen kennt. Über meine Herkunft weiß ich ganz wenig. Bisher hat es mich auch nicht wirklich interessiert.

»Aber wie geht es Ihnen, Fräulein Kramer? Ihre Mutter wirkte etwas bedrückt, als ich neulich bei ihr war. Es muss schwer für Sie beide sein.«

Tee schwappt aus meiner Tasse. »Meine Mutt… Woher kennen Sie meine Mutter?«

Ihre blauen Augen werden ganz weit vor Erstaunen. Frau Möller reicht mir eine Stoffserviette, weil der Tee von der Untertasse auf meine Jeans tropft. »Entschuldigung. Ich dachte, Sie wüssten, dass Ihre Mutter meine Hausärztin ist.«

»Oh.« Ich lache ein kleines, unbeholfenes Lachen. »Stimmt, das hätte ich zumindest vermuten können.« Dummes Ich. Natürlich: Die Praxis meiner Mutter ist in Laufnähe zu Frau Möllers Wohnung. Aber das macht alles kaputt.

Ich nehme einen Schluck Tee, damit ich nicht gleich weiterreden muss. Warum muss meine Mutter in wirklich jeden kleinen Teil meines Lebens hineinfunken? Ich wollte, dass Frau Möller mir allein gehört.

»War das zu persönlich?« Frau Möller wirft mir einen unsicheren Blick zu.

Ich wünschte, ich könnte Ja sagen. Ja, das war zu persönlich.

Ich sehe plötzlich, dass sich oben an der Zimmerdecke Teile der Tapete lösen. Die blinden Fenster wirken nicht mehr romantisch, sondern schäbig. Ich sehe, dass an meiner Tasse ein Stück vom Rand herausgebrochen ist.

»Ich wollte Sie eigentlich fragen, ob ich heute bei Ihnen staubsaugen darf«, bringe ich endlich heraus.

Frau Möller rührt in ihrer Tasse. »Das müssen Sie doch nicht tun.«

Wir schweigen. Die Leichtigkeit von vorhin ist weg.

»Kommst du schlafen, Rudi?«, krächzt Gregor auf seiner Stange. Er schlägt mit den Flügeln und ein paar Federn lösen sich. Ich niese. Noch nie hat Gregor so etwas gesagt, während ich da war.

»Schon gut, Gregor«, sagt Frau Möller beschwichtigend. Dann schaut sie mich schüchtern an.

Ich schaue zurück. »Ich fürchte, das ist nicht unser Tag heute.«

Synchron führen wir die Tassen an unsere Lippen.

»Der Staubsauger steht in der Kammer«, bietet Frau Möller mir die Friedenspfeife an.

Ich lächle und stehe auf. »Dann mache ich mich mal an die Arbeit.«

Zum Glück scheint es sie nicht zu stören, dass ich am Sonntagmorgen das brummende Ding über ihren Teppich schiebe. Mit Wohnzimmer und Flur bin ich im Nu fertig. Die Küche sieht aus, als würde sie täglich gefegt, also lasse ich sie aus.

Vor der Schlafzimmertür mache ich zögernd halt. Darf ich da rein? Oder verletzt das ihre Privatsphäre?

Ein Blick in Richtung ihres Sessels zeigt mir, dass sie schläft. Es ist dieser gruselige Halbtot-Schlaf, aber ich sehe, wie ihre Schultern sich heben und senken. Seufzend ziehe ich den Stecker aus der Steckdose und öffne die Tür zum letzten Zimmer.

Ein Ehebett.

Beide Bettseiten säuberlich mit der gleichen Bettwäsche bezogen. Obenauf liegt eine Tagesdecke, die die Kopfkissen offen lässt.

Zwei Nachttische.

Auf dem einen liegen zahlreiche Tablettenschächtelchen. Daneben ein Wasserglas, eine Lesebrille und ein dickes Buch. Auf dem anderen steht eine Blumenvase mit einer einzelnen Rose. Daneben ein gerahmtes Foto. Rudi, nehme ich an. Er trägt eine Brille, hat nicht mehr besonders viele Haare und guckt recht streng. An einer Ecke des Bildes klebt ein Streifen schwarzen Trauerflors.

Ich schlucke, dann werden meine Knie weich. Mir ist übel. So schnell ich kann, ziehe ich den Staubsauger aus dem Raum, schließe die Tür hinter mir und lehne mich im Flur an die Wand.

Er ist seit sieben Jahren tot.

Ich lasse mich in die Hocke gleiten und versuche ruhig zu atmen. So wie gestern Abend. Ein und aus. Aber es funktioniert nicht. Mein Puls rast, als hätte ich einen Geist gesehen. Hab ich ja auch, irgendwie. Diese endlose Liebe der beiden. Eine Trauer, die dazu führt, dass sie sieben Jahre lang das Bett für ihn bezieht, als käme er heute Abend zurück. Bestimmt spricht sie auch mit ihm. *Nicht wahr, Gregor?*

Ob ich auch verrückt werde? Ist die Zeit für sie stehen geblieben, als er starb? Drückt die Traurigkeit sie immer noch zusammen?

Ich dachte, ich könnte Mut von ihr bekommen und Hoffnung. Aber ich finde auch hier nur Sumpf und Schmerz. Dieser Tee ist doch nur ein Versuch, der Einsamkeit zu entkommen. Ich wette, dass sie ihm eine Tasse hinstellt, wenn ich nicht da bin.

Schon gut, Gregor.

Mühsam rapple ich mich auf. Schiebe den Staubsauger zurück in die Kammer. Schleiche ins Wohnzimmer, um die Tassen wegzubringen. Spüle in der Küche das Geschirr. Tappe auf Zehenspitzen in den Flur und ziehe meine Schuhe an. Werfe einen letzten Blick auf Frau Möllers Schultern, die sich weiter heben und senken.

Gregor legt den Kopf schief und sieht mich vorwurfsvoll an.

Tut mir leid. Ich kann nicht anders.

Mit einem endgültigen Klicken fällt die Tür hinter mir ins Schloss. Ich stolpere die Stufen nach unten und trete aufatmend ins Freie.

Die Luft ist kalt und mein Herz wieder schwer wie Blei.

Ziellos laufe ich die Straße hinunter. Es zieht mich nirgendwohin. Nicht nach Hause, wo meine Mutter vielleicht ist. Schon gar nicht in Sannas Gemeinde, obwohl sie mich immer wieder dorthin einlädt. Noch nicht einmal zu Eugen, der in meinem Zimmer auf mich wartet.

Du rufst mich raus aufs weite Wasser …

Die Liedzeile springt in mir an, als hätte jemand auf »Play« gedrückt.

… wo Füße nicht mehr sicher stehn.

Seit ich den Song in Endlosschleife gehört habe, kenne ich ihn in- und auswendig. Vielleicht eine Begabung, die leider beim Vokabellernen nicht funktioniert – oder ich müsste mal versuchen, sie mir vorzusingen.

Das Inselbild ist wieder da. Ich gehe schneller, die Bewegung hilft. Schließlich fallen meine Füße in einen langsamen Jogger-Rhythmus, während das Lied in mir singt.

Und kommt die Flut, hältst du mich fest in deinem Arm. Denn ich bin dein und du bist mein.

Es wäre so schön, jemanden zu haben, der mich in den Arm nimmt. Jemanden, der von mir sagt: »Du bist mein und ich bin dein.« Einen, dem ich wichtig bin. Der mich nie verlässt.

Warum bist du gegangen, Paps? Warum hast du mich allein gelassen? Warum hast du nichts gesagt, die ganze Zeit? Hast behauptet, du müsstest arbeiten, und ich soll schon mal allein zum Strand gehen. Ich erinnere mich jetzt. Ist noch gar nicht lange her, unser Sommerurlaub. Ich fand, dass du müde aussiehst. Und du hast gesagt, es liegt an der Arbeit. Du Lügner. Ich dachte immer, du würdest Lügen hassen. Aber du hast mich angelogen. Das werde ich dir nie verzeihen.

Ich bin außer Atem, als ich am Park ankomme. Schon wieder habe ich keine Ahnung, über wie viele rote Ampeln ich vielleicht gelaufen bin. Gefährlich, dieses Traurigsein. Ich bekomme nicht mit, was um mich herum passiert. Es interessiert mich aber auch nicht. Ich atme aus und gehe weiter.

Kann man Gedanken abschalten? Sie führen doch zu nichts. Oder sich das Herz herausreißen? Angeblich ist es nur dazu da, Blut durch den Körper zu pumpen. Aber jetzt gerade ist es so was von der Sitz der Gefühle. Ich kann fühlen, wie groß es ist und wie viel die Emotionen wiegen, die darin feststecken. Bald kann ich es nicht mehr allein mit mir herumschleppen.

Schwerfällig setze ich meinen Weg fort, die Augen auf den

matschigen Weg gerichtet. Um mich herum sind Menschen, aber die haben nichts mit mir zu tun. Mütter mit kleinen Kindern. Hippe Typen mit zu großen Hunden.

Ich bin auf meiner Insel. Der Himmel ist wieder grau, aber das Meer nicht wild. Vielmehr ist es bedrohlich still. Ein Geruch nach Rauch und Dreck liegt über dem Strand – er kommt von Mutters Baustelle. Das Wasser trägt eine bleierne Färbung. Immer näher kommt es, Welle für Welle. Langsam, aber stetig.

Und kommt die Flut …

»Argh!«, rufe ich, laut, aus Versehen. Ich habe vergessen, wo ich in Wirklichkeit bin.

Eine Familie schaut sich zu mir um. Das kleine Mädchen greift rasch nach der Hand seiner Mutter. Ob ich Schaum vor dem Mund habe und lange Reißzähne?

Ich bin ein Stadtkind und ich liebe es. Aber an Tagen wie heute ist es anstrengend, nirgends allein zu sein. Jedenfalls nicht draußen. In meinem Zimmer will ich mich auch nicht verstecken. Also laufe ich weiter, denn solange ich in Bewegung bin, fühle ich mich unsichtbar.

Bin ich aber nicht.

»Hey, Tally!«

Erschrocken hebe ich den Kopf. Vor mir steht Max. Ich bin irgendwo auf der anderen Seite des Parks. Ach ja, er wohnt in dieser Ecke der Stadt.

»Hi«, erwidere ich etwas patzig. Ich habe einfach mal gar keine Lust auf Small Talk. *Bitte lass mich einfach weitergehen …*

»Was machst du heute so?«, fragt er im Plauderton.

Ich fahre mit der Hand über meine Stoppeln, die man mittlerweile eigentlich schon nicht mehr so nennen kann, und verziehe das Gesicht. »Nichts.«

Er lacht. »Gut für einen Sonntag.«

Vielleicht geht er jetzt weiter. Aber er tut so, als wären wir längst mehr als nur Schulfreunde. Habe ich ihn irgendwie ermutigt? Komisch, dass ich mich nicht freue, ihn zu sehen. Er ist doch ein Freund und früher wollte ich, dass mehr daraus wird.

»Wie geht's dir eigentlich mit deiner Mutter? Alles wieder okay?«

Jetzt fängt er auch noch an, Fragen zu stellen. Die falschen Fragen. Ich muss echt an mich halten, um nicht auszuflippen. Warum fühlt sich heute jeder berechtigt, mich auf meine Mutter anzusprechen? Ich beiße so fest auf meine Lippe, dass ich befürchte, sie wird gleich bluten. Meine Augen werden ganz schmal, aber Max schaut nicht in mein Gesicht.

»Bei mir ist gar nichts okay!«, fauche ich. »Und ich will auch nicht darüber reden.«

Jetzt fliegt sein Blick doch zu meinen Augen hoch. Überraschenderweise sehe ich tatsächlich so was wie Mitgefühl darin. Echtes Mitgefühl, meine ich, nicht dieses geheuchelte. Oder vielleicht ist es auch etwas anderes. Auf jeden Fall hat es mit mir zu tun. Er sieht mich. Das ist zu viel für mich.

»Tut mir leid«, murmelt er mit einer weichen Stimme, die ich noch nie gehört habe. Dann tut er es. Er legt den Arm um mich und zieht mich an sich. Einfach so, auf offener Straße. Legt die andere Hand auf meinen Kopf und drückt ihn sanft an seine Brust. Ich müsste mich sträuben. Ich meine, ich liebe ihn nicht. Ich liebe Eugen und vielleicht noch … nein, lassen wir Mr Wow aus dem Spiel.

Max streicht mir über den Rücken. Ich würde anfangen zu heulen, wenn ich könnte. Aber etwas in mir sträubt sich auch gegen das alles. Er ist nicht der Richtige für diese Aufgabe. Und ich fürchte, er interpretiert die Sache falsch. Trotzdem ist es gerade zu schön, um mich dagegen zu wehren. Wir sind doch nur Freunde. Freunde trösten sich gegenseitig. Ich atme ruhiger, während seine Hand weiter meinen Rücken bearbeitet. Ein bisschen ungeschickt fühlt es sich an. Dann spüre ich, dass ihm die ganze Sache offenbar etwas mehr bedeutet als mir, und ich versuche von seiner Hüfte abzurücken. Er lockert seine Umarmung, aber nur, um wieder meinen Blick zu suchen. Und meinen Mund. Bevor ich darüber nachdenken kann, knutscht er mich.

Es fühlt sich gar nicht mal so schlecht an.

Es ist auch nicht mein erster Kuss, denn mit dreizehn hatte ich schon mal einen Freund. Wir waren drei Tage zusammen. Er hat richtig mies geküsst. Die Sache lief in einer Ferienanlage in Thailand ab, wo meine Eltern Wellnessurlaub gebucht hatten. Während sie sich mit heißen Steinen belegen und dreimal täglich massieren ließen, verbrachte ich jeden einzelnen Tag am Pool. Jack war auch immer da. Er war schon fünfzehn, kam aus Kent und flirtete mit mir, sobald ich die erste Badelatsche auf die Poolfliesen setzte. Mein Englisch war zu diesem Zeitpunkt noch nicht besonders ausgereift, also spielte die Körpersprache eine große Rolle. Nach drei Tagen intensiver Kussversuche machte ich ihm klar, dass das mit uns nichts werden würde. Am nächsten Abend beobachtete ich, wie er an einem anderen Mädchen weiterübte.

Es ist ziemlich gemein von mir, über diese Geschichte nachzudenken, während Max mir einen wirklich filmreifen Kuss liefert.

Mit einem klitzekleinen Bedauern löse ich mich von ihm und sehe ihm in die Augen. »Tut mir leid, Max. Ich mag dich echt gern, aber das ist gerade zu viel. Für Liebe hab ich im Moment einfach keine Nerven.«

Er guckt wie ein Kaninchen. Richtig traurig und ein bisschen verwirrt.

»Aber …«

»Ich hab die falschen Signale gesendet. Sei mir nicht böse.« Wahrscheinlich wäre jetzt der richtige Zeitpunkt, ihm seine Frage zu beantworten. Ich überlege kurz, dann entscheide ich mich dagegen.

Seine Verwirrung wird zu Enttäuschung und die Situation noch komischer, als sie ohnehin schon ist. Max kratzt sich am Kopf. Ich schaue neben ihm auf den Bordstein. Wie komme ich aus dieser Sache wieder raus? Wann hab ich den ersten Fehler gemacht? Und wie macht man mit jemandem Schluss, mit dem man gar nicht zusammen ist?

»Also, ich muss jetzt los«, sagt er schließlich. »Vielleicht sehen wir uns später im Park. Du weißt ja, sonntags Skat oder Basketball. Für Skat ist es heute wohl zu kalt.«

Er scheint beschlossen zu haben, dass der Kuss nie geschehen ist. Gut so.

»Ja, mal schauen.« Ich lächle ihn erleichtert an.

Er grinst schief, hebt die Hand zum Gruß und geht davon.

Ich bleibe zurück wie ein nasser Keks. Verrückter kann der Tag eigentlich nicht mehr werden.

Es sei denn, man hat eine Mutter wie meine.

Als ich die Tür unserer Wohnung aufschließe, kommt sie mir schon entgegen.

»Da bist du ja, Tally. Ich habe auf dich gewartet.«

Sie sieht wirklich aus, als hätte sie sich auf etwas vorbereitet. Das Gesicht schön geschminkt, die Haare frisch gewaschen. Der Klamottenstil lässt Rückschlüsse auf eine geplante Outdoor-Aktivität zu, zum Beispiel eine Wanderung. Im Prinzip könnte sie so, wie sie ist, für eine Sportbekleidungsfirma modeln. Nicht schlecht für eine Frau in den Vierzigern, das muss ich ihr neidlos zugestehen. Trotzdem macht es mich misstrauisch.

Stirnrunzelnd lasse ich meine Tasche zu Boden gleiten und öffne die Jacke.

»Nein, nein. Lass die Jacke an. Wir haben etwas vor.«

Okay, damit hätte ich rechnen sollen. Das macht es allerdings nicht besser. Es hat mich schon als Kind genervt, wenn Mutter Überraschungsausflüge mit mir gemacht hat. Ich mag es nicht besonders, wenn man mir verheimlicht, was der Plan ist. Leider steht meine Mutter auf so was. Wenn ich damals anfing zu nörgeln, lächelte sie erst einmal geheimnisvoll. Dann schlug die Stimmung irgendwann um und sie wurde sauer.

»*Vertrau mir doch einmal*«, murrte sie immer.

Was mich nicht davon abhielt weiterzumeckern: »*Aber ich hab keine Lust mehr!*«

Dann packte sie mich bei den Schultern und zwang mich, ihr in die Augen zu sehen. »*Talitha Kramer, ich bin deine Mutter! Ich habe mir extra etwas Schönes überlegt, was wir zusammen machen können, und du verbreitest die ganze Zeit schlechte Laune!*«

Ich zog die Augenbrauen zusammen und machte einen Schmollmund. Mit den beiden roten Zöpfen, die ich damals eigentlich immer trug, sah das bestimmt ziemlich niedlich aus.

Aber Mutter war enttäuscht. »*Du solltest langsam wissen, dass ich mir immer etwas überlege, was dir Spaß macht. Echt traurig, dass du nie etwas Schönes von mir erwartest.*«

Wahrscheinlich haben wir diese Unterhaltung tausend Mal geführt. Irgendwann habe ich das Meckern aufgegeben und mich einfach in mein Schicksal gefügt. Dabei hätte sie meine schlechte Laune vermeiden können, wenn sie mir einfach von vornherein verraten hätte, was sie vorhatte.

Heute grinst sie wieder so geheimnisvoll.

Ich bin noch so beschäftigt mit den Ereignissen des Tages, dass ich es nicht auf eine Streiterei ankommen lassen will. Also mache ich die Jacke wieder zu und frage nur: »Brauche ich noch irgendwas?«

Sie legt den Kopf schief und mustert mich von oben bis unten. Dann stellt sie fest: »Nein, so bist du in Ordnung.«

Gut zu wissen.

Wir gehen ins Treppenhaus und laufen nach unten. Vor der Tür steht ihr roter Mini. Das Auto hat Paps ihr zum fünfzehnten Hochzeitstag geschenkt.

»Steig ein!« Sie schlüpft hinter das Lenkrad und wartet, bis ich mich angeschnallt habe. »Dann mal los.«

Ohne weitere Worte fahren wir quer durch die Stadt. Ich habe keinen blassen Schimmer, wohin sie will. Allerdings spüre ich meinen leeren Magen und hoffe, dass es etwas mit Essen zu tun hat.

Schließlich verlassen wir die Stadt und gelangen in eine beinahe ländliche Gegend. Was soll das bloß werden? Ein Picknick? Aber dafür ist es viel zu kalt und außerdem hat sie nur ihre Handtasche mitgenommen. Da passt maximal ein Sandwich rein.

Ich merke, dass ich langsam echt hungrig werde. »Mam, fahren wir noch lange? Ich hab außer Frühstück heute noch nichts gegessen.«

Sie runzelt die Stirn und wirft mir einen vorwurfsvollen Blick zu. »Warum hast du das denn nicht früher gesagt?«

»Keine Ahnung, du hast ja nicht verraten, wohin wir gehen. Ich dachte, wir essen unterwegs.« Gut, es ist schon fast drei Uhr. Wahrscheinlich hatte sie längst Mittagessen.

»Na ja, hier gibt es bestimmt zumindest Bratwürste«, vermutet sie und setzt den Blinker.

Wir holpern eine ausbaubedürftige Straße hinunter. Am Ende des Weges befindet sich ein lang gestreckter Flachbau, davor ein recht gut gefüllter Parkplatz. Ein grünes Schild verkündet stolz: *Tierheim Richard Martin.* Darüber prangt ein Banner mit der Aufschrift *12. September, Tag der offenen Tür.*

Ich schnappe nach Luft. Hat meine Mutter mich etwa ernst genommen, als ich das mit dem Hund sagte? Bevor mich die Glückshormone überschwemmen können, rufe ich mir schnell in Erinnerung, wie unberechenbar Mutters Gedanken sind. Gut möglich, dass sie mich hierherbringt, um ein Meerschweinchen zu adoptieren. In ihren Augen ist das das Gleiche wie ein Hund, nur pflegeleichter. Aber ich will ihr eine Chance geben.

»So, da wären wir«, stellt sie fest und lenkt den roten Flitzer gekonnt in eine staubige Parklücke. Erwartungsvoll strahlt sie mich an.

Ich lächle höflich zurück. Jetzt nichts Falsches sagen. »Hoffentlich gibt es Bratwürste.«

Sie verdreht die Augen und wir steigen aus dem Wagen.

Als wären wir beste Freundinnen, hakt sie mich unter. »So, Tally. Paul und du, ihr habt mich jahrelang genervt, wir sollten uns einen Hund anschaffen. Ich war immer dagegen. Aber mir scheint, dass wir ihm und damit dir diesen Wunsch jetzt noch erfüllen sollten.«

Ich bleibe stehen, wie vom Blitz getroffen. »Paps wollte einen Hund?!«

Verwirrt schaut sie mich an. »Natürlich wollte er. Erinnerst du dich nicht daran? Es gab Wochen, da haben wir uns jeden Abend, wenn du im Bett lagst, darüber gestritten. Er war der Meinung, dass ein tierischer Begleiter gut für dich wäre.«

Ich schlucke und streiche langsam über mein kurzes Haar. Wie loyal Paps doch war. Mir gegenüber hat er es immer so dargestellt, als wollten er und Mam dasselbe.

»Ich dachte, dass er deiner Meinung war, was Haustiere betrifft«, erkläre ich ihr leise.

Sie sieht überrascht aus, sagt aber nichts. Arm in Arm treten wir durch das Tor.

»Herzlich willkommen!«, flötet ein junges Mädchen, dessen Pferdeschwanz aus einem grünen Basecap wippt. »Hier ist ein Gebäudeplan für Sie. Es sind aber auch überall Mitarbeiter. Wenn Sie Fragen haben, dann fragen Sie einfach. Da hinten gibt es übrigens auch einige Stände mit Essen, falls der kleine Hunger kommt.« Sie lacht herzlich. Dann wendet sie sich den nächsten Besuchern zu und sagt den gleichen Spruch noch einmal auf.

»Sollen wir zuerst zum Essen gehen?«, fragt Mutter und zieht mich schon in die entsprechende Richtung.

Aber ich habe auf einmal keinen Appetit mehr. Ich bin aufgeregt. »Die Hunde sind dort drüben.«

Ein schmaler Weg führt quer über eine Wiese zu dem Gebäudeteil, an dem man schon von außen viele Hundezwinger nebeneinander ausmachen kann. Der Lärm, der von dort herüberdringt, ist ebenfalls eindeutig.

Mehrere Menschen in grünen Overalls versuchen die vielen Besucher ein wenig auf Abstand zu den Gittern zu halten. Auf dem ganzen Gelände herrscht Volksfeststimmung. Die Tiere sehen zum Teil ziemlich verschüchtert aus. Irgendwie wird selbst mir der Trubel jetzt schon zu viel.

»Bratwurst?«, fragt Mutter.

Ausnahmsweise fühlen wir wohl einmal das Gleiche.

Ich nicke und wir ändern die Richtung. Die Veranstaltung geht bis siebzehn Uhr. Wir werden uns erst einmal ein wenig zurückhalten und hoffen, dass sich gegen Ende weniger Menschen um die Zwinger drängen.

Während ich eine Portion Pommes verdrücke, nippt Mam an einer Tasse Kaffee. Wir beobachten die Menschen, die auf dem Gelände umherschlendern. Kleine Kinder jagen über den Rasen, Erwachsene gehen von Box zu Box. An der großen Voliere steht ein altes Paar Hand in Hand.

Die Traurigkeit kommt wieder. Ob Frau Möller und ihr Rudi wohl auch einmal vor einer solchen Voliere standen und ihren Gregor ausgewählt haben? Oder hat Dr. Möller ihn von einer seiner biologischen Entdeckungsreisen mitgebracht?

Ich schäme mich dafür, dass ich mich vorhin einfach aus dem Staub gemacht habe – im wahrsten Sinne des Wortes. Eigentlich kann ich mich jetzt nicht noch einmal bei meiner lieben Frau Möller blicken lassen. Ich bin eine Verräterin. Außerdem mache ich mir Sorgen. Sie war so kurzatmig heute und diese komische gelbliche Gesichtsfarbe …

»Mam? Was hat es zu bedeuten, wenn alte Leute gelbe Haut bekommen?« Ich kann es kaum fassen, dass ich ihr diese Frage stelle. Mit meiner Mutter über Krankheiten zu reden, ist für mich eigentlich ein Tabu.

Entsprechend ungläubig sieht sie mich an. Dann hebt sie die freie Hand und antwortet: »Tja, das kann verschiedene Ursachen haben.«

Die Standartantwort.

»Zum Beispiel ein Leberleiden. Oder einfach, dass die Person viel raucht.« Sie nimmt einen weiteren Schluck Kaffee und forscht in meinem Gesicht. »Warum interessiert dich das?«

Jetzt bereue ich es auch schon, sie gefragt zu haben. Was, wenn Frau Möller ihr von mir erzählt hat? Ich könnte es nicht ertragen, falls meine Mutter jetzt anfängt, über sie zu sprechen.

»Ach, nur so«, behaupte ich leichthin und stehe auf. »Lass uns doch jetzt schon zu den Hunden gehen. Ich halte es nicht aus, noch länger zu warten.«

Das stimmt nicht ganz, aber das mit den Halbwahrheiten ist ja momentan so mein Ding. Mutter folgt mir widerstandslos.

Wir schlendern hinter der Menschenfront vor den Zwingern entlang. Manchmal erhasche ich nur einen kurzen Blick auf eines der Geschöpfe, die da im Halbdunkel sitzen und sich vermutlich wundern, warum sich heute auf einmal so viele Zweibeiner für sie interessieren.

Dann öffnet sich die Tür eines Nebengebäudes und er kommt heraus.

Er hat goldbraunes Fell und lange, zottige Schlappohren. Ein ziemlich undefinierbarer Mischling, der dem Mann, der ihn führt, bis zum Oberschenkel reicht. Automatisch mache ich ein paar Schritte auf ihn zu. Der Hundeführer lächelt und ruft zu mir herüber: »Möchtest du ihn kennenlernen?«

Ich nicke glücklich und folge dem Mann an den Rand der Wiese. Ein paar Leute sind auf uns aufmerksam geworden, aber ein anderer Mitarbeiter bittet sie, nicht näher zu kommen.

»Benni ist ganz neu bei uns«, erklärt der schwarz gelockte Mann mir ruhig. »Ich will ihn eigentlich nur nach drüben bringen, wo es ruhiger ist. Du siehst ja, wie viel Angst er hat.« Wieder nicke ich. Benni drückt sich gegen die Wand, vor der er steht. Seine freundlichen Augen bleiben aber wachsam auf mich gerichtet. Der Mann krault ihn beruhigend.

»Hey, Süßer.« Alles um mich herum verschwindet in diesem Blick zwischen mir und Benni. Vorsichtig strecke ich ihm meine Hand entgegen.

Er bewegt sich nicht, sondern sieht mich einfach nur weiter an.

»Ihm ist das alles heute zu viel«, erklärt der Tierpfleger entschuldigend. »Am besten kommst du nächste Woche noch einmal vorbei, wenn hier nicht so viel los ist. Dann könnt ihr euch in Ruhe beschnuppern.«

Es ist, als hätte er schon beschlossen, dass Benni zu mir gehört.

Ein Seitenblick auf meine Mutter sagt mir, dass sie die Lage erkannt hat. Sie weiß, dass ich mich entschieden habe.

»Ich bringe ihn rein und dann gebe ich euch ein paar Informationen zu ihm. Einverstanden?« »Ja, bitte.«

Die beiden verschwinden im Haus und ich mache einen kleinen Freudenhüpfer.

»Ist er nicht wunderbar?«, frage ich meine Mutter.

Die macht ein gequältes Gesicht. »Hättest du dir nicht einen Chihuahua aussuchen können?«

Kapitel 26

Mein feiger Abgang aus Frau Möllers Wohnung liegt mir schwer im Magen.

Trotzdem bin ich in guter Stimmung, zumindest solange Mam und ich noch unterwegs sind. Was sie mir über Paps und den Hund erzählt hat und dass sie – sozusagen ihm zu Ehren – bereit ist, ein Haustier zu akzeptieren, versöhnt mich für eine Menge Ereignisse der letzten Wochen. Vielleicht bin ich auch zu streng mit ihr. Aber wenn, dann nur, weil sie es mir so beigebracht hat.

Wir gehen zum Abendessen in mein Lieblings-Burgerrestaurant. Unsere Gespräche drehen sich konsequent um unverfängliche Dinge. Um Benni, natürlich, der frühestens in vier Wochen so weit sein wird, dass er bei uns einziehen kann. Dann erzählt Mam mir irgendetwas von einer Designerin, was mich null interessiert.

Als sie merkt, dass ich nicht mehr richtig zuhöre, fragt sie einfach: »Und wie läuft es in der Schule?«

Ich muss lachen, weil das ihr klassisches Muster ist. »Alles wie immer, Mam«, behaupte ich ungerührt. Stimmt ja auch. Seit Paps' Tod hat sich an meinen Noten absolut nichts verändert. Ich habe auch nicht vor, in meinen Leistungen nachzulassen. Im Gegenteil. Mein Ehrgeiz, der Bildung meines Vaters in nichts nachzustehen, ist seitdem eher gewachsen. Allerdings hat sich das noch nicht in bemerkenswertem Eifer gezeigt, aber das kann ja noch werden.

Irgendwann ist der Tag vorbei und ich liege in meinem Bett. Jetzt fallen die Gedanken wieder über mich her. Was denkt Frau Möller über mein seltsames Verhalten? Wie soll ich Max morgen in die Augen blicken können? Wann werde ich den Mut haben, Papas Kuvert zu öffnen? Und warum habe ich das Gefühl, Mr Wow wäre die richtige Person, um all das zu besprechen?

Bevor ich durchdrehe, schnappe ich mir mein Handy und hole mir Sanna aufs Display.

»Hey, wie war dein Tag?«, begrüßt sie mich.

»Können wir mit einer leichteren Frage beginnen?«

»Okay … Was hast du heute gemacht?«

Ich fange mit Benni an. Das ist der angenehmste Teil. Dann schlittere ich zu Frau Möller.

»Das Bett war frisch bezogen, verstehst du? Ich finde das total creepy …«

Meine beste Freundin wiegt den Kopf hin und her. »Eigentlich ist es gar nicht so ungewöhnlich«, meint sie gelassen. »Königin Viktoria von England hat für ihren Mann, der mit zweiundvierzig Jahren an Typhus gestorben ist, bis an ihr Lebensende jeden Tag die Anziehsachen zurechtlegen lassen. Vierzig Jahre lang.«

Ich bin beeindruckt. Mehr von Sannas Allgemeinbildung als von der Hartnäckigkeit der Königin, aber immerhin.

»Ich finde das eher romantisch als creepy«, seufzt Sanna. Dann schiebt sie sich eine Handvoll Chips in den Mund.

Ich verdrehe die Augen. »Sehr romantisch. Na ja, es hilft aber, das zu wissen. Danke.« Jetzt zögere ich tatsächlich, weil ich nicht weiß, wie ich den Zwischenfall mit Max ansprechen soll.

Zum Glück hat Sanna auch was zu erzählen: »Unser Jugendpastor organisiert dieses Jahr über Silvester eine Freizeit«, berichtet sie begeistert. »Ich hab vergessen, wie das Nest heißt, aber irgendwo auf dem Land, in einem alten Bauerngut, das so eine Art Jugendherberge ist. Ich bin sicher, dass das richtig, richtig gut wird! Du musst mitkommen, Tally, ehrlich. Es macht total viel Spaß, Silvester ohne Eltern und kleine Geschwister zu feiern, mit Leuten, die man einfach mag …«

»Silvester muss ich bestimmt zu Oma Ute und Opa Bernd«, wehre ich ab. »Du weißt doch, ich bin eigentlich immer bei ihnen und sie wären sicher mega enttäuscht, wenn ich ausgerechnet dieses Jahr nicht komme.«

Dazu kann Sanna nichts sagen. Wir schweigen eine Weile. Sanna fängt an, sich die Zehennägel zu lackieren, ich beiße auf meiner Lippe herum. Die Stille zieht sich in die Länge. Sanna ist gerade bei Nagel Nummer neun angelangt, als ich mit der brisantesten Neuigkeit herausplatze: »Max hat mich heute geküsst.«

Der lila Lack macht einen Strich auf die Bettdecke, weil Sanna komplett überrascht den Kopf nach oben reißt. »Max hat was gemacht?« Ihre Augen sind weit aufgerissen und ihre Stimme klingt piepsig.

»Er hat mich geküsst.« Es auszusprechen bringt die verqueren Gefühle zurück. Ich schäme mich ganz schön dafür, dass ich es so weit habe kommen lassen.

»Ich weiß nicht, was ich sagen soll. Wie ist das denn passiert? Und wolltest du es? Wo hast du dich überhaupt mit ihm getroffen, ich dachte, du warst im Tierheim und bei Frau Möller?«

»War ich ja auch. Das war zwischendurch.«

»Zwischendurch?!«

»Ich bin von Frau Möller weggelaufen, hab ich doch erzählt. Irgendwie stand er dann auf einmal vor mir. Er hat mich umarmt und ich dachte, das ist einfach eine freundschaftliche Geste. Eine Umarmung konnte ich gerade echt gut gebrauchen, verstehst du? Ich konnte ja nicht ahnen, dass er gleich mehr will.«

»Hättest du schon ahnen können«, behauptet Sanna. »Das merkt man doch seit Wochen, dass er was von dir will.«

Ich fühle mich, als hätte sie mir ein Brett vor den Kopf geschlagen. Bis heute ist mir nie in den Sinn gekommen, dass Max mehr als freundschaftliche Gefühle für mich haben könnte. Seit ich damals in ihn verschossen war und er kein Interesse gezeigt hat, stand für mich fest, dass ich nicht sein Typ bin.

»Ich hab davon nichts gemerkt.« Mein Ton ist vorwurfsvoll, als hätte Sanna mich warnen müssen. Ja, das wäre auch wirklich nett gewesen. Andererseits hatten wir genügend andere Themen in den vergangenen Wochen, da kann so was schon mal untergehen.

»Ja, und wie geht es jetzt weiter? Seid ihr jetzt zusammen, oder wie?«

Der Gedanke scheint Sanna nicht zu gefallen. Ich habe den Verdacht, dass sie andere Pläne für mein Liebesleben hat.

»Nein …«

»Sondern?«

»Keine Ahnung, das ist ja das Problem. Ich habe ihm gesagt, dass ich für eine Beziehung gerade keine Nerven habe.«

»Also hofft er auf bessere Zeiten?«

»Ach, Mensch, Sanna!«

»Ich finde, du solltest noch mal mit ihm darüber reden.«

»Das kann ich nicht!«

»Doch, kannst du. Notfalls komme ich mit.«

»Aber was soll ich ihm denn sagen? Dass er toll küsst, aber nicht mein Typ ist?«

»Er küsst toll?«

»Sanna!«

Auf einmal dämmern mir ein paar Dinge. Zum Beispiel fällt mir ein, dass Sanna mir Mut zu jedem Flirt gemacht hat – außer damals, als es um Max ging. Dass sie ausgerechnet ihm und Mine ihr Herz ausgeschüttet hat, als ich sie in der Klasse abserviert hatte, spricht ebenfalls für meine gerade entstehende Theorie. Aber Max ist gar nicht fromm und ich dachte immer, für Sanna käme nur ein religiöser Typ als Freund infrage.

Außerdem verletzt es mich, dass ich ihr jede Ecke meiner Seele bloßlege und sie mir bisher mit keiner Silbe verraten hat, dass sie auf Max steht. Wenn das denn so ist.

»Stehst du auf Max, Sanna?«

Der Farbwechsel ihres Gesichts spricht Bände. Sie lackiert hoch konzentriert den zehnten Nagel und sagt nichts.

»Sanna, bitte. Du kannst mir doch nicht im Ernst verschweigen, dass du verliebt bist!«

»Er hat doch eh nur Augen für dich. Außerdem wollte ich dich nicht mit meinen Problemen belasten«, murmelt sie schuldbewusst.

Aus meinem Mund kommt ein Grunzgeräusch. »Das zu wissen, hätte mir eine Menge Probleme erspart!« Ich hätte mich nie von Max küssen lassen, wenn ich das geahnt hätte. Was bin ich doch für ein Blindfisch! Was habe ich wohl noch alles nicht mitbekommen, seit ich auf meiner Insel hocke?

Sanna schraubt das Nagellackfläschchen wieder zu, legt es beiseite und wackelt mit den Zehen. »Gut, jetzt weißt du es. Wehe, wenn du es ihm verrätst!« Sie wirft mir einen drohenden Blick zu, der gar nicht zu ihrem sanftmütigen Wesen passt. Wenn ich im gleichen Raum wäre wie sie, würde ich sie jetzt knuddeln.

»Ich werde schweigen wie ein Grab«, verspreche ich versöhnlich. »Glaub mir, mit Gräbern kenne ich mich aus.«

Wir quatschen noch eine Weile. Es tut gut, endlich wieder einmal über ihre Gefühle zu reden, statt immer nur über meine Mutter, meine Wut, mein ungeschicktes Verhalten gegenüber Frau Möller und all die seltsamen Dinge, die passieren, seit mein Vater tot ist.

Es ist beinahe so wie früher.

»Ich muss jetzt schlafen«, stellt Sanna irgendwann gähnend fest. »Ich lege auf, okay? Treffen wir uns morgen an der Ecke?«

Ich nicke. Müde bin ich auch. »Okay, so wie immer.« Sie hat das Handy schon in der Hand, um aufzulegen, da fällt mir noch etwas aus der Seele. »Sanna?«

»Hmmm?«

»Ihr habt da in diesem Bibel-Dings-Treff ein Lied gesungen, das geht mir die ganze Zeit durch den Kopf.«

»*Oceans.*«

»Ja.«

»Was ist damit?«

»Da gibt's diese eine Zeile, die ich nicht checke. *Und kommt die Flut, hältst du mich fest in deinem Arm.* Von wem singt ihr da? Wer ist dieser ominöse Lover? Doch nicht Gott, oder?«

»Eigentlich schon.«

»Aber das ist unlogisch. Gott ist … keine Ahnung, eine Macht im Universum. Woher soll man wissen, ob die Arme hat? Ich finde, so was singt man nicht für ein religiöses Überwesen. So was singt man für Menschen.«

Meine Freundin lacht leise. Für sie sind diese Dinge immer glasklar und sie amüsiert sich über meine Verwirrung. Aber ich fühle mich nicht ausgelacht. Ich weiß, dass sie mich trotzdem irgendwie versteht oder zumindest ernst nimmt.

»Du hast absolut recht.« Sie kräuselt nachdenklich die Stirn und beginnt eine Haarsträhne um ihren Finger zu zwirbeln. »Es ist ein bisschen schwierig zu erklären, ohne, dass es schräg klingt. Aber du weißt ja, was wir Christen glauben: dass Gott uns auf Augenhöhe begegnen wollte. Deshalb ist er in Jesus Mensch geworden.«

»Hm, das Jesuskind, Sohn von Maria und auf mysteriöse Weise auch von Gott … Hab in Reli zugehört. Auch wenn ich es genauso unsinnig finde wie griechische Halbgötter.«

Seufzend wackelt Sanna mit dem Kopf. »Ja, ich weiß. Diese Geschichten klingen wie Märchen, wenn man davon ausgeht, dass es keinen Gott gibt.«

Es tut mir ein bisschen leid, sie schon wieder deprimiert zu haben. Aber diesmal wollte ich sie gar nicht in die Enge treiben. Ich will wirklich verstehen, was Menschen dazu bringt, Liebeslieder für einen Gott zu singen. Und ich möchte eine Erklärung dafür finden, warum mich dieses Lied so sehr berührt. Denn andere Liebeslieder, in denen es genauso darum geht, von irgendwem geliebt und umarmt zu werden, tun das im Moment so gar nicht. Sie machen mich eher aggressiv.

»Also ist eure Theorie, dass Jesus euch in den Arm nimmt, wenn es hart auf hart kommt?«

In Sannas Augen blitzt Freude auf. »Ja, so ist es. Weil Gott

Mensch geworden ist, kann ich sozusagen eine richtige Beziehung zu ihm aufbauen. Er ist nicht mehr nur das große, Ehrfurcht gebietende Wesen, das es gut mit mir meint, das ich mir aber auch nicht vorstellen will und soll. Er hat mir die Chance gegeben, ihn anzuschauen. Diese ganzen Geschichten davon, wie Jesus Menschen auf der Erde begegnet ist und ihnen geholfen hat …«

»... wie zum Beispiel diesem Mädchen, von dem Timo vorgelesen hat?«

»Genau! Diese Geschichten zeigen einfach, wie groß Gottes Interesse an jedem einzelnen Menschen ist. Und das auch jetzt noch, obwohl das alles schon so lange her ist …«

»Das ist auch noch so ein Punkt, der für mich keinen Sinn ergibt. Aber das musst du mir jetzt nicht erklären.«

»Hätte ich gern gemacht.«

Ich muss lachen. Typisch Sanna. Eben noch todmüde, aber wenn es ums Missionieren geht, ist sie sofort hellwach.

»Ich weiß«, winke ich ab. »Aber ich gönne dir jetzt deinen Schlaf. Träum was Schönes, am besten von Max. Ab morgen werde ich daran arbeiten, ihn für dich zu begeistern.«

»Untersteh dich!«

Wir legen auf und ich kuschele mich unter meine Bettdecke. Nach all dem Chaos des Tages zieht auf einmal eine tiefe Ruhe in mir ein.

Denn ich bin dein und du bist mein.

Wenn es einen Gott gäbe, dann würde ich es wirklich ziemlich nett von ihm finden, wenn er sich in einen Mensch verwandeln würde, um auf der Erde nach dem Rechten zu sehen. Und eine göttliche Umarmung würde ich derzeit auch nicht ausschlagen.

Mit der Hand taste ich nach dem weißen Kuvert unter meinem Bett.

Falls es ein Leben nach dem Tod gibt, dann kennst du jetzt die ganze Wahrheit, Paps. Ich kenne sie nicht. Ich weiß nicht einmal, welche Wahrheit du mir in diesem Umschlag hinterlassen hast, und vermutlich werde ich auch nie den Mut haben, das herauszufinden.

Du fehlst mir, Paps. Aber falls du wirklich dieses göttliche Wesen getroffen haben solltest, das es angeblich so gut mit uns meint, dann grüß es von mir. Es soll mich nicht vergessen.

Ach ja, und danke ihm für Sanna. Es weiß bestimmt, wen du meinst.

Kapitel 27

Der September vergeht schneller, als ich je einen September habe vergehen sehen. Daran sind vor allem die Lehrer schuld: Sie scheinen auf einer dieser wichtigen Konferenzen beschlossen zu haben, dass man uns Elftklässlern jetzt mal zeigen muss, wo der Hammer hängt. Es regnet Lernstandserhebungen und Tests in Hülle und Fülle. Sanna und ich kommen aus dem Lernen nicht mehr heraus. Selbst ich sitze zu Hause stundenlang vor Matheaufgaben und chemischen Gleichungen, pauke Vokabeln und Jahreszahlen und arbeite mich durch fette Wälzer für den Deutschunterricht. Für Frau Möller, Eugen oder gar Mr Wow habe ich gar keine Zeit mehr.

Es gibt nur drei Punkte, die mir in diesem Monat wichtig sind:

1. Mein Bett. Sobald ich darin liege, verschwinde ich auf meine Insel. Dort sitze ich am Strand und träume von den guten alten Zeiten. Bade in Erinnerungen an Paps und versuche ihm dort ein Museum zu bauen.
2. Benni. Einmal pro Woche fahre ich mit Mam zum Tierheim – ich könnte auch allein hingehen, aber sie besteht darauf, dabei zu sein. Benni ist der wunderbarste Hund der Welt, das steht fest. Er musste sich noch ein paar Untersuchungen unterziehen und es gab eine Menge Formalitäten und Vorbereitungen zu erledigen, aber jetzt ist es bald so weit. Mitte Oktober dürfen wir ihn abholen.
3. Frau Reuter. Ja, tatsächlich. Ich habe mich daran gewöhnt, ihr am Freitagnachmittag einen Besuch abzustatten. Allerdings rede ich mit ihr ausschließlich über Mam. Eventu-

ell würde meine Mutter es nicht gut finden, dass ich der Psycho-Frau Details aus ihrem Privatleben erzähle, aber mir hilft es. Und sie hat angeblich eine Schweigepflicht. Bei Frau Reuter meinen Mutterfrust abzuladen, tut echt gut, auch wenn ich das Gefühl habe, dass sie mir gegen meinen Willen zu der Einsicht verhilft, ich könnte in dieser Beziehung kein reines Opfer sein.

Als ich am Montag nach der Sache mit dem Kuss Max unter vier Augen gesprochen habe, hat er behauptet, es wäre einfach so über ihn gekommen, mich zu küssen. Ich sollte es vergessen und in Wirklichkeit würde er nur freundschaftliche Gefühle für mich hegen. Sanna glaubt kein Wort davon, aber Max behandelt mich seitdem tatsächlich wieder genauso wie vor der ganzen Geschichte. Wenn wir uns trotz der Tests und all der Lernerei irgendwo treffen, achte ich darauf, Sanna möglichst oft in der Nähe von Max zu platzieren. Sie meint, das wäre auffällig, aber egal. Ich finde, die beiden passen wunderbar zusammen. Max wird das schon noch merken.

Zwei Wochen vor den Herbstferien gibt es eine kurze Testflaute. Vermutlich brauchen die Lehrer jetzt Zeit, die ganzen Arbeiten zu kontrollieren. Wir atmen auf.

Es ist Anfang Oktober und der Herbst zeigt sich von seiner schönsten Seite. Die Bäume präsentieren die gesamte rot basierte Farbpalette und die Sonne strahlt golden von einem blassblauen Himmel.

Ich stehe mit Sanna auf dem Schulhof und warte auf Mine. Wir haben vor, uns wieder einmal wie normale Sechzehnjährige zu benehmen, indem wir zuerst Klamotten shoppen und dann auf dem Ku'damm Bubbletea trinken.

»Na endlich, ich dachte, du kommst nie!« Sanna schultert ihre Tasche und geht Mine ein paar Schritte entgegen.

»Sorry, der Schmidtmann hat mich aufgehalten. Er musste mir eine Standpauke halten, weil ich angeblich in letzter Zeit hochgradig unaufmerksam bin. Was kann ich dafür, dass sein Unterricht so stinklangweilig ist?«

Sanna zieht die Augenbrauen in die Höhe. »Hast du ihm das gesagt?«

Mine grinst und wirft lässig ihre dunklen Haare über die Schulter. »Ja, wenn auch sehr diplomatisch ausgedrückt. Er meint, Chemie wäre eben nicht für jeden so faszinierend wie für ihn, aber ich sollte doch versuchen, eine gewisse Liebe dafür zu entwickeln.«

Wir prusten alle drei los.

»Pass nur auf, dass deine Liebe zur Chemie dann nicht in Liebe zu deinem Chemielehrer umschlägt«, rate ich Mine.

Dafür bekomme ich von ihr einen Schlag auf den Rücken. »Ich kenne die Gesetzeslage«, sagt sie grinsend. »Obwohl ich natürlich zugeben muss, dass ich auf verheiratete Endfünfziger mit beginnender Halbglatze und Bierbauch stehe.«

Sanna verdreht die Augen und mustert uns strafend. »Genug gelästert, Mädels. Da kommt der Bus.«

Wir sprinten zur Haltestelle, obwohl die Busse hier im Fünfminutentakt fahren.

Es könnte so ein perfekter Nachmittag sein, wenn da nicht dieses dumpfe Gefühl in mir wäre, dass etwas nicht stimmt. Unser Lachen passt zur goldenen Sonne. Wir haben unzählige Anekdoten zu erzählen, beschweren uns über Lehrer, probieren witzige und todschicke Klamotten an und kaufen doch nichts. Aber immer, wenn wir aus einem Geschäft ins Freie treten und die Sonnenstrahlen dieses milde, weiche Oktoberlicht zwischen die Bäume und Holzbänke am Straßenrand malen, dann drückt es in meinem Herzen und ich weiß, ich kann nie wieder einfach nur glücklich sein.

Diese Traurigkeit, die sich durch den Schulstress so schön zur Seite schieben ließ, ist immer noch da. Sie wartet nur darauf, dass ich mich entspanne. Sobald ich etwas Schönes erlebe, kommt sie angekrochen und flüstert mir ins Ohr: »*Das ist alles vergänglich.*

Tu ruhig so, als würde es dir gehören. Aber das Glück geht vorbei und du kannst nichts davon festhalten.«

Der Bubbletea, den wir »to go« in unserem Lieblingsladen holen, war schon immer der Höhepunkt unserer Shopping-Ausflüge. Wir sitzen auf einer Bank, Sanna und Mine lachen über irgendein Video, das die beiden sich auf Mines Handy ansehen. Ich nippe an meinem Getränk und starre ins Leere.

Die Verlassenheit fällt auf einmal wie eine schwere schwarze Decke über mich, einfach so. Ich versuche normal weiterzuatmen, aber meine Kehle ist wie zugeschnürt. War die Luft schon die ganze Zeit so stickig?

Rasch trinke ich den letzten Schluck aus dem Becher und stehe auf. »Hey, ich mach mich auf den Heimweg. Muss noch was erledigen.« Der Versuch, meine Stimme ganz normal klingen zu lassen, misslingt kläglich.

Sanna sieht alarmiert auf. »Alles okay bei dir?«

Auch Mine mustert mich überrascht. Sie kennt mich nicht so gut wie Sanna, aber vermutlich sehe ich etwas mitgenommen aus.

»Ja, ja. Alles gut. Bleibt ihr ruhig noch.«

Meine beste Freundin versteht glücklicherweise den flehentlichen »Lasst mich bitte allein gehen«-Ausdruck in meinen Augen. Sie nickt und sagt leichthin: »Alles klar, mach's gut! Wir hören uns später.«

Ich nicke, umarme die beiden kurz zum Abschied und verschwinde.

Mit langen Schritten eile ich zum S-Bahnhof und nehme die nächste Bahn. Während draußen Häuser, Graffiti und grün überwucherte Böschungen vorüberziehen, denke ich an den Tod.

Er ist so unfair. Kommt einfach und raubt, was einem lieb und wichtig war. Wie ein fieses Beutetier, das in einem Baum lauert und sich ohne Vorwarnung auf sein Opfer stürzt. Keine Chance zu reagieren.

Könnte es nicht anders sein? Das Leben wäre doch viel angenehmer, wenn es planbarer wäre. Nehmen wir an, ein Kind wird geboren und jeder weiß, dass es hundertzwanzig Jahre Zeit hat zu wachsen, sich zu entwickeln und zu leben. Das sollte für jeden Menschen gelten. Dann wäre alles überschaubar. Man wüsste, wann man anfangen muss, Abschied zu nehmen. Es gäbe nicht diese bösen Überraschungen. Dieses: Hätte ich nur gewusst, wie wenig Zeit uns noch bleibt. Wäre ich nur öfter zu dir gekommen, um dir zu sagen, wie sehr ich dich liebe. Hätte ich nur gefragt, was dich wirklich bewegt. Hätte ich dir nur zugehört, wenn du versucht hast, mir Lebensweisheiten zu vermitteln.

Ach, Paps … Ich vermisse es so sehr, von jemandem Füchslein genannt zu werden. Ich möchte noch einmal zu dir ins Zimmer kommen und sehen, wie du von deinem Computer aufblickst, mit diesem gewissen Lächeln um den Mund. *»Da bist du ja, Füchslein. Wie lief es in der Schule?«*

Dann würde ich mich vor dir auf den grauen Teppichboden setzen, in das Sandwich beißen, das ich dabeihabe (wovon Mam nie erfahren darf, weil sie findet, dass eine Mahlzeit am Tisch stattfinden muss), und anfangen zu erzählen. Die Schule käme dabei nur am Rande vor, denn dir würde ich verraten, was mich tatsächlich bewegt. Was würdest du zu Mr Wow sagen? Ich habe ihn lange nicht mehr getroffen. Manchmal sehe ich ihn auf dem Flur, aber er lächelt nur kurz und wechselt nie mehr als ein »Hallo« mit mir. Zum Gebetskreis traue ich mich nicht und die seltsamen Begegnungen auf der Straße waren wohl nur ein temporärer Zufall.

Und Frau Möller? Würdest du mir raten, sie noch einmal zu besuchen? Ganz bestimmt … Aber auch dafür fehlt mir der Mut.

Wenn ich das alles erzählt hätte, dann würdest du sagen: *»Komm schon, Füchslein. Du weißt, was zu tun ist. Ich bin stolz auf dich, weißt du das?«* Ich wünsche mir jedenfalls, dass du das sagen würdest, aber sicher bin ich nicht. Ich bin nicht sicher, ob du jetzt immer noch stolz auf mich sein könntest.

Beinahe hätte ich die Haltestelle verpasst, an der ich umsteigen muss. Ich springe auf und stoße dabei mit einem Typ mit Bierflasche zusammen.

»Pass doch auf«, meckert er.

Ich murmele eine Entschuldigung und springe auf den Bahnsteig. Auf einmal habe ich es nicht mehr eilig. Das goldene Herbstlicht ist schon hinter den Häusern verschwunden und mich fröstelt. Langsam schlendere ich die Straße entlang.

»Nazis raus!«, lese ich an einer Mauer und denke an Frau Möller. Ich habe sie jetzt seit Wochen nicht mehr besucht und sie weiß nicht, warum. Wie herzlos von mir. Weshalb habe ich eigentlich gedacht, sie wäre für mein Glück verantwortlich? Vielleicht ist sie zutiefst enttäuscht, weil diese Jugendliche, die anfangs so interessiert und hilfsbereit war, sie fallen gelassen hat wie eine heiße Kartoffel.

An der nächsten Ecke kommt mir eine Frau entgegen, die ein Glas Gurken in der Hand trägt. Ernsthaft jetzt? Fängt es wieder an, mit diesen vermeintlichen Zeichen des Himmels? Ich fasse mir an die Stirn, als wäre Fieber die Erklärung.

Okay, Macht im Universum, ich habe es kapiert.

Der nächste Supermarkt ist nur ein paar Schritte entfernt. Entschlossen gehe ich hinein und kaufe Bananen, Gurken, Marzipanpralinen und zwei kleine Smoothie-Flaschen. Dazu noch eine Zeitschrift mit Kreuzworträtseln, die so aussieht wie die, die immer in der Praxis meiner Mutter für alte Damen bereitliegen. Obwohl ich das Gefühl habe, dass diese Klatschblätter entschieden unter Frau Möllers Niveau sind. Die Frau an der Kasse fragt sich angesichts der Schokolade-Gurken-Kombination vermutlich, ob ich schwanger bin.

Ob ich wohl wirklich einmal ein Kind bekommen werde? Puh, das ist gerade echt nicht die richtige Richtung für meine Gedanken. Automatisch streiche ich wieder über meinen Kopf. Weich und glatt schmiegen sich die kurzen Haare an meine Handfläche. Noch sind sie nicht lang genug, um sich wieder zu locken, aber eine kleine Tendenz zur Welle lässt sich schon wieder erahnen.

Eigentlich müsste ich zum Friseur gehen. Ich werfe einen Blick in eines der Schaufenster, in dem sich mein Gesicht spiegelt. Ich mag es, wie die kurzen Haare meine Augen größer wirken lassen. Dass die rote Pracht wächst, wie sie will, gibt mir ein ungestümes Aussehen. Eine echte Frisur würde mich wieder in eine Schublade pressen – dafür bin ich noch nicht bereit. Ich mag mich noch nicht entscheiden, was ich sein will. Sportlich? Romantisch? Streng oder lässig? So, wie es jetzt ist, passt es. Ich darf nur die Stufe zum Obdachlosenlook nicht verpassen, aber dafür wird Sanna schon sorgen.

»Du siehst gut aus«, sagt eine irgendwie vertraute Stimme halb belustigt, halb ernst.

Ich schnelle herum. Natürlich, wie könnte es anders sein! Wenn jemand mich dabei beobachtet, wie ich etwas zu lange in der Öffentlichkeit mein Aussehen prüfe, dann selbstverständlich Mr Wow. Wenn ich an so was wie Schicksal glauben würde – wozu ich in letzter Zeit erschreckend häufig tendiere –, dann würde ich diesem jetzt gern den Mittelfinger zeigen. Seltsamerweise erscheint mir dieser Gedanke in Mr Wows Gegenwart allerdings falsch.

»Danke«, gebe ich erstaunlich gefasst zurück.

Er lächelt sein Timo-Lächeln und meine Knie werden weich. Um das zu überspielen, rede ich schnell weiter: »Ja, das ist jetzt auch gar nicht peinlich. Übrigens bist du jetzt dran, irgendwas Komisches zu machen, bei dem ich dich erwischen kann.«

Prompt wendet Timo sich ebenfalls der Fensterscheibe zu, tut so, als würde er in seine Hände spucken und fährt sich übertrieben geziert durchs Haar. »Gut so?«, fragt er und mustert seine fiktive Gelfrisur von allen Seiten.

Mein Herz wird merkwürdig warm. Ich drücke die Papiertüte mit den Einkäufen für Frau Möller an meine Brust und nicke. »Ja, nicht schlecht. Ich denke, wir sind quitt.«

Der Mann meiner Träume wendet sich mir wieder zu und wir gehen gemeinsam weiter. »Wohin bist du unterwegs?«, frage ich, weil ich die Stille nicht aushalte. Ich will unbedingt, dass diese zufällige Begegnung nicht so schnell endet wie alle vorher.

»Nur nach Hause«, gibt er zurück. »Und du?«

Ich könnte jetzt irgendetwas sagen, was so halbwegs stimmt. Dass ich eine alte Bekannte besuche oder so was. Wir stehen an der Ampel und ich kann Frau Möllers Haus schon sehen. Aber hier stehe ich mit Mr Wow, dem ehrlichsten, nettesten und gut aussehendsten Individuum in meinem derzeitigen Leben, von Sanna einmal abgesehen.

»Das ist eine lange Geschichte«, behaupte ich vorsichtig.

Sein Blick sagt: *Erzähl!*

Und schon fange ich an. Beschreibe meine erste Begegnung mit Frau Möller und erkläre, wie ich mich in die Vergangenheit zurückversetzt fühle, wenn ich bei ihr bin. Beschreibe ihm Gregor und gebe sogar zu, dass ich die nette Dame bei meinem letzten Besuch einfach habe sitzen lassen. Nur von Eugen sage ich nichts.

Währenddessen sind wir längst vor dem baufälligen Haus angekommen.

»Ich weiß nicht, ob sie mich überhaupt noch sehen will.« Unschlüssig sehe ich zur Klingel und wieder zu Timo, der abwartend dasteht.

Mit einem Kopfnicken ermutigt er mich: »Ganz bestimmt will sie das. Aber je länger du dich davor drückst, desto schwerer wird es. Also mach schon. Sie wird sich freuen.«

Ich atme tief durch und beiße auf meine Unterlippe. Mir wird ganz heiß, obwohl der Herbstabend wirklich kalte Luft bringt.

Timo lächelt. »Du schaffst das. Ich warte, bis du drin bist, okay?«

Ich nicke und drücke auf den Klingelknopf. Hinter der Scheibe rührt sich nichts. Natürlich weiß ich, dass Frau Möller meist etwas länger braucht, aber diesmal dauert es zu lange. Unsicher schaue ich wieder zu Timo.

Dabei fällt mir auf, dass die Straßenlaternen bereits brennen und auch aus den meisten Fenstern der Wohnhäuser Lichter leuchten. Bei Frau Möller ist alles dunkel.

»Vielleicht ist sie schon im Bett?«

»Das könnte sein.« Timo wirkt nicht besonders überzeugt. »Obwohl es dafür noch recht früh ist.«

»Oder sie ist wieder in ihrem Sessel eingeschlafen.« Ich klingle noch einmal.

Keine Reaktion.

Meine Ängstlichkeit wird zu Enttäuschung. Da habe ich mich endlich überwunden, zu Frau Möller zu gehen – noch dazu mit Unterstützung dieses unglaublichen Typen namens Mr Wow –, und jetzt ist sie nicht da?

Ein letztes Mal drücke ich auf den Klingelknopf, da öffnet sich die Haustür. Vor Schreck wäre ich beinahe die Treppe hinuntergefallen. Was zum Glück nicht passiert ist, denn Timo steht an der Gartenpforte und hätte mich nicht auffangen können.

Die Frau, die herauskommt, ist nicht Frau Möller.

»Bist du das, die die ganze Zeit bei der Möller klingelt?«, werde ich unfreundlich gefragt. Meine Augen weiten sich und ich nicke sprachlos. Ist das etwa ein Verbrechen, bei alten Damen zu klingeln?

»Das kannst du dir sparen. Ich höre es bis oben in meine Wohnung.«

»Ähm … das tut mir leid, aber … Ist Frau Möller denn nicht zu Hause?« Kalter Schweiß tritt mir auf die Stirn. Warum spricht die Dame so biestig mit mir? Ist meine liebe alte Freundin in den vergangenen Wochen etwa gestorben und ich habe nichts mitbekommen, weil ich so beschäftigt war?

Die Frau schnauft und zieht die Tür hinter sich ins Schloss.

Ich trete zur Seite, um sie vorbeizulassen.

»Die ist mal wieder im Krankenhaus«, gibt sie mürrisch zur Auskunft.

»Mal wieder?« Ich schnappe entsetzt nach Luft. »In welchem denn?«

Berlin hat eine Menge Krankenhäuser und ich will unbedingt wissen, wo Frau Möller sich befindet.

»Ich habe keine Ahnung. Was geht mich das an?« Mit diesen Worten stapft die Frau davon. Timo sieht mich mit hochgezogenen Augenbrauen an. Ich lasse entmutigt die Schultern hängen und gehe zurück zu ihm.

»Tut mir leid«, murmelt Timo mitfühlend.

Ich schlucke, drücke die Einkäufe wieder an mich und wende mich der Straße zu, die zu meiner Wohnung führt. »Du musst doch bestimmt Richtung Hauptstraße, oder?«, frage ich ihn traurig.

Er winkt ab und schlägt vor, mich nach Hause zu begleiten. »Nur wenn es dir nichts ausmacht«, fügt er schnell hinzu. »Aber vielleicht fällt uns unterwegs ja noch etwas ein, was du jetzt machen könntest.«

Ein paar Schritte weiter erzählt er, wie seine Mutter sich einmal durch sämtliche Krankenhäuser telefoniert hat, weil seine große Schwester am Abend nicht nach Hause kam. »Im Ernst?«, frage ich erstaunt. »Geben die Auskunft? Meine Mutter sagt immer, dass niemals telefonische Mitteilungen über Kranke gemacht werden dürfen …« Schulterzuckend gibt Timo zurück: »Sie wollte ja nur wissen, ob sie eingeliefert wurde. Aber zum Glück kam sie dann nach Hause. Sie hatte mit ihrem Kumpel im Stau gesteckt und beide Handys hatten keinen Akku mehr.«

»Klingt nach einer schlechten Ausrede.«

Wir müssen beide grinsen. Dann stehen wir vor meiner Haustür.

»Hier wohne ich«, sage ich etwas tollpatschig. Das ist doch jetzt die Szene, in der im Film die Frau mit dem Schlüssel rumfummelt, und dann fragt sie: »Willst du noch mit hochkommen?« Aber Timo bleibt schon am Tor stehen. Ich erinnere mich an das, was Sanna gesagt hat: dass Timo zu jedem Mädchen nett ist, einfach so. Wieso sollte es bei mir anders sein?

Schon wieder blubbert die Traurigkeit in mir hoch. Jetzt schnell rein und nach oben in mein Zimmer, bevor er merkt, wie es mir geht.

»Ich werde das mal versuchen mit dem Telefonieren«, rufe ich ihm zu.

Er nickt, hebt die Hand und sagt: »Mach das. Ich wünsche dir viel Erfolg. Und hab trotzdem noch einen schönen Abend.«

Haha, denke ich, antworte aber: »Du auch.« Dann verschwinde ich im Haus und eile die Treppen nach oben.

Wie sehr ich mir gewünscht habe, er würde mich umarmen. Das wäre viel besser gewesen als die Sache mit Max. Aber das Schicksal hat Glück für mich nicht eingeplant.

Kapitel 28

Immerhin ist meine Mutter zu Hause, als ich in die Wohnung komme. Sie sitzt am Küchentisch und isst.

»Du warst einkaufen?«, fragt sie mit einem verwunderten Blick auf die Papiertüte, in der Frau Möllers Lebensmittel stecken.

Seufzend packe ich die Sachen in den Kühlschrank.

Mutter kommentiert belustigt: »Saure Gurken? Muss ich mir Sorgen machen?«

Ich schnaube nur und knalle den Kühlschrank zu. Frau Reuter meint, ich solle versuchen, meine Mutter so zu akzeptieren, wie sie ist, und das Gleiche von ihr erwarten. Als ob es so einfach wäre.

»Isst du einen Happen mit mir?«

Weil ich wirklich ein bisschen hungrig bin, hocke ich mich auf einen Stuhl und greife in den Brotkorb.

»Wie war dein Tag?«

Mutterfrage. Immer die gleiche. Eigentlich muss ich jetzt »gut« murmeln, aber ich will nicht.

»Mam, du kennst doch diese alte Dame, Frau Möller. Sie hat mal zu mir gesagt, dass sie deine Patientin ist.«

»Möller? Ich habe mehrere Patientinnen mit diesem Namen. Aber woher kennst du eine von ihnen?«

War ja klar, dass sie das wissen will. Aber ich muss kooperativ sein. Immerhin scheint meine liebe Frau Möller meine Besuche nicht erwähnt zu haben. Auf einmal fühle ich mich erleichtert. Gleichzeitig wird mein schlechtes Gewissen, sie im Stich gelassen zu haben, noch größer.

»Ach … ich kenne sie von einem … Projekt. Sie erzählt mir von der Zeit vor dem Zweiten Weltkrieg und so.«

»Oh, dann kann ich mir denken, wen du meinst«, stellt meine Mutter erfreut fest. »Obwohl ich dir das eigentlich gar nicht sagen dürfte.«

Muss sie immer so streng und genau sein? Es nervt.

»Jetzt vergiss doch einmal deinen komischen Datenschutz«, bringe ich in halbwegs freundlichem Ton heraus. »Du sollst mir ja nicht verraten, welche Blutgruppe sie hat. Aber ich habe sie heute nicht zu Hause angetroffen und ihre Nachbarin sagte, sie sei im Krankenhaus. Kannst du mir sagen, warum?«

Nachdenklich sieht meine Mutter mich an. Wahrscheinlich findet sie es merkwürdig, dass ich Interesse an einer alten Dame habe. Ich glaube, meine Mutter hält mich für extrem egoistisch. Vielleicht hat sie damit sogar recht.

»Das darf ich dir nun wirklich nicht sagen«, erwidert sie schließlich.

Das war zu erwarten.

»Dann sag mir doch wenigstens, in welchem Krankenhaus sie ist, falls du das weißt! Sonst muss ich überall anrufen und nachfragen.«

»Die geben dir keine Auskunft.«

»Doch, das tun sie! Und wenn nicht, dann gehe ich in die näher gelegenen Kliniken und behaupte am Infotresen, ich wäre die Enkelin.« Ich schaue meiner Mutter herausfordernd ins Gesicht.

Sie hält meinem Blick stand. Dann muss sie lachen. »Was habe ich doch für eine kämpferische Tochter.« Es klingt beinahe stolz. »Also gut, ich denke, es ist in Ordnung, wenn ich dir Folgendes sage: Ich kann dir nicht verraten, in welchem Krankenhaus sie liegt. Aber zufällig weiß ich, dass das nächstgelegene eine Station hat, auf der sie eventuell untergekommen sein könnte. Es ist die 7C.« Sie grinst, als wären wir zwei verschworene Detektive auf heißer Spur.

»Danke«, gebe ich zurück.

Während wir unser Abendessen beenden, erzählt Mam mir von ihrem Tag. Mit einem Anflug von Verlegenheit schiebt sie ein, dass sie sich morgen wieder mit Frank treffen wird. Es ist mir im Moment ziemlich gleichgültig, solange ich ihm nicht begegnen muss. Was auch immer der Grund für diese Verbindung der beiden ist, ich will es einfach hinnehmen. Einfach akzeptieren. Denn wenn ich anfange, mich damit auseinanderzusetzen oder Fragen zu stellen, wird höchstwahrscheinlich das weiße Kuvert ins Spiel kommen.

»Gute Nacht, Mam«, sage ich und räume meinen Teller in die Spülmaschine. »Viel Spaß morgen.«

In meinem Zimmer angekommen, google ich die Telefonnummer des Krankenhauses. Ich muss es klug anstellen, damit ich die Auskunft bekomme, ohne abgewimmelt zu werden.

»Guten Abend«, säusele ich in den Apparat, als die Dame von der Information sich meldet. »Meine Oma liegt in Ihrem Krankenhaus. Ich möchte sie morgen besuchen und wollte fragen, auf welcher Station sie liegt. Leider hat sie kein Telefon am Bett.« Mein Herz hämmert. Hoffentlich durchschaut die Frau mich nicht.

»Einen Moment bitte«, höre ich, und: »Wie, sagten Sie, heißt Ihre Großmutter?«

Oh, oh. Ich weiß nicht einmal ihren Vornamen! »Möller«, antworte ich mit fester Stimme. Hoffentlich genügt es …

»Geburtsdatum?«

Das Herz rutscht mir in die Hose. »Tut mir leid, das Jahr weiß ich gerade nicht …«

»Ach, nicht so schlimm, wir haben sowieso gerade nur einmal Möller hier. Hilde Möller, richtig?«

»Ja.« In mir jubelt es. Mit dem Datenschutz scheint die Pförtnerin es zum Glück nicht allzu streng zu halten.

»Sie liegt auf Station 7C, Zimmer 12. Besuchszeit ist von 16 bis 18 Uhr.«

»Vielen Dank!« Ich bin so glücklich, dass ich tanzen möchte. »Einen schönen Abend noch!«

Ich lege auf und stoße einen kleinen Triumphschrei aus. Ich

habe die Information! Jetzt muss ich nur noch den Mut haben, Frau Möller wirklich zu besuchen. Und daran könnte es eventuell mangeln. Andererseits: Ich muss es einfach tun. Ich muss mich vergewissern, dass sie in guten Händen ist. Ich will sie fragen, wann sie zurück nach Hause darf. Bestimmt ist es nur eine Kleinigkeit, nur eine Routineuntersuchung, sonst hätte Mutter sicher anders reagiert.

Bis morgen Nachmittag ist aber ja noch etwas Zeit. Bestimmt schaffe ich es, mich für Frau Möller zu überwinden, ein Krankenhaus zu betreten. Schließlich war die Charité früher mein zweites Zuhause. Ich bin trotzdem froh, dass sie nicht dort liegt, denn seit Papas Tod habe ich keinen Fuß mehr in das Gebäude gesetzt.

Draußen ist es mittlerweile stockdunkel geworden. Meine Gedanken wandern wieder zu Mr Wow. Ich frage mich, wie er und Paps sich verstehen würden. Ob Timo sich für Medizin interessiert? Wahrscheinlich nicht, wenn er doch Theologe werden will. Diese Sache passt so gar nicht zu ihm. Ich meine: Mr Wow ein Pfarrer? Oder was macht man sonst, wenn man Theologie studiert hat? Vielleicht überlegt er es sich ja auch noch anders. Ich kann mir nicht vorstellen, dass ein so netter Mensch sein Leben damit verschwendet, anderen Leuten Märchen zu erzählen.

Ich glaube es gibt mehr im Universum, als wir ahnen, Füchslein. Pass auf, dass du nicht zu engstirnig wirst. Es haben schon viele Menschen den Fehler gemacht zu denken, sie wüssten alles. Dabei sind wir nur winzige Pünktchen auf einem kleinen Ball in einem riesengroßen, unerforschten Universum. Wir sehen nur einen Fingerzeig weit in die Tiefen des Weltalls. Woher sollten wir wissen, wie das große Ganze aussieht? Unsere Theorien basieren auf Berechnungen, die das zur Grundlage nehmen, was wir bisher erkennen. Das ist toll. Aber es ist eine Illusion zu glauben, dass sich damit alles erklären ließe. Bleib offen dafür, Neues zu lernen. Die Forscher des Mittelalters fühlten sich genauso schlau, wie wir es jetzt tun, und doch belächeln wir heute ihre Weltsicht. Was werden die Menschen in tausend Jahren wohl über unsere Theorien denken?

Ich weiß nicht, ob ich dieses Gespräch mit Paps jemals wirklich hatte oder ob ich es mir gerade nur ausdenke. Auf jeden Fall wäre es wohl in etwa das, was er jetzt zu mir sagen würde. Und damit würde er meinen: *Sei nicht so überheblich, Tally. Die Theologie hilft uns, im Blick zu behalten, dass wir Menschen nicht der Mittelpunkt des Universums sind. Das kann ziemlich hilfreich sein, glaub mir.*

Ja, ich denke, Timo und Paps würden sich ausgezeichnet verstehen. Wie schade, dass sie sich nie kennenlernen werden. Mutter ist dagegen in diesem Punkt so wie ich. Sie hält nichts von Religion und glaubt kein bisschen an irgendeine Macht, die Einfluss auf unser Leben hat. Die einzige höhere Macht, die sie anerkennt, sind die aktuellen Modeschöpfer in Paris oder sonst wo auf der Welt. Die beeinflussen ihr Leben nachhaltig. Da endet auch schon die Ähnlichkeit zwischen uns.

Ich bin zu aufgedreht, um schlafen zu gehen, obwohl es schon beinahe die richtige Zeit dafür wäre. Also gönne ich mir erst mal ein Bad.

Nach fünfzehn Minuten klopft Mutter an die Tür. »Tally, brauchst du noch lange? Ich will ins Bett.«

Mann, es war gerade so angenehm.

»Zehn Minuten«, maule ich. Sie würde sonst im Fünfminutentakt Stress machen.

Mit tiefem Bedauern lasse ich den wohlig-warmen, duftenden Schaum im Abfluss verschwinden und hülle mich in ein großes Handtuch. Das nasse Haar steht strubbelig von meinem Kopf ab. *Du siehst gut aus,* hat Mr Wow gesagt. Ob er es ernst gemeint hat?

Aber nein, er ist zu allen Mädchen so nett.

Ich putze meine Zähne und pflege mein Gesicht, als würde ich mich auf eine besondere Begegnung vorbereiten. Irgendwie habe ich Lust, mich zu schminken und zu stylen, aber außer dem Spiegel wird mich heute keiner mehr sehen. Also lasse ich es sein.

»Bad ist frei!«, brülle ich durch die Wohnung. Dann verschwinde ich in meinem Zimmer.

Eugen wartet.

Mit einem tiefen Atemzug …

Es ist schon so lange her, dass ich die letzten Worte geschrieben habe. Stand Marilena so lange in der Tür und hat Eugen nachgesehen? Wäre meine Geschichte eine echte Welt, dann wäre so lange die Zeit stehen geblieben. Mehrere Wochen ist nichts passiert, während es in meinem Leben drunter und drüber ging. Aber diese Geschichte existiert nur in meinem Kopf, in elektronischen Impulsen und Bildern, die ich nicht mit den Augen, sondern nur in irgendeinem Areal meines Hirns sehe. Es ist ganz egal, wie viel Zeit vergangen ist, für Eugen und Marilena war es nicht einmal eine Sekunde. Ich bin die Schöpferin ihrer Welt und ihr Schicksal. Ich habe jetzt einiges zu tun.

… schloss sie die Tür und sah sich im Zimmer um. Es war klein; eine winzige Dachkammer mit zwei Fenstern. Dachgauben, die von außen wie Augen aussehen mussten. Die Wand war weiß gestrichen. Alles war sauber und ordentlich, schlicht, aber gepflegt. Für Marilena war es das Paradies. Prinz Eugen hatte ihr einen Rückzugsort für diese Nacht geschenkt, der ihr allein gehörte. Vorsichtig legte sie ihr Bündel ab und stellte das Licht, das Prinz Eugen ihr unten im Flur in die Hand gedrückt hatte, auf den winzigen Tisch. Ein schmales Bett mit frischem Bettzeug wartete auf sie, doch vorher wollte sie sich waschen. Erstaunt bemerkte sie, dass der Waschkrug gefüllt war. Sogar einen Nachttopf gab es unter dem Bett. Gerade so, als hätte man mit ihrem Besuch gerechnet.

Als Marilena später zwischen den kühlen Laken lag und in die Dunkelheit schaute, hatte sie das Gefühl, nach Hause gekommen zu sein.

Ich lege die Feder beiseite und trockne die Tinte.

Das Schreiben ist ganz anders, als ich es mir vorgestellt habe. Wenn ich das Buch aufschlage, habe ich eine Idee, was mit Eugen und Marilena passieren soll – aber oft entwickelt sich die Geschichte dann ganz anders, als ich es geplant hatte. So, als würde sie sich selbst schreiben und sich gegen mein Eingreifen wehren. Oder warum hat Eugen Marilena nicht gleich vernascht? Es ist ja nicht so, als hätte ich ähnlich hohe moralische Ansprüche wie Sanna. Die ist überzeugt davon, dass Sex in eine Ehe gehört. Sie würde niemals mit irgendwem ins Bett steigen, den sie nicht kennt. Okay, das kann ich mir im Moment auch nicht vorstellen, aber trotzdem. Sanna hätte sich auch nicht von einem Kumpel küssen lassen, so wie ich mich von Max. Ich dagegen denke, man muss einfach schauen, was sich entwickelt. Und wenn Mr Wow heute mit mir nach oben gekommen wäre, wer weiß …? Ach nein, er ist ja auch fromm. Bestimmt tickt er wie Sanna.

Aber wann hat Eugen solch eine Zurückhaltung entwickelt? Irgendwie bin ich mir plötzlich sicher, dass er noch nie etwas mit einer Frau hatte. Nicht einmal so ganz unverbindlich mit einer Magd, obwohl das doch damals sicher ganz normal war, oder?

Aus meiner Geschichte, in der der Prinz einfach möglichst schnell die verkannte Marilena aus ihrem Schattendasein erlösen sollte, wird auf einmal ein richtig romantischer Liebesroman. Na ja, auch nicht schlecht.

Leider bin ich jetzt zu müde, um weiterzuschreiben. Also müssen die beiden wieder eine Pause ertragen, von der sie nichts merken.

Am nächsten Morgen beeile ich mich, in die Schule zu kommen.

Sanna ist super drauf. Sie erzählt mir den ganzen Vormittag lang davon, dass sie gestern Nachmittag Max getroffen und den Abend zu dritt verbracht haben. In jedem Kurs, den wir heute zusammen mit ihm haben, grinst sie wie ein Honigkuchenpferd. Gut, dass ich gestern früher gegangen bin, sonst hätte ich mit meiner Anwesenheit bestimmt die Stimmung ruiniert.

»Kannst du heute nach der Schule mit mir jemanden im Krankenhaus besuchen?«, frage ich, als sie einmal eine kurze Erzählpause einlegt.

Sie guckt betroffen. »Wer ist denn krank?«

Ich habe beschlossen, sie in die Frau-Möller-Sache einzuweihen, jetzt, da sogar Mr Wow schon Bescheid weiß.

Sie hört mir staunend zu. »Ich würde dich supergern begleiten, Tally«, meint sie dann bedauernd. »Aber ich habe meiner Schwester versprochen, zum Training mitzukommen. Sie freut sich schon die ganze Woche darauf, weil ich so lange nicht mehr dabei war.«

Ich schlucke, nicke aber verständnisvoll. Klar, dass sie das Versprechen halten muss. Also werde ich doch allein zu Frau Möller gehen müssen.

Die Stadt wirkt heute schläfrig in ihrem dunstigen Kleid. Auch am Nachmittag hängt noch ein herbstlicher Schleier in den Straßen. Die Sonne ist nicht mehr so stark; es wirkt, als hätte sie all ihre Energie in den Sommermonaten verschwendet und sehne sich nun nach einer Pause. Ich kann sie verstehen.

Mit zögerlichen Schritten gehe ich auf das Krankenhaus zu. Über meiner Schulter hängt ein Beutel mit den Dingen, die ich für meine liebe Freundin gekauft habe. Er ist schwer, aber nicht so schwer wie mein Herz. Hoffentlich treffe ich sie an. Hoffentlich ist sie nicht böse auf mich. Hoffentlich geht es ihr gut.

Ein vertrauter Geruch umhüllt mich, sobald ich die Klinik betrete. Beinahe habe ich das Gefühl, Paps würde neben mir hergehen. Sein weißer Kittel ist offen und weht gegen mein Bein. *Ab hier schaffst du es allein,* höre ich ihn in meinem Kopf sagen, als ich die Station 7C erreiche. Mit weichen Knien betrete ich den langen Gang. Meine Schuhe quietschen leise auf dem Linoleumboden. Dass Besuchszeit ist, ist nicht zu übersehen. Einige Patienten sind mit Familienangehörigen in dem kleinen Aufenthaltsraum am Ende des Ganges. Viele Zimmer haben geöffnete Türen und überall sitzen Menschen neben den Krankenbetten. Die Krankenschwestern halten sich in ihrem Dienstzimmer auf; eine schreibt in die Patientenkurven, eine arbeitet am Computer. Im Hintergrund erkenne ich einen Pausenraum, in dem weitere Angestellte Kaffee trinken und lachen.

»Guten Tag«, sage ich, viel schüchterner, als Tally Kramer je in einem Krankenhaus aufgetreten ist. »Ich möchte Frau Möller besuchen. Liegt sie noch in Zimmer 12?«

Die Krankenschwester blickt von ihrer Akte auf und lächelt mich an.

»Ja, Zimmer 12 ist richtig. Wie schön, dass sie heute einmal Besuch bekommt. Sind Sie ihre Enkelin?«

Mein Herz macht einen kleinen Hüpfer und ich streiche mir verlegen übers Haar. »Nein, leider nicht. Ich bin nur eine Bekannte. Aber ich hoffe, dass sie sich über Besuch freut.«

»Ganz bestimmt«, gibt die freundliche Krankenschwester zurück. Sie nickt mir aufmunternd zu. »Dann viel Freude. Frau Möller ist wirklich ein Goldschatz.« So, wie sie das sagt, kennt sie meine liebe Frau Möller schon lange. Vielleicht lag sie schon mehrmals auf dieser Station in ihrem langen Leben.

Ich fasse den Träger des Beutels über meiner Schulter und wende mich entschlossen dem Zimmer zu, in dem die alte Dame liegen soll.

Kapitel 29

»Ja, bitte?«

Ich bin erleichtert, dass Frau Möllers vertraute Stimme sofort auf mein Klopfen antwortet. Tief durchatmend drücke ich die Klinke hinunter und betrete das Zimmer.

Es ist vollkommen absurd, aber mein erster Gedanke ist: Es sieht aus wie der Raum, in dem Marilena schläft.

Natürlich stimmt das nicht. Das Fenster ist groß und hat keinerlei Ähnlichkeit mit den beiden Dachgauben. Statt einer Gaslaterne erhellen Neonleuchten den Raum und es gibt keine schmale Pritsche, sondern ein vollautomatisches Krankenbett. Aber der Raum ist genauso leer und weiß und sauber wie der in Eugens Schloss. Warum habe ich keinen Blumenstrauß mitgebracht?

Frau Möller hängt in dem großen Bett wie ein verlorenes Vögelchen. Das Kopfteil ist hoch aufgerichtet und die zierliche Frau irgendwo auf halbem Weg zwischen Kopf- und Fußteil in sich zusammengesunken. Ihre wachen Augen schauen neugierig unter den zerdrückten Löckchen hervor. Sie sind ganz groß vor Staunen. »Fräulein Kramer! Welch eine Überraschung!«

Ich sehe, wie sie sich bemüht, sich aufzurichten, und eile ihr rasch zu Hilfe. Ungeschickt versuche ich, ihr zu einer stabilen Sitzposition zu verhelfen – mit wenig Erfolg.

»Nennen Sie mich doch bitte wieder Talitha«, sage ich zur Begrüßung. Dann trete ich einen Schritt zurück und sehe sie an. »Es tut mir so leid, dass ich damals einfach gegangen bin und mich dann nicht mehr gemeldet habe.« Mein Hals ist wie zugeschnürt und ich bin sicher, mein Gesicht ist ähnlich rot wie mein Haar.

Frau Möller lächelt. »Bestimmt hattest du einen guten Grund

dafür. Und jetzt bist du ja hier. Ich freue mich so.« Kullert da wirklich eine Träne über ihre Wange? Am liebsten würde ich mich auf meine liebe, alte Freundin stürzen und sie umarmen, aber ich traue mich nicht. Sie wirkt so zerbrechlich. Jetzt bemerke ich auch all die Schläuche und die beiden Infusionsflaschen, die an einem Ständer über ihrem Kopf hängen und in einen Zugang auf ihrem Handrücken münden.

»Sie haben mir gefehlt.« Da fällt mir der Beutel wieder ein und ich nehme ihn von meiner Schulter. »Gestern Abend wollte ich Sie besuchen, aber Sie waren nicht da. Ihre Nachbarin sagte uns, dass Sie im Krankenhaus sind, aber sie wusste nicht, in welchem ... Mein Freund hat mich auf die Idee gebracht, mich durch die Kliniken zu fragen, und …« Beinahe hätte ich verraten, dass meine Mutter mir einen Tipp gegeben hat. Aber dadurch würde Mutters Seriosität infrage gestellt und das darf auf keinen Fall passieren.

Frau Möller lacht leise. »Das scheint ein guter Freund zu sein«, meint sie fröhlich. »Richte ihm doch bitte herzliche Grüße von mir aus.«

Mein Gesicht wird ganz heiß. Bestimmt denkt sie jetzt, dass Timo und ich ein Pärchen sind. Komisch, wie gut sich dieser Gedanke anfühlt.

Schnell krame ich die Gurken aus dem Beutel hervor. »Bekommen Sie eine ausreichende Versorgung hier?«, frage ich und halte das Glas in die Höhe.

Das Lächeln auf Frau Möllers Gesicht vertieft sich. »Ich brauche ja nicht viel, aber meine Gurken haben mir schon gefehlt.« Sie beugt sich ein wenig zu mir und flüstert, als wären wir zwei Verschwörerinnen: »Die haben hier nur so schlabberige Gürkchen, es ist eine Zumutung!« Dann lacht sie wieder. Wie glücklich sie aussieht.

Zufrieden packe ich auch die anderen Dinge auf den Nachttisch.

»Das ist wirklich sehr lieb von dir«, sagt sie immer wieder.

Aber als ich mir einen Stuhl an ihr Bett ziehe und mich ihr Auge in Auge gegenübersetze, wird sie wieder ernst.

»Meine Nachbarin war nicht gut auf mich zu sprechen, richtig?«, will sie besorgt wissen.

Mir fällt plötzlich ein, dass es für die alte Frau wahrscheinlich ein Problem ist, wenn sie ins Krankenhaus muss: Wer kümmert sich dann um Gregor? Ich überlege, was ich erwidern soll. An meinem Gesicht sieht sie sowieso, dass sie mit ihrer Vermutung recht hat.

»Na ja, sie wirkte nicht gerade begeistert. Aber das darf Sie nicht stören! Sie können doch nichts dafür, dass Sie krank sind.«

»Das nicht«, stimmt Frau Möller bedrückt zu. »Aber sie betont immer wieder, wie unverantwortlich es von mir ist, dass ich Gregor noch nicht abgegeben habe. Sie ist der Meinung, dass ich ins Altenheim gehöre und der Vogel in andere Hände. Ich fürchte, das ist tatsächlich nicht ganz unbegründet.«

Ich runzle die Stirn. Wie gemein von der Nachbarin, so etwas zu sagen! »Kümmert sie sich denn um Gregor, wenn Sie nicht da sind?«

Frau Möller nickt. »Ja, das tut sie zum Glück. Ich gebe ihr Geld dafür, aber sie lässt mich trotzdem immer wissen, dass es dieses Mal definitiv das letzte Mal sein wird. Sie hasst Gregor.«

Mir ist Gregor zwar auch nicht geheuer, aber mich macht das alles trotzdem wütend. Es geht doch darum, einer alten Frau die letzte Freude im Leben zu gönnen. Da tut man doch, was man kann, als nette Nachbarin! Frau Möller sieht so niedergeschlagen aus, dass ich es kaum ertragen kann. Zum Glück gibt es aber zumindest für das Gregor-Problem eine Lösung, denke ich.

»Wie oft muss Gregor denn gefüttert werden? Und ist es schwer, seine Voliere zu reinigen?« In den Augen der alten Dame leuchtet Hoffnung auf. »Ach, im Prinzip braucht er nur frisches Wasser und einmal am Tag Futter. Sicher, die Häufchen und Essensreste müssen entfernt werden, sonst stinkt es in der ganzen Wohnung. Aber es ist nicht viel zu tun. Da gibt es nur eine Sache, die schwierig ist.« Sie macht eine Pause und knibbelt an ihrer Bettdecke herum.

»Welche Sache?«

»Er mag fremde Menschen nicht. Meine Nachbarin kennt er, weil sie manchmal zum Tee kommt. Aber andere …«

»Ich war doch auch schon ein paarmal zum Tee bei Ihnen!«, behaupte ich eifrig. Bestimmt hat Gregor keine Angst vor mir. Jedenfalls nicht so viel, wie ich vor ihm. Ich hüte mich, das auszusprechen.

Nachdenklich sieht Frau Möller mich an. Ob sie an meiner Zuverlässigkeit zweifelt? Ich könnte es ihr nicht verübeln. Auf sie muss ich wie ein sehr sprunghafter Teenager wirken. Der bin ich ja auch, irgendwie … zumindest, seit Paps tot ist.

Wie lange will ich das eigentlich noch als Ausrede für alles benutzen, was in meinem Leben derzeit schiefläuft? Die Erkenntnis erschreckt mich. Gebe ich mir gegenüber jetzt etwa zu, dass ich die Trauer vorschiebe, wenn ich Fehler mache? Und warum denke ich über so etwas nach, während ich hier an diesem Krankenbett sitze?

»Wie bitte?« Ich schrecke aus meiner Versunkenheit auf. Frau Möller hat irgendetwas gesagt und ich habe nicht zugehört.

»Wenn du wirklich möchtest, könntest du es versuchen«, wiederholt sie geduldig. »Ich schreibe meiner Nachbarin eine Notiz, dass sie dir zeigen soll, wie es geht. Aber wie gesagt: nur wenn du wirklich möchtest.«

Ich nicke entschlossen. Dieser Aufgabe kann ich auf keinen Fall ausweichen. Es ist sozusagen Ehrensache, dass ich mich um Gregor kümmere. Irgendwo gibt es bestimmt Tropenhelme und bissfeste Handschuhe zu kaufen.

Jetzt, da diese Sache geklärt ist, wirkt Frau Möller auf einmal unendlich müde. Ich kenne das ja schon. Aber hier, in dieser Umgebung, wird mir erst so richtig bewusst, wie schlecht es um sie bestellt sein muss.

»Ich schreibe das rasch auf«, sagt sie mit schwacher Stimme.

»Irgendwo hier muss mein Blöckchen liegen …« Sie dreht sich zu ihrem Nachttisch um und beginnt zu kramen. Ihr Atem geht wieder schnell und flach.

»Darf ich helfen?«

Gemeinsam finden wir Papier und Stift. Dann schreibt sie und sagt mir, in welchen Briefkasten ich das Blatt werfen soll. Ich nicke ernst und nehme den Zettel an mich. Ich habe eine Mission. Gregor, ich komme.

Frau Möller lehnt sich im Bett zurück und schließt die Augen. Sicher hätte sie gern ihre Ruhe, möchte aber nicht unhöflich sein.

Vorsichtig stehe ich auf und stelle den Stuhl zurück an seinen Platz. »Ich komme wieder«, verspreche ich leise. Als ich mich zur Tür wenden will, greift sie nach meiner Hand.

»Danke, dass du gekommen bist, Talitha«, flüstert sie. Das Sprechen scheint ihr jetzt Mühe zu machen. »Pass auf dich auf, Mädchen.«

In meiner Brust wird es eng. Wie lieb ich die alte Dame gewonnen habe. Ich wusste nicht, dass so etwas möglich ist.

Sanft drücke ich ihre zerbrechliche Hand. »Bis bald. Erholen Sie sich gut.«

Die Hand gleitet zurück auf die Bettdecke und ich trete hinaus auf den Flur.

Als die Tür sich schließt, befällt mich eine unerträgliche Angst. Ich kann es nicht verkraften, noch einen Menschen zu verlieren, den ich liebe.

So schnell mich meine Füße tragen, eile ich nach Hause. Eugen und Marilena müssen weiterleben. Die rieselnde Sanduhr mit Frau Möllers Lebenszeit versetzt mich in Panik. Obwohl sie nichts von meinem Fotodiebstahl und dem Plan, Eugen ein neues Leben zu verleihen, weiß, habe ich das Gefühl, die Geschichte fertig schreiben zu müssen bevor sie … na ja. Stirbt.

Unterwegs werfe ich noch rasch den Zettel in den Briefkasten der Papageien-Nachbarin. Mir ist ziemlich mulmig zumute bei dem Gedanken, mich ab morgen um Gregor zu kümmern. Ich habe wirklich Angst vor ihm, wenn Frau Möller nicht da ist. Aber es ist das Mindeste, was ich für sie tun kann.

In unserer Wohnung angekommen, trinke ich rasch etwas, ziehe mir bequeme Klamotten an und krame das Tagebuch aus der Schublade. Es liegt seit ein paar Tagen immer in diesem abschließbaren Fach, säuberlich auf dem weißen Kuvert von Paps. Nachdenklich streiche ich über den Umschlag. Dann blättere ich, einem plötzlichen Impuls folgend, in meinem Wandkalender, der über dem Schreibtisch hängt. Es sind nur noch zwei Monate übrig in diesem Jahr: November und Dezember. Den Rest Oktober zähle ich nicht mit. Ich nehme einen roten Stift zur Hand und mache ein dickes Kreuz auf den 31. Dezember. Am letzten Tag des Jahres werde ich den Umschlag öffnen. Das neue Jahr werde ich voller Mut und im Angesicht der Wahrheit starten, komme, was wolle.

Erleichtert setze ich mich hin und öffne das Tintenglas.

Der nächste Morgen begann mit einem Hahnenschrei. Marilena schreckte aus einem wilden Traum auf. Erleichtert, daraus erwacht zu sein, setzte die junge Frau sich auf. Ihr Blick glitt durch das dämmrige Zimmer. Durch die kleinen Dachfenster lugten erste Sonnenstrahlen, orangefarben und voller tanzender Lebensfreude. Marilena fühlte ein Kribbeln im Bauch, als warte eine wundervolle Überraschung auf sie. Sie hatte eine Chance. Wenn sie es schaffte, die Verwalterin von ihren Fähigkeiten zu überzeugen, dann würde sie den Winter auf diesem Hof verbringen können. Sie musste sich unentbehrlich machen, jetzt gleich.

Rasch schlüpfte sie aus dem Bett, wusch sich das Gesicht und versuchte ihr Kleid so weit zu glätten, dass es annehmbar aussah. Sie musste es dringend säubern.

Als sie die Treppe hinuntereilte, bemerkte sie bereits eifriges Trei-

ben in der Halle. Es sah aus, als würde eine Festlichkeit vorbereitet. Marilenas Hände waren feucht vor Nervosität. Wie sollte sie in dieser Betriebsamkeit herausfinden, wer Erna war?

Sie fand den Weg in die Küche und blieb unschlüssig stehen. Vier Frauen arbeiteten konzentriert an einem langen Tisch, zwei weitere kneteten Teig, eine siebte rührte in einem Topf am Herd. Dann entdeckte Marilena diejenige, die Erna sein musste. Es war eine resolute Dame mit sauberer Schürze und einem straff ums Haar gebundenen Tuch. Sie wirkte selbstbewusst und engagiert. Gerade ging sie eine Liste durch und gab den Frauen am Tisch Anweisungen. Sie war eindeutig die Chefin hier.

»Guten Morgen«, rief Marilena in den Raum. Es klang unsicherer als gewollt und sie versuchte es durch einen festen Blick zu der vermeintlichen Erna wettzumachen. Acht Köpfe fuhren zu ihr herum.

»Guten Morgen«, gab die stämmige Erna zurück. Ihre Augenbrauen waren in die Höhe gewandert und sie musterte Marilena skeptisch.

Hätte ich doch nur ein sauberes Kleid und eine frisch gestärkte Schürze, dachte diese panisch. Ihr brach der Schweiß aus. Mit großer Anstrengung zwang sie sich zu einem freundlichen Lächeln. »Entschuldigen Sie bitte die Störung. Mein Name ist Lena. Der Herr … Herr Eugen hat mich nach meiner Arbeit als Erntehelferin gestern Abend mitgebracht und mir geraten, Ihnen heute in der Küche oder als Hausmädchen zur Hand zu gehen. In Haus- und Feldarbeit bin ich gleichermaßen geübt.« Es klang selbst in ihren eigenen Ohren wie das hilflose Betteln einer mittellosen Magd um Anstellung – und das war es schließlich auch. Wo war nur die Leichtigkeit geblieben, mit der sie bisher alle Schicksalsschläge und Ungerechtigkeiten des Lebens gemeistert hatte?

»Woher kommst du? Hast du Zeugnisse? Wie soll ich wissen, wozu du taugst?« Mit bedrohlich wirkenden Schritten umrundete Erna den Tisch und baute sich vor Marilena auf. Verzweifelt versuchte das Mädchen, Haltung zu wahren. »Zeugnisse habe ich nicht. Aber sie können mich auf die Probe stellen.«

»Bist du jemandem weggelaufen?«

»Ich bin keine Sklavin!« Endlich, eine schlagfertige Antwort. Leider könnte sie eine Abfuhr bewirken.

Zwei der Mädchen am Tisch lachten verstohlen. Marilena sah aus dem Augenwinkel, wie alle Anwesenden die Szene gebannt verfolgten.

Ernas Blick wurde noch durchdringender. »So, so. Keine Sklavin. Aber eine herrenlose Magd. Das ist auch nicht besser.«

Sie wird mich wegschicken, ahnte Marilena. Sie hat mich durchschaut und will sich keinen Ärger ins Haus holen.

Aber dann wendete sich das Blatt.

»Erna, wie weit ist das Frühstück? Die Herrschaften machen sich schon bereit.« Das schlanke Hausmädchen, adrett gekleidet in ein dunkelblaues Kleid mit weißer Schürze und Haube, hatte einen hektischen Blick in den Augen.

Am Tisch begann sofort wieder emsige Geschäftigkeit und Erna klatschte in die Hände. »Hopp, hopp!«, rief sie energisch. »Ihr habt Luise gehört! Ich will alle Bestandteile des Frühstücks in fünfzehn Minuten servierfertig auf dem Wagen stehen sehen.« Ein Wink ihrer Hand bedeutete Marilena, ihr zu folgen.

Im Nebenraum öffnete Erna einen Kleiderschrank. »Zieh das an!«, befahl sie barsch und reichte Marilena ein sauberes graues Kleid. »Dann melde dich wieder bei mir. Ich rate dir, nicht länger zum Umziehen zu brauchen, als ich mit der Butter beschäftigt bin.« Damit ließ sie Marilena stehen und schloss die Tür zur Küche hinter sich.

Die junge Frau atmete tief durch. Fürs Erste schien sie eine Anstellung zu haben.

Rasch schlüpfte sie in die Dienstkleidung und versicherte sich mit einem Blick in den Spiegel, dass ihre Haare tadellos saßen. Dann strich sie noch einmal das Kleid glatt, straffte die Schultern und trat in die Küche.

»Du wirst heute Morgen helfen, die Vorbereitungen für das Mittagessen zu bewältigen«, erklärte Erna, während Marilena bereits

Kartoffeln schälte. »Anschließend gehst du mit Marthe in den Seitentrakt und richtest die Gästezimmer.« Sie wandte sich nun an die gesamte Runde: »Um fünfzehn Uhr werden die von Steins erwartet. Sobald die erste Kutsche auf den Hof rollt, seid ihr unsichtbar! Ich will dann jeden Einzelnen wieder hier unten sehen. Wir haben viel zu tun, um die Tafel heute Abend standesgemäß zu bestücken. Haben wir uns verstanden?«

Die Mädchen nickten ergeben. Dann widmeten sich alle ihren Aufgaben.

Marilena entspannte sich mit jeder Minute mehr. Das Schälen war eine so einfache Arbeit, dass sie es im Schlaf hätte tun können. Während eine Kartoffel nach der anderen in den Topf mit Wasser glitt, der auf dem Tisch stand, musterte sie ihre neuen Gefährtinnen.

Sie waren alle jung; Erna schien die Älteste in der Runde zu sein. Die meisten wirkten trotz Ernas augenscheinlicher Strenge munter und unbefangen. Wahrscheinlich stand die Küchenchefin wegen der anstehenden Feier unter Druck, war im Alltag aber verträglich.

»Du bist ja schon fertig«, bemerkte Marilenas Nachbarin erstaunt.

Tatsächlich war der Berg Kartoffeln bereits verschwunden. Erna warf ihr einen überraschten Blick zu. »Als Nächstes die Karotten.«

Die Geschwindigkeit, mit der Marilena arbeitete, schien die Küchenchefin zu beeindrucken. Als die Karotten bewältigt waren, kam Erna zu Marilena herüber. »Du scheinst Übung zu haben«, stellte sie fest. »Wie steht es mit dem Backen? Kannst du Brote formen?«

Der Vormittag verging für Marilena wie im Flug. Erna betraute sie mit anspruchsvolleren Küchenarbeiten. Dann folgte das angekündigte Richten der Gästezimmer. Auch diese Aufgaben waren nichts Neues für Marilena, auch wenn sie bisher noch nie in einem so gepflegten und wohlhabenden Haus gearbeitet hatte. Die Zimmer waren luxuriös eingerichtet, die Laken duftig, Spiegel und Waschschränke wurden auf Hochglanz poliert. Marilena machte es Freude, die Betten für so augenscheinlich hohen Besuch zu richten.

»Wir sind fast fertig«, meinte Marthe, ein hübsches Mädchen mit dicken dunkelbraunen Zöpfen und treuherzigen Augen, schließlich. »Jetzt helfen wir noch, die Blumenarrangements auf die Zimmer zu bringen. Sie sind dort drüben aufgereiht.« Mit dem Finger wies Marthe in den Garten hinter dem Haus. »Ich zeige dir, wohin sie gehören und auf was du beim Aufstellen achten musst.«

Als sie vor den kunstvoll zusammengestellten Blumenschalen standen und Marthe erklärte, nach welchem Prinzip sie auf die Zimmer verteilt werden sollten, trat auf einmal Prinz Eugen zu ihnen.

»Wundervoll«, bemerkte er mit seiner tiefen, freundlichen Stimme.

Ein warmer Schauer durchrieselte Marilena. Sie bemerkte, wie ihre Hände zu zittern begannen.

»Meine Tante wird hocherfreut sein, ein solches Arrangement in ihrem Zimmer vorzufinden.« Sanft strich er mit dem Finger über eine der zarten Blüten. Dann machte er einen Schritt auf Marilena zu. Sein Anzug saß perfekt, kein Stäubchen störte die makellose Erscheinung. Aber das Haar des Prinzen schien nicht gewillt, sich an strenge Vorschriften zu halten. Obwohl es sichtlich mit Kamm und Haarwachs gebändigt und in Form gezwungen worden war, wellte es sich doch widerspenstig. Eine besonders rebellische Strähne fiel dem jungen Herrn in die Stirn. Er strich sie zurück mit einer Handbewegung, die an ein nachsichtiges Lächeln erinnerte.

Marilena versuchte, das wilde Pochen ihres Herzens hinter einem unbewegten Gesichtsausdruck zu verbergen. Warum nur fühlte sie sich so außerordentlich stark zu diesem Mann hingezogen?

»Ich sehe, dass Erna eine Aufgabe für dich gefunden hat«, stellte der Prinz mit einem zufriedenen Schmunzeln fest. »Das freut mich. Ich hoffe, dass du in meinem Haus gut behandelt wirst.«

Verlegen schlug Marilena die Augen nieder. »Das werde ich, danke«, murmelte sie heiser. Der Prinz ließ seinen Blick über Gebühr lange auf ihrem Gesicht liegen, als versuche er, etwas darin zu finden.

Marilena errötete und wusste nicht, ob sie etwas sagen oder tun sollte. Endlich hob sie die Lider und begegnete erneut seinem Blick.

Es gab keinen Zweifel, sie kannte ihn.

Aber woher nur?

Ein Pferd wieherte und der Bann war gebrochen. Ohne ein weiteres Wort eilte der Prinz davon.

Mit bebender Brust hob Marilena eine Blumenschale hoch und trug sie ins Haus. Sie musste erfahren, was hinter diesem tiefen Wissen, den Prinzen zu kennen, steckte.

Kapitel 30

Am Abend liege ich in meinem Bett und mache eine Bestandsaufnahme.

Seit Papas Tod sind zehn Wochen vergangen. Jede Menge neue Leute sind in mein Leben getreten: Frau Möller, Mr Wow und, nicht zu vergessen, Frau Reuter. Frank, der Ex-Boss meiner Mutter, zählt nicht. Ich habe ihn seit Papas Tod nicht einmal offiziell gesehen. Sein Stöhnen habe ich gehört und mir wird immer noch übel, wenn ich daran denke. Und seinen Rücken musste ich sehen an dem Abend auf dem Friedhof. Frau Reuter ist der Meinung, dass ich ihm eine Chance geben sollte. Sie schlägt ein Treffen an einem neutralen Ort vor – meine Mutter, er und ich. Aber ich sträube mich dagegen. Sicher, ich muss damit klarkommen, dass meine Mutter offenbar schon lange ein mehr als nur kollegiales Verhältnis zu ihm hat, es auch schon hatte, als Paps noch lebte.

Aber was, wenn Frank wirklich mein Erzeuger ist? Es würde mich völlig zerstören. Es gibt für mich nur einen einzigen Vater und das ist Paps. Paul Kramer. Mein Lieblingsmensch von Geburt an. Oder? Ich habe nie daran gezweifelt, sein Fleisch und Blut zu sein, auch wenn ich ihm sicherlich nicht wie aus dem Gesicht geschnitten bin. Es kann nicht sein, dass dieser Frank mein Vater ist. Sicher, das hat keiner direkt behauptet. Aber ich habe da so ein mieses Gefühl. Ist Paps in der Ungewissheit gestorben, ob ich wirklich sein Kind bin?

Ich werfe die Decke zurück und schlüpfe wieder aus dem Bett. Es wäre so einfach. Ich muss nur den Umschlag endlich öffnen, schon weiß ich, was darin steht. Aber allein der Gedanke daran lähmt mich. Ich glaube, ich könnte die Wahrheit nicht ertragen. Statt das Kuvert zu öffnen, ziehe ich ein Fotoalbum aus dem Bücherregal.

Ich habe diese Bilder in den letzten Wochen unzählige Male angeschaut. Es ist mein Babyalbum. Fotos aus den ersten Jahren meines Lebens finden sich darin: Tally, neugeboren, im Arm ihrer strahlenden jungen Mutter. Tally, nackt auf einem kitschigen Kissen in einem Fotostudio. Tally in einer antiken Wiege. Tally mit weit aufgerissenen Kulleraugen über Mamas Schulter schauend.

Erst auf der siebten Seite findet sich das erste Tally-Papa-Foto. Das Mädchen auf dem Bild ist schon ein Kleinkind. Rote Löckchen kringeln sich um das pausbäckige Gesicht. Das kleine Kind strahlt und der Vater – stark, gesund und ach, so jung – lächelt stolz. Paps. Ich habe mich nie darüber gewundert, dass es kein früheres Bild von Paps und mir gibt. Er war einfach immer derjenige, der fotografiert hat. Aber jetzt erscheint es mir auf einmal verdächtig.

Auf dieses Foto folgen eine Menge Bilder von Familienfeiern und vom Kita-Fotografen. Sogar ein professionelles Familienbild ist dabei: Mutter, Vater, Kind, vereint in einem künstlichen Lächeln, das eher angestrengt als fröhlich wirkt. Es könnte ein Werbefoto für Zahnpasta sein.

Ein Bild auf der vorletzten Seite des Albums hat es mir besonders angetan.

Es stammt von einem Familienurlaub in Frankreich. Paps und ich – ungefähr vier Jahre alt – stehen auf einem hellen Sandstrand. Der Wind zaust unser Haar, hinter uns leuchtet das türkisfarbene Meer. In der Hand halte ich einen Seestern, den ich mit diesem begeisterten Kinderblick in Richtung Kamera recke. Falls Mutter das Foto gemacht hat, hat sie dabei sicher angeekelt das Gesicht verzogen. Ich glaube, mich an diesen Moment zu erinnern. Nach dem Foto hat Paps mit mir gemeinsam den Seestern weit ins Meer geworfen, um ihm das Leben zu schenken. Er hat mich umarmt, mir einen Kuss gegeben und »*Gut gemacht, Füchslein!*« geflüstert. Dann wirbelte er mich herum und stellte mich wieder in den Sand. Mama griff meine Hände und gab Desinfektionsgel hinein.

Während ich wehmütig das Foto betrachte, beginnt es in mir wieder zu singen.

Du rufst mich raus aufs weite Wasser …

Ja, meine Insel. Ich habe mich an sie gewöhnt, glaube ich. Bis vorhin im Krankenhaus dachte ich, dass ich eigentlich für immer dableiben könnte. Es gibt auf der Insel so ziemlich alles, was ich brauche. Bisher habe ich sogar jedes Unwetter überstanden. Und der Strand, er ist so schön, wenn das Meer ruhig ist. Leider ist es auch unberechenbar. Egal – was ist im Leben schon wirklich planbar und beständig?

Aber heute, als ich an Frau Möllers Bett saß, hatte ich auf einmal das Gefühl, dass ich auf meiner Insel keine Wurzeln schlagen kann. Etwas ruft mich. Etwas in mir drängt mich weiterzuziehen. Mich wieder auf das Meer zu wagen und zu sehen, was dort draußen auf mich wartet. Ich bin nicht dazu geschaffen, passiv und isoliert zu sein. Da ist mehr, mehr im Leben, als ich hier finde. Gleichzeitig habe ich Angst. Und ich bin müde. Unendlich müde sogar, vor allem, wenn ich an das denke, was in diesem Leben als Nächstes zu erwarten ist: eine erschütternde Botschaft im Kuvert und der unausweichliche Tod meiner neuen Freundin.

Nein, ich will nicht aufs weite Wasser. Ich brauche die Sicherheit meiner Insel. Außerdem komme ich hier sowieso nicht weg. Da müsste schon jemand mit einem Boot kommen und mich holen. Schwimmen funktioniert nicht, wie ich weiß.

Und wer kann schon auf dem Wasser laufen?

Sannas Nachricht holt mich aus meinen Gedanken. Sie fragt, ob ich am Wochenende etwas vorhabe.

Samstag hole ich Benni ab, schreibe ich zurück. Ich freue mich tierisch im wahrsten Sinne des Wortes. Endlich kann ich meinen Fellfreund ständig um mich haben. Wir haben uns schon gut kennengelernt bei meinen Besuchen im Tierheim. Weil Benni von seinem Vorbesitzer oft allein zu Hause gelassen wurde und damit gut klarkommt, ist es in Ordnung, dass er auch bei mir vormittags keine Gesellschaft hat. Der Tierpfleger hat gesagt, dass Benni im Tierheim sogar meist den Vormittag verschläft. Irgendwie sympathisch.

Mam fährt mit mir morgens hin und dann brauchen wir beide – also Benni und ich – den Rest des Tages Zweisamkeit.

Sanna ruft mich an. »Ist einfacher, als zu schreiben«, sagt sie entschuldigend, als sie sieht, dass ich schon im Bett liege.

Als ob es mich stören würde, wenn Sanna mich in Schlafklamotten sieht. Wir sind doch Schwestern.

»Also, am Samstag machst du nichts, außer dich mit deinem Hund zu beschäftigen?«

Ich nicke. Dann fällt mir meine neue Verpflichtung ein. »Ach ja, und ich muss Gregor füttern«, ergänze ich schnell.

»Gregor? Ich dachte, dein Hund heißt Benni.«

»Frau Möllers Papagei.«

»Du fütterst ihren Papagei???«

»Ja. Es sei denn, er frisst vorher mich.«

»Nimm doch Benni mit, dann traut der Vogel sich nicht.«

»Ich weiß nicht. Ich fürchte, dann frisst Gregor Benni zum Nachtisch. Oder der Vogel fällt beim Anblick des Hundes von der Stange und dann bin ich schuld, dass er tot ist. Das kann ich nicht verantworten.«

»Soll ich dich unterstützen?«

Nachdenklich knabbere ich an meiner Lippe.

»Keine Ahnung, ob das funktioniert. Der Vogel ist echt misstrauisch Fremden gegenüber. Aber du könntest mich zumindest zur Wohnung begleiten, damit ich nicht kneife. Würdest du das machen?«

»Klar.«

Wir reden noch eine Weile über andere Dinge, bevor Sanna wieder einfällt, was sie mich eigentlich fragen wollte. »Pass auf, ich brauche deine Hilfe bei einer Sache.«

Überrascht ziehe ich die Brauen in die Höhe. Sanna hat mich schon lange nicht mehr um Hilfe gebeten. Es fühlt sich gut an. »Worum geht es denn?«

»Um eine Party.«

Jetzt bin ich wirklich erstaunt. Sanna feiert gern und ist überall die Gute-Laune-Queen. Aber sie veranstaltet selbst keine Partys. Ich glaube, es liegt daran, dass ihre Eltern wegen der vielen Kinder dafür kein Geld und keine Nerven haben. Jedenfalls kann ich mich nicht erinnern, dass Sanna jemals eine große Feier zu ihrem Geburtstag hatte, nicht einmal im Kindergarten. Sie ist darüber nicht unglücklich. Dafür haben wir immer mit ihrer Familie Kuchen gegessen und dann in Sannas Zimmer Partyspiele mit ihren Geschwistern gemacht. Meine Kinder-Partys fanden auf Indoor-Spielplätzen, im Kino, Spaßbad oder beim Schwarzlichtgolf statt. Geld spielte bei meinen Eltern keine Rolle. Ich habe mir immer gewünscht, einmal so eine Zuhause-Feier wie Sanna zu haben, aber Mutter war strikt dagegen, mehr als zwei meiner Freunde gleichzeitig in unsere Wohnung zu lassen.

»Um wessen Party geht es denn? Und was soll ich dir dabei helfen?«

Sanna lächelt geheimnisvoll. »Emily, Laura und ich bereiten eine Überraschungsparty für jemanden aus der Gemeinde vor, der achtzehn wird. Aber wir brauchen ein paar gute Ideen, irgendwas Außergewöhnliches. Wir brauchen jemanden wie dich, der nicht allzu vernünftig denkt.« »Vielen Dank auch«, antworte ich empört.

Aber Sanna winkt ab. »Das war ein Kompliment und du weißt es.«

Stimmt eigentlich. Für die alte Tally war das ein Kompliment. Ich bin nur nicht sicher, ob die neue Tally diesem Anspruch noch genügen kann. Der Tod macht einen auf ungewollte Weise vernünftig, finde ich. Oder steckt es vielleicht doch noch irgendwo in mir, das verrückte Ausgelassensein, von dem Sanna redet?

»Na gut. Und du willst, dass ich mich mit euch treffe, damit wir etwas ausbrüten können?«

»Wäre toll, ja.«

Ich spüre, wie etwas in mir zu blubbern beginnt. Ein kleines Vulkanfeuerchen. Nur ganz winzig, wirklich. Irgendwo tief unten in meinem Bauch, da fängt es an zu glühen und ich fühle, dass es wachsen will. Wenn ich es erlaube. Unsicher horche ich in mich hinein. Bisher wusste ich nicht, dass meine Insel eine Vulkaninsel ist.

»Ich denke, das geht klar«, höre ich mich sagen.

Sanna grinst zufrieden. »Wann?«

Ich hole tief Luft. So tief, dass das Rauchwölkchen meines Minivulkans wie eine Fahne zur Seite weht. »Sonntag um vier.«

»Super, danke dir! Das wird gut. Jetzt schlaf schön!«

Meine blonde Lieblingsfreundin legt auf. Ich liege ganz still im Bett und beobachte den Vulkan. Er wächst im Zentrum der Insel. Ich spüre seine unendliche Kraft. Sie kommt von tief innen, aus dem Mittelpunkt der Erde. Ein Geschenk des Universums, das irgendwann hervorbrechen und alles mit rot glühender Lava übergießen wird. Es wird vieles von dem beiseitefegen, was bisher hier wächst, und fruchtbaren Boden für Neues schaffen.

Der Vulkan heißt Freude.

Er macht mir Angst.

»Passen Sie auf. Das Vieh kann ziemlich aggressiv werden.« Frau Möllers Nachbarin steckt den Schlüssel energisch in das Schloss der Wohnungstür. Es ist Freitagabend und sie will mir zeigen, wie ich Gregor füttern muss.

Die resolute Dame hat einen Korb dabei, darin eine Tupperdose mit geschnittenem Obst, eine Rolle Mülltüten und feste Gartenhandschuhe.

Leise knarrend öffnet sich die Tür. Aus dem Wohnzimmer ein Schrei. »Arr! Arr!«

»Normalerweise spricht er, wenn ich hier bin«, murmele ich.

Die Nachbarin schaut mich böse an. »Sprechen kann man das ja wohl nicht nennen.« Sie zieht die Handschuhe an und hält den Korb schützend auf Brusthöhe. »Zeterndes Vieh!«

In mir regt sich Wut über diese ablehnende Haltung. So schlimm ist Gregor nun auch wieder nicht. Oder? Am liebsten würde ich ihn mit netten Worten verteidigen, einfach, weil er Frau Möllers Liebling ist. Aber ich fürchte, das würde die Frau nur noch mehr aufregen.

Dann höre ich das Rauschen.

Die Nachbarin macht einen Satz zur Seite und drückt sich gegen die Wand. »Ksch!«, zischt sie und wedelt mit der Handschuhhand.

Gregor zieht an uns vorbei, fliegt eine enge Kurve, kehrt zurück und hockt sich auf ein Brettchen, das in der Ecke des Flures angebracht ist. Er legt den Kopf schief und sieht uns an. »Fräulein«, knattert er. »Nettes Fräulein.«

Überrascht reiße ich die Augen auf. Meint er mich? Das kann nicht sein, oder?

Die Nachbarin sieht mindestens genauso verwundert aus wie ich. Sie lässt den Korb sinken und betrachtet mich eingehend.

»Sie sind das ›nette Fräulein‹, von dem die Möller immer gesprochen hat? Ich dachte, Sie sind vom Tierheim.«

Ein heiseres Lachen entfährt mir. »Ich bin das Fräulein.«

Der Blick der Frau wird wieder verächtlich. »Ich habe mir darunter ein freundliches Wesen mit ordentlicher Frisur vorgestellt«, wirft sie mir vor. »Sie hat von Ihnen gesprochen wie von einem Engel.«

Meine Stirn furcht sich und ich streiche mir übers Haar. Ich bin also in ihren Augen ein unfreundliches Wesen mit unordentlicher Frisur? Auch gut. Ich bin wegen Gregor hier. Mir doch egal, was diese komische Frau Nachbarin denkt. Gregor kennt mich, das allein zählt.

»Wo wird denn das Futter nun hingelegt?«, frage ich, weil die Dame sich immer noch nicht von der Stelle rührt.

Gregor betrachtet uns neugierig.

Die Frau seufzt. Dann drückt sie mir den Korb in die Hand. »Im Wohnzimmer ist die Voliere. Sie haben das doch alles schon gesehen. Altes Futter rausnehmen, Voliere säubern, Sand auffüllen. Material steht alles in dem Regal daneben. Bringen Sie den Korb dann wieder zu mir. Einfach vor die Tür stellen.«

Als hätte die Tatsache, dass ich das »nette Fräulein« bin, alles geändert, lässt sie mich einfach stehen.

»Und nicht vergessen, den Boden zu kontrollieren. Er kackt überallhin.«

Die Tür knallt hinter ihr zu. Ich komme noch nicht ganz klar, da krächzt Gregor auch schon aufmunternd »Greeeegor! Greeeegor!« und fliegt ins Wohnzimmer.

Ich glaube, er hat mich als seine neue Babysitterin akzeptiert.

Hoch konzentriert nehme ich mir die Voliere vor. Gregor hockt auf der Sofalehne und wippt fröhlich auf und ab.

»Ja, ich hab was Leckeres für dich dabei«, erkläre ich ihm, während ich angeknabberte Obstreste aus dem Käfig angele. Es sieht aus, als lägen diese schon mehr als einen Tag da.

»Weißt du, Frau Möller macht sich Sorgen um dich.« Mit einer kleinen Harke säubere ich den Sand von Gregors Ausscheidungen. »Sie glaubt, dass du einsam bist. Das bist du auch, oder?«

Er erwidert meinen Blick nachdenklich. »Schon gut, Gregor.«

»Vielleicht brauchst du eine Partnerin. Soll ich mich im Tierheim mal umsehen?«

Gregor antwortet nicht auf diese indiskrete Frage. Aber er scheint mit meiner Arbeit zufrieden zu sein. Ich stecke Fruchtstücke auf die Astgabeln in der Voliere und gehe in die Küche, um frisches Wasser zu holen.

Geduldig wartet Gregor ab, bis ich mit allem fertig bin. Ich habe kein bisschen Angst mehr.

»Na also. Das war leichter, als ich dachte.« Erleichtert klopfe ich mir Sand von den Fingern. »Bitte schön, der Herr. Das Essen ist bereit.«

Beinahe erwarte ich, dass Gregor Danke sagt, aber er sieht mich nur an. Ich erwidere seinen Blick, ohne zu blinzeln.

»Nettes Fräulein«, schnarrt er. Dann fliegt der graue Vogel in seine Voliere und beginnt an einem Obststück zu knabbern.

Ich gehe langsam durch die Wohnung und halte Ausschau nach Hinterlassenschaften. Alles ist sauber, bis auf ein paar Federn. Die Schlafzimmertür ist angelehnt. Muss ich hineingehen oder hält der Vogel sich von diesem Zimmer fern?

Wieder klopft mein Herz schneller. Dr. Rudolf Möller. Seit sieben Jahren verstorben und immer noch wartet sein Bett auf ihn. Mit zitternden Fingern stoße ich die Tür auf.

Es riecht abgestanden im Raum, ein bisschen nach alter Frau, ein bisschen nach Eau de Cologne. Ich versuche ruhig zu atmen und zwinge mich, meinen Blick durch das Zimmer gleiten zu lassen. Nirgendwo ein Gregor-Häufchen. Ich glaube, er meidet das Zimmer auch. Vielleicht findet er es genauso creepy wie ich.

Eigentlich kann ich jetzt gehen, aber irgendetwas hält mich diesmal hier in diesem Raum. Ich habe das Gefühl, ich müsste mit jemandem Zwiesprache halten. Aber mit wem? Hier ist keiner außer mir und dem Vogel nebenan.

Eine Gänsehaut läuft mir über den Rücken. Ist es vielleicht Dr. Rudolf Möllers Geist? Blödsinn! »Jetzt komm mal runter, Talitha Kramer«, sage ich streng zu mir selbst.

»Schon gut, Gregor«, schallt es von drüben herüber.

Ich muss lachen und diesem Lachen weicht das Gefühl der Beklemmung. Draußen hupt ein Auto. Menschen gehen auf dem Bürgersteig vorüber und ich höre ihre Stimmen gedämpft durch die Fensterscheibe. Alles ist normal. Ich bin in einer ganz gewöhnlichen Wohnung, stehe vor einem stinknormalen Ehebett und alles, was sich hier drin befindet, ist die Erinnerung an eine große Liebe.

Die Rosen auf Rudolfs Nachttisch sind verwelkt.

Ich nehme die Vase und mache mich auf den Weg in Richtung Küche. Kurz bevor ich den Raum verlasse, fällt mein Blick auf ein Bild, das neben dem Türrahmen hängt. Es ist ein ziemlich kitschiges Gemälde einer Person in wallendem weißem Gewand, die ein kleines Kind auf dem Schoß hält. Daneben steht in verschnörkelter Schrift ein Text.

»Vater unser im Himmel«, lese ich halblaut. Diesmal antwortet Gregor nicht. »Geheiligt werde dein Name. Dein Reich komme. Dein Wille geschehe, wie im Himmel, so auf Erden.« Natürlich weiß ich, dass es sich hier um das berühmteste Gebet der Christenheit handelt. Schließlich habe ich im Religionsunterricht nicht gepennt. Sanna kann es auswendig. Sie betet es immer am Abend. Früher, wenn ich bei ihr übernachtet habe, hat ihre Mutter es oft für uns beide gesprochen. Irgendwie kam mir das immer magisch vor und ich habe mir eingebildet, dass ich in diesen Nächten bessere Träume hatte als sonst.

Jetzt fährt der Text mir unter die Haut. Mein Vater, der ist jetzt vielleicht auch im Himmel. Wenn es den geben sollte. Aber um meinen Vater geht es hier nicht und ich weiß nicht, warum ich weiterlese, statt endlich die welken Rosen wegzuwerfen.

Unser tägliches Brot gib uns heute. Und vergib uns unsere Schuld, wie auch wir vergeben unseren Schuldigern.

Ein fauliger Geruch steigt aus der Vase auf. Vergib uns unsere Schuld … Ich habe nie verstanden, warum Religion immer auf den Fehlern der Menschen herumhacken muss. Ist es nicht normal, dass wir uns mal irren? Was soll so schlimm daran sein, wenn ich nicht mit jedem klarkomme? Warum sollte ich meiner Mutter verzeihen, dass sie so viel falsch gemacht hat mir gegenüber?

Wütend starre ich auf den Text. Es nervt mich, dass mir plötzlich etwas klar wird: Ich will Fehler machen dürfen, ohne ein schlechtes Gewissen zu haben. Aber meiner Mutter will ich die Fehler nachtragen dürfen. Das ergibt keinen Sinn und es macht mich sauer, das zu verstehen.

»Ich habe keine Lust auf Unterricht!«, werfe ich der hellgelb gestrichenen Wand vor, an der das Bild hängt. Trotzdem gehe ich nicht.

Und führe uns nicht in Versuchung, sondern erlöse uns von dem Bösen.

Ob Frau Möller auch jeden Tag dieses Gebet spricht? Ob sie vielleicht dadurch so eine beruhigende Wirkung auf mich hat, weil sie ein so friedfertiges Lebensmotto hat? Frau Reuter hat einmal zu mir gesagt, dass ich lernen sollte, mich auf das Gute zu konzentrieren. Ich soll mir vor Augen halten, was ich noch alles an Schönem erlebe, statt nur auf das zu sehen, was ich verloren habe. Vielleicht ist dieses Gebet wie ein hilfreiches Mantra, das man sich immer wieder vorsagt, bis man es verinnerlicht. Und dann meidet man automatisch das Böse und wendet sich dem Guten zu. Könnte doch sein.

Denn dein ist das Reich und die Kraft und die Herrlichkeit in Ewigkeit.

Amen.

Aber dieses »dein«, das regt mich auf. Als ob man eine höhere Macht braucht, um ein guter Mensch zu sein! Das ist doch nur eine Ausrede. Statt selbst alles zu tun, um Frieden zu schaffen, hofft man, dass ein Gott es tut. Lächerlich.

Die Rosen in meiner Hand knistern leise – ich zittere. Vor Wut? Oder weil ich das Gefühl habe, dass die Zwiesprache gerade stattfindet, zu der ich mich vorhin gedrängt gefühlt habe?

Kraft, Herrlichkeit und Ewigkeit.

»Ich glaube, dass es da jemanden gibt, der es gut mit uns meint, Füchslein.« Papas Stimme ist wieder da in meiner Erinnerung. Ich fühle, wie es heiß in meiner Brust wird. So, wie wenn man kurz davor ist zu weinen. Aber meine Tränen sind ja aufgebraucht.

Diese Macht, an die du geglaubt hast, Paps, die meint es nicht gut mit uns. Sonst hätte sie dir nicht das Leben genommen und mir meins gleich mit.

… und die Herrlichkeit in Ewigkeit.

Mein Blick gleitet hinunter zu den welken Rosen. Ihre Herrlichkeit ist vorbei. Sie sind der Vergänglichkeit anheimgefallen, so wie Paps und so, wie ich es auch tun werde. So wie Rudolf Möller und so, wie Frau Möller es langsam auch tut. Gibt es wirklich etwas, das ewig ist? Es wäre zu schön, um wahr zu sein.

Plötzlich fällt mir dieser rätselhafte Vergleich wieder ein, den Paps gemacht hat, kurz bevor er starb: *»Das Sterben ist wie eine Geburt, nur rückwärts. Der, der loslässt, erfährt unendlichen Schmerz. Aber für den, der geht, ist es der Beginn eines neuen Abenteuers.«*

Ich schlucke und schniefe und zerkrümle eine Rosenblüte in meiner Hand.

Wenn das alles wahr wäre, dann würde Paps jetzt gerade ein herrliches Abenteuer erleben. Ein anderes Leben. Wenn ich Sanna und Frau Möller Glauben schenken würde, dann eins, das herrlich und ewig ist.

»Ich wünschte, es wäre wahr! Ich wünschte, da wäre einer, der es gut mit mir meint und der stark und herrlich und ewig ist«, rufe ich mit erstickter Stimme.

Gregor, die gelbe Wand und das leere Zimmer schweigen.

Aber tief in mir drin scheint eine Stimme zu sagen: *Wenn du bereit bist, Tally, dann mach dich auf den Weg und finde heraus, ob es mich gibt.*

Nachdenklich drücke ich die Tür auf, bringe die Rosen in die Küche und werfe sie in den Müll. Draußen vor dem Küchenfenster streiten zwei Kinder.

Ich spüle die Vase aus und stelle sie zum Trocknen auf das Tropfgitter. Gregor kommt zu mir geflogen und sieht mich mit schief gelegtem Kopf an.

Ich streiche mir durchs Haar, erwidere seinen Blick und sage leise: »Ich richte ihr Grüße von dir aus, wenn ich wieder zu ihr gehe. Und ich komme jetzt jeden Tag zu dir. Versprochen.«

Dann nehme ich meine Jacke und gehe nach draußen.

»Nettes Fräulein«, ruft Gregor mir nach.

Kapitel 31

Hey Tally, schreibt Sanna, als ich gerade meinen Kuschelpullover überziehe, um den Rest des Abends gemütlich auf dem Sofa zu verbringen. *Timo fragt, ob ich ihm deine Nummer geben darf.*

Wie bitte? Ich lasse mich auf die Couch fallen und starre ungläubig auf das Display meines Handys. Mr Wow fragt nach meiner Nummer? Warum?

Warum?, schreibe ich zurück. Natürlich darf sie. Von mir aus kann sie ihm meine Schuhgröße und mein Geburtsdatum auch gleich geben. Aber ich will wissen, warum.

Keine Ahnung, kommt prompt die Antwort. *Hat er nicht gesagt.*

Na ja, egal. Das wird er mir ja hoffentlich selbst verraten.

Ich gebe Sanna meine Erlaubnis. Anschließend sitze ich zwanzig Minuten lang bewegungslos auf dem Sofa und versuche Timo durch Hypnose meines Handys dazu zu bewegen, mir zu schreiben.

Nach einundzwanzig Minuten gebe ich auf, pfeffere das Telefon schimpfend auf den Sessel und koche mir einen Tee. Dann gehe ich in mein Zimmer und hole Eugen aus der Schublade.

Ich werde doch nicht meine kostbare Lebenszeit damit verschwenden, auf einen Typen zu warten, der meine Nummer wahrscheinlich nur in der Kontaktliste der sporadischen Schülergebetskreisbesucher speichern will! Lieber arbeite ich weiter daran, Gott zu beweisen, dass Lebensgeschichten auch richtig harmonisch sein können.

Marilena trug das Bouquet in den Schlafraum am Ende des langen Flures.

Mir fällt plötzlich auf, was ich der Hauptperson meiner Geschichte gleich zu Beginn zugemutet habe: Ich habe ihre Eltern umgebracht. Auch nicht besser als das, was Gott – angenommen, es gäbe ihn – mir zumutet. Und dann gehe ich auch noch weiter und schicke meine Hauptperson in eine feindliche Umgebung, in der sie wie eine Sklavin behandelt wird.

Mich überfällt der Drang, alle schon beschriebenen Seiten aus dem Buch zu reißen und noch einmal von vorn anzufangen. Aber was für eine Person wäre Marilena dann? Ganz sicher nicht die starke, selbständige Frau, die sie jetzt ist. Sie wäre ein oberflächliches Wesen, das das Glück für selbstverständlich hält. So wie ich, früher.

Ich beiße auf meine Lippe und kämpfe mit mir.

Dann nehme ich die Feder wieder zur Hand und schreibe weiter.

Während Marthe ihr zeigte, auf welche Weise die Blumen arrangiert werden sollten, ließ sie den Blick über die Möbel schweifen. Nichts davon rührte ihre Seele an. Es war nur Eugen, der ihr vertraut schien, aber das musste Einbildung sein. Marilena rief sich jeden Gast auf dem Gut ihres Onkels zurück ins Gedächtnis: Es waren nicht viele gewesen. Wäre Prinz Eugen je dabei gewesen, sie würde sich erinnern. Zudem hatte der Onkel keine Bekannten so weit im Nordosten des Landes. Hatte sie den Prinzen vielleicht einmal in der Stadt gesehen? Manchmal war sie mit einigen anderen Mägden hingelaufen, wenn hohe Gäste und reiche Familien das kleine Städtchen besuchten. Sehnsuchtsvoll hatten sie dann den Kutschen und stolzen Reitern nachgeschaut, die auf der Straße an ihnen vorbeizogen. Das Leben in der gehobenen Gesellschaft schien ihnen damals so leicht und erstrebenswert und gleichzeitig so unerreichbar. Keine von ihnen würde je ihre Stellung verlassen. Sie hatten weder Rang noch Namen und das würde sich niemals ändern.

»... so, dass der Geruch sie nicht belästigt. Hörst du mir überhaupt zu, Lene?«

Erschrocken suchte Marilena Marthes vorwurfsvollen Blick. Sie war so in Gedanken versunken, dass sie kein Wort von deren Erklärung mitbekommen hatte. »Entschuldige bitte«, stammelte sie ertappt. »Ich war kurz abgelenkt.«

Marthe zog die Brauen in die Höhe und machte eine ausladende Geste. »So soll es aussehen. Mach es überall genau so. Und vergiss die Fenster nicht, hörst du? Sie müssen unbedingt offen sein, bis die Gäste eintreffen.« Damit eilte die junge Frau aus dem Raum.

Marilena runzelte die Stirn. Sie hatte das einzige ihr bis jetzt wohlgesonnene Mädchen mit Unaufmerksamkeit beleidigt. Wie dumm von ihr. Jetzt wusste sie nicht, um welche Zimmer sie sich kümmern sollte …

Irgendwie schaffte Marilena es dennoch, den Tag zu bestehen. Und nicht nur diesen, sondern auch die vier kommenden. Sie lernte schnell, was von ihr erwartet wurde. Mit den Haus- und Küchenmädchen kam sie gut zurecht; selbst Erna hatte sie rasch von ihrem Können überzeugt. Über all den Aufgaben, die wegen der Besucher anstanden, hatte sie ihre Sorge um den Winter und die unangenehme Begegnung am ersten Abend beinahe vergessen. Deshalb traf es sie völlig unvorbereitet, als die schöne schwarzhaarige Erntehelferin plötzlich vor ihr stand.

»Fühl dich nicht allzu wohl hier«, schleuderte die Frau ihr entgegen.

Es war Abend und Marilena befand sich auf dem Weg in ihr kleines Kämmerchen.

»Du glaubst, dass du bleiben kannst, weil du dich bei Erna eingeschmeichelt hast? Täusch dich nur nicht.«

Völlig verwirrt sah Marilena ihr ins Gesicht. Die blauen Augen der Frau funkelten angriffslustig.

»Was hast du gegen mich?«, rutschte es Marilena heraus. Sie konnte sich nicht erklären, warum sie eine so hartnäckige Feindin haben sollte.

Die Schwarzhaarige lachte verächtlich. »Du kommst an einem Gewitterabend hier vorbei und ziehst gleich in die schönste

Dachstube ein – hereingeführt vom Herrn des Hauses persönlich. Glaubst du allen Ernstes, wir wüssten nicht, was für eine du bist?« Ihre Wangen waren rot vor Erregung und ihre Stimme zitterte.

Marilena riss die Augen auf. »Du meinst … ihr haltet mich für eine Dirne?« Reine Empörung schoss in ihr hoch. Wie konnte nur irgendwer überhaupt auf diesen Gedanken kommen? Und dachte etwa Prinz Eugen ebenso von ihr?

»Was sonst? Erst läufst du in den Stall und dann begleitet dich der Prinz zum Schlafgemach. Meinst du, wir wären blind? Und kürzlich, bei den Blumen: Warum sonst sollte er sich einer Magd auf diese Weise nähern?«

Marilena war für einen Moment sprachlos. Niemals wäre sie auf die Idee gekommen, jemand könnte ihr solche Absichten unterstellen. Dann fiel ihr ein, mit welchen Blicken die Knechte sie bedachten, sooft sie einem von ihnen begegnete. Bisher hatte sie geglaubt, es läge nur daran, dass sie eben eine Frau war. Eine neue Frau inmitten all der Mädchen, die schon seit längerer Zeit hier arbeiteten.

»Aber du selbst hast mich doch zum Schlafen in den Stall geschickt«, protestierte sie hilflos. Wieder lachte die Schwarzhaarige böse. »Und du bist gegangen, als wäre es das Selbstverständlichste der Welt«, gab sie zurück. Sie zischte wie eine Schlange. »Dabei weiß doch jeder, was auf den Heuböden der großen Güter zu haben ist!«

Schamesröte zog über Marilenas Gesicht. Ja, sie hatte viele solcher Geschichten gehört. Aber nie wäre sie auf den Gedanken gekommen, selbst damit in Verbindung gebracht zu werden.

Die Magd ließ nicht locker. »Eine wie du, die von Ort zu Ort zieht und ihre Dienste anbietet: Das ist doch offensichtlich. Und was ich dir sagen will, ist: Geh! Lass uns und unsere Männer in Frieden. Wir brauchen keine Dirne. Wir sind uns selbst genug, wenn du verstehst, was ich meine. Und der Prinz …« Sie machte eine Pause und brachte ihr Gesicht ganz nah an das von Marilena heran. »Der Prinz gehört mir.«

Verständnislos erwiderte Marilena den Blick der Frau. Meinte diese das wirklich ernst? Mit einer betont langsamen Bewegung strich Marilena eine Haarsträhne zurück, die sich aus ihrem Zopf gelöst hatte. Die Schwarzhaarige zog den Kopf ein paar Zentimeter zurück, um ihrer Hand auszuweichen.

Dann sagte Marilena leise, aber deutlich: »Was immer du damit meinst, du kannst unbesorgt sein. Ich bin keine Dirne und ich habe kein Interesse daran, irgendwen zu verführen. Jetzt lass mich bitte in meine Kammer gehen. Ich bin müde. Ich habe den ganzen Tag rechtschaffene Arbeit verrichtet.«

Das hübsche schwarzhaarige Mädchen richtete sich auf und stemmte die Arme in die Hüften. »Keiner hier glaubt dir, dass du bist, wofür du dich ausgibst«, verkündete sie mit lauter Stimme. Alle, die hinter den dünnen Türen der Bedienstetenkammern waren, mussten es hören. »Verlass diesen Hof, bevor du entlarvt wirst!«

»Ich habe nichts zu verbergen!«, gab Marilena ebenso deutlich hörbar zurück. Dann schob sie sich an der Frau vorbei, schlüpfte in ihr Zimmer und schloss die Tür zweimal hinter sich ab.

Sie warf sich auf das Bett und schluchzte hemmungslos.

Okay, was auch immer hier vorgeht: Es läuft nicht wie geplant. Vielleicht hätte ich mehr Schundromane lesen sollen. Oder dabeibleiben, wenn meine Mutter diese kitschigen Filme anschaut, in denen alles rosarot ist. Ich fand ja immer, dass das komplett unter ihrem Niveau ist. Ich selber scheine ja wohl eher das Talent zu haben, meine Protagonisten von einem Schlamassel in den nächsten zu schicken. Dabei war es doch alles ganz anders geplant! Eugen soll sich endlich in Marilena verlieben und dann leben sie glücklich bis ans Ende ihrer Tage. Das kann doch nicht so schwierig sein, oder?

Während ich noch überlege, wie ich weiterschreiben könnte, fällt mir mein leidiges Handy wieder ein. Mr Wow hat meine Nummer. Soll ich nachsehen, ob ich jetzt eine Nachricht von ihm habe? Ein Blick auf die Uhr verrät mir, dass es bereits kurz vor zehn ist. Aber es ist Freitagabend, da ist zehn nicht spät. Vielleicht hat er geschrieben.

Ich stoße einen Laut aus, der nach Urwaldbewohner klingt, und trete gegen meinen Schreibtisch. Das Tintenglas wackelt.

Nein, ich werde nicht nachschauen. Es passt nicht zu mir, zwanghaft auf Nachrichten eines Typen zu warten, der ein rein wissenschaftliches Interesse an mir als Atheistin hat.

Nach einer Weile, als die Tränen der Wut und Enttäuschung vorerst vergossen waren, raffte Marilena sich auf. Sie war nicht vom Gut ihres Onkels weggelaufen, um sich anderswo beleidigen zu lassen. Das hatte sie nicht nötig. Entschlossen packte sie die wenigen Habseligkeiten, mit denen sie gekommen war, zusammen. Morgen früh würde sie weiterziehen.

Ich höre mich selbst seufzen, als ich die Feder erneut in die Tinte tauche. Es ist wirklich, als würde diese Geschichte sich selbst schreiben, ohne mich nach meiner Meinung zu fragen. Natürlich könnte ich es anders machen. Ich kann mir schließlich ausdenken, was ich will. Aber das, was hier so spontan auf das Papier fließt, fühlt sich natürlich an. Es passiert eben einfach. Ich erfinde die Geschichte nicht, sondern lasse mich überraschen, was da in mir wächst. Es ist bestimmt nicht das, was Frau Reuter im Sinn hatte, als sie mir empfohlen hat, Tagebuch zu schreiben. Aber irgendwie fühlt es sich trotzdem an wie eine Therapie.

Ich schaue auf die letzten Sätze, die ich geschrieben habe. So endet sie also, die geplante Liebe zwischen Eugen und Marilena? Traurig nehme ich das Foto von Eugen noch einmal in die Hand. Vielleicht hat der wahre Eugen protestiert. Vielleicht will er nicht, dass sein Leben neu geschrieben wird. Vielleicht verhindert irgendeine Kraft im Universum, dass die wahre Geschichte dieses Mannes verdreht wird. Schade. Dabei habe ich es doch nur gut gemeint.

Ich wollte doch nur besser machen, was der Krieg verdorben hat.

Das Klingeln meines Handys erschreckt mich. Ich springe auf, als hätte jemand auf mich geschossen. Eugens Passbild flattert still zu Boden.

»Mam?«

Das Blut, das mir vor lauter Aufregung in den Kopf geschossen ist, als ich hoffnungsvoll ins Wohnzimmer gerannt bin, um mein Telefon zu holen, sinkt schwer wieder Richtung Füße.

Rau frage ich: »Was gibt es?«

Ich hatte damit gerechnet, dass meine Mutter heute Abend nach Hause kommt. Schließlich ist morgen Samstag: DER Samstag, an dem wir Benni abholen.

»Sag jetzt nicht, dass du morgen keine Zeit hast.«

Mutter macht ein Geräusch, das mir ihren Gesichtsausdruck vor Augen stehen lässt: Es ist diese Kombination aus Stirnrunzeln, Augenrollen und Schnaufen, die besagt: Teenietochter!

»Keine Sorge«, versucht sie mich zu beruhigen. »Morgen ist nicht in Gefahr.« Sie macht eine Pause und ich ahne, was kommt.

»Ich wollte dich nur fragen, ob du damit leben kannst, wenn ich Frank heute mit nach Hause bringe.«

Irgendwann musste das ja passieren. Es gefällt mir nicht, aber Frau Reuter hat erst heute wieder gesagt: *»Versuch, bereit zu sein für Veränderungen.«*

»Hm«, mache ich. Es klingt unfreundlich, aber zustimmend unfreundlich. Mutter versteht das schon.

»Danke, Tally. Ich weiß, dass dir das nicht gefällt.«

Ihre Nachsicht nimmt mir den Wind aus den Segeln. »Nett, dass du fragst«, brumme ich. Es ärgert mich, dass ich auf einmal gar nicht mehr richtig böse auf sie bin.

»Also, wann kommt ihr? Nur, damit ich weiß, ab wann ich mich in meinem Zimmer verschanzen muss.«

Zu meiner Überraschung lacht Mutter. Es klingt sommerleicht. Inselig. Zu optimistisch.

»Gegen elf, denke ich. Wir werden dich nicht stören.«

Ich erwidere nichts, denn in mir buckelt schon wieder ein Abwehrgefühl. Lieber ganz schnell auflegen. Vielleicht bin ich morgen früh bereit für die Begegnung mit dem Unvermeidlichen.

»Gut. Bis morgen. Aber nicht verschlafen.«

»Wir werden bereit sein«, verspricht Mutter und ich schlucke eine harsche Bemerkung hinunter. Dann lege ich auf.

Und sehe, dass Timo geschrieben hat.

In dieser Nacht kann ich aus zwei Gründen nicht schlafen. Zum einen, weil ich mich so unglaublich auf Benni freue. Ich male mir aus, wie ich ihm zuerst unsere Wohnung und dann die ganze Umgebung zeige. Sein Korb steht schon in meinem Zimmer und über der Stuhllehne hängt eine nagelneue Leine.

Zum anderen bin ich so aufgewühlt wie lange nicht mehr. Das Meer an meinem Strand braust und tost, aber ich weiß nicht, ob es ein gutes oder ein schlechtes Wildsein ist. Es macht mich kribbelig, lässt mein Herz schneller schlagen und rauscht in meinen Ohren. Wie mit Starkstrom lädt es mich auf. Ich fühle, wie alles in mir loslaufen will. Wie ein Tiger gehe ich am Strand auf und ab, auf und ab, die ganze Nacht. Der Himmel über dem Meer ist blau und weit. Das Meer, es lockt mich. *Los, Tally, los! Lauf! Geh einfach hinein. Geh in die Wellen, stürz dich in die Flut! Komm, das Wasser will nur spielen. Ein Abenteuer wartet. Dein neues Leben beginnt.*

Komm, Tally, komm! Lauf auf den Wellen. Einer stärkt deine Füße. Er wird dich tragen.

Immer wieder wache ich aus meinem Dämmerzustand auf, in dem ich fast die ganze Nacht liege. Träume und Überlegungen mischen sich zu einem betäubenden Cocktail, der mir Kopfschmerz bereitet.

Etwas Neues beginnt. Es beginnt mit mir. Irgendjemand will, dass ich meine Insel verlasse, die Trauer in einen Koffer packe und mich auf den Weg mache. Es ist nicht Timo, aber er ist trotzdem schuld daran, glaube ich.

Hey Tally, ich weiß, du bist nicht so der Fan davon, dass Leute für dich beten. Aber ich komme nicht drum herum. Gott erinnert mich immer an dich, also: Tut mir leid, aber du stehst auf meiner Liste. Deshalb wollte ich dich fragen, wie es mit Frau Möller gelaufen ist. Hast du sie gefunden? Geht es ihr gut? Ich wünsche dir ein schönes Wochenende. Gott segne dich. Timo.

Ich habe die Nachricht bestimmt fünfzigmal gelesen. *Du stehst auf meiner Liste.* Toll, davon hab ich ja schon immer geträumt: von einem Typen, der Listen mit Mädchennamen führt. Er ist wirklich schräg. Warum bleibt er trotzdem Mr Wow? Warum fühlt es sich so richtig an, ihn zu lieben?

Ich reiße die Augen auf und starre an die nachtschwarze Zimmerdecke über mir. Habe ich gerade *lieben* gedacht? Schlafmangel hat wirklich schlimme Auswirkungen.

Meine Finger sind kalt und mein Mund trocken. Leise schlüpfe ich aus dem Bett – schließlich will ich nicht, dass Mam und Frank wach werden und mir einer von ihnen im Flur begegnet. Oder, noch schlimmer, dass sie aufwachen und mit ihnen ihre Leidenschaft.

Ich schleiche durch die Wohnung auf dem Weg ins Badezimmer. Die Fliesen unter meinen nackten Füßen sind kühl und mich fröstelt. Durstig trinke ich ein paar Schlucke am Wasserhahn, dann gehe ich wieder zurück. Mein Blick fällt auf die dicke, warme Kuscheldecke, die im Wohnzimmer auf der Couch liegt. Auf einmal weiß ich, wo ich Schlaf finden werde. Mit der Decke und zwei Kissen husche ich in Papas Arbeitszimmer. Es ist so leer und still, dass kein chaotischer Gedanke mich hier finden wird. In dieser Nacht scheint auch kein Mond durch das Fenster und kein weißes Kuvert wird meine Aufmerksamkeit erregen.

»Gute Nacht, Füchslein. Ich arbeite noch ein bisschen weiter. Schlaf du ruhig.«

Müde rolle ich mich auf Papas grauem Sofa zusammen wie ein Baby im Mutterleib. Es wird warm um mich herum und in mir drin. »Ich hab dich so lieb, Paps«, flüstere ich in den stillen Raum. »Ich werde dich nie vergessen.«

Wärme und Weichheit lösen meine innere Spannung; der Schlaf kommt zu mir wie eine lang vermisste Umarmung, in die sich meine Gedanken schmiegen wollen. Kurz bevor ich in seine Tiefen tauche, singt es noch einmal in mir: *Und kommt die Flut, hältst du mich fest in deinem Arm … Denn ich bin dein und du bist mein.*

Kapitel 32

Natürlich hätte ich wissen können, dass die Sache mit Frank einen Haken hat.

Als ich am Samstagmorgen aufwache, zieht ein angenehmer Duft durch die Wohnung: nicht nur der nach Kaffee aus Mutters Supermaschine, sondern etwas richtig Anregendes. Es riecht nach frisch gebackenen Brötchen, Rühreі und Speck. Neugierig gleite ich aus dem Bett. Weil ich keine Lust habe, vom Professor Doktor im Schlafanzug gesehen zu werden, schlinge ich mir die Wolldecke um den Körper und spähe durch den Türspalt in Richtung Küche. Mutter ist nirgends zu sehen. Dafür steht ihr Lover mit einem Pfannenwender am Herd. Das Sonnenlicht spiegelt sich auf seiner Halbglatze.

Unentschlossen trete ich von einem Fuß auf den anderen. Was tun? Möglichst unbemerkt vorbeihuschen und hoffen, dass er mich nicht sieht? Kommt nicht infrage. Das hier ist schließlich unsere Wohnung und er ist der Gast. Auch wenn er Eier brät, was ihn beinahe sympathisch macht.

Ich falte die Decke zusammen und lege sie auf die Couch. Dann streiche ich mir übers Haar, um die wilden Halblöckchen ein wenig in Form zu bringen, ziehe den Schlafanzug über dem Busen glatt und öffne beherzt die Tür.

Professor Doktors Kopf fliegt in meine Richtung.

Ich lächle souverän. »Morgen!«

»Guten Morgen, Talitha«, gibt er freundlich zurück. Er wirkt überrascht. Vielleicht hat er ein kleineres Mädchen erwartet, jedenfalls haben seine Augen diesen seltsamen Blick, mit dem Männer mich manchmal mustern.

Mit langen Schritten durchquere ich das Wohnzimmer, den Essbereich großzügig ignorierend, indem ich fest auf meine Zimmertür blicke.

Neun, zehn, elf … mit dem zwölften Schritt erreiche ich sie und verschwinde, erleichtert aufatmend, in meinem ganz persönlichen Sperrgebiet. Das war sie also, die erste Begegnung der armen Halbwaise mit dem potenziellen Stiefvater.

Wieder taucht ein Kloß in meinem Hals auf.

Was, wenn er nicht mein Stiefvater ist, sondern …? Unmöglich.

Neben meinem Bett liegt schon ein Stapel Klamotten, die ich gestern für den heutigen Benni-Tag ausgesucht habe. Meine Lieblingsjeans und ein weites Shirt, das eine Portion Hundehaare verkraften kann. Rasch ziehe ich mich um. Heute Morgen ist es kühl; draußen blitzt die Sonne von einem blassblauen Himmel, aber durch das angekippte Fenster weht eine Brise, die beinahe nach Nachtfrost riecht. Über das Shirt streife ich den bunt geringelten Wollpulli, den ich letztes Jahr mit Sanna auf einer Kleidertauschparty ergattert habe.

Ich wünsche mir plötzlich, meine beste Freundin wäre hier.

Hi Timo, schreibe ich endlich zurück, als ich, fertig angezogen, auf der Bettkante hocke. Es ist sieben Uhr fünfundvierzig. Bestimmt schläft Mr Wow noch. *Ich habe Frau Möller gefunden. Ich soll dich sogar von ihr grüßen. Also, alles ist gut. Danke noch mal für deine Hilfe.*

Kaum habe ich den für meine Verhältnisse irgendwie bieder klingenden Text abgeschickt, da werden auch schon die Häkchen blau. Mr Wow liest mit. Unglaublich.

Freut mich. Grüß zurück. Und gern geschehen, was auch immer du mit Hilfe meinst. Hab ein schönes Wochenende.

Etwas in mir wird immer weicher und weicher. Gleichzeitig spüre ich, wie der Vulkan beginnt, die Erde auf meiner Insel zu erschüttern.

Komm!, ruft das Meer. *Trau dich!*

»Tally? Kommst du zum Frühstück?«

Das ist nicht die Stimme des Meeres, sondern die meiner Mutter. Ich bin froh, dass sie mich ablenkt.

»Bin gleich so weit! Fünf Minuten.«

Entgegen meiner Gewohnheit lasse ich das Handy in meinem Zimmer liegen, als ich ins Bad eile, um Zähne zu putzen und mein Gesicht mit ein wenig Make-up aufzupeppen. Doch als ich in den Spiegel schaue und das rote Lockenwirrwarr und die grauen Augen über dem bunten Pulli sehe, entscheide ich, dass ich heute Tally bleibe, wie sie eben ist. Ganz normal und ungeschminkt. Das wird Benni am besten gefallen.

»Danke für das Frühstück, Frank«, sagt meine Mutter, als wir kurze Zeit später am Küchentisch sitzen. Sie hält mir den Brotkorb hin und zuckt mit der Augenbraue. Ich weiß, was das heißt: *Komm schon, Tally, sag auch etwas.*

Ich nehme eins der warmen Brötchen und lege es langsam neben meinen Teller. »Sehr lecker«, murmle ich, um den Frieden zu wahren.

Der Professor Doktor wirkt etwas verunsichert, lächelt aber höflich. Er wirft meiner Mutter nervöse Seitenblicke zu. Wirke ich wirklich so einschüchternd auf ihn?

»Tally, mein Auto hat gestern schlapp gemacht«, erklärt Mutter auf einmal unvermittelt. Ich reiße die Augen auf, aber sie hebt beschwichtigend die Hand. »Keine Sorge, wir holen Benni trotzdem ab. Frank fährt uns netterweise.«

Kann er uns nicht einfach sein Auto leihen? Ich beiße mir auf die Zunge, um die Frage nicht laut auszusprechen. Schließlich weiß ich, es ist an der Zeit, ein bisschen freundlich zu sein. Trotzdem bin ich enttäuscht. Ich wollte, dass dieser Tag nur Mam und mir gehört. Es ist doch Papas Wunsch, der sich jetzt erfüllt. Das sollten wir als Familie feiern.

»Frank ist echt ein netter Kerl«, höre ich plötzlich Papa in meiner Erinnerung sagen.

Wir sitzen auf den Stühlen im Wartezimmer von Mams Praxis und warten darauf, dass sie ihren Kram zusammengepackt hat.

»Außerdem ist er ein wirklich kluger Kopf. Wusstest du, dass er schon zwei Mal eine Ehrenurkunde für außerordentliche Verdienste im Bereich der medizinisch-wissenschaftlichen Forschung bekommen hat?«

Die etwa neunjährige Tally ist halbwegs beeindruckt. Die einzigen Urkunden, die sie bisher erworben hat, sind die für das Seepferdchen und das Bronze-Schwimmabzeichen.

»Aber warum fährt Mama mit ihm in den Urlaub?«, will mein kindliches Ich wissen.

Paps lacht. Er wirkt definitiv nicht wie ein verschmähter Ehemann. *»Sie fahren nicht in den Urlaub, sondern zu einer Konferenz. Dort erklären sie den anderen Ärzten, was sie Neues herausgefunden haben.«* Ich erinnere mich, wie stolz Paps aussah, als er das sagte. Komisch, ich habe mein Leben lang kein einziges Mal an dieses Gespräch gedacht, aber jetzt steht es mir so klar vor Augen, als würde ich einen Film anschauen.

»Tally?«

Erschrocken stelle ich meine Tasse auf den Tisch. Kakao schwappt über den Rand. Ich war schon wieder so in Gedanken, dass ich Mutters Frage überhört habe.

»Hm?«, mache ich. Hoffentlich fragt sie nicht, worüber ich gerade nachdenke.

»Wo bist du denn schon wieder mit deinen Gedanken?«, seufzt sie und schüttelt vorwurfsvoll den Kopf. »Manchmal bist du wirklich sehr wie dein Vater. Er hatte auch die unglaubliche Fähigkeit, seine Umwelt vollkommen auszublenden.«

Professor Doktor Frank nickt und schmunzelt. Ich blinzle verwirrt. Wir reden von Paps, oder? Nicht von ihm? Es regt mich auf, dass die beiden über meinen Vater sprechen, als wäre da nicht dieses kleine schmutzige Geheimnis zwischen ihnen. Wenn es denn ein Geheimnis war. Vielleicht wusste Paps auch alles und er hat es einfach aus irgendeinem Grund so hingenommen?

Diese Vermutungen machen mich noch verrückt. Solange ich

nichts Genaues weiß, werde ich einfach so tun, als gäbe es keinen Zweifel daran, von wem ich abstamme.

»Ich hab eben nur das Beste von Paps geerbt«, murmle ich in mein Rührei.

Zum Glück bringen wir das Frühstück ohne Zwischenfälle hinter uns. Unglaublich, wie anstrengend es ist, mit einer Person am Tisch zu sitzen, von der man nicht weiß, ob man sie hassen sollte oder mögen darf. Damit meine ich den Professor. Obwohl ich bei meiner Mutter gerade auch nicht ganz sicher bin.

Bevor wir zum Tierheim fahren, mache ich noch schnell einen Abstecher zu Gregor. Eigentlich muss ich erst am Abend wieder nach ihm sehen, aber irgendwie habe ich Sehnsucht nach ihm. Oder ist es die Wohnung, die mich anzieht?

Kalter Smog hängt in der Straße und ich wünschte, ich hätte einen Schal mitgenommen. Auf dem Weg zu dem alten, baufälligen Haus, in dem meine liebe Frau Möller wohnt, begegnen mir nur wenige Menschen. Es ist Samstagmorgen. Bevor die Geschäfte öffnen, wird nicht viel passieren. Mir ist es recht, denn ich mag jetzt keine bekannten Gesichter sehen. Höchstens das von Mr Wow, aber so gut meint es das Universum heute nicht mit mir.

Es klickt leise, als ich den Schlüssel in Frau Möllers Wohnungstür drehe.

»Greeegor!«, krächzt Gregor.

Mein Herz hüpft. »Hey, Gregor! Das nette Fräulein ist hier.«

Mir fällt plötzlich ein, dass ich gestern vergessen habe, den Korb vor die Tür der Nachbarin zu stellen. Ein großer Fehler. Ich sehe es sofort, sobald ich das Wohnzimmer betrete: Gregor hat ein schreckliches Chaos angerichtet. Holzstückchen liegen kreuz und quer auf dem Teppich verteilt, dazwischen Federn und Fetzen einer Plastiktüte.

Der große graue Vogel hockt auf seiner Stange, hält den Kopf schief und sieht unendlich traurig aus.

»Schon gut, Gregor«, versuche ich ihn zu trösten. Dabei habe ich einen Knoten im Bauch. Die Nachbarin wird so sauer auf mich sein. Wo kann ich einen Ersatz für den antiken Korb besorgen? Seufzend strecke ich die Hand aus. Ob Gregor zulässt, dass ich ihn berühre?

Er hüpft ein wenig näher an mich heran. Macht ein knarrendes Geräusch, das irgendwie freundlich klingt. »Nettes Fräulein.«

Meine Finger gleiten sanft über sein Gefieder. Es ist kühl und glatt. An der Brust entdecke ich ein paar kahle Stellen.

»Was machst du bloß?«, flüstere ich erschrocken. »Warum rupfst du dich? Macht ihr Vögel so was vielleicht, wenn ihr einsam seid?« Ich meine, ein zustimmendes Nicken zu sehen. Als ob er mich verstehen könnte.

Früher, als ich klein war, habe ich mir immer vorgestellt, ich könnte mich mit Tieren unterhalten. Manchmal nahm Paps mich mit in eine Zoohandlung. Ich blieb bei den Kaninchen stehen, während er sich in die Betrachtung der Aquarien vertiefte. In seinem Arbeitszimmer im Krankenhaus stand eins. Dort hielt er bunte Zierfische, an deren Namen ich mich nie erinnern konnte. Ich redete so lange mit den Kaninchen. Wie oft ich einem von ihnen versprochen habe, es zu befreien, sobald ich Mam davon überzeugen könnte!

»Komm ins Bett, Rudi!« Gregors Kreischen lässt mich zusammenschrecken. »Bleib ruhig! Bleib ruhig! Gregor! Greeeegor!«

»Schon gut, Gregor. Sie kommt ja bald wieder. Bestimmt. Und bis dahin werde ich einfach ein bisschen öfter nach dir sehen, in Ordnung?«

Rasch sammle ich die Überreste des Korbes zusammen und werfe alles in den Müll. Hoffentlich habe ich keine Plastikreste übersehen. Ob er davon wohl etwas gefressen hat? Das wäre schlimm. Bestimmt ist das Zeug gefährlich für ihn. Ich habe ein schrecklich schlechtes Gewissen. Was, wenn er krank wird, weil ein Plastiktütenrest irgendwas in ihm drin verstopft? Mir wird heiß und kalt bei dem Gedanken, dass Gregor etwas zustoßen könnte. Aber ich kann auch nicht bei ihm bleiben, um ihn zu beobachten, schließlich will Benni heute abgeholt werden. Ob ich Sanna den Schlüssel geben darf? Aber Gregor kennt sie nicht. Ich werde es riskieren müssen, erst heute Abend wieder nach dem Vogel zu sehen.

Und dann ist da noch die Nachbarin. Auf keinen Fall traue ich mich, jetzt bei ihr zu klingeln und zu gestehen, dass ich Gregor ihren Korb zum Fraß vorgeworfen habe. Vielleicht gibt es ja noch eine Möglichkeit, das Unglück zu vertuschen.

Ich hole den Korbrest noch einmal aus dem Müll und mache ein Foto davon.

Hast du eine Ahnung, wo man so einen Korb kaufen könnte?, schreibe ich Sanna und schicke ihr das Bild. *Frau Möllers Vogel hat ihn zerlegt. Ich brauche dringend Ersatz, sonst reißt mir die Nachbarin den Kopf ab.*

Beruhigt, weil Sanna immer eine Lösung findet, laufe ich nach Hause. Jetzt zählt nur noch eins: Benni. Alles andere wird sich hoffentlich finden.

Als Professor Doktor Frank den Motor anlässt, gibt es eine Eruption auf meiner Insel. Vorfreude lässt mich zittern und ich kralle die Fingernägel in meine Handflächen. Egal, was heute oder morgen oder übermorgen auf mich wartet: Jetzt bekomme ich meinen Hund. Wäre Paps noch hier, er würde mich vor Glück so sehr drücken, dass es wehtut. Und das zu wissen, hilft mir, den beiden Erwachsenen vorn im Auto zu verzeihen, dass sie sich lieben, ohne mich nach meiner Meinung zu fragen.

Später, am Nachmittag, liege ich auf meinem Bett. Benni liegt neben mir auf dem Teppich und schläft. Obwohl ich glücklich sein müsste, weil sich endlich mein Traum erfüllt hat, bin ich tieftraurig. So traurig, dass es mir schwerfällt zu atmen. Die Sehnsucht nach Paps liegt wie eine Decke aus Blei über mir und in mir drin ist alles so leer. Ich dachte, dass alles gut wird, wenn Benni nur endlich bei mir ist. Wie lächerlich – als ob dieser Hund meinen Paps ersetzen könnte! Es war doch klar, dass dieser blöde Freude-Vulkan am Ende nur Ärger bringen würde. Alles, was er mit seinem Beben und Explodieren bewirkt hat, ist, dass die ganze schöne Insel jetzt mit grauer Asche überzogen ist, die droht, mich zu ersticken.

Benni hebt den Kopf.

Er gähnt und sieht sich um.

Dann steht er langsam auf und legt die Schnauze auf mein Bett, Auge in Auge mit mir.

»Du kannst nichts dafür«, flüstere ich heiser.

Dann fällt mir ein, dass Benni auch verlassen wurde. Wenn es stimmt, dass Hunde sich ganz eng an ihr Herrchen binden, dann muss es sein Herz gebrochen haben, im Tierheim zu landen. Und trotzdem lässt er sich jetzt auf mich ein. Wie mutig von ihm.

Ich fahre mit der Hand über mein Gesicht, als könnte ich die Vulkanasche abstreifen. Benni guckt fröhlich und setzt sich schwanzwedelnd auf.

Du rufst mich raus … Kann jemand mal diesen Jingle in meinem Kopf abstellen?

Mühsam rapple ich mich auf und lasse die Füße über die Bettkante baumeln. Draußen vor dem Fenster sind dunkle Wolken aufgezogen und die Wetter-App kündigt Regen an. Eine feuchte Nase stupst gegen mein Knie. Ich seufze.

»In Ordnung, wir gehen raus.«

Diesmal stelle ich sicher, dass ich warm angezogen bin. Sicherheitshalber streife ich die Regenjacke über. Eine große Gassirunde schaffe ich noch, bevor ich mich Gregor und der Nachbarin stellen muss. Sanna hat das Korbdilemma mit allen möglichen Freunden geteilt, aber keiner kann helfen. Also bleibt mir nichts anderes übrig, als zu versuchen, den Schaden mit einer großzügigen Geldleistung wiedergutzumachen.

Benni zieht wie ein Irrer an der Leine, sobald wir das Haus verlassen haben. Der Wind fährt unter meine Jacke und ich friere trotz der vermeintlich angepassten Kleidung. Benni jagt einer Plastiktüte nach. Ich brauche meine ganze Kraft, um ihn unter Kontrolle zu halten.

»Ruhig, Junge!«, rufe ich automatisch.

Ein Pärchen dreht sich zu mir um, sie schüttelt den Kopf über die unerfahrene Hundehalterin, im wahrsten Sinne des Wortes.

In Gedanken bin ich bei all den Dingen, die ich ohne Paps vermisse. Filmabende auf dem Sofa. Die Cafeteria des Krankenhauses. Seine starke Schulter, an die ich mich so gern angelehnt habe. Ob Mutter die auch vermisst?

Benni läuft durch die Straßen, als hätte er ein Ziel. Ich folge ihm willenlos. Soll er sich auslaufen und seine neue Heimat kennenlernen. Dass er an jedem zweiten Baum stehen bleibt, ist auch okay. Danach zieht er umso enthusiastischer weiter, als folge er einer unsichtbaren Spur.

Als mein Hirn sich wieder etwas lichtet, stelle ich fest, dass Benni mich zu der Klinik geführt hat, in der Frau Möller liegt. Es ist kein großes Wunder, weil diese nicht weit von unserer Wohnung weg ist, aber es berührt mich trotzdem. Ich würde so gern kurz nach oben zu meiner lieben Freundin laufen und ihr erzählen, dass Gregor sie vermisst. Aber vielleicht würde das alles für sie noch schlimmer machen.

»Komm, wir gehen nach Hause«, sage ich zu Benni und ziehe an der Leine. Ich hatte gehofft, er würde sich sträuben, aber nein: Er folgt mir ohne Gegenwehr. Dafür klingelt mein Handy. Ich kämpfe mit der Leine, die im Weg ist, als ich versuche, es aus meiner Jackentasche zu fummeln. Schon zu spät – ein verpasster Anruf von Sanna.

Während Benni in einen kleinen Park abbiegt, rufe ich sie zurück.

»Ich hab eine gute Nachricht für dich«, höre ich sie begeistert an meinem Ohr.

»Schön, das kann ich gut gebrauchen.«

Sie lacht verständnisvoll und redet weiter: »Wir haben einen Korb, der gut zu dem passt, was du mir geschickt hast. Vielleicht ist es sogar das gleiche Modell. Das kannst du ja dann beurteilen.«

»Ihr habt so einen Korb zu Hause stehen?«, frage ich verwundert zurück. »Ist ja verrückt.«

Wieder ein Lachen und diesmal klingt ein bisschen Spannung durch. »Nein, ganz so einfach ist es nun auch wieder nicht«, erklärt sie beinahe entschuldigend. »Wir müssen das Teil bei jemandem abholen. Aber ich komme mit, okay?«

»Okay …« Dass Sanna es so geheimnisvoll macht, lässt mich misstrauisch werden. Was führt sie im Schilde? »Ich bin gerade mit Benni unterwegs. Kann ich ihn mitbringen? Ich meine, treffen wir uns jetzt gleich oder später? Und können wir hinlaufen? Busfahren muss ich mit Benni erst üben.«

»Ja, gleich, und ja«, gibt meine Freundin zurück. »Komm einfach zu mir, dann gehen wir zusammen weiter.«

Vielleicht ist es ja nur ihre Art zu bewirken, dass sie Benni schon heute zu sehen bekommt. Es dauert nicht lange bis zu ihrem Haus. Mittlerweile fallen die ersten dicken Regentropfen vom Himmel.

Sanna kommt die Treppe herunter. Ein einziges buntes Meer aus Farben und Sonne. Typisch Sanna eben. Ihr fröhliches Outfit aus dem Second-Handshop und ihr strahlendes Lächeln bieten dem aufkommenden Mistwetter die Stirn.

»Oh, wie süß du bist!« Ihre ersten Worte gelten nicht mir, sondern dem braunen Fellknäuel an meiner Seite. Sanna hockt sich neben Benni auf den Bürgersteig und lässt ihn an ihrer Hand schnuppern. »Kein Wunder, dass Tally sich in dich verliebt hat. Sie hat einen guten Geschmack.« Mit einem breiten Grinsen richtet Sanna sich wieder auf und umarmt mich. »Los, komm. Ist ja nicht gerade gemütlich hier draußen.«

Gemeinsam stapfen wir ein paar Straßen hinunter, eingehüllt

vom immer dichter werdenden Regen. Benni springt ungerührt durch die Pfützen. Es scheint ihm zu gefallen.

»Wer hat denn nun diesen Korb?«, dränge ich Sanna.

Sie holt ihr Ohr aus der Kapuze. »Was hast du gesagt?«

»Wer hat den Korb!?«

Ihr Grinsen wird noch breiter. Sie bleibt stehen und weist mit der Hand auf ein graues Stadthaus ein paar Meter vor uns. »Timo. Er wohnt da drüben.«

Mal wieder setzt mein Herz einen Schlag aus. Ich hätte es wissen können. In letzter Zeit führen alle Wege zu Mr Wow, zumindest dann, wenn Sanna beteiligt ist.

»Hättest du mich nicht vorwarnen können?«, knurre ich ein bisschen böse. »Ich bin nicht mal geschminkt!«

»Umso besser«, lacht Sanna frech. »Sonst würdest du jetzt mit vom Regen verwaschener Wimperntusche vor ihn treten.«

Ich werfe ihr einen strafenden Blick zu, muss aber gleichzeitig grinsen. Wo sie recht hat, hat sie recht.

Mit weichen Knien kämpfe ich mich die Treppe zu Mr Wows Wohnung hoch. Sanna geht gut gelaunt voran, hinter mir tappt Benni und hinterlässt Pfotenspuren auf den gefliesten Stufen.

Ein rothaariges Mädchen öffnet die Tür.

»Olivia?« Es rutscht mir so unvermittelt heraus, dass es mir augenblicklich peinlich ist, aber: Was macht Olivia hier, wo ich Mr Wow erwartet habe? Trifft sich gerade der Gebetskreis bei Timo zu Hause?

»Hey, schön, dass ihr da seid. Kommt doch rein.«

Sanna umarmt Olivia völlig unbeeindruckt von deren Gegenwart. Dann schlüpft sie durch die Tür.

Ich bleibe unschlüssig mit Benni stehen. »Er ist ziemlich dreckig«, murmele ich entschuldigend.

Aber Olivia winkt ab. »Kein Problem, hier ist überall Linoleumboden. Das kriegt man schon wieder sauber. Ein schöner Hund übrigens!« Wie in Trance trete ich in die Wohnung ein. Ich habe mich gerade mal auf eine Begegnung mit Mr Wow vorbereitet, aber doch nicht mit Olivia? Ist sie etwa Timos Freundin? Das hätte ich mir eigentlich denken können, so vertraut, wie die beiden in der Schule miteinander umgehen. Ich glaube, ich wusste es die ganze Zeit. Aber ich wollte es einfach nicht wahrhaben.

Ich schlucke an dem Kloß, der sich in meiner Kehle bildet, aber es nützt nichts. Während ich mir die Schuhe von den Füßen streife, wird er nur noch größer. Wie habe ich nur glauben können, Timo sei noch nicht vergeben? Und überhaupt, warum hätte er sich auch ausgerechnet in mich verlieben sollen? Es war so dumm von mir, in diese zufälligen Begegnungen etwas hineinzuinterpretieren. Enttäuschung saugt mir die Kraft aus den Gliedern. Die Traurigkeit von vorhin kommt so plötzlich zurück, dass es sich anfühlt, als würde mir jemand einen Knüppel über den Kopf ziehen. Ich schwanke leicht und stütze mich mit der Hand am Türrahmen ab. Benni wirft mir einen besorgten Blick zu.

»Alles okay?«, fragt Olivia und hält mir die Hand hin.

Ich straffe die Schultern und zwinge mich zu einem Lächeln. »Alles gut«, versuche ich leichthin zu sagen. Hinter mir fällt die Wohnungstür ins Schloss.

Kapitel 33

»Timo ist noch nicht wieder da, aber er hat mir gerade geschrieben, dass er nur noch ein paar Minuten braucht. Ihr könnt in seinem Zimmer warten. Wollt ihr was trinken?«

Unfähig, selbst etwas zu sagen, überlasse ich Sanna die Gesprächsführung. Ich will eigentlich nur weg hier.

»Also, wenn du schon so nett fragst: Ein Tee wäre echt perfekt bei diesem Wetter. Was meinst du, Tally?«

Meine Schultern zucken roboterhaft.

Olivia wirft uns ein strahlendes, gastfreundliches Lächeln zu und flötet: »Das ist doch ein Wort! Ich mache schnell was fertig, dann komme ich zu euch. Das Zimmer ist da drüben. Fühlt euch wie zu Hause.«

Wie ferngesteuert folge ich Sanna an den Ort, von dem ich heimlich gehofft hatte, ihn irgendwann in ganz anderer Stimmung zu betreten. Benni weicht nicht von meiner Seite. Zum Glück.

»Warum hast du mir nicht gesagt, dass Olivia hier ist?«, fahre ich Sanna an, sobald die rothaarige Schönheit außer Hörweite ist.

Sie reißt die Augen auf. »Ich dachte, das wäre klar«, gibt sie verständnislos zurück.

Jetzt bin ich völlig verunsichert und zweifle an meinem Verstand. Ich meine: Sanna weiß doch genau, wie ich für Timo empfinde! Wie kann sie mir da verschweigen, dass er längst vergeben ist? Hat sie deshalb immer so betont, dass er zu allen Mädchen freundlich ist? Ich möchte ihr etwas Gemeines sagen, da kommt Olivia auch schon zurück.

»Das Wasser kocht gleich«, sagt sie gut gelaunt. »Aber ich

dachte, es ist ja blöd, in der Küche zu warten. Wie cool, dass Janet diesen Korb im Keller hatte, oder? Das liebe ich echt an Gemeinde. Irgendwie gibt's immer jemanden, der jemanden kennt, wenn man etwas braucht.« Sie lacht fröhlich.

Ich verstehe nur Bahnhof. Außerdem ertrage ich es nicht, sie anzusehen und zu wissen, dass sie die Glückliche ist, die von Mr Wow geliebt wird.

Stattdessen lasse ich meinen Blick durch das Zimmer gleiten. Es ist nicht besonders groß, aber sehr gemütlich. Die Wohnung scheint ein klassischer Altbau zu sein mit hohen Wänden und Stuck an der Decke. Über der beigefarbenen Tapete tummeln sich Weinranken und Puttenköpfe. Der Boden ist von einem dunklen Teppichboden bedeckt, auf dem zwei grüne Läufer liegen. Benni hat sich schon auf einem von ihnen breitgemacht. Wir, Sanna und ich, hocken auf dem braunen Sofa mit Blick auf ein Bett. Sein Bett. Es ist ordentlich gemacht und mit einem Patchworküberwurf bedeckt. Vor dem Fenster steht ein ausladender, ordentlich aufgeräumter Schreibtisch. Zwei volle Bücherregale lassen ahnen, dass Mr Wow ein Literaturfan ist. Aber das Schlimmste an diesem Zimmer ist die riesige Pinnwand, die über dem Bett hängt. Sie ist voller Zettel, Flyer und Fotos: ein wildes Chaos, das Einblicke in sein Leben gibt.

»Pfefferminze oder Schwarztee?«, höre ich Olivia plötzlich fragen.

Mir fällt auf, dass sie mich meint. »Äh … Pfefferminze«, gebe ich zerstreut zurück. Ein Wunder, dass ich überhaupt ein Wort herausbringe.

»Nehme ich auch«, sagt Sanna zustimmend.

Im Flur höre ich die Haustür klicken.

»Und da ist er auch schon!« sagt Olivia grinsend und verlässt den Raum. Die Tür bleibt offen stehen. Mein Blick fällt auf drei gerahmte Fotos, die neben der Pinnwand hängen. Alle drei zeigen Timo und Olivia, wie sie gemeinsam in die Kamera strahlen: einmal am Strand, einmal im Wald und zuletzt vor einer Großstadtkulisse, die an New York erinnert. Das mit den beiden muss schon ziemlich lange laufen.

»Es hat sich noch nie so gut angefühlt, jemandem einen Korb zu geben«, sind Timos erste Worte, als er ins Zimmer tritt. Ich möchte ihm dafür am liebsten gegens Schienbein treten. Aber der Korb, den er triumphierend hochhält, bevor er ihn mir in die Hand drückt, sieht wirklich original aus wie der, der Gregor zum Opfer gefallen ist.

»Danke«, bringe ich mühsam hervor.

Mr Wow schenkt mir dieses warme Lächeln, von dem ich bisher dachte, es würde wirklich mich meinen. Dann hockt er sich auf den Boden und begrüßt Benni. »Was für ein schönes Tier du bist«, lobt er liebevoll. Und zu mir gewandt sagt er: »Du hast mir ja noch nie erzählt, dass du einen Hund hast!«

Als ob wir regelmäßige Plauderstündchen abgehalten hätten! Es macht mich wütend, dass Timo so tut, als wären wir beste Freunde. Dabei bin ich einfach nur enttäuscht und verletzt. Es ist so peinlich, bei jemandem im Zimmer zu sitzen, von dem man noch vor einer halben Stunde dachte, er könnte die aufkeimende Verliebtheit irgendwann erwidern. Dummes Ich, dummes Ich! Wütend merke ich, wie meine Wangen schon wieder anfangen zu glühen. Ich muss etwas sagen.

Zum Glück kommt Olivia gerade in diesem Moment mit dem Tee zurück. »Ich hab gleich eine ganze Kanne gemacht«, erklärt sie und stellt selbige auf dem Tischchen ab, das vor dem Sofa platziert ist.

Toll, eine Teerunde mit verschmähter Liebhaberin. Wie viel verrät mein Gesicht über meine Gefühle?

Zum Glück plappert Sanna jetzt drauflos und die drei Eingeweihten scheinen das kleine Treffen zu genießen. Nur Benni ist loyal: Er kommt zu mir, setzt sich hin und legt den Kopf auf meinen Schoß.

»Zum Glück scheint dieser Korb das Standardmodell der Sechzigerjahre zu sein«, spricht Timo mich schließlich wieder an. »Janet meint, das war quasi die Grundausstattung der guten Hausfrau.«

Ich huste, weil ich mich an dem Tee verschluckt habe. »Ja, das rettet mir das Leben«, bringe ich zu meiner eigenen Überraschung hervor.

Sanna sagt irgendwas von »Gott weiß, was wir brauchen«, aber mein Hirn ist auf einer ganz anderen Frequenz unterwegs. Es sendet mal wieder die falschen Botschaften an mein Sprachzentrum und ich höre mich fragen: »Wie lange seid ihr eigentlich schon zusammen?«

Es wird schlagartig still im Raum und drei überraschte Gesichter schauen mich an. Draußen rauscht ein Auto durch eine Pfütze. Dann wechseln Sanna, Olivia und Timo verwirrte Blicke, bis bei ihnen der Groschen fällt.

Olivia fängt als Erste an zu lachen. »Meinst du Timo und mich?«, gluckst sie und stupst Mr Wow liebevoll in die Seite.

Ich runzle die Stirn und nicke. Wen sonst?

Timo wird rot und fährt sich mit einer Geste der Verunsicherung durchs Haar.

Sanna schlägt sich die flache Hand an ihre Stirn. »Schon ziemlich lange, würde ich sagen«, lacht sie los.

Wie uneinfühlsam kann man bitte sein?

Timo hebt beschwichtigend die Hand und Olivia kichert: »Schon ganze sechzehn Jahre! Unglaublich, was, Bruderherz?«

Wie ein Blitz fahren Scham und Erleichterung durch meinen ganzen Körper. Wenn ich noch heulen könnte, dann würde ich das jetzt wahrscheinlich tun. Zwischen den beiden wild lachenden Mädchen sitzt Timo, ruhig und stark wie ein Fels in der Brandung. Irgendwie scheint er zu ahnen, was diese Frage mir bedeutet.

»Ja, seit sechzehn Jahren weicht mir meine Schwester nicht von der Seite«, nimmt er der unangenehmen Situation mit einem besänftigenden Lächeln die Schärfe. »Aber man kann sich daran gewöhnen.«

Sanna hat inzwischen ebenfalls gemerkt, dass das Ganze für mich nicht so richtig witzig ist. Ein bisschen schuldbewusst nimmt sie den Faden auf. »Ich dachte, du weißt das.«

Ich schüttle den Kopf und winke ab. Kann mal bitte einer das Thema wechseln? Mir ist heiß und ich fürchte, dass ich nicht mehr allzu lange die Fassung wahren kann.

Wie immer reißt Timo das Ruder herum und zieht den Karren aus dem Matsch: »Willst du eigentlich den Korb heute noch zu der Nachbarin bringen? Oder warst du schon bei Gregor?«

Krass, dass er sich sogar an den Namen des Vogels erinnert.

»Ich war heute Morgen da. Dabei hab ich doch das Chaos entdeckt. Aber ich muss auf jeden Fall nachher noch einmal hingehen, um Gregor zu füttern.« Benni kuschelt sich noch näher an mich an. Mein nervöses Streicheln scheint in ihm einen Trostreflex auszulösen.

Sanna fragt: »Und wie geht es Frau Möller?«

Mir wird auf einmal bewusst, dass ich jetzt schon zwei Freunde habe, die mein Frau-Möller-Freundschaftsgeheimnis kennen. Eigentlich sogar drei, wenn man Olivia mitzählt. Es fühlt sich besser an, als ich gedacht hätte. Trotzdem kann ich die Frage nicht beantworten.

»Ich weiß es nicht«, murmele ich unsicher. Was, wenn sie noch schlimmer dran ist als bei meinem letzten Besuch? Ich möchte unbedingt wieder zu ihr. »Ich wollte sie eigentlich jeden Tag besuchen«, sprudelt es auf einmal aus mir heraus. »Aber ich habe immer Angst vor dem, was mich erwartet. Ich weiß ja, dass sie sich freut, wenn ich komme. Aber es ist so schwer zu sehen, wie schlecht es ihr geht. Ich …« Es ist unmöglich auszusprechen, wovor ich wirklich Angst habe.

Aber Sanna weiß es und sie kann es sagen: »Du hast Angst, sie auch noch zu verlieren.« Jetzt nicke ich und alle vier schweigen wir.

Olivia rührt in ihrer Teetasse. Dann leckt sie gedankenverloren den Löffel ab und fragt: »Meinst du, es wäre leichter für dich, wenn einer von uns dich zumindest bis zum Krankenhaus begleitet?«

»Ich kann auch mit dir zu ihr ins Zimmer gehen«, bietet Sanna an. Sie wirkt sehr erleichtert, ihren Fehler von vorhin so schnell gutmachen zu können.

Ich schaue unentschlossen in die Runde. Timo spielt mit einer Teppichfranse, Olivia macht ein erwartungsvolles Gesicht.

»Benni ist heute den ersten Tag bei mir. Ich will ihn nicht gleich jetzt allein lassen.«

»Er kann doch bei uns bleiben.«

»Er kennt euch ja gar nicht!«

»Es scheint ihm doch aber jetzt auch nichts auszumachen, bei uns zu sein.«

Das stimmt. Mein Hund sitzt ganz entspannt da, die Schnauze auf meinem Bein. Würde er es ohne mich mit diesen drei Menschen aushalten? Im Tierheim waren auch eine Menge fremder Leute um ihn herum. Einen Versuch wäre es wert.

»Ich finde, wir sollten alle zusammen zum Krankenhaus gehen. Wir können doch mit Benni draußen warten oder einfach noch eine Runde laufen, während du zu Frau Möller gehst. Und wenn wir merken, dass er sich unwohl fühlt, dann rufen wir dich einfach an.«

Obwohl Olivia die Nase krauszieht und mit einem »Ich hasse Regen«-Blick in Richtung Fenster schaut, klingt Timos Vorschlag vernünftig.

»Ich will nicht, dass ihr wegen mir in dieses Mistwetter rausgehen müsst«, wende ich ein. Wirklich, ich mag es nicht, wenn Leute etwas für mich tun, wozu sie keine Lust haben. Ich glaube, Olivia hatte sich eher vorgestellt, hier in der Wohnung auf Benni aufzupassen.

»Ach, das ist doch kein Problem.«

Die beiden Geschwister stehen zeitgleich auf, Sanna folgt sofort.

»Ich wollte meine neue Regenjacke sowieso endlich mal einweihen«, behauptet Olivia jetzt.

So, wie es aussieht, ist die Sache beschlossen. Timo zwängt den Gregor-Korb in eine Plastiktüte, um ihn vor der Nässe zu schützen. Sanna geht in den Wohnungsflur, um ihre Sachen anzuziehen, und Olivia verschwindet kurz in ihrem Zimmer.

»Komm, es geht wieder nach draußen«, sage ich leise zu Benni. Der schaut mich irritiert an und legt sich demonstrativ auf den Teppich.

»Kluger Hund«, lacht Timo. »Er weiß genau, dass er keine Gummistiefel dabeihat.«

Damit dreht Mr Wow sich um und geht aus dem Zimmer. Ich stehe langsam auf. Eigentlich möchte ich es machen wie Benni. Na ja, ich würde mich nicht auf den Teppich legen, zumindest nicht sofort. Aber ich würde gern bleiben. Es fühlt sich richtig an, in diesem Raum zu sein. Alles hier ist Timo – die Bilder, die Möbel, die Bücher, die Luft. Warum mag ich ihn nur so sehr? Wir haben nichts gemeinsam, außer vielleicht unseren Humor. Mein Blick bleibt an der Pinnwand hängen. Das Gewirr der Zettel scheint eine geheime Ordnung zu haben. Neben Veranstaltungsflyern und frommen Sprüchen hängen da auch Fotos und kleine handbeschriebene Zettel.

»Kommst du, Tally?«

Ich reiße mich von dem Zimmer los und folge Benni, der wie durch ein Wunder plötzlich aufgesprungen ist und an der Leine Richtung Ausgang zieht.

Das Letzte, was ich von der Pinnwand aus dem Augenwinkel heraus wahrnehme ist ein winziger grüner Zettel. Darauf steht in klaren Buchstaben »*Talitha kum*«.

Während wir vier mit gesenkten Köpfen durch den strömenden Regen in Richtung Krankenhaus laufen, kreisen meine Gedanken pausenlos um dieses verräterische Stück Papier. Hat es mit mir zu tun? Erinnert es Mr Wow an unsere sensationell peinliche Begegnung im Gebetskreis? Oder mag er einfach diese Geschichte aus der Bibel, aus der dieser Spruch stammt? Ich meine, es ist ja schon eine schöne Vorstellung, dass es da jemanden gegeben haben soll, der ein totes Mädchen wieder lebendig gemacht hat.

Mit Jesus Christus habe ich mich noch nie besonders ausführlich beschäftigt. Für mich macht es Sinn, dass es ihn gab, klar. Die Bibel ist – jedenfalls Sannas Erklärungen zufolge – eine ziemlich verlässlich belegte Sammlung alter Schriften, für deren ursprüngliche Dokumente es überraschend viele historische Belege gibt. Diese ganzen Berichte davon, dass da vor zweitausend Jahren ein Mann in Israel gelebt haben soll, der mit seinem auffällig friedfertigen Verhalten die Leute nachhaltig beeindruckt hat, kann ich glauben. Aber der Rest ist für mich ein Mythos. Wunderheilungen? Ich weiß nicht. Paps hat immer gesagt, dass es manchmal Spontanheilungen bei Kranken gibt, die man sich medizinisch nicht erklären kann. Für mich klingt das nach Zufall. Vielleicht haben manche Menschen eben das Glück, dass ihr Körper über besonders tolle Abwehrkräfte verfügt. Und vielleicht hatte dieser Jesus einfach ein bisschen mehr Ahnung von Krankheiten als die anderen um ihn herum. Es kann ja sein, dass er bei dem Mädchen Herzdruckmassage gemacht hat oder so. Sanna sagt, dass er auch Blinde sehend gemacht und Aussatz geheilt hat. Also, wahrscheinlich hatte er ein Händchen für so was. Er hätte reich werden können mit diesem Wissen! Stattdessen hat er von Liebe und Frieden und Religion geredet, alles Dinge, mit denen wir Menschen sowieso nicht zurechtkommen. Ein paar Leute springen auf den Zug auf und versuchen besonders lieb und gut zu sein, und manchmal hat man Glück und es tut sich was Gutes. So wie bei Ghandi. Aber man muss es ja nicht übertreiben, indem man gleich behauptet, Gottes Sohn zu sein. Kein Wunder, dass dieser Jesus am Ende umgebracht wurde.

»Was denkst du, soll ich dich begleiten?«

Ich schrecke aus meinen Gedanken auf, als Sanna plötzlich neben mir geht. Immer noch auf meine eigenen Füße blickend, gebe ich zurück: »Wahrscheinlich ist das besser, ja.«

Benni trabt brav neben mir her, ohne ein einziges Mal stehen zu bleiben. Wir sind schon ziemlich nahe an der Klinik. Der Regen rauscht vom Himmel, als hätte jemand eine Schleuse geöffnet.

»Timo und ich würden mit Benni rüber in den Park gehen«, ruft Olivia unter der silbernen Kapuze ihres stylischen Regenmantels hervor. »Unter den Bäumen werden wir vielleicht nicht ganz so durchweicht und Benni kann sich ein wenig austoben.«

Ich reiße die Augen auf und bitte schnell: »Aber auf keinen Fall die Leine losmachen! Sonst rennt er mit Sicherheit weg. Er ist ja ganz neu bei mir und euch kennt er überhaupt nicht. Er hört zwar auf seinen Namen, aber wer weiß, was in so einem Hundekopf vorgeht, wenn er freigelassen wird.«

Timo kommt zu mir und nimmt mir behutsam die Leine aus der Hand. »Wir passen gut auf ihn auf«, verspricht er ganz ruhig. »Mach dir keine Sorgen.«

Unsere Hände berühren sich, als ich ihm die Leine überlasse. Sie sind nass und kalt, aber in diesem Moment strömt eine Wärme in mich wie von einem Kaminfeuer, das ein eiskaltes Zimmer wieder bewohnbar macht.

»Okay.« Ich beiße auf meine Lippe.

Timo macht die Leine kurz, sieht mir fest in die Augen und sagt: »Ich finde es echt gut von dir, dass du diesen Besuch machst. Es wird ihr so viel bedeuten.«

Ich nicke stumm und wende den Blick ab. Wenn Mr Wow wüsste, wie wenig heldenhaft ich in Wahrheit bin. Ich habe Frau Möller das Bild ihres Lieblingsonkels geklaut und außerdem habe ich sie die ganze Zeit aus reinem Eigennutz besucht. Nur weil ihre Gegenwart mir gutgetan hat. Ich bin kein guter Mensch. Jedenfalls nicht so einer, wie Timo und Olivia und Sanna es sind, die aus kompletter Überzeugung die ganze Welt lieben.

So bin ich nicht.

Ich versuche die Bitterkeit herunterzuschlucken, die bei diesen Gedanken in mir aufgekommen ist. Ich bin nicht wie Ghandi oder wie Jesus.

Zum Glück nimmt Sanna mich am Arm und zieht mich sanft, aber bestimmt in Richtung Klinikeingang, sonst hätte ich auf der Stelle kehrtgemacht, mir Benni geschnappt und wäre nach Hause gelaufen.

Frau Möller liegt, wie beim letzten Mal, zusammengerollt zwischen den Laken, aber die Infusionsschläuche sind verschwunden und sie sieht ein klitzekleines bisschen lebendiger aus.

»Hallo, Frau Möller«, begrüße ich sie mit rauer Stimme.

Sie strahlt. »Wie schön, dass du gekommen bist.«

»Und das ist meine Freundin Sanna«, erkläre ich schnell, um von meiner Unsicherheit abzulenken. »Ich habe ihr von Ihnen erzählt. Hoffentlich haben Sie nichts dagegen, dass sie mitgekommen ist.«

»Aber nein«, gibt Frau Möller fröhlich zurück. Mir fällt auf einmal auf, dass sie auf dieselbe Art zu leuchten scheint wie auch Sanna und Timo, von tief innen heraus.

Sanna ist zum Glück ein Mensch, der keine Scheu vor Fremden, Krankenhäusern, frisch gebohnerten Fußböden oder gefühlsverwirrten Freundinnen hat. Sie geht lächelnd auf die gebrechliche Frau im Bett zu und nimmt deren Hände in die ihren. »Ich freue mich so, Sie kennenzulernen«, sagt sie herzlich. »Verzeihung, jetzt habe ich Sie nass getropft. Der Regen da draußen ist ganz schön heftig.« Sie rubbelt über den Wasserfleck, den ihre Jacke auf Frau Möllers Bettdecke hinterlassen hat. Dann tritt sie zurück, lächelt entschuldigend und bleibt neben dem Bett stehen.

Ich bin dran, etwas zu tun.

Weil sie nicht mehr verkabelt ist, kommt mir eine Idee: »Können wir vielleicht mit Ihnen einen kleinen Ausflug in die Cafeteria machen?« Es ist zwar schon früher Abend, aber vielleicht gibt es dort trotzdem noch etwas. Schließlich ist immer noch Besuchszeit. »Die Schwestern leihen uns bestimmt einen Rollstuhl.«

Anscheinend findet Frau Möller diesen Gedanken gut, denn sie nickt zustimmend. »Es wäre wirklich schön, einmal aus diesem Zimmer zu kommen.«

»Na dann, nichts wie los! Sie haben doch bestimmt eine Strickjacke oder einen Morgenmantel, den Sie überziehen können. Sanna hilft Ihnen. Und ich organisiere ein Fahrgestell.« Wie auch immer es passiert ist, die alte Tally taucht plötzlich aus ihrer Versenkung auf. Es liegt mir im Blut, Dinge zu organisieren und Leute herumzukommandieren. Letzteres behauptet meine Mutter jedenfalls.

Es dauert nicht lange, einen Rollstuhl zu besorgen, und schon sind wir unterwegs. Sanna geht voran und ich schiebe meine weißhaarige Freundin durch die Krankenhausflure.

»Die Cafeteria ist im Erdgeschoss«, stellt Sanna fest und drückt auf den Fahrstuhlknopf.

Als wir am Haupteingang vorbeigehen, blickt Frau Möller wehmütig zur Tür. »Ich liebe Regen«, murmelt sie leise.

Sanna und ich wechseln einen Blick.

»Wirklich?«, frage ich.

»Oh ja. Früher, als ich klein war, habe ich mich manchmal einfach vors Haus gestellt, in die grauen Wolken geblickt und mir die Tropfen über das Gesicht laufen lassen. Meiner Mutter hat das allerdings nicht gefallen. Sie hat immer behauptet, davon würde ich mir eine Lungenentzündung holen. Aber das ist nie passiert.«

»Mütter haben immer Angst, dass Kinder sich erkälten«, sagt Sanna grinsend.

Und ich füge hinzu: »Aber wenn wir zurück auf Station gehen, können wir ja einen kleinen Abstecher nach draußen machen. Nur ganz kurz, und dann sorgen wir dafür, dass Sie danach wieder warm und trocken ins Bett kommen, einverstanden?«

»Einverstanden!« Frau Möller freut sich sichtlich. Wie schön, dass manche Erwachsenen noch mit Begeisterung unvernünftig sein können! Paps hätte das gefallen.

Es ist richtig schön, mit Frau Möller und Sanna an einem Tisch zu sitzen und Kakao zu trinken. Die alte Dame erzählt von ihrer Heimat: von den Kastanienalleen und den sandigen Wegen, die zum Meer hinführten.

»Ich wünschte, ich könnte doch noch ein einziges Mal mein Zuhause sehen«, seufzt sie schließlich. »Rudolf hat oft vorgeschlagen, dass wir eine dieser Busfahrten für Rentner unternehmen könnten, um Erinnerungen wachzurufen. Aber damals dachte ich, dass mich das nur traurig machen würde. Jetzt ist es zu spät.« Sie lacht leise und bedauernd. »Alt zu sein, hat schöne Seiten, wisst ihr. Aber manche Dinge sollte man einfach tun, solange man noch bei Kräften ist.«

Ihre Worte fallen tief in mein Herz. Es gibt so vieles, was ich mit Paps tun wollte. So vieles, was jetzt nicht mehr möglich ist. Wie mag es sich anfühlen zu wissen, dass die eigene Lebenszeit fast abgelaufen ist und man nicht nachholen kann, was man bis dahin versäumt hat?

Später, nachdem wir Frau Möller kurz im Regen »gewässert« haben, wie sie es nennt, und die alte Dame gut abgetrocknet und warm eingepackt in ihrem Bett zurückgelassen haben, spreche ich Sanna auf diese Bemerkung an.

»Ich wünschte, wir könnten es ihr doch noch ermöglichen, dass sie ihre Heimat wiedersieht.«

Sanna nickt, zuckt aber mit den Schultern. »Schade, dass wir kein Auto haben. Ich würde sie einfach reinpacken und losfahren.«

Wir lachen über den verrückten Gedanken und treten hinaus in den Regen. Von Weitem entdecken wir Olivia, Benni und Mr Wow, die am Tor des Krankenhauses stehen.

»Timo!«, japst Sanna plötzlich, dreht sich zu mir um und packt mich an den Schultern. »Das ist es!«

Ich verstehe nur Bahnhof. »Was meinst du?«, will ich wissen.

Sanna hat einen irren Blick in den Augen. So einen, den man nur hat, wenn sie eine wirklich großartige Idee hat. Ich ahne auf einmal, was sie denken könnte.

Sie zieht mich zur Seite und legt den Arm um mich. Während der Regen um uns rauscht, erklärt sie hastig: »Ich habe doch gesagt, dass wir eine Überraschungsparty planen.« »Ja«, nicke ich. »Morgen.«

»Richtig. Die Party sollte für Timo sein. Er wird achtzehn und wir wollten das mit allen möglichen Freunden feiern. Du bist auch eingeplant. Aber jetzt kommt das Beste: Timo hat schon seit einem Jahr seinen Führerschein. Seine Eltern haben zwei Autos: ein kleines Stadtauto und einen amerikanischen Minivan, in den sieben Leute bequem reinpassen. Mit bequem meine ich, dass in dem Teil so viel Platz ist wie in einem Reisebus. Und die Sitze sind megagemütlich. Was hältst du davon, wenn wir Olivia überreden, die Party abzublasen und dafür mit Timo und Frau Möller in den Ferien einen Roadtrip zu machen?«

Ich starre sie an, als hätte sie mir eröffnet, sie sei schwanger. »Im Ernst?«

»Warum nicht?«

»Wow.« Kopfschüttelnd gehe ich weiter auf unsere wartenden Freunde am Tor zu. »Meinst du, er wäre einverstanden? Ich meine, das ist ja wohl etwas komplett anderes, als sich feiern zu lassen. Das kommt mir irgendwie nicht fair vor. Man könnte doch auch beides …«

»Nein, wir brauchen ja Geld, um Pensionen anzumieten und so was. Beides ist zu teuer. Aber ich bin sicher, dass er so ein Abenteuer tausendmal besser findet als eine Party, bei der sich alles um ihn dreht.«

Inzwischen sind wir beinahe angekommen. Ein Roadtrip nach Polen, mit meinem Crush und einer alten Dame, die jeden Moment sterben könnte. Verrückter geht es nicht.

»Okay, fragen wir ihn.«

Sanna grinst wie ein Honigkuchenpferd. »Erst rede ich mit Olivia. Wenn sie einverstanden ist, organisieren wir den Rest. Morgen planen wir die Route!«

Wir erreichen das Tor und Benni springt schwanzwedelnd an

mir hoch. Ich kraule seinen Kopf, seine matschigen Pfoten ruinieren meine Sachen endgültig und ich bin so glücklich wie lange nicht mehr.

Kapitel 34

Marilena verließ den Hof am nächsten Morgen in aller Frühe.

Die Vögel ließen sich nur vereinzelt hören, Nebel lag über den Feldern. Es war kalt. In wenigen Wochen würde alles hier unter einer Schneedecke liegen, aber bis dahin wäre sie weit weg. Wohin sie gehen sollte, das wusste sie nicht. Sicher war nur, dass sie auf diesem Hof nicht willkommen war, obwohl dessen Herr ihr auf so seltsame Weise vertraut war. Wahrscheinlich hatte sie sich diese vermeintliche Verbindung zwischen ihr und ihm nur eingebildet. Sollte sie am Ende auf ihre eigenen Gefühle hereingefallen sein? Eins war klar: Sie musste so viele Kilometer zwischen ihn und sich selbst bringen wie nur irgend möglich.

Was war nur passiert? Wann hatte es angefangen? Eigentlich war sie von Anfang an auf dem Gut nicht willkommen gewesen. Aber dann hatte Prinz Eugen sie eingeladen zu bleiben. Hatte er das nur getan, weil er ein guter Mensch war? Oder stimmte es, was die Schwarzhaarige sagte, und auch er hielt sie für eine Dirne? Wenn dem so war, dann hatte er zumindest nie versucht, ihre vermeintlichen Dienste in Anspruch zu nehmen.

Wütend schüttelte Marilena den Kopf, obwohl nur die Raben auf den Ästen der herbstlichen Kastanienbäume sie sehen konnten.

Menschen konnten so grausam und ungerecht sein. Sie urteilten nach dem ersten Eindruck und gaben selten jemandem die Gelegenheit, sich zu erklären. Wie oft hatte sie das in ihrem Leben schon erfahren.

Die junge Frau folgte der gepflasterten Straße, tief in Gedanken versunken. Um sie herum erwachte die Welt. Die Sonne stieg aus dem Dunst auf, der Himmel über den abgeernteten Äckern schimmerte rosarot.

Wann habe ich meinen Wert und meine Würde verloren, fragte Marilena sich.

Wohl mit dem Tag, an dem ihre Eltern starben und sie, gerade einmal fünf Jahre alt, dem Haushalt ihres Onkels übergeben wurde.

»Zieh die Schuhe aus und stell den Koffer dort in die Ecke«, hörte sie die Tante in ihrer Erinnerung sagen. »Das Kleid zieh aus. Berta gibt dir Sachen, die besser zu dir passen.«

Sie fühlte noch einmal die Scham, die sie überkommen hatte, als eine ältere Magd ihr das hellblaue Seidenkleid über den Kopf zog, das ihre Mutter ihr erst wenige Wochen zuvor geschenkt hatte. Stattdessen streifte man ihr ein kratziges Kittelchen aus grobem Baumwollstoff über.

»Nun nimm sie mit, Berta. In der Küche wird es etwas für sie zu tun geben. Wenn ich für das Balg meines Bruders sorgen soll, dann kann es sich auch nützlich machen.«

Erst später hatte Marilena verstanden, warum ihre Tante und der Onkel so böse auf sie waren: Das Erbe ihres Vaters war auf den ältesten Bruder übergegangen, der das Gut verkauft und sich ins Ausland abgesetzt hatte. Das Kind blieb übrig. Jemand musste sich darum kümmern.

»Ein winziges Stück Feld hat er uns gelassen!«, schäumte der Onkel einmal, als er sich mit Gästen über den Tod seines Bruders unterhielt. »Und das verwöhnte Balg, zu nichts nutze.«

Er hatte nicht gewusst, dass Marilena ihn hören konnte. Aber auch wenn er es gewusst hätte – es hätte ihn nicht daran gehindert zu sagen, was er von ihr hielt.

Marilena hatte eine harte Schale um ihr Herz wachsen lassen, damit keiner sie mehr mit abfälligen Worten verletzen könnte. Bis gestern. Etwas hatte die Schale aufgeweicht und die Schwarzhaarige hatte die erste Gelegenheit genutzt, sie beinahe tödlich zu treffen.

Beinahe.

Marilena straffte die Schultern und schritt weiter aus. Kühle Luft füllte ihre Lungen und sie hob das Gesicht himmelwärts. Nein, sie war nicht gebrochen. Sie würde wieder neu anfangen, so wie immer. Niemand würde sie zerschmettern. Nein, die Selbstachtung konnte ihr keiner rauben.

Benni, der die ganze Zeit, während ich geschrieben habe, neben mir geschlafen hat, steht auf, reckt sich und gähnt. Es ist Sonntagmittag und ich versuche mich abzulenken. Eugen hilft mir ganz gut dabei, aber langsam werde ich kribbelig. Immer noch keine Nachricht von Sanna! Nachdem wir gestern Abend noch lange über die verrückte Idee, Frau Möller in ihre alte Heimat zu fahren, geredet haben, wollte sie heute Olivia von dem Projekt überzeugen.

»*Ich spreche sie gleich nach dem Gottesdienst an*«, hat Sanna gesagt.

Ich schaue auf die Uhr: Es ist kurz nach zwölf. Der Gottesdienst geht so ungefähr bis halb elf. Wann meldet sie sich endlich?

Benni macht ein Geräusch, das wie geflüstertes Bellen klingt, stupst mich an und schaut zur Tür.

»Du willst raus?«, frage ich.

Er legt den Kopf schief und zieht die Stirn ein bisschen kraus.

»Ja? Das heißt bitte?«

Er bellt noch einmal, freundlich aber bestimmt.

»Na gut, drehen wir eine Runde. Zum Glück regnet es nicht mehr.«

Mutter und Frank sitzen auf der Couch, Hand in Hand. Ich kann hinsehen, ohne allzu wütend zu werden. Ein Fortschritt.

»Ich gehe ein bisschen mit Benni raus«, erkläre ich kurz das Offensichtliche.

Mutter lächelt zustimmend. Sie sieht so verliebt aus.

»Wir bestellen heute Pizza«, ruft sie mir zu, als ich schon beinahe zur Tür hinaus bin. »Nimmst du Hawaii, wie immer?«

»Ja.« Ich drücke die Tür hinter mir zu. Wie immer. Es gibt also noch Dinge, die wie immer sind.

Benni scheint glücklich zu sein, seine Nase in aufgeweichte Hundehaufen zu stecken und an nassen, fauligen Blättern zu schnüffeln. Ich kicke mit dem Fuß Kastanien durch die Gegend und lasse ihn das Tempo bestimmen.

Frau Möller den Wunsch zu erfüllen, ihre alte Heimat wiederzusehen, klingt wie die beste Idee ever. Aber wird es funktionieren? Wird sie es überhaupt wollen? Was, wenn sie viel zu schwach für eine solche Reise ist? Ich weiß nichts über ihren Gesundheitszustand, aber ich ahne, dass sie jemand ist, der für ein Abenteuer zu begeistern ist. Vielleicht sagt sie Ja. Vielleicht wird es die Reise ihres Lebens. Aber was passiert, wenn sie unterwegs wieder richtig krank wird – oder gar stirbt? Machen wir uns dann strafbar oder zumindest schuldig?

Nein, Frau Möller ist erwachsen. Sie entscheidet selbst, wohin sie reist. Wir müssen einfach darauf achten, dass sie eine gute Auslandskrankenversicherung hat.

Mir kommt auf einmal ein Märchen in den Sinn, das Paps mir einmal erzählt hat. Wir wollten einen Gruselabend machen: mit Salzstangen, sauren Gurken und Himbeersirup in einer selbst gebauten Höhle im Wohnzimmer. Mutter war sogar auch dabei. Es war einer dieser besonderen Tage, die wir früher manchmal hatten. Damals war ich ungefähr sieben Jahre alt. Ich habe komplett vergessen, worum es eigentlich in dem Märchen ging, aber es beinhaltete einen Mann, der seine tote Großmutter in eine Pferdekutsche setzte und aus irgendeinem Grund den ganzen Tag mit ihr durch die Gegend fuhr. Ich hätte nicht gedacht, dass ich einmal freiwillig das Risiko eingehen würde, ungefähr das Gleiche tun zu müssen. Aber ich hätte auch nie damit gerechnet, meinen Paps an eine blöde Krebserkrankung zu verlieren – so what.

Ich ziehe zum tausendsten Mal mein Handy aus der Hosentasche, um nachzusehen, ob Sanna geschrieben hat. Nichts. Wie lange kann das bitte dauern?

Benni erledigt sein Geschäft und scheint nichts dagegen zu haben, den Heimweg anzutreten. Wir sind schon fast an der Haustür, als endlich mein Handy klingelt.

»Olivia findet die Idee gut«, ist das Erste, was sie sagt. »Soll ich Timo fragen, ob er nachher mit zu mir kommt? Dann überraschen wir ihn mit der Frage und wissen gleich, was er davon hält.«

Ich kann Mr Wow nicht einschätzen, weil ich ihn einfach viel zu wenig kenne. Aber er ist einer von den »Guten«. Bestimmt würde er alles tun, um eine alte Frau glücklich zu machen.

»Ich hab das Gefühl, ihm die Party zu ruinieren«, werde ich plötzlich wankelmütig. Aber in meinem Herzen weiß ich, dass ich es unbedingt tun möchte: für meine Frau Möller.

»Ach was, ich bin sicher, dass er das sowieso tausendmal spannender findet!«

»Und wann fragen wir Frau Möller, ob sie überhaupt will?«

»Bevor wir die Pensionen buchen.«

»Ganz schön verrückt, oder?«

»Ja«, lacht Sanna. »Aber ich weiß, dass es genau das Richtige ist.«

Wenn Sanna das sagt, dann meint sie es ernst. Sie behauptet immer, dass Gott ihr eine Art »Ruhe im Herzen« schenkt, wenn eine Entscheidung gut ist. Ich verlasse mich da eher auf mein Bauchgefühl. Aber vielleicht sind unsere Methoden ja gar nicht so weit voneinander entfernt.

»Also gut, wann soll ich nachher bei dir sein?«

»Um vier, wie ursprünglich verabredet.«

Wir legen auf. Benni drängt nach oben; hier draußen ist es heute wieder ziemlich kalt. Bis zu den Herbstferien sind es noch vierzehn Tage. Ob es möglich ist, in so kurzer Zeit eine Reise zu planen, die den Bedürfnissen einer alten, kranken Frau gerecht wird?

»Hast du heute noch etwas vor, Talitha?«, fragt Frank, während wir zu dritt Pizza mümmeln. Ich zucke mit den Schultern. »Ja, ich gehe zu meiner Freundin.« Keine Ahnung, was ihn meine Freizeitgestaltung angeht, aber ich will ja nicht vollkommen unhöflich sein.

Mutter wechselt einen Blick mit ihrem Professor Doktor.

»Wir haben uns überlegt, dass wir dich gern unterstützen würden«, fängt sie an. Ihre Stimme hat diesen vorsichtigen Klang wie immer, wenn sie etwas Unangenehmes im Sinn hat.

»Wobei?«, werfe ich ihr bissig zu. Mir fällt nichts ein, bei dem ich in meinem Leben gerade Hilfe nötig hätte.

»Tja, also, wir hatten doch über den Test gesprochen …«

»Nein!«, rufe ich und springe so unvermittelt auf, dass Benni einen Satz zur Seite macht und ein Warngebell ausstößt. »Ich habe gesagt, dass ich kein Wort mit dir über diesen Brief von Paps wechseln will, solange, bis *ich* davon anfange! Lass mich damit in Ruhe!«

Ich stürme in mein Zimmer wie eine Fünfjährige, lasse Benni gerade genug Zeit, mit hineinzuschlüpfen, und knalle die Tür hinter mir zu.

Ich halte das nicht aus! Mit fliegendem Atem und brennenden Wangen gehe ich im Raum auf und ab. Ich muss unbedingt diesen Umschlag öffnen. Ich muss wissen, was darin verborgen ist, bevor Mutter sich verplappert und mich mit der Wahrheit vollkommen überrumpelt. Ich muss es tun, aber ich will nicht. Nicht heute. Nicht weil meine Mutter mich dazu zwingt. Ich will selber entscheiden, wann ich dazu in der Lage bin …

»Manche Dinge sollte man tun, solange man noch bei Kräften ist«, fallen mir Frau Möllers Worte wieder ein. Sie dachte dabei ans Alter, aber vielleicht schwinden die Kräfte auch auf andere Weise. Ich habe jedenfalls gerade das Gefühl, nicht einmal mehr die Finger genug bewegen zu können, um das Kuvert aus seiner Schublade zu nehmen und zu öffnen. Wird es schlimmer werden?

Ich habe mir vorgenommen, den Brief am einunddreißigsten Dezember zu öffnen. Aber was, wenn das schon zu spät ist? Wer garantiert mir, dass ich bis dahin nicht allen Mut verloren habe?

Die Uhr zeigt dreizehn Uhr vierundzwanzig.

Nein, ich öffne den Umschlag heute nicht. Stattdessen ziehe ich meinen großen Reiserucksack aus dem Schrank und lege ihn auf mein Bett. Was würde ich einpacken, wenn wir den Roadtrip nach Polen wirklich machen? Jeans, Pullover, Shirts, Socken. Ich stopfe alles in die Tasche, als würde die Fahrt morgen beginnen. Mitten hinein, zwischen Unterwäsche und Hosen, lege ich das weiße Kuvert. Ich werde es öffnen, wenn ich Freunde an meiner Seite habe.

Erleichtert über den neuen Entschluss quetsche ich den Rucksack zurück in den Schrank, setze mich an meinen Schreibtisch und öffne das Tintenfässchen.

Marilena war gerade von der großen Straße auf einen schmaleren Weg abgebogen, als sie Hufgetrappel hörte. Ein Reiter, und er schien es eilig zu haben. Vorsorglich hielt sie sich am äußersten Rand des Weges, um nicht aus Versehen niedergeritten zu werden. Doch statt eines vorbeidonnernden Pferdes hörte sie als Nächstes ein tiefes »Hooo!« und es wurde still. Marilenas Herzschlag beschleunigte sich. Nicht noch ein Übergriff! Sie war ganz allein hier draußen zwischen den Wäldern. Niemand würde sie schreien hören. Um nicht in Panik zu verfallen, ging sie weiter mit straffem Schritt, den Kopf hocherhoben, den Atem zur Ruhe zwingend.

»Marilena!«

Es war, als fiele ein Stern vom Himmel, genau vor ihre Füße. Ein Beben lief durch ihren Körper. Die Stimme gehörte dem Gutsherrn, Prinz Eugen. Aber das war unmöglich, denn sie hatte weder ihm noch einem der Menschen im Haus ihren echten Namen genannt.

Langsam drehte sie sich um.

Der Prinz stand, mit zerzaustem Haar und offenem Mantel, still neben seinem Pferd. Hinter ihm strahlte der Himmel in glühendem Orange. Die Wälder schwiegen staunend, zwei Rehe auf dem Streifen Gras zwischen den Baumreihen lauschten gespannt zu den beiden Menschen herüber.

Es dauerte eine Ewigkeit, bevor der Prinz den ersten Schritt machte. Das Pferd fest am Zügel haltend, kam er auf die erstarrte Marilena zu.

Sie konnte nicht denken – all ihre Kraft brauchte sie dazu, sich ihren weichen Knien zum Trotz auf den Beinen zu halten.

»Marilena von Erfenlag«, nannte der Mann ihren vollen Namen. Den Namen, den seit vierzehn Jahren niemand mehr ausgesprochen hatte.

Marilena fühlte, wie sie schwankte. Da war er auch schon an ihrer Seite, um sie zu stützen. Er brauchte beide Arme.

»Woher kennt Ihr meinen Namen?«, hauchte die junge Frau.

Sein Gesicht war ihrem so nah und sie spürte seine Wärme. Ein Lächeln leuchtete aus seinen vertrauten Augen. »Du bist die verlorene Schwester«, gab er zurück. Dann legte er die Hände an ihre Schläfen, strich sanft die Haarsträhnen beiseite und trat ein kleines Stück zurück. »Oh ja, es gibt keinen Zweifel.«

Vollkommen verwirrt versuchte Marilena zu verstehen, was Prinz Eugen da sagte. Er kannte sie, so viel war sicher. Dennoch, er musste sie verwechseln. Sie hatte nie einen Bruder gehabt. Oder etwa doch?

Eine vage Erinnerung blitzte in ihr auf. Ein Junge, mit dem sie stundenlang spielte. Sie eroberten imaginäre Festungen und bauten eine Hütte im Wald. Konnte es sein …?

»Ich werde dir alles erklären«, versprach Prinz Eugen und ließ sie los. Ja, ihre Beine trugen wieder. »Aber lass uns dafür zurück zum Gut reiten. Ich möchte dir etwas zeigen.«

Beschämt sah Marilena vor sich auf den sandigen Boden. Sie schüttelte den Kopf. »Es tut mir leid«, hörte sie sich flüstern. »Aber ich kann nicht zurück.«

Der junge Mann blickte ihr erstaunt ins Gesicht. »Warum nicht?«

»Die Mägde denken, ich wäre …« Es war ihr unmöglich auszusprechen, was gesagt werden musste.

Aber der Prinz schien zu verstehen. Zornesröte zog über sein jungenhaftes Gesicht. »Die Mägde denken eine ganze Menge«, bemerkte er abfällig. »Und das führt dazu, dass ich auf ihre Gedanken nicht viel gebe.« Ihm schien bewusst zu werden, wie missverständlich seine Aussage war, und er fügte rasch hinzu: »Gute Gedanken weiß ich selbstverständlich zu schätzen. Aber du weißt, was ich meine. Wenn sie tratschen und das dazu führt, dass eine fleißige, rechtschaffene Frau sich gezwungen fühlt, meinen Hof zu verlassen, dann lässt das meine Achtung vor den entsprechenden Damen gewaltig sinken!«

Ich lege die Feder beiseite und lese die letzten Sätze noch einmal. Vermutlich sind sie etwas zu feministisch für eine Geschichte, die Anfang des zwanzigsten Jahrhunderts spielt, aber, hey: Mein Eugen hatte ganz sicher Respekt vor der Frauenwelt.

Nachdenklich nehme ich das Foto noch einmal in die Hand. Ja, Eugen ist einer, dem andere Menschen wichtig sind. Er weiß, dass Frauen genauso klug sein können wie Männer. Und deshalb darf er so etwas sagen.

Marilena zögerte noch immer. Wenn sie jetzt Seite an Seite mit dem Gutsherrn den Hof betreten würde: Wäre das nicht die Bestätigung, auf die die Schwarzhaarige nur wartete? Doch der Prinz ließ sich nicht beirren. »Ich nehme dein Gepäck«, sagte er entschlossen und ließ sich das Bündel geben. Rasch war es in seiner großen Satteltasche verstaut. Er sah sie an, reichte ihr die Hand und bat: »Jetzt du.«

Wollte er sie wirklich auf sein Pferd setzen? Zweifellos. Bevor sie weiter darüber nachdenken konnte, half er ihr auf das starke Tier hinauf und schwang sich hinter ihr in den Sattel. Mit fester Hand hielt er sie, wendete das Pferd und ließ es in Richtung Gutshof traben.

Sie schwiegen beide, solange sie unterwegs waren. Marilena meinte, sich in einem äußerst unwirklichen Traum zu befinden. Vor sich die weite Allee aus bunt belaubten Kastanienbäumen, im Rücken die aufgehende Sonne und den Körper eines Mannes, vor dessen Hausstand sie geflohen war. Mit jedem Schritt des Pferdes wurde sie gegen seine Brust gedrückt. Was eigentlich ein Gefühl von Angst und Sorge in ihr hervorrufen sollte, machte, dass sie sich zum ersten Mal, seitdem ihre Eltern gestorben waren, wieder wirklich geborgen fühlte. Was auch immer sich hinter den Worten »Du bist die verlorene Schwester« verbergen mochte – Marilena fühlte, dass ihr Leben mit dem dieses Mannes auf wundersame Weise verwoben war, und sie stand kurz davor zu erfahren, warum ihre Seele die seine so gut kannte.

Das Tagebuch, das meine Mutter mir aufgedrängt hat, ist schon zur Hälfte voll. Das Tintenglas von Paps dagegen halb leer. Nachdenklich presse ich ein Löschpapier auf die feuchte Schrift. Mutter und Paps – sie haben sich schon immer ergänzt. Wahrscheinlich ist es nicht fair von mir, Paps Mam so vorzuziehen. Aber er wusste irgendwie, was mich bewegte. Er konnte spüren, wann es Zeit war, mit mir zu reden, und wann er mich besser in Ruhe ließ. Er war so einfühlsam und er fehlt mir so. Mutter mag nichts dafür können, dass ihre Art meiner widerspricht. Ihr gefällt es, direkt zu sein. Probleme legt sie einfach immer direkt auf den Tisch, egal, ob es gerade passend ist oder nicht. Sie kann Gefühlsduselei nicht leiden. *Reiß dich zusammen!,* ist ihr Mantra. Schwierigkeiten löst man nur, indem man sie ohne große Umstände tötet. Deshalb ist sie auch eine effektive Medizinerin: Sie erkennt die Symptome, fällt ein Urteil und schickt die Leute weiter zu den richtigen Ansprechpartnern. Aber würde sie auch hören, was die Patienten zwischen den Zeilen zu sagen versuchen?

»Deine Mutter ist eine sehr gute Ärztin«, versicherte Paps mir immer wieder. »Aber noch wohler fühlt sie sich in der Forschung. Deshalb ist sie so häufig bei Schulungen und Kongressen.«

Bestimmt hatte er recht. Bestimmt wäre es gut, wenn ich das analytische, lösungsorientierte Denken von ihr wertschätzen könnte. Eigentlich habe ich davon vermutlich sogar mehr geerbt, als mir lieb ist. Aber ich liebe viel mehr die empathische, liebevolle Art meines Vaters. Davon steckt doch auch ganz viel in mir, oder? Oder trage ich in Wirklichkeit gar nicht seine DNA?

Und wenn ich das Kind eines anderen bin: Wie viel kann ich dennoch von meinem Paps übernommen haben, einfach, weil er so intensiv auf mich abgefärbt hat?

»Ich will dir Ehre machen, Paps«, flüstere ich in die Stille. »Ich will nichts von dem verlieren, was du in mich hineingeliebt hast.«

Kapitel 35

Mr Wow ist Feuer und Flamme.

Er stößt einen Schrei der Begeisterung aus, als Sanna ihm eröffnet, was wir uns überlegt haben. Kurze Zeit später sitzen Olivia, Timo, Sanna, Benni und ich auf dem Fußboden in Sannas Zimmer. In unserer Mitte liegt eine Landkarte ausgebreitet, auf der ein Teil Deutschlands und ganz Polen zu sehen sind. Olivia hat sie mitgebracht, weil Timo und sie mit ihren Eltern schon einmal Fahrradurlaub in den Masuren gemacht haben.

»Es ist so schön da!«, sprudelt sie heraus. »Jedenfalls im Sommer. Aber der Herbst ist bestimmt noch zauberhafter.«

Mit roten Klebepunkten markiert Sanna die beiden Städte, von denen wir schon wissen, dass wir sie besuchen: den Startpunkt Berlin und den Zielort Elbing.

Timo tippt derweil die Städte in sein Handy. »Laut App brauchen wir sechs Stunden und sieben Minuten bis nach Elbing, verkündet er. »Das ist eigentlich gar nicht so weit.«

Sanna wiegt den Kopf. »Stimmt, aber ich glaube nicht, dass sie so lange durchhält. Wir sollten mindestens zwei Etappen planen. Oder was meinst du, Tally?«

»Ja, meine ich auch«, stimme ich Sanna zu. Die Vorstellung, Frau Möller sechs Stunden am Stück in einem Auto sitzen zu lassen, ist schwierig. Andererseits hängt sie momentan den ganzen Tag schief in einem Krankenhausbett. Das ist bestimmt auch nicht viel angenehmer.

»Kann man die Sitzposition in eurem Auto verstellen?«, will ich wissen.

Olivia nickt heftig. »Ja, die hinteren Sitze kann man quasi in

Schlafposition bringen. Wenn wir genügend Kissen und Decken mitnehmen, können wir es Frau Möller richtig gemütlich machen.«

»Gut.«

»Meine Mutter hat Freunde in Stettin«, erzählt Sanna eifrig. »Vielleicht können wir dort einen Zwischenstopp machen. Wenn wir Glück haben, stellen sie uns ein Bett für Frau Möller zur Verfügung und wir dürfen irgendwo auf dem Boden schlafen.«

Timo hält den Daumen hoch und Sanna macht einen weiteren Punkt auf Stettin.

Dann zeigt Olivia auf einen anderen Ort, der noch weiter im Norden liegt. »Kolberg«, sagt sie und tippt mit dem Finger darauf. »Da haben wir diesen Ausflug an den Strand gemacht, weißt du noch?«

Timo grinst. »Du meinst da, wo deine Klamotten komplett durchnässt wurden, weil du immer noch weiter ins Wasser wolltest, obwohl die Wellen unberechenbar waren?«

»Genau dort.«

Die Geschwister lachen. Wie schön Mr Wow ist, wenn er lacht. Ich möchte ihn umarmen.

»Kennt ihr dort wen?«, frage ich, um mich nicht in meinen Gefühlen zu verlieren.

Timo schüttelt den Kopf. »Aber wir können meine Eltern nach dem Namen der Pension fragen, in der wir dort gewohnt haben.«

Nach und nach wächst unser Plan. Sanna macht Punkte auf die Karte, ich notiere mir To-dos. Dann schreiben wir eine Liste mit Dingen, die wir für die Reise brauchen, und schließlich überschlagen wir die Kosten.

»Wir planen also sieben Tage«, fasst Sanna nach zwei Stunden zusammen. »Drei für die Anreise, damit Frau Möller sich zwischendurch erholen kann. Zwei vor Ort, und den Rückweg machen wir in zwei Etappen.«

Wir vier sehen uns an. Unsere Wangen sind rot vor Aufregung und Begeisterung. Diese Reise wird die beste unseres Lebens.

Und wahrscheinlich die letzte von Frau Möller. Der Gedanke schmeckt bittersüß.

»Was machen wir, wenn sie Nein sagt?«, stellt Olivia endlich die Frage, die von Anfang an unausgesprochen im Raum gestanden hat.

Alle sehen Timo an.

Der lächelt, streicht sich mit der Hand durchs Haar und antwortet: »Dann fahren wir trotzdem und bringen ihr tausend wunderbare Erinnerungen aus der Heimat mit.«

Das Glück in unserer Mitte lässt sich beinahe mit Händen greifen. Und weil wir alle in diesem Moment so bewegt und verträumt sind, hält Sanna ihre Hand über die ausgebreitete Karte. Ich lege meine darauf. Mr Wows warme Finger bauen den Turm weiter und Olivia vervollständigt sie.

»Auf die Reise unseres Lebens!«, ruft sie.

»Auf Frau Möller«, flüstere ich.

Und alle drei wiederholen: »Auf Frau Möller!«

Dann werfen wir die Hände in die Luft, tauschen noch ein entschlossenes Lächeln und packen zusammen.

Am letzten Schultag vor den Herbstferien bin ich so aufgeregt, dass ich auf dem Flur drei kleine Schüler über den Haufen renne, im Mathematikunterricht in meinen Biologiehefter schreibe und das Englischreferat auf Französisch beginne.

Frau Möller ist seit einer Woche wieder zu Hause, zu Gregors unendlicher Freude und Erleichterung. Für die Zeit unserer Reise habe ich ihm einen Platz in einer Tierpension besorgt, aber bis dahin hat er die Gesellschaft seiner »Mutter« spürbar genossen.

Unsere Taschen sind gepackt, das Auto betankt, die Pensionen reserviert. Nur noch achtzehn Stunden trennen uns vom Beginn des Trips.

»Talitha Kramer, auch wenn morgen die Ferien beginnen, erwarte ich zumindest einen Funken Konzentration von Ihnen!«

Ich reiße die Augen auf und versuche mich zu erinnern, was Herr Müller gesagt haben könnte. Erfolglos.

»Seite hundertvier! Lesen Sie den Abschnitt über regionale Besonderheiten vor!«

Ich zwinge mich, an nichts anderes zu denken als den Unterrichtsstoff, und bringe die letzte Stunde hinter mich.

Draußen auf dem Hof erwartet mich Sanna. Wir beeilen uns, gemeinsam zu Frau Möller zu gehen. Heute erfahren wir, ob sie mitkommt. Obwohl wir alles mit ihr geregelt haben – eine Auslandskrankenversicherung abzuschließen und alle Medikamente zu besorgen, die sie für eine Woche braucht –, wollte sie es sich vorbehalten, kurzfristig zu entscheiden, ob sie sich die Reise zutraut.

»Ihr wollt mich nach Hause bringen?«, hat sie mit großen, staunenden Augen gefragt, als ich ihr die verrückte Idee unterbreitet habe. Dann gluckste sie leise und glücklich. »Das ist wirklich sehr nett von euch.« Die alte Frau, die sich mit dem Rollstuhl in den Regen fahren ließ, hat keine Angst vor der Autofahrt. »Es wäre die dümmste Entscheidung meines Lebens, dieses großartige Angebot auszuschlagen«, sagte sie und drückte meine Hände. »Aber letztlich werde ich es tun, wenn ich spüre, dass ich nur eine Last wäre.« Sie winkte ab, bevor ich etwas erwidern konnte.

»Ich werde mit euch fahren, ob in Person oder nur in Gedanken. Aber ich werde alles tun, um diesen klapprigen Körper in das Auto zu bewegen. Nur lasst mir Zeit, es zu entscheiden.«

Und jetzt ist es so weit.

Mit fliegenden Herzen stehen wir vor Frau Möllers Wohnungstür.

Der Summer ertönt und wir schlüpfen ins Haus.

»Ich habe Tee gekocht«, begrüßt die alte Dame uns, als hätte sie nie im Krankenhaus gelegen. Sie führt uns ins Wohnzimmer und serviert den Tee in den dünnen, zerbrechlichen Tassen.

»Kein Marzipan für mich«, sage ich mit einem milden Lächeln.

Aber Frau Möller sieht mir fest in die Augen. »Versprich mir, dass du es eines Tages noch einmal probieren wirst«, verlangt sie mit ungewohnter Ernsthaftigkeit.

»Aber warum?«, protestiere ich stirnrunzelnd. »Ich weiß, dass mir davon übel wird!«

»Du weißt, Mädchen«, erklärt sie langsam, aber bestimmt, während sie sich in ihren Sessel sinken lässt, »dass dir damals, als du es versucht hast, übel geworden ist. Aber du weißt nicht, ob es an dem Marzipan lag oder ob du sowieso eine Magen-Darm-Grippe hattest.« Sie lächelt, als sie mein verwirrtes Gesicht sieht. »So ist es mit der Wissenschaft, Talitha. Die Wahrheit erweist sich im mehrmaligen Versuch. Es wäre nicht fair, eine Sache nach dem ersten Scheitern abzuschreiben.«

Sanna grinst in sich hinein, als wäre sie Teil einer Verschwörung. Dann stecken die beiden sich synchron ihre Marzipanpralinen in den Mund. Wortlos rühre ich in meinem Tee und strafe sie mit Schweigen.

»Schon gut, Gregor!« Der Vogel hat keinen Sinn für dramatische Pausen. Zum Glück, denn dadurch kommen wir endlich zur Sache.

»Ich bin bereit für die Reise«, erklärt Frau Möller feierlich. »Aber unter einer Bedingung.«

Sanna und ich erstarren in der Bewegung und sehen sie gespannt an.

»Sollte ich unterwegs versterben, dann soll meine Leiche nicht nach Deutschland überführt, sondern in meiner Heimat eingeäschert und beigesetzt werden. Ich habe alles schriftlich geregelt, auch die Bezahlung. Das gilt aber nur, wenn es in Polen passiert. Ansonsten will ich hier in Berlin neben meinem Rudolf begraben werden.«

Wir Mädchen nicken. Eine Beerdigung in Polen zu organisieren, stand nicht auf der To-do-Liste. Aber wenn es passiert, sind wir bestimmt auch dazu in der Lage. Mr Wow wird das schon regeln.

Unbekümmert lachend weist Frau Möller auf die Einrichtung ihres Wohnzimmers. »Das alles hier bedeutet mir nichts mehr. Nur Gregor, für den würde es mir leidtun.«

»Und was ist mit mir?«, rutscht es mir heraus, bevor ich darüber nachdenken kann. »Sie dürfen nicht sterben. Ich brauche Sie.«

Ein wehmütiger Schimmer legt sich auf Frau Möllers Gesicht. »Der Tod gehört zum Leben, Talitha. Du weißt das. Du wirst bereit dafür sein, wenn es so weit ist.«

Überwältigt von dem Sturm, der unvermittelt in mir aufzieht, wende ich mich ab. Ich nehme meine Tasse und bringe sie in die Küche.

Ich werde niemals dafür bereit sein, so viel ist sicher. Aber das können Sanna und Frau Möller nicht verstehen.

Ein paar Minuten später gehen Sanna und ich nach Hause.

Als ich die Wohnungstür aufschließe und Benni an mir hochspringt, ist mir klar: Ich muss heute die Geschichte von Eugen und Marilena zu Ende bringen.

Ein Kapitel meines Lebens neigt sich dem Schluss zu und es ist wichtig, die beiden vorher endgültig zu vereinen.

Als sie durch das Haupttor in den Hof ritten, herrschte dort bereits emsiges Treiben. Marilena versuchte den Kopf hoch erhoben zu halten und möglichst aufrecht zu sitzen, während die Knechte und Mägde in Ehrfurcht und Verwunderung erstarrten. Keiner versuchte seine Neugier zu verbergen. Prinz Eugen ritt unberührt zum Eingang des Hauses, sprang aus dem Sattel und half Marilena galant vom Pferd.

»Komm«, sagte er und nahm sie bei der Hand wie eine Vertraute.

Der Stallknecht, der das Pferd übernahm, starrte ihnen unverhohlen nach.

Hand in Hand durchquerten sie die große Halle und stiegen die Treppe hinauf. Hier befanden sich die Bibliothek und das große Speisezimmer der Herrschaften. Prinz Eugen führte Marilena in den Raum, der Bücherschätze noch und nöcher barg.

»Als ich dich am Feld gesehen habe, da dachte ich noch, es wäre unmöglich«, begann er schließlich zu sprechen. »Aber mit jedem Mal, das ich dir danach begegnet bin, wurde ich sicherer. Schau!« Er nahm eine gerahmte Fotografie von einem Regal. Darauf waren vier Menschen zu sehen: Marilenas Eltern, sie selbst als etwa Vierjährige und ein Junge, der Prinz Eugen unverwechselbar ähnelte.

»Dedo!«, entfuhr es Marilena und sie schlug die Hand vor den Mund. »Das … das seid wirklich Ihr?«

Der Prinz lächelte. Seine Augen funkelten so schelmisch und glücklich wie damals, als das kleine Mädchen und der abenteuerlustige Junge am Teich versucht hatten, Frösche zu fangen. Und genauso hell und blau wie an dem Nachmittag, an dem sie im Gras gelegen, in den Himmel geschaut und den Wolkentieren Namen gegeben hatten.

»Ich habe Euch nur bei Eurem Spitznamen gekannt. Deshalb habe ich nach dem Tod meiner Eltern auch nie jemanden fragen können, wer der Junge war, mit dem ich die schönsten Stunden meiner Kindheit verbracht habe.«

Marilena spürte kaum, wie ihr die Tränen über die Wangen strömten. Aber Prinz Eugen nahm es wahr. Er strich sanft mit dem Finger über ihr Gesicht. »Ich habe dich im Arm gehalten, als du neu geboren warst. Du bist das einzige Baby, das ich je gehalten habe.«

»Daran könnt Ihr Euch erinnern?« Ungläubig sah Marilena dem Mann ins Gesicht. Er war zweifelsohne der Bruder, den sie sich immer gewünscht hatte. Der Sohn einer Adelsfamilie, mit der ihre Eltern eng befreundet gewesen waren. Sie hatten bei jedem ihrer Besuche miteinander gespielt: das kleine, quirlige Mädchen mit den braunen Zöpfen und der blonde Junge, der stets besonnen und dennoch voller Unternehmungslust war.

»Oh ja«, nahm der Prinz den Faden auf. »Ich habe darüber gestaunt, wie fest der Griff deiner winzigen Finger war. Und ich habe in deine Augen geschaut, die mir schienen, als könnten sie noch in diese andere Welt hineinschauen, aus der wir kommen und in die wir gehen.«

Still sah Marilena auf die Fotografie aus längst vergangenen Tagen. Mutter und Vater. Sie hatten ihr einziges Töchterchen abgöttisch geliebt. Und dann dieses schreckliche Ende.

»Ich wusste, dass man dich zu deiner Tante und deinem Onkel gegeben hat«, fuhr Prinz Eugen fort. »Als ich fünfzehn war, wollte ich dich unbedingt sehen. Ich habe meinen Eltern wochenlang damit in den Ohren gelegen. Aber sie sagten, dass deine Verwandten den Kontakt verweigerten. Irgendwann später hieß es, du seist an den Masern gestorben. Aber ich habe es nicht geglaubt. Ich wusste, dass das nicht sein konnte.«

»Ich wäre wirklich fast daran gestorben«, erinnerte Marilena sich laut. »Wahrscheinlich hat mein Onkel so sehr gehofft, dass es passiert, dass er es bereits als Tatsache betrachtet hat. Aber feststeht, dass ich seit meinem sechsten Lebensjahr kein Kind des Adels mehr bin. Ich bin, als ich fünf war, in den Haushalt meines Onkels eingegangen und war dort immer eine Magd. Ich habe mein Leben lang nichts anderes getan, als mich zu verhalten wie eine ganz gewöhnliche Angestellte. Mein Name bedeutet nichts mehr und alle Welt weiß es.«

Noch bevor der Prinz etwas erwidern konnte, erschien seine Mutter in der Tür der Bibliothek. Mit einem kleinen Schrei kam sie zu ihnen herübergeeilt. »Du hattest tatsächlich recht, Eugen. Jetzt erkenne ich sie auch!«, rief sie aus.

Eugen fasste erneut nach Marilenas Hand und durch ihren Körper lief ein Schauer der Hoffnung.

Schnell atmend blieb die Dame vor ihnen stehen. Marilena sank in einen tiefen Knicks, doch die Frau legte ihr die Hand ans Kinn, richtete sie auf und sagte: »Du bist Teil unserer Familie. Lange genug mussten wir davon ausgehen, dass du tot bist.« Sie bat Eugen und Marilena, ihr zu einer Sitzecke zu folgen. Marthe, die Zimmerdienst hatte, wurde nach Tee geschickt. Mit großen Augen kam diese dem Auftrag nach.

»Es gibt noch etwas, das du wissen solltest«, begann der Prinz schließlich. Seine Stimme klang plötzlich unsicher und Marilena

bemerkte, dass ihre Hände zu zittern begannen. Es war alles nur ein Traum. Bestimmt würde gleich etwas geschehen, was die schillernde Seifenblase platzen ließ, so wie die Blasen, denen sie mit ihren Freundinnen lachend nachgeschaut hatte, damals, wenn sie am Fluss die Wäsche ihres Onkels waschen musste.

Die Mutter des Prinzen reichte ihr ein Schriftstück. »Du kannst doch lesen?«, fragte sie. Marilena nickte. Zum Glück hatte sie zumindest die Schule besuchen dürfen.

»Werter Freund, meine verehrte Freundin, erlaubt mir, mich heute mit einem ungewöhnlichen Vorschlag an euch zu wenden.« Marilenas Augen flogen über die Zeilen. »Unser Sohn, Prinz Eugen, ist, wie ihr wisst, unsagbar vernarrt in eure bezaubernde Tochter. Uns ist bewusst, dass die Zeiten in Veränderung sind und arrangierte Ehen in ein paar Jahren nicht mehr in Mode sein mögen. Dennoch erbitte ich Euch hiermit, zumindest zu erwägen, Eure Tochter, Marilena von Erfenlag, unserem Sohn, Prinz Eugen von Weißenstein, zum rechten Zeitpunkt anzuvertrauen.« Die Schrift verschwamm vor ihren Augen und die junge Frau ließ das Blatt sinken. Warum befand sich dieser Brief im Haus der Familie von Weißenstein? Sollte er nicht im Vermächtnis ihrer Eltern sein und damit bei ihrem anderen Onkel, der das Erbe bekommen hatte?

Als hätte er ihre Gedanken gelesen, erklärte der Prinz ihr ruhig: »Als dein Onkel das Erbe sichtete, fand er den Brief. Er meinte, dass wir ihn an den Onkel übergeben sollten, der dich in Obhut genommen hatte. Damals schlug meine Mutter vor, dass du in unserem Haus aufgezogen werden könntest, aber da war es schon zu spät.«

»Was haben meine Eltern geantwortet?«, wollte Marilena wissen. In ihrem Kopf drehte sich alles, doch sie musste unbedingt erfahren, was ihr Vater und ihre Mutter über eine solche Verbindung gedacht hatten.

»Hier ist das Antwortschreiben«, gab die Hausherrin zurück.

Aber Marilena erwiderte: »Ich schaffe es nicht, es selbst zu lesen.« Wieder schwammen ihre Augen und sie nahm das Tuch, das der Prinz ihr hinhielt, um es dagegenzupressen.

»Wir würden eine Heirat unserer beiden Kinder sehr begrüßen«, las die Mutter vor. »Aber Marilena soll, wenn sie das entsprechende Alter erreicht hat, selbst entscheiden, ob ihre Zuneigung für Eugen einem Heiratswunsch entspricht.«

An dieser Stelle wurde das Schwindelgefühl übermächtig und Marilena versuchte einer Ohnmacht zu entgehen. Rasch wurden zwei Bedienstete herangewinkt, die sie stützten und auf Anordnung der Hausherrin in eines der prunkvollen Gästezimmer führten. Dort legte man sie auf ein großes, seidenglattes Bett.

»Prinz Eugen wünscht, dass Ihr euch ausruht und von dem Schock erholt. Er erwartet euch im Salon, wenn Ihr wieder sicher auf den Beinen seid. Solange bin ich für Euer Wohlbefinden verantwortlich.« Es war Marthe, die ihr als Zofe zugeteilt worden war.

Marilena schloss die Augen und versuchte zu verstehen, was gerade geschehen war.

Als sie einige Zeit später aus einem todesähnlichen Schlaf erwachte, begann ihr die Wahrheit zu dämmern.

Sie hatte ihre wirkliche Identität zurückerhalten. Prinz Eugen hatte sie erkannt – sie, die schüchterne, heruntergekommene Magd, die als Landstreicherin durch die Welt gezogen war. Durch die unfreiwillige Maskerade hindurch hatte er gesehen, wer sie tatsächlich war. Als »Dedo« hatte er ihr Herz erobert und als Prinz Eugen von Weißenstein wollte er nun, so viele Jahre später, noch immer sein Leben mit ihr teilen.

Ich lasse mein Handgelenk knacken, das vom Schreiben ganz steif geworden ist.

Also, der Prinz hat das verschmähte Aschenputtel gefunden. Das Happy End ist nahe. Jetzt liegt es an Marilena, den schönen Mann glücklich zu machen. Ich weiß, dass sie es schaffen wird, aber ich werde es nicht alles aufschreiben. Mein Ziel ist erreicht: Eugen, der wundervolle Mann mit dem tiefen Blick, hat ein neues, zukunftsträchtiges Leben bekommen. Ich muss nur noch dafür sorgen, dass kein Krieg dazwischenkommt, und das geht schnell. Jedes Kind weiß, wie Märchen enden.

Die Hochzeit wurde bald danach gefeiert. Marilena und Prinz Eugen fanden wieder, was sie in ihrer Kindheit geteilt hatten: fantasievolle Abenteuer und fröhliche Erlebnisse. Ihr Haus stand stets allen offen. Sie feierten Feste, luden Freunde ein und kümmerten sich um die, mit denen es das Schicksal weniger gut gemeint hatte.

Sie bekamen fünf Kinder, drei Mädchen und zwei Buben, dazu eine ganze Enkelschar, und starben alt und lebenssatt auf ihrem Schloss im Norden des Landes, das ihrer beider Herzen Heimat war.

»Schlafenszeit«, sage ich zu Benni und packe Tinte und Feder weg. In das Buch lege ich das Löschpapier, dann klappe ich es zu und schiebe es in meine Tasche. Es wird mit mir auf die Reise gehen. Das Foto von Eugen stecke ich in mein Portemonnaie. Ich muss es Frau Möller unbedingt zurückgeben.

Kapitel 36

Als ich am nächsten Morgen um vier Uhr in die Küche komme, sitzt Mutter schon am Tisch und belegt Brote. Ich kann mich nicht erinnern, sie das jemals zuvor tun gesehen zu haben. »Alte Damen mögen Stullen«, sagt sie zur Begrüßung. »Ich habe auch saure Gurken gekauft.«

An dem Glas, das auf dem Tisch steht, sehe ich, dass es die falsche Sorte ist. Trotzdem, ich wundere mich, denn es bedeutet, dass Mutter mir zugehört hat, als ich ihr von Frau Möller erzählt habe.

»Für dich habe ich auch schon einen ganzen Stapel fertig.« Sie zeigt auf eine Brotdose, die so gut gefüllt ist, dass ich von ihrem Inhalt eine ganze Woche lang leben könnte.

»Seit wann bist du denn wach?«, frage ich verwundert.

Das Buttermesser in der Hand, winkt Mutter ab. »Ach, ich konnte so gut wie gar nicht schlafen heute Nacht. Also dachte ich, ich mache euch einfach ein bisschen Proviant.«

Kopfschüttelnd drücke ich auf den Knopf der Kaffeemaschine. Ich merke, dass ein Lächeln auf meinen Lippen liegt. »Das ist doch nicht das erste Mal, dass ich wegfahre«, bemerke ich, während ich mich zu ihr an den Tisch setze.

Sie starrt auf das Brot vor ihr und murmelt: »Ja, aber sonst waren es Klassenfahrten oder Reisen mit Paul. Jetzt ist es eine verrückte Autofahrt mit vier Menschen, die ich nicht einmal richtig kenne!«

»Du kennst Sanna, seit wir Babys sind!«, protestiere ich.

Aber Mutter guckt nur wehmütig. »Natürlich. Ich habe auch nicht wirklich Angst um dich. Ich kann mich nur nicht so recht mit dem Gedanken anfreunden, dass du schon fast erwachsen bist.«

Ich nippe an meinem Kaffee und versuche keine spitze Antwort zu geben. Ein Teenager bin ich nicht erst seit gestern und Papas Tod hat mich definitiv erwachsener gemacht. »Ich schreib dir von unterwegs«, verspreche ich stattdessen.

Mutter wirft mir einen dankbaren Blick zu. Sie klappt die letzte Stulle zusammen und schließt die Brotbox. »Ich bringe dich zu eurem Treffpunkt«, beschließt sie und ich weiß, dass ihr das wichtig ist.

Der Verkehr ist trotz der frühen Stunde schon recht dicht.

Mam setzt mich vor Timos Haustür ab und steigt aus. »Ist das das Auto?«, fragt sie mit Blick auf den Van.

Ich nicke. Die Vorfreude in mir ist so groß, dass ich beinahe platze.

Timo und Olivia treten zur gleichen Zeit aus dem Haus, zu der Sanna angehüpft kommt. Ihr Rock flattert mit ihren Haaren um die Wette. Timo hat eine neue, frisch gestylte Frisur. Obwohl ich ihn erst vorgestern bei seiner Mini-Geburtstagsfeier gesehen habe, kommt er mir plötzlich viel erwachsener vor. Olivias Augen blitzen erwartungsfroh. Wir sind bereit.

»Mach's gut, Mam«, sage ich und umarme sie. Ja, heute braucht sie ein bisschen Zärtlichkeit. Und ich kann sie ihr geben, weil ich so froh und dankbar und aufgeregt und zuversichtlich und ängstlich bin.

»Pass auf dich auf, meine Kleine.« Sie gibt mir einen Kuss aufs Haar, schnieft und steigt ins Auto. »Ich fahre lieber ab, bevor ich sentimental werde.«

Verständnisvoll lege ich die Hand an die Fensterscheibe.

Sie legt ihre von innen dagegen. »Hab dich lieb«, formen ihre Lippen. Dann startet sie den Motor und verschwindet im Berufsverkehr.

»Kann's losgehen?« Timo blickt uns erwartungsvoll an.

Wir nicken, verstauen das restliche Gepäck im Auto und nehmen unsere Plätze ein. Timo am Steuer, Olivia daneben. In zweiter Reihe sitze ich. Neben mir soll Frau Möller untergebracht werden. Der Sitz ist am einfachsten zugänglich. Ich soll dafür sorgen, dass wir nicht übersehen, falls es ihr nicht gut gehen sollte. Ganz hinten darf Sanna es sich gemütlich machen.

Timo fragt: »Bevor wir starten, bete ich noch, okay?«

Ich drücke die Augen zusammen. Vor einer Autofahrt habe ich noch nie gebetet, aber schaden kann es wohl nicht.

»Danke, dass wir diese Reise machen dürfen«, höre ich Timo mit seiner wundervollen, tiefen Stimme sagen. Ich mag die Art, wie er mit dem Universum kommuniziert. »Bitte schütze uns, lass uns unfallfrei fahren und bitte behüte besonders Frau Möller. Lass diese Reise für sie ein Genuss sein. Amen.«

»Jetzt geht's los!«, jubelt Olivia, als Timo den Schlüssel im Zündschloss dreht.

Mir liegt plötzlich ein unerwartetes Sorgenknäuel im Magen, aber ganz bestimmt wird alles gut. Irgendwie.

Gregors Begrüßung fehlt mir, als wir Frau Möllers Wohnung betreten. Er wurde gestern Abend schon von einer Mitarbeiterin abgeholt und in die Tierpension gebracht.

Frau Möller steht neben ihrem gepackten Koffer im Flur und wartet. Ihre hellblauen Augen sind kleine Leuchtfeuer, die vor Unternehmungslust sprühen.

»Dann wollen wir es einmal wagen«, sagt sie und hängt sich an meinen Arm. »Die letzten Reisen, die ich gemacht habe, beinhalteten so ziemlich alle ein Martinshorn.«

»Das wollen wir diesmal bitte vermeiden«, gebe ich zurück.

Sie kichert und tastet sich Stufe für Stufe die Treppe hinunter. Als sie endlich im Auto sitzt, sind zwanzig Minuten vergangen. Wie gut, dass wir die Reisezeit großzügig geplant haben.

»Nächster Halt: Stettin!«, verkündet Olivia optimistisch.

Timo reiht sich in den Verkehr ein. Benni, der angeleint zu meinen Füßen liegt, macht die Augen zu.

»Kennen Sie Stettin?« Sanna dreht sich zu Frau Möller um, die nervös mit den Händen über die Decke über ihren Knien streicht. Ob diese mit ihrer Fröhlichkeit auch ein wenig Angst überspielt?

»Ich war einmal dort, ja«, gibt die alte Dame zurück. »Aber bestimmt hat sich seither viel verändert.«

Es will nicht so recht ein Gespräch in Gang kommen, sodass wir schließlich alle schweigend aus den Fenstern schauen. Draußen fliegt die Stadt an uns vorbei.

Als wir Berlin endlich verlassen und auf der Autobahn durch offene Felder fahren, schickt die Sonne bereits ihre Strahlen über das Land. Auf den Wiesen liegt Reif und Dunst verzieht sich langsam gen Himmel.

Timo schaltet das Radio an.

Frau Möller verschläft die meiste Zeit der Fahrt bis Stettin. Ich dagegen sauge alles in mich auf: Bennis regelmäßiges Atmen zu meinen Füßen; er scheint völlig unbeeindruckt vom Brummen des Motors. Die Reflexionen des Sonnenlichts auf Sannas weißblondem Haar. Frau Möllers faltige Hände auf der Decke, die Sannas Mutter selbst gestrickt hat. Olivias Profil, das ich von meinem Platz aus besonders gut sehen kann. Die Seen, die wie große, glänzende Spiegel zwischen den grünen Wiesen liegen, gesäumt von bunten Laubbäumen und vereinzelten Herden träger schwarz-weißer Kühe.

Und Mr Wow. Sein Fahrstil ist genauso ausgeglichen wie er selbst. Keine Schreckmomente, sondern rücksichtsvolle Überholmanöver.

Aber so richtig gänsehautmäßig wird es, als Olivia anfängt zu singen. Wir fahren gerade einen Streckenabschnitt mit wenig Verkehr und ich bin kurz davor, doch noch einzunicken. Da stimmt Timos kleine Schwester ein Lied an. Ihre glockenhelle Stimme tupft ein paar Töne in die atemschwere Luft und bringt sie zum Klingen. Kurz darauf malt Timo einen Teppich aus dunkleren Noten darunter. Es fühlt sich an wie dieses Kribbeln, das man bekommt, wenn die Achterbahn bis ganz nach oben fährt und man weiß: Gleich geht es los. Die beiden spielen mit ihren

Stimmen. Ich kann hören, wie glücklich es sie macht. Sanna, die gedöst hat, wacht auf, reibt sich die Augen und beginnt zu strahlen. Sie wartet auf den richtigen Moment, dann startet sie durch. Ihre Stimme passt genau zwischen die Tonlagen von Timo und Olivia und sie ist der Wagen der Achterbahn. Sie saust in die Kurven, angefeuert vom Duett der Geschwister. Ich möchte die Arme hochreißen und jubeln. Eine Weile höre ich nur zu, bis Melodie und Text mir vertraut scheinen. Und dann tue ich es einfach: Ich singe mit. Ich singe? Seit Monaten hab ich das nicht mehr getan, jedenfalls nicht so richtig. So von innen heraus, mit diesem Beben im Herzen und dem wilden Sausen in den Ohren. Der Freude-Vulkan ist wieder aktiv. Diesmal spuckt er keine Asche, sondern heiße rot glühende Lava. Und heute macht er mir keine Angst, denn die Stimmen unseres ungeahnt harmonierenden Chores tragen mich auf Flügeln in die Luft und lassen mich bewundernd auf meine Insel schauen.

Wie klein sie doch ist.

Es ist Zeit, sie zu verlassen.

Mit dem Verklingen des letzten Tones lässt Timo ein glückliches Lachen hören.

Frau Möller klatscht in ihre faltigen Hände. »Wie wunderschön«, sagt sie ehrfürchtig. »Es war, als könnte ich Engel singen hören.«

Diese Erinnerung an den vermeintlichen Himmel bringt mich wieder ins Trudeln. Der Höhenflug ist vorbei und ich bemühe mich verzweifelt um eine halbwegs sichere Landung.

»Frühstückspause?«, fragt Sanna, als ahne sie, was in mir vorgeht.

Olivia streckt den Daumen in die Luft und Timo antwortet: »In drei Kilometern kommt ein Rastplatz.«

Kurz darauf sitzen wir auf dem Parkplatz mit Blick auf einen der großen Seen. Frau Möller bleibt im Auto, Timo holt einen praktischen Klapptisch aus dem Kofferraum und wir Mädchen packen den Proviant in die anheimelnde Camping-Szenerie.

Dann hocke ich mich in die geöffnete Tür des Vans und reiche Frau Möller Brot und Gurken.

»Wie nett von euch«, sagt sie zufrieden lächelnd.

Die kühle Luft und das Essen machen uns alle munter und irgendwie von Neuem abenteuerlustig. Benni rennt schwanzwedelnd auf dem Grünstreifen hin und her. Schade, dass ein hoher Maschendrahtzaun den Weg zum See versperrt.

»Können wir weiterfahren?«, drängt Olivia, nachdem sie den letzten Keks verdrückt hat.

Allerdings haben wir ein wichtiges Detail vergessen: die Toilettengänge.

Frau Möller winkt mich zu sich heran und flüstert: »Ich weiß, es ist keine angenehme Bitte. Aber wäre es dir wohl möglich, mich zu dem Häuschen zu begleiten und die Türen zu öffnen?«

Ich werfe einen Hilfe suchenden Blick zu Sanna.

Sie versteht sofort. »Also los, wir Mädels machen noch einen Ausflug nach da drüben.«

Gemeinsam helfen wir Frau Möller aus dem Auto. Timo faltet den Rollator auf. Olivia trägt das kleine Täschchen mit Hygieneartikeln, die unsere greise Freundin dabeihat. Mir wird heiß und kalt. Was, wenn sie auf der Toilette zusammenbricht? Oder etwa unsere Hilfe braucht beim ... Aber zu Hause schafft sie es ja auch allein.

Es sieht bestimmt interessant aus, wie drei junge Mädchen eine ältere Dame mit Rollator zum Pipihäuschen begleiten. Gemeinsam bugsieren wir Frau Möller in eine der hässlichen gefliesten Kabinen mit der schweren Metalltür, die mich immer an eine Gefängniszelle erinnert.

»Nächstes Mal nehmen wir einen Parkplatz mit Rasthof«, knirsche ich Sanna zu.

Die grinst nur und nickt.

»Ich warte hier, genau vor der Tür«, informiere ich Frau Möller.

Sanna und Olivia verschwinden in den beiden anderen Kabinen. Sie sind schnell fertig. Ich zucke mit den Achseln, als sie sich die Hände gewaschen haben, und mutmaße: »Wir schaffen das auch allein. Geht ruhig schon zum Auto.«

Dann warte ich. Ziemlich lange. Gehe auch gleich selbst noch aufs Klo und warte noch einmal.

»Alles in Ordnung?«, frage ich nach gefühlten zehn Minuten.

»Aber ja. Wir können gleich wieder aufbrechen.«

Und tatsächlich. Auf ihr Signal hin darf ich die Tür wieder öffnen und sie zum Waschbecken geleiten. Als wir wieder ins Freie treten und im Schneckentempo zum Wagen zurückgehen, beginnt sie plötzlich zu erzählen: »Weißt du, Talitha, vor acht Jahren habe ich die vermeintlich letzte Reise meines Lebens gemacht. Ich bin mit meinem Rudi nach Italien gefahren. Damals fühlten wir uns beinahe unsterblich. Aber dann, nur ein Jahr später, musste ich ihn zu Grabe tragen. Mir war auf einmal klar, dass dieser Urlaub der letzte für mich gewesen sein musste. Damit habe ich lange gerungen. Es war ein so schwerer Gedanke für mich, dass ich etwas zum letzten Mal getan hatte und das nicht bewusst. Ich meine: Wie oft tut man Dinge, als wären sie selbstverständlich, und dann, plötzlich, wird einem klar, dass man sie nie wieder tun wird? Wann, zum Beispiel, hat deine Mutter dich zum letzten Mal auf den Arm genommen? Oder wann war das letzte Mal, dass du deinem Vater einen Gutenachtkuss gegeben hast?«

»Wollen Sie mich zum Weinen bringen?«

»Nein.« Meine liebe Frau Möller schüttelt milde lächelnd den Kopf. »Nein, das will ich nicht. Eigentlich möchte ich mich bei dir bedanken. Denn weißt du, die Sache mit der letzten Reise hat mir sehr auf meine Seele gedrückt. Ich dachte immer, ich würde nie wieder den Mut haben, mich von zu Hause zu entfernen, wenn es nicht zwingend notwendig ist. Nicht allein und nicht in meinem Zustand. Und ich war so traurig, dass ich dieses letzte Mal mit Rudi nicht noch intensiver genossen habe.«

Ich nicke, obwohl ich mit diesen Gedanken überfordert bin.

Dann spricht sie weiter: »Aber jetzt kommt ihr daher und schenkt mir diese wirklich allerletzte Reise. Ihr wisst nicht, was mir das bedeutet! Und diese allerletzte Reise mit den Enkeln, die ich nie hatte und die der Himmel mir so plötzlich schenkt, die werde ich in vollen Zügen genießen.«

Bei diesen Worten haben wir die anderen erreicht. Alle schauen Frau Möller an. Wir, die Enkel, die sie nie hatte: Wir fühlen uns auf einmal wie kleine Kinder an Weihnachten.

»Dass Sie die Reise genießen, finde ich super«, stelle ich schließlich fest. »Aber, dass es die allerletzte sein soll, das glaube ich nicht.«

Wir helfen Frau Möller zurück in den Autositz, wo sie sich dankbar in das Polster schmiegt. »Sie können doch einfach hundertzwanzig Jahre alt werden und von jetzt an in jeden Herbstferien mit uns auf Tour gehen.«

Die alte, gebrechliche Dame streichelt mir mit ihrer zarten Vogelhand die Wange. »Ach, Mädchen. Ich habe gar nicht den Wunsch, so alt zu werden. Irgendwann wirst du das verstehen.«

Schweigend schnalle ich mich an. Timo schließt die Tür und setzt sich wieder ans Steuer.

Irgendwann werde ich es vielleicht verstehen. Vielleicht. Aber jetzt will ich mir lieber ausmalen, dass diese Reise und diese Freundschaft nie zu Ende gehen.

Mr Wow startet den Wagen und wir rollen weiter Stettin entgegen.

Gegen Mittag erreichen wir die Stadt und finden ohne Probleme das erste Quartier. Die Freunde von Sannas Mutter meinen es gut mit uns: Frau Möller bekommt ein Bett, wo sie beinahe den gesamten Rest des Tages verschläft. Sanna, Olivia und ich dürfen im Wohnzimmer auf den Sofas schlafen und Timo wird im Gartenhaus einquartiert. Den Nachmittag nutzen wir, um die Stadt zu erkunden.

Es fühlt sich wunderbar an, so ganz ohne Eltern und andere Aufpasser unterwegs zu sein. Timo erweist sich als informierter Stadtführer, Olivia ist der Detektor für gutes Essen und Sanna entdeckt die interessantesten Shops. Ich laufe mit, genieße und spendiere Eis. Aber das Beste sind die Zeiten, in denen die anderen beiden Mädchen in kleinen Boutiquen verschwinden und Klamotten anschauen, die sie sich doch nicht leisten können. Timo und ich bleiben dann draußen in der Sonne sitzen, auf Pollern, Treppenstufen oder Geländerstangen, und reden. Er ist so ein außergewöhnlicher Mensch. Eigentlich kann ich mit jedem plaudern. Small Talk ist kein Problem für mich und irgendwie findet sich mit jeder Person irgendein Thema, mit dem man solche Wartezeiten überbrücken kann. Aber mit Mr Wow zu reden, ist ganz anders. Seine Fragen und Gedanken sind viel echter als das Gerede, das ich mit Jungs normalerweise erlebe. Ohne dass es mir auffällt, taucht er mit mir in den Dschungel meiner Insel ein und lässt sich Dinge zeigen, die ich selbst bisher kaum entdeckt hatte. Weiter und weiter dringen wir vor und ich habe keine Angst, weil er meine Hand hält. Tief in mir drin wünsche ich mir, dass er das auch in Wirklichkeit tut. Am Abend stehen wir auf einer Brücke und schauen alle vier fasziniert über das Wasser, auf dem sich glänzend die untergehende Sonne spiegelt. Timo und ich in der Mitte, Sanna und Olivia rechts und links von uns.

»Wie schön das aussieht mit den Schiffen und den alten Häusern«, schwärmt Olivia. »Wie in einer längst vergangenen Zeit.«

Da spüre ich, wie Timos Handrücken sich fragend gegen meinen lehnt. Ich erwidere den Druck mit klopfendem Herzen und er lässt seine Finger in meine wandern. Sie sind warm und fest und so *er*. Der Lavastrom, der von seinem Herzen durch unsere Hände in meinen Körper strömt, lässt uns zusammenschmelzen und es fühlt sich an, als sei es für die Ewigkeit.

Als wir weitergehen, tauschen wir ein schüchternes und doch so verschwörerisches Lächeln und ich bin sicher, dass ich heller strahle als die Gaslaternen, die in diesem Moment auf den Bürgersteigen der Stadt entflammt werden.

Kapitel 37

In Kolberg erwartet uns ein langer weißer Sandstrand.

Frau Möller ist heute richtig gut drauf. Im Auto hat sie nicht geschlafen, sondern die ganze Zeit aus dem Fenster geschaut. An der Raststätte hat sie Kaffee und ein zweites Frühstück für alle ausgegeben. Auch ich schwebe heute förmlich durch den Tag. Alles in mir ist weich und leicht, denn Timo hat meine Hand gestern Abend nicht mehr losgelassen und mich später umarmt und mir gesagt, wie froh er ist über diese Reise. Heute Morgen haben Sanna und Olivia wissende Blicke gewechselt und ich grinse einfach die ganze Zeit wie ein Honigkuchenpferd.

Ansonsten sind wir aber ganz normal. Unterwegs haben wir über die Gegend geredet, durch die wir gefahren sind, über die schwer auszusprechenden Namen der Orte gelacht und uns auf das Meer gefreut.

Timo hat den Van auf einem Parkplatz im Zentrum geparkt und in der Stadtinformation den Rollstuhl abgeholt, den wir schon von Berlin aus für diesen Tag organisiert haben. Dann haben wir Frau Möller durch die Straßen bis zum Strand geschoben.

Es ist ein beinahe warmer Tag; die Sonne scheint von einem blauen Himmel und es weht nur ein leichter Wind. Das Meer schickt kleine, zahme Wellen auf den Sand.

»Mit dem Rollstuhl geht es hier nicht weiter«, stelle ich bedauernd fest, als wir das Ende eines Weges erreichen, der über die Dünen führt. Das Wasser ist noch ein ganzes Stück entfernt. Frau Möller macht eine beschwichtigende Geste. »Es ist auch schön von hier.«

Aber Sanna fehlt es nie an Ideen, wenn etwas unmöglich erscheint. »Da drüben stehen Strandkörbe«, stellt sie fest und zeigt auf eine Reihe der bunten Sitzgelegenheiten. »Ich laufe schnell zu dem Kiosk rüber und frage, ob man einen mieten kann.«

Gesagt, getan. Sanna und Olivia flitzen mit wehenden Haaren über den Sand. Timo und ich bleiben hinter Frau Möllers Rollstuhl stehen. Er ist mir näher, als mir jemals irgendwer war. Obwohl zwischen uns der Wind hindurchschlüpft und meine Hände beide fest an den Griffen von Frau Möllers Gefährt liegen, fühlt es sich an, als würde dieser Junge mich umhüllen wie ein Mantel. Ich wünsche mir, dass er es wirklich tut.

»Wir haben einen!«, hören wir Sanna schon von Weitem rufen.

Olivia schwenkt triumphierend einen Schlüssel in der Luft und geht mit großen Schritten zu dem Strandkorb, der dem Meer am nächsten ist.

Keuchend kommt Sanna zu uns herüber. »Olivia macht den Strandkorb auf und wir tragen Sie dorthin, einverstanden?« Sie geht in die Knie, um der im Rollstuhl sitzenden Frau Möller in die Augen zu sehen.

Timo und ich wechseln einen wissenden Blick.

»Schafft ihr das denn?«, fragt die alte Dame uns und Mr Wow und ich geben wie aus einem Mund zurück: »Aber sicher!«

Wir lachen uns Mut zu und helfen Frau Möller auf die Füße. Sanna geht nach hinten und zieht den Rollstuhl weg. Dann bilden Timo und ich mit unseren Händen einen Feuerwehrsitz und Sanna hilft unserer Freundin, sich darauf niederzulassen. Es tut ein bisschen weh, obwohl sie leicht ist. Aber als die wunderbare Frau die Arme um meine und Timos Schultern legt und wir uns auf das Meer zubewegen, da ist dieser Moment noch einer dieser Schätze, die plötzlich überall auf meiner Insel offen herumliegen.

»Wäre es euch möglich, mir die Schuhe auszuziehen?« bittet Frau Möller, als sie sicher im Strandkorb sitzt.

Timo ist zurückgelaufen, um den Rollstuhl hierherzutragen. Ich knie vor meiner Freundin nieder und streife ihr die Schuhe ab.

Ein begeistertes Lächeln springt in ihr Gesicht, als sie den feinen Sand zwischen den Zehen spürt. Dann lehnt sie sich zurück, legt den Kopf in den Nacken und schließt die Augen. »Lasst mich ruhig ein Weilchen hier sitzen«, seufzt sie zufrieden. »Ich lausche dem Wind und den Wellen und ihr könnt tun, was die Jugend so tut, wenn sie am Meer ist.«

Olivia stößt ein kleines Jauchzen aus und rennt auf das Wasser zu. Sanna folgt ihr und ich lege meine Hand auf die der alten Dame. »Ich bleibe in Rufnähe«, sage ich leise. Ich mache mir Sorgen um sie, aber bestimmt ist alles in Ordnung.

»Das ist gut. Aber geh nur. Genieße die Zeit.«

Das tue ich. Barfuß gehe ich zum Wasser und bleibe dort stehen, wo der Sand nass geleckt ist. Ein paar Muscheln liegen da, aber ich hebe sie nicht auf. Ein paar Meter von mir entfernt spritzen Sanna und Olivia mit Wasser. Benni tobt zwischen ihnen herum, schwimmt ein Stück, kommt zurück und schüttelt sich. Im Auto wird es nachher interessant riechen.

Die große Stille, die in dem Rauschen des Meeres schwingt, macht mich wehmütig. Die Stadt, das ist ein Ort, mit dem ich umgehen kann. Menschengemachte Häuser, Trubel, Plakate und Autos um mich herum: Da weiß ich, wer ich bin. Ich lebe dort als eine von vielen, aber ich kenne meinen Platz. Hier dagegen, wo vor mir die Weite liegt und über mir der endlose blaue Himmel, da fühle ich mich auf einmal klein und unwichtig. Was ist mein Leben schon im Vergleich zu all der Größe und Vielfalt, die in diesem Meer stecken? Und das hier ist nur ein kurzer Strandabschnitt. Die Welt ist viel größer und das Universum unfassbar weit.

Ich schrecke aus meinen Gedanken, als Timo plötzlich hinter mir steht. Er ist so nah, dass ich die Wärme seines Körpers spüre. Dann legt er mir die Arme um den Bauch und lädt mich wortlos ein, mich an ihn zu lehnen.

Meine kurzen Locken kitzeln sein Kinn und er streicht mit der Hand über meinen Kopf. »Ich mag deine Frisur«, sagt er, dicht neben meinem Ohr. »Sie erinnert mich an den Rotfuchs, der sich einmal in die Scheune meines Opas verlaufen hat.«

Bei dem »Rotfuchs« bin ich zusammengezuckt.

»Weißt du, Füchslein, wenn ich das Meer sehe, dann erinnert es mich immer daran, wie abhängig wir Menschen von der Natur sind – und wie sehr wir sie doch beeinflussen.« Es ist seltsam und schön zugleich, ausgerechnet jetzt ein Flashback in die Zeit zu haben, in der ich mit Paps und Mutter am Meer war. Paps hat jede Gelegenheit genutzt, mir etwas beizubringen. Als ich klein war, erklärte er mir, wie der Mond Ebbe und Flut bewirkt. Später unterhielten wir uns oft darüber, was wir Menschen dem Meer antun, indem wir es verschmutzen und überfischen. Jetzt stehe ich hier mit Timo, diesem Jungen, der irgendwie mein Freund zu sein scheint, und sehe das Meer mit neuen Augen.

Ich fühle mich beinahe ein bisschen schlecht, weil ich Paps nicht so schmerzlich vermisse wie zuvor. Es ist eher eine Art Dankbarkeit, die stattdessen in mir wächst. Sie schiebt den schweren Trauerkloß sanft beiseite, nur einen Mikrometer vielleicht, und womöglich rollt er auch gleich wieder zurück. Aber sie ist da, die Veränderung.

Ich schließe die Augen und lehne mich ganz und gar an Timo an.

Später gehen wir gemeinsam am Strand entlang, Benni an der langen Leine, die Blicke auf den Sand zu unseren Füßen gerichtet. Frau Möller hat gesagt, dass es hier Bernstein geben könnte. Olivia und Sanna haben Essen geholt und sitzen mit ihr im Strandkorb.

Timo und ich, wir müssen reden.

»Ich wollte mich nicht in dich verlieben«, erkläre ich ihm unvermittelt. Es klingt wie eine Entschuldigung.

Er hebt den Kopf und lächelt mich an. »Das tut mir leid«, gibt er frech zurück. Er scherzt, aber ich weiß, dass er mich nur ermutigen will weiterzureden.

»Warum nicht?«, fragt er, als ich schweige.

Er hätte auch fragen können, warum es trotzdem passiert ist. Aber diese Frage ist leichter zu beantworten.

»Na ja. Du bist fromm und ich bin das Gegenteil.«

»Was ist denn das Gegenteil von fromm?«

»Ich.«

»Oh. Klug, neugierig und weltoffen ist also das Gegenteil von fromm?«

Mit gefurchter Stirn sehe ich zu ihm hinüber. Wenn es so wäre, dann könnte ich ihn wohl nicht als fromm bezeichnen. Aber bis ich ihn kennengelernt habe, hätte ich es wohl wirklich so gemeint. Okay, Sanna war schon immer eine Ausnahme.

»Eigentlich meine ich eher … Du und Sanna und Olivia, ihr meint es so ernst mit eurem Glauben. Verstehst du, für euch spielt das irgendwie eine zentrale Rolle. Eure Entscheidungen und eure Moralvorstellungen, alles dreht sich um Gott. Ihr erwartet Dinge von ihm, die einfach unmöglich sind, und gelegentlich passieren die dann auch noch. Das ist schräg und manchmal ein bisschen unheimlich.«

Timo erwidert immer noch nichts. Er hört nur zu, als wüsste er, dass ich noch nicht alles gesagt habe.

»Ich hasse euch für diesen unerschütterlichen Optimismus«, rutscht es mir auf einmal heraus. Ich kann nicht anders, ich muss es loswerden. »Ihr tut so, als könnte nichts, was passiert, euch erschüttern. Als hätte euer Gott alles unter Kontrolle. Aber das hat er nicht! Er lässt so unglaublich viel Leid zu und bestraft immer die Falschen. Was hat mein Vater verbrochen, dass er ihm so eine dämliche Krankheit schicken musste? Was ist mit den Gebeten, die Sanna für Paps gesprochen hat – hat er die mit Absicht ignoriert? Was nützt so ein Gott, wenn er sich um schönes Wetter beim Schulfest kümmert, aber nicht verhindert, dass der einzige Mensch stirbt, der mich wirklich gekannt und geliebt hat?«

Ich werde immer schneller und trete mit dem Fuß in die Wellen, die sich in meinen Laufweg wagen. Timo geht neben mir, die

Ruhe in Person. Er hält dem Sturm stand, der mich hin und her wirft, und das macht mich noch wütender.

»Siehst du, dazu kannst du nichts sagen!« Ich drehe mich so abrupt zu Timo um, dass ich über die Leine stolpere. Er fasst nach meiner Hand, aber ich falle trotzdem in den Sand.

Beim Aufrappeln fällt mein Blick auf einen honigfarbenen Stein in einem der Pfotenabdrücke meines Hundes. Ich hebe ihn auf und halte ihn Timo unter die Nase, der mich merkwürdig ernst ansieht.

»Du hast einen Bernstein gefunden«, stellt er leise fest. Das ist seine Antwort auf meine Anklage.

Ich lasse Benni von der Leine und er beginnt, um uns herumzuspringen.

Als wir langsam weitergehen, fängt Timo doch noch an zu reden. »Weißt du, ich stelle mir eigentlich oft die gleichen Fragen wie du«, gibt er zu. »Ich frage mich, warum Gott manche Gebete erhört und manche nicht. Gerade die, in denen es um Leben und Tod geht.«

»Und was ist die Antwort?«

Er zuckt die Schultern, hebt einen Stock auf und wirft ihn für Benni. Der Hund jagt dem Spielzeug nach und Timo spricht weiter: »Ich denke, dass Gott eine ganz andere Perspektive auf das Leben hat.«

Benni bringt den Stock zurück und Timo lässt ihn erneut über den Strand fliegen. »Hier auf der Erde ist alles vergänglich, oder? Alles Leben stirbt irgendwann und dann wächst etwas Neues. Das ist alles, was wir kennen. Aber woher das Leben kommt und ob das, was wir Seele nennen, irgendwohin geht, das weiß keiner so recht. Dabei ist es doch eigentlich die wichtigste Frage von allen.«

»Und jede Religion behauptet, sie würde die Wahrheit kennen.«

»Das behauptet die Wissenschaft auch, oder nicht?«

»Hm.«

Als Benni merkt, dass das Stöckchenwerfen zu Ende ist, trabt er gelassen neben uns her. Vielleicht interessiert ihn auch, was Timo zu sagen hat.

»Ich persönlich glaube, dass es Gott gibt und dass es stimmt, was Jesus vom ewigen Leben gesagt hat.«

»Ich weiß nicht, was er gesagt hat«, murmle ich mürrisch. Das ist ja gerade das Problem: Timo weiß so viele Dinge, von denen ich keine Ahnung habe und mit denen ich mich nie beschäftigen wollte, weil einfach keiner sicher sein kann, was davon wahr ist und was nicht.

»Er hat immer wieder angedeutet, dass es mehr gibt als das Leben hier auf der Erde. Er hat zum Beispiel kurz vor seiner Hinrichtung zu seinen Freunden gesagt, dass er zum Vater geht und eine Wohnung für sie vorbereitet.«

»Ernsthaft jetzt? Ich finde, das klingt unglaublich kitschig.«

»Ja«, lacht Timo. »Aber weil er Tote zum Leben erweckt hat und selbst auch wieder lebendig geworden ist, nachdem er gekreuzigt wurde und fast drei Tage im Grab lag, bekommt es irgendwie den Anschein, dass er vielleicht doch wusste, wovon er spricht.«

»Du meinst also, das mit dem ewigen Leben macht für dich Sinn, weil es da ein Buch mit alten Geschichten gibt, die davon erzählen, dass einer Tote lebendig machen konnte? Mein Vater konnte das in gewisser Weise auch. Er hat eine Menge Menschen gerettet, die dem Tod geweiht waren.«

»Aber sich selbst konnte er nicht retten.«

Jetzt ist Timo wirklich zu weit gegangen. Ich bin sicher, dass mein Gesicht vor Wut mindestens so weiß wird wie der Sand. Ich stoße gegen seine linke Schulter, so fest ich nur kann. »Wie kannst du so was sagen?«

Dann laufe ich los. Ich renne und Benni rennt mit mir. Schneller und schneller werden meine Beine, Sand fliegt unter mir dahin. Wie konnte ich mich diesem Typen nur anvertrauen? Ich wusste, dass er nicht gut für mich ist! All dieses Gerede von Liebe und der Kraft des Glaubens. Und dann würgt er mir so einen Brocken rein.

Der Wind pfeift um meine Ohren. Ich renne, bis ich keine Kraft mehr habe und völlig erschöpft in den Sand falle. Da liege ich, über mir den Himmel, unter mir den nassen Sand. Das Wasser leckt an meinen Zehen. Benni steht neben mir und weiß nicht, was er tun soll.

Und kommt die Flut, nimmst du mich fest in deinen Arm … Denn ich bin dein und du bist mein.

Das Lied beginnt in mir zu singen. Ich will es wegdrücken, aber es ist zu stark. Jemand tröstet mich, der über all diesem Chaos steht, das in mir tobt. Ich liege ganz still und lausche der Zeile, die wieder und wieder in meinem Herzen aufklingt.

»Aber er konnte sich selbst nicht retten.« Ja, eigentlich ist es doch wahr. Das konnte er nicht und er hätte auch nie von sich behauptet, was ich über ihn gesagt habe.

»Vielleicht bin ich ein Lebensretter, Füchslein«, meinte er einmal, als ich wieder nachts in seinem Zimmer stand und nicht schlafen konnte. *»Aber ich kann nur das anwenden, was ich über den menschlichen Körper gelernt und davon verstanden habe. Manchmal bin ich machtlos und das ist richtig so. Ich habe keine Macht über Leben und Tod. Aber ich kann alles in meiner Macht Stehende tun, um dem Tod so lange wie möglich ein Schnippchen zu schlagen.« Dann lächelte er schelmisch, zog mich an sich und gab mir einen Kuss auf die Stirn. »Es gibt eine wichtige Sache im Leben, Füchslein. Und die lautet: Vergiss nie, dass es immer etwas geben wird, was du noch nicht weißt. Das macht die Sache spannend, verstehst du?«*

Ach, Paps. Ich habe so viele Fragen, die ich dir noch stellen möchte. Warum bist du gegangen? Warum hast du dem Tod kein Schnippchen geschlagen?

Jemand setzt sich neben mir in den Sand. Wortlos, aber nahe genug, dass ich es auch mit geschlossenen Augen spüren kann.

»Geh weg«, sage ich schwach.

»Ich kann nicht«, erwidert er ruhig. »Ich habe mich auch in dich verliebt.«

Ich will nicht, dass es so einfach ist. Aber dieser kleine Satz macht alles wieder gut.

»Du hast recht, er konnte sich selbst nicht retten. Und ich glaube, er wollte es nicht mal.«

Timo legt sich jetzt ebenfalls auf den Rücken. Benni schnüffelt an unseren Köpfen, findet sich damit ab, dass wir verrückt sind, und setzt sich dazu.

Wir liegen lange so schweigend da und schauen nach oben in den klaren Himmel. Es ist kalt.

»Paps hat auch geglaubt, dass nach diesem Leben noch etwas kommt. Das war der einzige Punkt, in dem wir uns nicht einig waren.«

Ich drehe den Kopf, um Timos Gesicht zu sehen. Er lächelt.

»Vielleicht seid ihr euch einig, wenn ihr euch irgendwann wiederseht.«

Ich greife eine Hand voll Sand und lasse sie auf seinen Bauch fallen. »Du bist unmöglich.«

Er dreht sich zur Seite und küsst mich. Ernst und weich, beinahe zu unspektakulär für einen allerersten Kuss. Und doch viel wunderbarer als alles, was ich bisher erlebt habe.

»Nichts ist unmöglich«, behauptet er danach und reicht mir die Hand. »Komm, wir gehen zurück, bevor die anderen uns vermissen.«

Es ist schön, neben ihm den Weg am Strand zu gehen, auf dem ich vorhin vor ihm davongelaufen bin. Das mit dem Wegrennen muss ich mir echt mal wieder abgewöhnen. Paps würde den Kopf darüber schütteln. Die alte, gedankenlose Tally mag gestorben sein. Aber die Kühnheit und das Selbstbewusstsein von früher, das muss doch noch irgendwo in mir stecken. Es war Paps so wichtig, mir beizubringen, dass ich mich von nichts einfach unterkriegen lassen muss. Außerdem sind meine Haare schon ein ganzes Stück gewachsen seit dem Abend, an dem das Füchslein seinen Pelz gelassen hat. Ist in dieser Zeit nicht vielleicht auch etwas anderes in mir gewachsen, etwas, das mich stärker und reifer macht?

Ich stelle mir vor, was die Leute, die uns begegnen, über uns denken. Ein junges Paar mit Hund, in ziemlich sandigen, aufgeweichten Klamotten. Wir sehen sicher aus wie Studenten, die zwischen den Vorlesungen eine Brise Meeresluft brauchen.

Eine Gestalt mit wehendem rotem Haar, die uns entgegengerannt kommt, reißt mich aus meinen träumerischen Gedanken.

»Timo! Tally! Endlich!« Keuchend bleibt Olivia vor uns stehen. »Kommt, schnell! Frau Möller geht es nicht gut.«

Mein Puls schnellt in die Höhe. Oh nein, bitte nicht! Bitte nicht die Version mit der Beerdigung in Polen!

Frau Möller hängt schief im Strandkorb, gestützt von Sanna, die blass ist und uns mit großen Augen entgegensieht.

»Sie ist ganz apathisch«, erklärt sie mit Angst in der Stimme.

Ich knie mich vor Frau Möller in den Sand und versuche, zu ihr durchzudringen. Sie reagiert kaum, gerade mal ein unverständliches Nuscheln kommt aus ihrem Mund.

»Weiß jemand, ob sie ihre Medikamente heute genommen hat?«

Die drei anderen schütteln die Köpfe.

»Sie hat die Packungen in ihrer Handtasche, oder?«

Timo zieht die Tasche neben der alten Dame aus dem Strandkorb und blickt hinein. »Ja, hier sind Medikamente drin.«

»Okay.« Ich nicke. »Sanna, du stützt sie weiter und passt auf, dass sie nicht aus dem Strandkorb fällt. Olivia, du läufst zum Kiosk und besorgst eine Flasche Wasser und einen Becher. Und du, Timo, hältst mir jede Packung einzeln hin, wenn ich gleich meine Mutter am Handy habe. Ich rufe sie an und frage, was zu tun ist.«

Merkwürdigerweise bin ich jetzt, da ich etwas tun muss, alles andere als panisch. Es ist, als hätte ich eine solche Situation schon hundertmal gemeistert.

»Mam? Gut, dass ich dich so schnell erreiche. Frau Möller geht es schlecht.«

Ich schildere meiner Mutter, was los ist, und sie hört konzentriert zu. Mit Timos Hilfe gebe ich die Medikamente durch und Mutter puzzelt die Informationen geschickt zusammen. Sie rät uns, Frau Möller ein Spray aus dem Arzneien-Repertoire zu geben. Wenn das nichts hilft, sollen wir einen Rettungswagen rufen.

Mit dem Handy am Ohr verabreiche ich der alten Dame das Medikament, das unter die Zunge gesprüht werden muss. Timo und Sanna beten.

Als Olivia mit dem Wasser kommt, schlägt Frau Möller die Augen auf. »Bin ich eingeschlafen?«, fragt sie schwach und verwundert.

Wir atmen auf und ich umarme meine liebste, unglaublichste Freundin. »Ein bisschen mehr als das«, flüstere ich ihr ins Ohr.

Sie sieht uns ein wenig hilflos an. »Ich fürchte, nun mache ich euch doch Unannehmlichkeiten.«

Als wir sicher sind, dass sie halbwegs stabil ist, tragen Timo und ich die Patientin wieder über den Strand. Wehmütig blickt sie zum Meer, als wir sie in den Rollstuhl setzen.

»Es war so schön, es so friedlich zu sehen«, murmelt sie.

Ich löse die Bremse des Gefährts und sage: »Wir sollten in die Pension fahren.«

Timo, der Benni an der Leine hält, nickt. Die beiden Mädchen wirken noch immer so schockiert, dass sie uns einfach willenlos folgen.

Aber Frau Möller bittet: »Nein, Kinder. Bringt mich in den Wagen und fahrt weiter. Wir sollten heute noch zu dem Gut kommen, auf dem ich aufgewachsen bin.«

Wir wechseln schnelle Blicke. Ein Bett scheint mir momentan angemessener als ein Autositz, doch sie klingt so entschlossen, dass ich keinen Widerspruch wage. Allerdings wissen wir nicht einmal, ob wir dann dort, in dieser ländlichen Gegend, eine Unterkunft für die Nacht finden werden.

»Ich rufe da an, wo wir morgen schlafen wollen«, sagt Timo. »Sie haben bestimmt auch heute schon etwas frei.«

Aber er bekommt eine Absage.

»Sie sind heute voll«, gibt er ernüchtert zur Auskunft. »Aber es ist der einzige Gasthof am Ort. Der Wirt meint, es gäbe ringsherum kaum etwas.«

»Wir werden schon eine Möglichkeit finden.« Frau Möller ist plötzlich sehr hartnäckig.

Ich ahne, welche willensstarke, mutige Frau sie früher gewesen sein muss.

Und so sitzen wir kurze Zeit später wieder im Auto, lassen Kolberg hinter uns und fahren weiter gen Osten.

Kapitel 38

»Du hättest da vorn links abbiegen müssen!«, schimpft Olivia und lehnt sich aus dem Fenster. »Aber das war keine Straße. Es war ein Feldweg und wir wären keine zwanzig Meter weit gekommen!«

Ich schaue unruhig zu Frau Möller, die schon wieder irgendwie abwesend wirkt, während die Geschwister vorn im Wagen streiten.

Sanna tippt verzweifelt auf ihrem Handy herum. »Ich hab einfach absolut keinen Empfang hier draußen«, jammert sie.

Auf Olivias Schoß knittert die große Polenlandkarte. Sie ist hilfreich, aber irgendwie stimmen die Wege hier draußen nicht mit dem überein, was das Papier vorgibt.

»Kommt Ihnen denn etwas bekannt vor?«, versuche ich es noch einmal bei Frau Möller. Ich habe vergessen, in welchem zeitlichen Abstand ich ihr das Spray geben darf. Aber diesmal scheint ihre gedankliche Abwesenheit nicht an den Medikamenten zu liegen.

Die alte Frau richtet sich ein wenig auf, um besser nach draußen sehen zu können. »Wenn ich mich nicht irre, dann gibt es hinter der nächsten Kurve eine Weggabelung. Dort mündet die Straße in die große Allee, die zu unserem Gut führt.«

Sichtlich erleichtert tritt Timo auf das Gaspedal. Tatsächlich: Eine breitere Straße taucht vor uns auf. Sie ist gesäumt von Kastanien, ganz wie Frau Möller es beschrieben hatte. Ganz wie ich es in meinem Tagebuch festgehalten habe.

Die Straße selbst ist allerdings eher eine Huckelpiste. Der Van wird von rechts nach links geschleudert und wir fassen alle nach den Haltegriffen.

»Es ist nicht mehr weit«, verkündet eine optimistische Frau Möller. Ihre Lebensgeister scheinen zurückzukehren.

Dann taucht das Gut vor uns auf. Timo verlangsamt die Fahrt und es wird still im Wagen. Fassungslos schauen wir auf das, was sich unseren Augen bietet.

Das Gut ist eine Ruine.

Eine bewohnte Ruine. Vor den Resten einer Grundstücksmauer stapelt sich Schrott: alte Traktoren, eine Waschmaschine, Bretter, Autoreifen, Metallstangen. Dazwischen laufen Hühner herum. Das Gut selbst scheint nur noch aus dem Haupthaus zu bestehen, dessen Dach dunkle Löcher aufweist. Aus einem Schornstein steigt eine Fahne weißen Rauches.

»Bitte halte an«, bricht Frau Möller das betroffene Schweigen.

Timo gehorcht, setzt den Blinker und fährt an den Straßenrand. Frau Möller hat bereits ihren Gurt gelöst und versucht aus dem Wagen zu steigen.

»Warten Sie, ich helfe doch.« Rasch springe ich aus dem Auto und beeile mich, ihr die Tür zu öffnen.

Benni wirkt nervös. Er kommt neben mich, stellt die Ohren auf und klemmt die Rute zwischen den Hinterbeinen ein. Gleich darauf kommt ein schwarzer Hund vom Hof kläffend auf uns zugerannt. Zum Glück greift Sanna rechtzeitig nach Bennis Halsband und sorgt dafür, dass er nicht auf den Fremden zustürzt.

Das Gebell lockt nun auch die Menschen hervor. Eine korpulente Frau mit Kopftuch und Kittelschürze ruft dem Hund etwas zu und dieser dreht bei. Dann ergeht ein Schwall polnischer Worte über uns. Wir sehen uns ratlos an, aber Timo ergreift die Initiative.

»Wir verstehen leider nichts«, versucht er es auf Deutsch. Die Frau antwortet auf Polnisch. Es klingt aufgebrachter. Aber als Frau Möller sich aus dem Wagen geschält hat und neben Timo auf dem Grasstreifen steht, wirkt die Bewohnerin des Hauses plötzlich erschrocken. Sie ruft etwas in Richtung des Hauses, das wie ein Name klingt. Dann herrscht Stille.

Und wieder befällt mich dieses Gefühl wie gestern am Meer. Die Landschaft um uns herum und der immer noch blaue Himmel über uns, alles ist so weit und unberührt. Dagegen wirken das heruntergekommene Gut und wir kleinen Menschen irgendwie fehl am Platz. Egal, was in den nächsten zehn Minuten passiert: Es wird den Lauf der Welt nicht verändern. Es wird nicht einmal beeinflussen, wie die Landschaft hier aussieht, die seit Hunderten von Jahren so ist, wie sie ist – vielleicht ein bisschen variiert durch die Bäume und die Bepflanzung der Felder.

Wie unwichtig ich doch bin.

Obwohl ich angespannt und nervös sein sollte, genieße ich die ungewöhnliche Situation beinahe. Trotz der Umstände ist es einfach so schön und friedlich hier. Die Sonne wärmt mein Haar und der Himmel scheint eine schützende Kuppel über diesem Fleckchen Erde zu bilden. Eine heile Welt, in der es keine schlechten Nachrichten, keinen Stress und keine Veränderung gibt. Es stören nur die Traktorwracks, der unübersehbare Zerfall eines einstmals sicher wunderschönen Hauses und das vollkommen unbeeindruckte Scharren der Hühner im Dreck.

Schließlich erscheint eine weitere Frau im Torbogen.

Sie geht gebeugt, mit schlurfenden Schritten. Ihr Haar ist wirr und schlohweiß und sie muss noch älter sein als Frau Möller. Auf ihrer Wange prangt ein unglaublich großes dunkles Muttermal.

»Greta?«, entfährt es meiner liebsten Ersatz-Großmutter, die fassungslos auf die sich nähernde Gestalt schaut. »Ist das denn die Möglichkeit?« Und mit ungeahnter Behändigkeit läuft sie auf die uralte Frau zu.

Sanna schiebt den Rollator hinterher, bereit, die Dame aufzufangen, sollte sie stolpern.

»Ich habe geglaubt, ich würde euch alle nie mehr wiedersehen!«

Staunend betrachten wir vier die Szene, die sich vor unseren Augen abspielt. Zwei alte Damen liegen sich weinend in den Armen. Die polnische Frau wirft uns kritische Blicke zu, wirkt aber jetzt entspannter und uns beinahe wohlgesonnen. Selbst Benni scheint zu spüren, dass der Wind sich dreht.

Endlich lösen sich die beiden Hauptpersonen voneinander und wenden sich uns zu. Sie wirken überrascht, als hätten sie ganz vergessen, dass wir da sind.

»Kinder, das ist Greta«, erklärt Frau Möller mit strahlenden Augen. Ihr Gesicht ist endlich einmal nicht mehr blass, sondern rosig und froh. »Ich habe immer geglaubt, sie hätte die Flucht nicht überlebt. Und nun finde ich sie hier.«

Greta sagt etwas auf Polnisch und die kritisch guckende Frau nickt. Mit einer Handbewegung bittet sie uns, ihr zu folgen.

»Der Wagen kann stehen im Hof«, erklärt Greta. Ihr Deutsch klingt eingerostet, als hätte sie es lange nicht mehr gesprochen.

Sanna und Olivia geleiten Frau Möller, die sich endlich wieder auf ihren Rollator stützt. Benni sieht fragend zu mir.

»Ich weise dich ein, okay?«, sage ich zu Timo.

Er nickt und steigt ins Auto. Vorsichtig manövriert er den Wagen zum Tor. Es muss früher leicht gewesen sein, in diesen Hof einzufahren, selbst mit einem großen Heuwagen wie dem auf Frau Möllers Fotos. Aber jetzt stehen so viele alte, kaputte Dinge hier, dass es selbst für das verhältnismäßig schmale Auto schwierig ist. Die Hühner sehen nicht so recht ein, warum sie zur Seite gehen sollten, und bewegen sich erst in letzter Sekunde. Der Hund beobachtet alles argwöhnisch, scheint aber mit Benni einen Nichtangriffspakt geschlossen zu haben.

Meter für Meter arbeitet Timo sich in den Hof hinein.

Drinnen sieht es besser aus. Unerwartet aufgeräumt ist es hier. Das Pflaster ist huckelig, aber intakt. Es macht den Eindruck, als würde jemand es regelmäßig fegen. Auf den Stufen, die zu der weit geöffneten Eingangstür führen, stehen Blumentöpfe mit leuchtenden Geranien.

Rechts und links des Haupthauses finden sich Mauerreste, um die herum kurz gemähte Grasstreifen liegen. Vor einem solchen parkt Timo den Wagen. Ich warte, bis er ausgestiegen ist, dann folgen wir den anderen. Sie haben das Gebäude schon betreten. Olivia steckt den Kopf aus der Tür und ruft: »Kommt rein!«

Ich weiß nicht, was ich erwartet hatte, aber wohl nicht das.

Wir betreten eine helle, aufgeräumte Küche, in der es angenehm nach Essen duftet. Die Wände sind weiß gestrichen, an den Fenstern hängen rot-weiß karierte Gardinen. Blumentöpfe zieren auch hier die Fensterbretter. In einer Ecke des Raumes steht ein riesiger Esstisch, gesäumt von einer Eckbank und drei rustikalen Schemeln. Zwei Schüsseln stehen auf dem Tisch, eine ist noch halb gefüllt. Wir haben die Damen beim Abendessen gestört.

»Willkommen«, sagt Greta und lädt uns ein, Platz zu nehmen.

Die andere Frau wirkt immer noch etwas überrumpelt. Ich würde ihr so gern etwas Gutes tun, damit sie uns nicht als freche Eindringlinge betrachten muss.

»Entschuldigung«, wende ich mich deshalb an Greta, »ich möchte noch etwas aus dem Wagen holen.«

Timo sieht mich ein bisschen verwundert an, reicht mir aber den Autoschlüssel.

Rasch laufe ich hinaus. Wie praktisch, dass wir in Stettin Mitbringsel für unsere Eltern gekauft haben. Meine Mutter wird es bestimmt verstehen, wenn ich ihr später erkläre, dass ich die eigentlich für sie bestimmte Flasche Wein und das wunderschön bedruckte Sofakissen einer polnischen Bäuerin geschenkt habe, die sich zum Feierabend mit vier Jugendlichen, einer alten Dame und einem Hund konfrontiert gesehen hat.

»Wir danken Ihnen, dass wir Sie besuchen dürfen«, sage ich mit fröhlichem Lächeln zu der Frau, als ich in die Küche zurückkehre.

Greta übersetzt. Augenblicklich hellt sich ihre Miene auf.

»Habt ihr Hunger?«, lautet die Antwort, ebenfalls gedolmetscht von dem weißhaarigen Mütterchen.

»Es wäre unhöflich, Nein zu sagen«, wispert Frau Möller uns zu.

Und so sitzen wir schließlich alle an dem großen Tisch und

essen ein unglaublich leckeres Weißkohlgericht mit dicken Scheiben von Schwarzbrot. Benni liegt in der Ecke des Raumes, Seite an Seite mit seinem schwarzen Artgenossen. Es wirkt, als wären wir zu Besuch bei alten Freunden.

»Ich habe dich aus den Augen verloren, als wir über den Hügel gezogen sind«, erzählt Frau Möller ihrer wiedergefundenen Bekannten, als die Schüsseln leer und die Trinkbecher neu gefüllt sind.

Die beiden Frauen sitzen nebeneinander auf der Bank. Timo, Sanna, Olivia und ich lauschen gespannt ihren Worten.

»Es war ein überstürzter Aufbruch, müsst ihr wissen«, erklärt Frau Möller uns. »Ein eiskalter Morgen Ende Februar fünfundvierzig. Wir hatten natürlich längst gehört, dass der Krieg näher kam, aber wir dachten immer, dass uns hier draußen niemand finden würde. Wir dachten, sie würden nur die großen Städte überfallen und irgendwann wäre alles vorbei und wir könnten unser Leben weiterleben wie zuvor.«

Greta nickt versonnen. »Aber nichts ist geblieben«, fügt sie bestätigend hinzu. »In dieser Nacht hörten wir Schüsse und Schreie.«

»Sogar Flugzeuge brausten über unser Gut hinweg. Die Angst und die Gefahr waren plötzlich greifbar und unausweichlich.«

Mir wird kalt. Eine Gänsehaut kriecht über meinen Rücken. Unvorstellbar, dass dieses friedliche Stückchen Erde einem Krieg ausgesetzt gewesen sein soll.

»Um vier Uhr morgens wurde es so schlimm, dass wir alles zusammenrafften und loszogen. Die Taschen waren längst gepackt und alles, was wir für nötig hielten, auf Handwagen geladen. Wir verließen das Haus in Hast und Eile. Ich habe nicht einmal zurückgeblickt.«

Tränen laufen meiner lieben Freundin über die Wangen.

Auch Sanna, Timo und Olivia sehen schockiert aus.

»Wir liefen immer weiter und kamen doch nur langsam voran. Schnell haben wir die Wagen stehen gelassen, denn Schnee und

Eis machten es unmöglich, sie weiterzuziehen. Wir versuchten, so schnell wie möglich zum nächsten Bahnhof zu kommen, um Richtung Westen zu fahren.«

Eine Weile ist es still im Raum. Draußen verschwindet die Sonne hinter den Hügeln und die polnische Frau macht die Lampe über dem Küchentisch an.

»Irgendwann haben wir immer mehr Menschen aus unserem Haushalt aus den Augen verloren. Jeder kämpfte um sein eigenes Überleben. Ich mag nicht erzählen, was alles geschah. Da ist zu viel Leid. Gefrorene Babys habe ich gesehen, die in Kinderwägen lagen, von ihren verzweifelten Müttern am Wegrand zurückgelassen.« Mit dem Handrücken fährt Frau Möller sich über die nassen Augen. »Ich weiß nicht einmal, wie viele Tage und Nächte wir weitergestolpert sind, immer in Angst, immer gehetzt. Tausend Mal haben wir uns in den Schnee geworfen, wenn wieder Flieger kamen oder Soldaten. Ich dachte, es würde nie ein Ende haben. Dann hat uns eine Lkw-Kolonne aufgesammelt. Das war unser großes Glück. Sie brachten uns nach Stettin und von dort aus kamen wir mit dem Zug weiter. Wir landeten nach langer Zeit in Berlin. Als unwillkommene, zerlumpte Flüchtlinge, die nichts mehr besaßen.« Wieder ist sie still, ringt nach Atem und sieht aus, als wäre sie gefangen in der Erinnerung an diese schreckliche Zeit.

Die Polin zündet eine Kerze an und stellt heißen Tee auf den Tisch.

Da hellt sich Frau Möllers Gesicht auf und plötzlich ist sie wieder diese unglaublich freundliche, optimistische Person, die ich damals auf dem Bürgersteig kennengelernt habe. »Wer hätte gedacht, dass ich noch einmal in dieser Küche sitzen würde? Mit meiner allerbesten Freundin Greta, die ich all die Jahre tot geglaubt habe?«

Greta lächelt. Ihr Gesicht ist faltig, das Lächeln offenbart eine Menge fehlender Zähne. Aber ihre Augen leuchten und ich stelle mir vor, wie außergewöhnlich und schön sie gewesen sein mag.

»Wie ist es gekommen, dass ich dich hier wiederfinde?«, fragt Frau Möller sie.

»Ich war sicher, dass ich an diesem Tag sterbe«, beginnt sie mit ihrer weichen, zittrigen Stimme zu erzählen. »Auf dem Hügel bin ich ausgeglitten und mein Fuß schmerzte so sehr, dass ich nicht weiterkam. Ich bin ein Stück weit gekrochen, aber dann wurde ich wohl ohnmächtig.«

Vor meinem geistigen Auge sehe ich eine gehetzte Schar Menschen, die panisch davoneilt und nicht bemerkt, dass eine von ihnen zurückbleibt.

»Als ich wieder zu mir kam, sah ich das Gesicht eines russischen Soldaten vor mir, der mir in die Seite trat, um zu prüfen, ob ich tot bin.«

Wieder schaudert mich und ich ziehe mir den Pullover enger um die Schultern.

»Als er merkte, dass ich noch lebe, pfiff er seine Kollegen heran. Sie schleppten mich zurück ins Haus, wo sie so was wie ein Soldatenquartier eingerichtet hatten.«

Sie schweigt, nippt an ihrem Tee und scheint zu überlegen, ob sie weitererzählen möchte oder nicht. »Nun, ihr könnt euch vorstellen, dass sie nicht besonders höflich zu mir waren«, fährt sie schließlich fort. »Ihr kennt die Geschichten davon, was mit jungen Frauen gemacht wurde, wenn sie sich finden ließen. Sie sind wahr.«

Sannas Augen sind groß, mit riesigen schwarzen Pupillen. Ich glaube, wir denken in diesem Moment alle an die schrecklichen Schilderungen, die wir im Geschichtsunterricht gehört haben.

»Aber ich hatte trotzdem Glück. In den kommenden Tagen wurde unser Gut zum Lazarett umfunktioniert. Einer der Sanitäter mochte mich. Er kümmerte sich um meinen Fuß, der gebrochen war. Dann sorgte er dafür, dass man mich in Ruhe ließ und ich eine Aufgabe in der Küche übernehmen durfte. Weglaufen würde ich nicht, das war klar. Mit der Verletzung wäre ich nicht weit gekommen und draußen war es dieser Tage sowieso viel gefährlicher als hier. Nun ja, es änderte sich viel in dieser Zeit. Das Lazarett wurde nicht lange benötigt. Die Truppe zog weiter, irgendwann war sogar der Krieg zu Ende. Man ließ mich zurück und eine Weile war ich allein. Ich dachte, ich würde meiner Familie folgen und in dem, was von Deutschland geblieben war, neu anfangen. Aber dazu kam es nicht. Bevor ich aufbrechen konnte, kamen Menschen auf das Gut und ließen mir die Entscheidung zu bleiben. Es mag für euch wie Verrat klingen, aber ich tat es. Ach Hilde, hätte ich gewusst, dass euch die Flucht gelungen ist, ich wäre euch bestimmt doch noch gefolgt. Aber es schien alles so hoffnungslos. Die einzigen Nachrichten, die hierherkamen, waren die, dass unzählige Flüchtlinge unterwegs gestorben waren. Ich hatte nicht den Mut, auf Hoffnung loszuziehen.«

Sie verstummt und errötet, etwas, das ich noch nie bei einer Frau ihres Alters gesehen habe.

»Außerdem hatte ich mich verliebt.«

Wenn wir bisher von der Geschichte schockiert und gefesselt waren, dann ist das hier der Höhepunkt. Mit aufgerissenen Mündern warten wir auf die Fortsetzung. Was Frau Möller jetzt wohl denkt? Ich versuche ihr Gesicht zu lesen. Sie sieht Greta lange an. Dann streicht sie sich über das Haar, wischt noch einmal über ihre Augen und … beginnt zu glucksen.

»Das Leben ist unberechenbar, nicht wahr?«, lacht sie leise.

Greta sieht sie an, als wäre sie übergeschnappt. Dann beginnt auch sie zu lachen und fällt der alten Freundin um den Hals.

»Du verurteilst mich nicht?«, fragte sie, als sie sich beruhigt haben.

Frau Möller, Hilde, schüttelt den Kopf. »Wie sollte ich das tun? Eugen war tot und du warst frei. Niemand kann verurteilen, dass du das Leben bei den Hörnern gepackt hast. Ich wäre enttäuscht gewesen, hättest du es nicht getan. Das ist meine Greta, wie ich sie kenne und liebe.«

Fassungslos sehe ich die beiden Frauen an, deren Lebensgeschichten hier so grausam und schmutzig auf dem Tisch liegen.

Kann es sein, dass all das unfassbare Leid nicht in der Lage war, sie zu brechen? Und ist es möglich, dass Frau Möller gerade den Namen meines Tagebuch-Prinzen erwähnt hat? Es macht mich tieftraurig, dass er wohl im Krieg gefallen ist.

Aber ich traue mich nicht nachzufragen.

Wir sitzen noch lange an diesem Küchentisch. Die polnische Frau, Beata, ist Gretas Tochter. Sie sitzt auf einem Schemel und strickt, während ihre Mutter Geschichte um Geschichte erzählt. Greta hat noch mehr Kinder, die alle an anderen Orten leben und nur manchmal zu Besuch kommen. Beata ist die Jüngste: Als sie geboren wurde, konnte ihre Mutter längst Polnisch und sprach kaum mehr in der Sprache ihrer Jugend.

Auch Frau Möller lernen wir an diesem Abend immer besser kennen. Man könnte beinahe vergessen, dass Greta und Hilde uralte Frauen sind. Die eine neunundachtzig, die andere sechsundneunzig. Wenn sie reden, wirken sie jung und so froh. Ich möchte die Zeit anhalten, für immer an diesem Tisch sitzen und lauschen.

Nur eines drückt auf meinem Herzen: mein schlechtes Gewissen.

Ich bin eine Diebin und eine Betrügerin. Seit Frau Möller Eugen erwähnt hat, ist er real geworden. Dieser Mann auf dem Foto hat hier in der Küche gesessen. Er hat den Hof bewirtschaftet, den Wagen gelenkt und die Frau geliebt, die mir gegenübersitzt.

Nicht wissend, was ich getan habe, plaudert Greta von ihrer Jugend. Sie erzählt, wie sie mit ihrem Verlobten – Eugen – Spaziergänge am See machte. Erinnert sich an den Tag, an dem der Postbote die schreckliche Nachricht brachte: Eugen war in Frankreich gefallen.

Mir wird heiß und kalt, wenn ich daran denke, was ich über ihn geschrieben habe. Wie konnte ich meiner Fantasie nur erlauben, die Geschichte eines Menschen zu manipulieren, der ein wahres Gesicht, ein wahres Leben und eine wahre Geliebte hatte?

Irgendwann ist der Abend trotz allem vorbei. Beata richtet

Frau Möller ein Bett in einer Kammer neben der Küche. Greta und sie selbst schlafen in der ersten Etage.

»Wir haben kein weiteres Gästezimmer«, erklärt die alte Frau bedauernd. »Aber Beata wird euch in das Waschhaus bringen. Keine Bange, es ist warm da unten. Wir lagern dort die Matratzen, die auf dem Speicher waren. Das Dach ist undicht, wisst ihr. Aber alles, was uns wichtig erschien, haben wir nach unten gebracht.«

Unter dem flackernden Licht einer alten Deckenlampe breiten wir die Matten aus. Bestimmt gibt es in diesem Keller Mäuse. Spinnen hocken jedenfalls in jeder Ecke und ich muss mich wirklich zwingen, mir nicht vorzustellen, wohin sie wandern, wenn es dunkel ist.

Sanna und Olivia scheinen sich nichts daraus zu machen. Vielleicht sind sie auch nur zu müde, um darüber nachzudenken. Der einzige Lichtblick ist, dass ich in einem Raum mit Timo schlafen darf. Benni kuschelt sich neben mich und Timo löscht das Licht.

»Gute Nacht«, sagt Olivia gähnend. Sie klingt zufrieden. »Das war der mit Abstand spannendste Tag meines bisherigen Lebens!«

Schnell wird es still. Ich höre meine Freunde gleichmäßig atmen. Bennis warmer Körper liegt wie ein Schutzwall neben meinem Kopf. Bestimmt frisst er die Spinnen und Mäuse, die sich mir nähern wollen … Wenn er es denn bemerkt. Eigentlich glaube ich, dass er auch schon tief und fest schläft.

Ich dagegen liege hellwach da und starre in die Dunkelheit.

Wie könnte ich jetzt schlafen? Mein Hirn ist voll von Bildern: schönen und grausamen, aus alten und aus neuen Zeiten. Timo und ich am Strand, Blut und Leichen im Schnee.

Ist das alles wirklich heute, an einem einzigen Tag passiert? Der Streit und der Kuss, Frau Möllers Quasi-Wiederbelebung und das Auftauchen der tot geglaubten Greta? Die Geschichten und die Weite des Meeres, das Leuchten der Sonne zwischen den bunten Kastanienbäumen und die gruseligen Erinnerungen zwischen den engen Mauern des Hauses, in dessen Waschküche ich liege?

Die Gedanken kreisen in meinem Kopf wie ein Kettenkarussell, das sich schneller und schneller dreht. Die Wände scheinen in der Dunkelheit immer näher zu rücken. Ich muss dringend nach draußen.

Benni hebt fragend den Kopf, als ich mich aufrichte. »Komm mit oder schlaf weiter«, flüstere ich ihm zu. Er schiebt die Schnauze unter die Vorderpfote und macht die Augen zu.

»Auch gut«, sage ich leise und schleiche in Richtung Tür.

Auf der hinteren Matratze regt sich ein Schatten. Timo.

»Tally?«, klingt seine Stimme fragend zu mir herüber.

»Ich kann nicht schlafen«, wispere ich zurück. Nur nicht die Mädchen aufwecken. »Ich schnappe nur ein bisschen frische Luft.«

»Darf ich mitkommen?«

Oh ja, und ob! Mein Herz macht einen erleichterten Hüpfer. »Natürlich.«

Wir schleichen die Treppe hinaus und schlüpfen durch die Hintertür ins Freie. Draußen leuchtet ein unglaublich großer, heller Vollmond. Timo schlingt die Arme um mich und legt seinen Kopf an meinen, so wie vorhin am Meer.

»Ganz schön viele Geschichten, oder?«, fragt er leise.

Ich nicke, löse mich von ihm und nehme seine Hand. »Lass uns ein Stück gehen. Ich muss mich bewegen.«

Der Mond leuchtet den Weg aus, sodass es nicht ins Gewicht fällt, dass es weit und breit keine Lampe und keine Laterne gibt. Schweigend gehen wir, Hand in Hand, die Allee hinunter. Es ist stiller als an jedem anderen Ort, an dem ich jemals war.

Ein kurzes Stück vom Haus entfernt biegt ein schmaler Weg von der Straße ab. Wir folgen ihm und kommen an einen See, der, gesäumt von nachtschwarzen Bäumen, zwischen den Hügeln liegt. Es ist kalt und meine Schuhe sind nass vom Tau. In der Ferne ruft ein Kauz.

»Wie kann es sein, dass das Leben so kompliziert ist und trotzdem so ein See Nacht für Nacht still und ungerührt daliegt, als gäbe es keine Kriege, keinen Streit, keine Sorgen und überhaupt, als würde ihn nichts, was auf dieser Welt passiert, etwas angehen?«

Ich sehe es nicht, aber ich fühle, dass Timo lächelt.

»Beneidest du ihn?«, fragt er zurück.

Ich zucke mit den Schultern. »Nein, ich glaube, ich bin ihm eher böse.«

Jetzt fährt Timo mir mit seiner Hand liebevoll durchs Haar und ich lehne meine Stirn an seine Brust.

Mit leiser Stimme gibt er zurück: »Ich mag es, dass er mir hilft zu verstehen, dass es etwas gibt, das beständig ist.«

Es tut gut, mit ihm hier zu stehen und die kalte, klare Luft zu atmen. Das Karussell in meinem Kopf wird langsamer und langsamer. Dafür beginnt ein Sehnen in mir zu wachsen. Ein Sehnen danach, den ersten Schritt in mein neues Leben zu tun. Weg von der Insel. Ich weiß, es ist so weit. Und ich habe das Gefühl, dass Timo gekommen ist, um mir dabei zu helfen.

Ich klammere mich an seinen Körper, um zu spüren, wie stark und unerschütterlich er ist. Timo erwidert meine Umarmung. Alles in mir strebt ihm zu und ich fühle eine Sehnsucht, ihn zu küssen und zu streicheln, die mich fast überwältigt. Aber da ist noch etwas Wichtigeres, etwas, das ich wissen muss, bevor ich mich ihm ganz und gar anvertraue.

»Erinnerst du dich an das Lied, das ihr gesungen habt, als ich damals in eurem Gebetskreis war?«, frage ich unvermittelt. Ich trete einen Schritt zurück, um ihm ins Gesicht sehen zu können.

Er nickt.

»Dieses Lied lässt mich seitdem nicht mehr los. Es geht mir immer wieder durch den Kopf. Aber nicht so wie ein nerviger Ohrwurm, sondern so, als wollte es mir etwas sagen.«

Timo sagt noch immer nichts. Er sieht mich nur an und wartet ab, was ich noch zu sagen habe.

»Ich weiß, ihr singt das für euren Gott. Für Jesus, stimmt's?«

Wieder nickt er.

»Seit mein Vater gestorben ist, habe ich das Gefühl, ich wäre auf einer Insel gestrandet. Ich weiß, das klingt verrückt, und meine Mutter hat schon dafür gesorgt, dass ich zu einer Psychodame gehe. Aber bis jetzt hat mir die Vorstellung irgendwie geholfen, mit all dem irgendwie klarzukommen. Macht das Sinn?«

Er legt mir wieder den Arm um die Schulter. »Ich denke schon.«

»Jedenfalls ist eine Insel bekanntlich von Wasser umgeben. Und diese Liedzeile, die lässt sich einfach nicht ignorieren: *Du rufst mich raus aufs weite Wasser, wo Füße nicht mehr sicher stehn.* Ich habe das Gefühl, dass irgendwer oder irgendetwas will, dass ich weiterkomme. Manchmal wünsche ich mir, ich könnte auch an etwas Größeres glauben. So wie ihr, Sanna, Olivia und du. Oder wie Mine. Ihr glaubt alle an irgendeinen Gott, sei es nun Jesus oder Allah oder keine Ahnung, wer. Selbst Max glaubt an eine Art Schicksal, das unser Leben bestimmt. Mich verwirrt das. Ich meine: Bis vor ein paar Monaten war ich fest davon überzeugt, dass ich allein bestimme, was ich mit meinem Leben anfange. Ich bin nur mir selbst und meinen Mitmenschen gegenüber verantwortlich. Die wichtigsten Dinge des Lebens hab ich im Griff, und wenn mal was schiefgeht, dann suche ich halt eine Lösung. Aber alles wirkte irgendwie überschaubar.

Und jetzt ist alles ganz anders.

Paps ist tot und ich denke auf einmal über den Sinn des Lebens nach. Ich will eigentlich weiter glauben, dass es im Leben darum geht, irgendwas Wichtiges zu tun und nebenbei dafür zu sorgen, dass man so lebt, wie es einem gefällt. Aber diese ganzen Begegnungen und Frau Möllers Geschichten und dieses Lied und das, was in diesem Brief steht … Das scheint auf einmal so … so komplex. Warum muss selbst dieser blöde Teich hier mir vermitteln, dass es in Wirklichkeit viel mehr gibt, als ich bis jetzt sehe? Und wie um alles in der Welt soll ich herausfinden, was die Wahrheit ist, an die ich glauben soll?«

Mein Redeschwall ist zu Ende und das große Schweigen der

Natur hüllt uns wieder ein. Ich lasse meinen Blick nach oben zum Himmel wandern, wo unzählige Sterne sich ausbreiten. Ein riesiges schwarzes Zelt, geschmückt mit funkelnden Lichtern. Dahinter das unermessliche Universum. Die Ewigkeit.

Timos Arm um meine Schulter ist warm.

»Wenn ich über diese Dinge nachdenke, schleudert mich das auch herum und ich verliere Halt und Orientierung.« Seine Stimme ist ruhig. Als würde er das wirklich kennen, als hätte nichts davon ihn überrascht. »Vielleicht bin ich naiv«, redet er weiter, »aber ich mache dann mein Herz auf und habe das Gefühl, trotz allem gehalten zu sein. Ich weiß, keiner kann beweisen, dass es Gott gibt. Aber ich fühle einfach, dass es die Wahrheit ist. Ich erlebe einfach zu viele Wunder, um nicht an ihn zu glauben. Ich bete und ich merke, er hört zu. Wenn ich in das Universum der Gedanken geschleudert werde, dann ist er es, der mich festhält und dafür sorgt, dass ich mich nicht darin verliere.«

Wieder schweigen wir, während der Mond hinter den Bäumen weiterzieht.

»Ich denke, niemand kann dir die Frage nach dieser Wahrheit beantworten. Jeder Mensch wird etwas anderes sagen. Du kannst nur für dich selbst herausfinden, was sich dir als wahr erweist.«

Wie mit dem Marzipan, denke ich plötzlich. Frau Möller hat gesagt, dass ich es probieren muss, um zu erforschen, ob es mir wirklich nicht schmeckt. Die Wissenschaft erweist sich im mehrmaligen Versuch. Der Glaube etwa auch?

»Und die Sache mit dem Wasser?«, frage ich jetzt, weil mir das Lied schon wieder in den Sinn kommt. »Glaubst du, dass Gott dich zu mir geschickt hat, damit du mich wieder mit an Land nimmst?«

Ein kleines Lachen hüpft aus seiner Brust in die kalte Nacht. Es klingt glücklich. Statt zu antworten, haucht er mir einen Kuss ins Haar und nimmt mich bei der Hand. Gemeinsam gehen wir noch ein paar Schritte, bis wir ganz nah am Seeufer stehen. Zu unseren Füßen schwappen winzige Wellen auf den schmalen Streifen Kies.

»Es wäre nicht richtig, dich allein auf einen anderen Menschen zu verlassen, wenn du dich von deiner Insel wagst«, behauptet Timo fest. »Selbst, wenn dieser Mensch dich wirklich liebt.«

Meine Augen beginnen zu brennen so wie früher, als ich noch weinen konnte.

»Du bist schließlich gestrandet, weil einer dieser Menschen dich so plötzlich allein lassen musste.«

Wieder steigt in mir der Drang auf wegzulaufen. Aber diesmal bleibe ich stehen. Diesmal lasse ich den Schmerz kommen und stemme die Füße an das Ufer.

»Aber trotzdem glaube ich, dass du es schaffst weiterzukommen. Du brauchst dazu kein Boot. Du brauchst nur einen, der auf dem Wasser gehen kann.«

Entsetzt sehe ich Timo an. Aber er meint es offenbar ernst.

»Tally, du weißt, dass Sanna und Olivia, Frau Möller und ich unbedingt an deiner Seite sein wollen. Wir wollen alles tun, um dich wieder glücklich zu sehen. Auch deine Mutter will das und deine Großeltern und bestimmt noch unglaublich viele andere Menschen, die dich lieb haben. Wir sind alle an deiner Seite und wir bleiben auch da, solange es geht.«

»Aber man weiß nie, wie lange das ist«, führe ich seine Gedanken fort. Frau Möller und Greta haben es mir mehr als deutlich gezeigt durch ihre Lebensgeschichten.

»Deshalb wünsche ich dir, dass du etwas findest, was unerschütterlich ist.«

»Ich dachte, ich wäre unerschütterlich.«

»Du bist eine unglaublich starke Persönlichkeit«, behauptet Timo.

»Du hast ja keine Ahnung, wie ich wirklich bin.«

In unser Schweigen fährt ein plötzlicher Windstoß, der uns in den Rücken bläst, als wollte er mich auf das Wasser schieben.

Timo sagt: »Morgen soll es regnen.«

Nachdenklich gebe ich zurück: »Und du meinst, ich sollte nach diesem Jesus suchen, der auf dem Wasser gehen kann?«

»Ich würde es tun«, nickt er zustimmend.

Dann ziehen wir unsere Schuhe aus, krempeln die Hosen hoch und waten ein Stück weit in den See.

»Ich werde darüber nachdenken«, verspreche ich und beuge mich herunter, um eine Hand voll Wasser über die stille Oberfläche zu spritzen. »Aber vorher muss ich dringend noch eine andere Wahrheit herausfinden.«

Kapitel 39

Auf dem Weg zurück zum Hof erzähle ich Timo von dem weißen Kuvert; wie ich es gefunden habe und dass ich befürchte, dass darin steht, Paps könnte nicht mein Vater sein.

»Ich wüsste nicht, welche Art von Test Mutter sonst meinen könnte«, sage ich. »Und ich habe so große Angst davor, dass es Frank ist, dieser immer präsente Begleiter meiner Mutter.«

Timo drückt meine Hand. Wir gehen noch ein bisschen schneller.

»Vielleicht ist es etwas vollkommen anderes«, versucht er mir Mut zu machen.

Es klingt nicht besonders überzeugt. Aber mit Timo an meiner Seite fühle ich mich trotzdem stark genug, endlich den Umschlag zu öffnen. Ich krame ihn aus meiner Tasche, die noch im Kofferraum liegt, weil ich sie nicht mit in den Spinnenkeller nehmen wollte. Dann setzen wir uns auf die Vordersitze des Autos, Timos Knie fest an meins gedrückt, und ich reiße im Schein der Innenbeleuchtung den Umschlag auf. Meine Hände zittern.

Liebste Tally,
mein mutiges, unerschrockenes Füchslein.
Wenn du diesen Brief in den Händen hältst, bin ich entweder bereits gestorben – oder wir haben eine weltbewegende Entdeckung gemacht.

Mein Blick fliegt über die Zeilen. Paps wusste, wie krank er war.

Ich schaue kurz zu Timo, um mich zu versichern, dass er mitliest.

Deine Mutter und ich forschen seit siebzehn Jahren an einer Erkrankung, die man AATM nennt: Alpha-1-Antitrypsin-Mangel. Ich lege dir eine Erklärung dazu bei, die deine Mutter verfasst hat. Wir haben uns kennengelernt, weil wir beide schon als Studenten ein besonderes Interesse an dieser Krankheit hatten. Ich, weil ich selbst daran leide, und sie, weil in ihrer Verwandtschaft mehrere Personen daran verstorben sind.
Die Krankheit ist vererbbar. Sie führt nicht immer in so jungen Jahren zum Tod, wie sie es bei mir wahrscheinlich tun wird – ich habe leider in meiner frühen Jugend durch Alkohol und Nikotin einiges dazu beigetragen, dass es schneller geht. Das bereue ich heute sehr, kann es aber nicht mehr ändern.
Füchslein, deine Mutter und ich haben alles gegeben, um etwas zu finden, was Patienten mit dieser Erbanlage helfen kann, die Krankheit zu stoppen. Frank und deine Mutter arbeiten auch weiterhin mit Hochdruck daran.
Nur eins haben wir bisher immer hinausgezögert: dich darauf testen zu lassen. Wir hatten das Gefühl, es nicht ertragen zu können, wenn wir wüssten, dass du den entsprechenden Gendefekt ebenfalls trägst.
Aber jetzt wirst du immer älter, wir haben den Durchbruch noch nicht erreicht, und es wäre gut für dich, wenn du Bescheid weißt. So könntest du dich – wenn es nötig sein sollte – zumindest von den Risikofaktoren fernhalten.
Füchslein, du weißt, dass ich dir nichts mehr wünsche als ein unbeschwertes, glückliches Leben, in dem du selbst entscheidest, was du tun und ausprobieren möchtest und wohin dein Weg dich führt.
Was es für dich bedeuten würde zu wissen, dass du Trägerin dieser Erbkrankheit bist, kann ich nicht beurteilen. Aber wenn du diesen Brief gelesen hast, habe ich dir damit leider trotzdem ein Stück deiner Unbekümmertheit genommen, denn du fragst dich jetzt, ob du mein negativstes Erbe in dir hast oder nicht.
Aber weißt du, was? Ich bin seit Langem davon überzeugt, dass

es sich in allen Bereichen des Lebens lohnt, nach der Wahrheit zu suchen. Denn es ist leichter, mit einer unangenehmen Wahrheit zu leben, als sich einer angenehmen Annahme hinzugeben, bis sie unter den eigenen Füßen zerbröckelt.
Es gibt eine leichte Möglichkeit, sich auf AATM testen zu lassen. Es liegt ganz bei dir, es zu tun oder nicht. Aber wenn du dich dafür entscheidest, dann werden Frank und deine Mutter – und vielleicht sogar auch ich – dich dabei unterstützen und dir helfen, wenn der Test ergeben würde, dass du Trägerin des Gendefekts bist.

Ich weiß, du wirst eine Entscheidung treffen, zu der du aus vollem Herzen stehen kannst.
Ich umarme dich.

In Liebe, dein Paps

Die Blätter in meiner Hand rascheln leise, als ich sie auf meinen Schoß sinken lasse.

Eine Erbkrankheit? Mam, Paps und Frank ein Forscherteam? Ich hätte früher darauf kommen können. In mir breitet sich nichts anderes aus als abgrundtiefe Erleichterung. Paps ist mein Vater, und daran konnte auch das weiße Kuvert nichts ändern. Und Frank ist tatsächlich all die Jahre nur ein guter Freund und Kollege meiner Eltern gewesen. Vielleicht würde Paps es sogar gutheißen, dass Frank Mam jetzt tröstet? Auch wenn mir die Art und Weise persönlich trotzdem nicht gefällt. Aber ich kann es den beiden jetzt nicht mehr so recht übel nehmen.

Ich bin einfach nur glücklich, dass Mam Paps nicht betrogen hat.

Dann wandert mein Blick zu Timo und mir wird klar, dass ich durch diese Offenbarung trotzdem etwas verlieren könnte.

»Timo, sind wir ein Paar?«, höre ich mich fragen.

Er schaut mich völlig verdutzt an. Wahrscheinlich hat er mit allem gerechnet, nur nicht mit dieser Frage.

»Ja«, gibt er zurück. Zum ersten Mal klingt seine Stimme unsicher.

Aber ich kann nicht aufhören weiterzufragen, obwohl ich bis heute Nacht kaum einen Gedanken an Dinge verschwendet habe, die so fern in der Zukunft liegen.

»Hast du je darüber nachgedacht, ob du dir vorstellen kannst, mit mir den Rest deines Lebens zu verbringen?« Eigentlich rechne ich beinahe damit, dass er jetzt aus dem Wagen springt, die Tür hinter sich zuknallt und mich einfach sitzen lässt.

Doch er blickt mir einfach nur fest in die Augen und sagt: »Ehrlich gesagt hatte ich auf einen etwas romantischeren Zeitpunkt gewartet, um dir einen Antrag zu machen, aber kein Problem. Tally, ich habe mich an dem Tag in dich verliebt, an dem du mir mit Sanna vor der Schule begegnet bist. Seitdem denke ich darüber nach, ob es dich wohl vollkommen überfordern würde, dich auf mich einzulassen. Und vielleicht rede ich mich jetzt um Kopf und Kragen und mache alles kaputt. Aber ich will auch ehrlich zu dir sein. Ich hätte nie eine Beziehung mit dir angefangen, wenn ich nicht von tiefstem Herzen hoffen würde, dass du mich irgendwann heiratest.«

Und ich hätte nie gedacht, dass ich mit meinem Crush am dritten Tag unserer Beziehung über eine Hochzeit sprechen würde, aber das mit den normalen Erwartungen scheint sich in meinem Leben ja sowieso erledigt zu haben. Also stelle ich ihm auch noch die letzte Frage, die mir auf der Seele brennt: »Aber was, wenn ich mich jetzt testen lasse und sich herausstellt, dass ich diese Krankheit habe? Dass ich vielleicht jung sterbe und unsere Kinder das gleiche Problem bekommen?«

Er lächelt und drückt mich an sich.

»Keiner von uns ist unsterblich«, behauptet er gelassen. »Das wäre nie und nimmer ein Grund, eine so wunderbare Freundin wie dich aufzugeben.«

Draußen bellt ein Hund und wir lösen uns voneinander.

»Wenn wir zurück in Berlin sind, tun wir aber so, als wären

wir normale Teenager, okay?«, bitte ich lachend und springe aus dem Wagen.

Timo schließt die Fahrertür und kommt zu mir herüber. »Warum?«, will er wissen und schlingt den Arm um meine Taille. »Ich finde, das hier macht viel mehr Spaß.«

Als ich am nächsten Morgen erwache, fühle ich mich so leicht und glücklich wie lange nicht mehr. Sanna und Olivia sind schon dabei, ihre Matten beiseitezuräumen, und Benni springt munter zwischen ihnen herum. Ich drehe mich auf die Seite und schaue zu Timo hinüber, der auf der anderen Seite des Raumes liegt und schläft.

»Was seid ihr denn heute für Schlafmützen?«, neckt Sanna mich, als sie sieht, dass ich wach bin. »Hat die Landluft euch Turteltauben plattgemacht?«

»Nicht nur die Landluft«, gebe ich frech zurück. »Und wir sind nicht nur Turteltauben. Wir sind jetzt ein Paar.« Ich grinse so glücklich, dass Sanna mir augenblicklich um den Hals fällt.

»Das wurde aber auch Zeit, dass das mal offiziell wird«, lacht sie. »Ich freu mich total für euch!«

Olivia kitzelt ihren Bruder und überfällt ihn gleich mit Glückwünschen, als wäre er bereits ein Bräutigam am Hochzeitstag.

In dieser Hochstimmung verlassen wir den Keller und tänzeln in die Küche.

Greta steht am Herd und rührt mit besorgtem Blick in einem Topf, aus dem es angenehm duftet.

»Es geht ihr nicht gut«, begrüßt sie uns und weist mit dem Kopf auf die Tür des Gästezimmers. »Beata ist gerade bei ihr.«

Wie ein Schlag in den Magen holt die Nachricht mich von meiner Glückswolke. Ich eile in den kleinen Raum. Frau Möller sitzt halb aufgerichtet im Bett und trinkt aus einem Glas, das Beata ihr anreicht.

»Es ist nicht so schlimm, wie es aussieht«, behauptet sie, als sie mein erschrockenes Gesicht sieht. »Aber ich möchte nach Hause.«

Mein Herzschlag beruhigt sich ein bisschen. Sie redet und sie ist bei Bewusstsein. Das ist mehr als gestern am Strand.

»Das verstehe ich«, gebe ich zurück. Vor dem Zwischenfall gestern wollten wir noch einen Tag und eine Nacht in dieser Gegend verbringen. Für heute ist eine Pension reserviert, die nicht weit entfernt liegt. Aber eine weitere Planänderung ist nicht so schlimm wie das, auf das Frau Möller sich noch vorbereitet hat.

»Frühstückt ihr nur in Ruhe«, bittet die alte Dame mich sanft. Sie lehnt sich im Bett zurück und schließt die Augen.

»Sie möchte nach Hause«, berichte ich den anderen, als ich mich zu ihnen an den Tisch geselle.

Olivia macht ein enttäuschtes Gesicht. »Aber wir haben für heute so eine schöne Pension gebucht«, wendet sie ein.

Sanna schaut von einem zum anderen und sagt: »Wir wussten doch, dass wir jederzeit bereit sein müssen, die Reise abzubrechen.«

Wir nicken und Timo ergänzt: »Wir müssen nur herausfinden, ob sie sich die sieben Stunden Fahrt heute am Stück zutraut oder ob wir den Zwischenstopp noch vorbuchen sollten.«

»Kein Stopp«, sagt Beata, die gerade aus dem Kämmerchen kommt.

Überrascht sehen wir uns an. Versteht sie doch mehr, als wir dachten?

Aber dann redet sie auf Polnisch weiter und ihre Mutter übersetzt.

»Sie sagt, dass Hilde nicht gut aussieht. Sie meint, sie gehört ins Krankenhaus. Aber alte Menschen wollen zu Hause sterben.«

Wir wechseln entsetzte Blicke, aber Greta winkt ab.

»Ihr wisst, dass sie keine Angst hat zu gehen. Gestern Abend sagte sie, dass ihr ihren Herzenswunsch erfüllt habt und sie jetzt in Frieden sterben kann.«

Ich schlucke. Da ist er wieder, der Tod. Er ist unerbittlich und diesmal wurde er sogar eingeladen.

»Wir bringen sie nach Hause«, sage ich mit fester Stimme und trinke meine Tasse aus. »Sanna, Olivia und Timo: Könnt ihr alles für die Abreise vorbereiten? Ich muss noch etwas erledigen.«

Es ist Zeit für ein Geständnis. Mein Herz stolpert vor Aufregung und meine Hände sind eiskalt. Aber ich muss es tun, und zwar jetzt und hier.

Rasch gehe ich zum Wagen und ziehe das weiche braune Tagebuch aus meiner Tasche. Ich stecke es unter meinen Pullover und eile zurück zu Frau Möllers Kammer. Greta bitte ich, mit hineinzukommen. Sorgsam schließe ich die Tür hinter uns.

»Frau Möller, ich muss Ihnen etwas beichten«, beginne ich mit zitternder Stimme.

Vier Augen sehen mich neugierig an. Mich, das kurzhaarige junge Mädchen, das mit blassem Gesicht vor den beiden Frauen sitzt, deren Leben so lang und reich und voll geworden sind.

»Ich habe Ihnen etwas gestohlen.«

Ein kleines Funkeln schleicht sich in Frau Möllers Augen.

Mit bebendem Herzen ziehe ich das Foto von Eugen aus dem Portemonnaie.

»Das habe ich doch längst gewusst«, lächelt meine Freundin sanft.

»Eugen!«, ruft Greta und streckt die Hand nach dem Foto aus.

Ich gebe es ihr und sie drückt es sich an die Brust. In ihren Augen glitzern Tränen.

»Ich … ich habe das Bild an mich genommen, weil sein Blick mich so berührt hat«, versuche ich meinen Diebstahl zu erklären. »Und dann habe ich mir ausgedacht, was aus ihm geworden sein könnte.«

Die beiden Frauen sehen mich an. Sie wissen, dass ich noch mehr zu sagen habe.

»Eigentlich hat meine Mutter mir dieses Tagebuch hier geschenkt, damit ich meine Gedanken über Paps hineinschreibe.«

Verlegen streiche ich mit der Hand über das glatte Leder. »Mein Vater ist vor Kurzem gestorben«, füge ich rasch hinzu, damit Greta mich versteht.

»Und dann … dann dachte ich, ich könnte so was wie Schicksal spielen. Ich wollte diesem Mann auf dem Bild ein schönes Leben schenken. Es war dumm von mir.« Ich schäme mich so schrecklich, eine so naive, kindische Geschichte geschrieben zu haben über einen Mann, der wirklich gelebt hat und einem grausamen Krieg zum Opfer gefallen ist.

Die beiden Frauen haben jedes Recht, mir deswegen böse zu sein. Aber als ich endlich den Kopf hebe, sehe ich zwei Gesichter, die mich liebevoll und verstehend ansehen.

»Ich danke dir dafür«, sagt Greta und über ihre Wange rollt eine Träne. »Was auch immer du geschrieben hast, es ist bestimmt ein schöneres Ende als das, was ihm der Krieg in Wirklichkeit zugedacht hat.«

»Das ist es«, flüstere ich heiser.

Dann steht Greta auf und nimmt mich in den Arm. »Danke, dass ihr gekommen seid. Danke, dass du mir Eugen zurückgebracht hast.« Sie lässt mich los und sieht zu Frau Möller hinüber.

»Und nun bringt meine liebe Freundin heil nach Hause.«

Nichts lieber als das, denke ich und fasse Frau Möllers Hand. Mühsam steigt sie aus dem Bett. Gemeinsam geleiten wir sie erst zum Bad und dann zum Auto.

»Heute Abend, wenn wir in Berlin sind, rufen die Kinder dich an«, verspricht Frau Möller.

Dann sinkt sie im Sitz zurück und schließt die Augen.

Unter dem Winken der beiden Frauen verlassen wir das Gut, blicken nach vorn und rollen die Allee hinunter.

Kapitel 40

»In meinen Sessel«, flüstert Frau Möller, als wir die Wohnungstür geöffnet haben und sie zu viert durch den Flur geleiten. Ich hätte sie lieber ins Bett gebracht, wage aber keinen Widerspruch.

»Setzt euch doch. Talitha kann uns einen Tee kochen.«

Es ist gegen jegliche Vernunft, aber wir alle folgen ihrer Bitte. Ich brauche sechs Versuche, bevor es mir gelingt, den Gasherd zu entzünden. Hell klirren die Tassen, als ich sie auf das Tablett stelle. Endlich pfeift der Wasserkessel und ich gieße den Tee auf.

Wir sollten einen Rettungswagen rufen. Frau Möller muss ins Krankenhaus. Oder vielleicht könnte meine Mutter kommen? Sie kennt Frau Möller. Bestimmt weiß sie, was sie braucht.

Aber als ich das Tablett ins Wohnzimmer trage, breitet sich in mir eine Ruhe aus, die ich noch nie gefühlt habe. Es ist, als hätte jemand eine Tür in eine andere Welt geöffnet und ich würde sie ohne Angst betreten.

»Sie ist eingeschlafen«, sagt Sanna, die auf dem Sofa sitzt.

Timo beißt sich auf die Lippe. Olivias Augen sind weit, aber sie sagt nichts.

Ruhig stelle ich das Tablett auf dem Tisch ab.

Dann gehe ich zum Sessel, knie neben meiner lieben, alten Freundin nieder und nehme ihre Hand.

Sie ist ganz still. Keine Regung geschieht in ihrem Gesicht, keine Bewegung in ihrem Brustkorb. Mit dem Zeigefinger suche ich die Vertiefung am Handgelenk, so wie mein Vater mir beigebracht hat, den Puls zu messen.

Ich fühle nichts.

Tief einatmend sehe ich meine Freunde an, einen nach dem anderen.

Sanna. Olivia. Timo.

Dann lege ich die Hand sanft an ihren Hals.

»Wenn du am Handgelenk nichts fühlen kannst, dann probiere es an der Halsschlagader, Füchslein«, höre ich Paps Stimme in meiner Erinnerung. *»Sie ist kräftig und leichter zu finden.«*

Auch an Frau Möllers Hals fühle ich keine Regung.

Ich streiche der alten Dame übers Haar.

Lege mein Ohr an ihre Brust, nur um ganz sicher zu sein.

Dann streichle ich über ihre Wangen und sage leise: »Danke. Ich danke Ihnen so sehr, meine liebste, allerliebste Frau Möller.«

Und endlich strömen Tränen über meine Wangen. Tränen, von denen ich dachte, sie nie wieder weinen zu können.

Sanna, Timo und Olivia gesellen sich zu mir um den Sessel und sagen Lebewohl.

»Jetzt ist sie wirklich zu Hause«, flüstert Sanna ehrfürchtig.

Ich nicke und wähle die Nummer meiner Mutter. Sie ist Ärztin. Sie wird uns sagen, was nun zu tun ist.

Als Mam kommt, sitzen wir alle am Tisch und trinken Tee. Frau Möller sitzt in ihrem Sessel, die Augen geschlossen, ein zufriedenes Lächeln auf den Lippen.

Mutter sieht sie an und nickt.

»Trinkst du einen Tee mit uns?«, frage ich.

»Ja, gern. Alles andere kann warten.«

»Auf Frau Möller«, sagt Timo und wir trinken.

Ich halte inne, stelle die Tasse ab und sage: »Moment! Etwas fehlt doch. Haben wir noch Marzipan?«

Epilog

»Erde zu Erde, Asche zu Asche, Staub zu Staub.«

Der Pfarrer lässt Erde aus seiner Hand in die kleine Grube rieseln, in die Frau Möllers Urne gesenkt wurde.

»Möge Hilde Möller schauen, was sie geglaubt hat.«

Gemeinsam spricht die kleine Trauergemeinde das Vaterunser. Es sind nur wenige Menschen, die an diesem kühlen Oktobertag an dem Grab stehen. Timo, Sanna, Olivia und ich. Frank und meine Mutter, die Eltern meiner drei Freunde, Frau Möllers Nachbarin und Beata. Die Bäume auf dem Friedhof tragen kaum noch Laub. Über ihren Wipfeln hängt grauer Dunst. Novembrig trüb ist das Wetter und die Feuchtigkeit der Luft kriecht unter meine Jacke. Aber es fühlt sich richtig an. Die Melancholie des Herbstes macht mir keine Angst mehr. Der Abschied gehört zum Leben, das habe ich von Frau Möller gelernt. In mir ist nichts als Dankbarkeit in diesem Moment.

Als der Pfarrer geendet hat, werfen wir Blumen in das winzige Grab. Dann kondolieren wir uns gegenseitig und schließlich lädt Timos Vater alle ein, noch in ein Café zu gehen, um gemeinsam die Erinnerung an die Frau zu feiern, die uns alle so nahe zusammengebracht hat.

»Wir kommen gleich nach«, sage ich.

Sanna, Olivia und Timo sehen mich fragend an.

Wir lassen die Erwachsenen vorausgehen. Olivia zieht fröstelnd den Mantel enger um ihre Schultern und Sanna bläst auf ihre kalten Hände. Sie möchten ins Warme, aber es gibt da noch etwas, was mir auf dem Herzen liegt.

»Ich hab noch einen Wunsch«, erkläre ich ein bisschen schüchtern. »Können wir gemeinsam noch etwas singen?«

Der Blick in Timos Augen zeigt mir, dass er genau weiß, was ich meine. Er nickt.

Sanna lächelt und streckt die Hände aus. Ich nehme die eine, Olivia die andere. Mit seiner warmen, tiefen Stimme beginnt Timo zu singen. Wir anderen stimmen ein und gemeinsam wehen unsere Stimmen über den stillen Friedhof, durch das knarzende Tor, in die laute Stadt und bestimmt noch weiter bis an das Ende der Welt, wie wir sie kennen.

Du rufst mich raus aufs weite Wasser, wo Füße nicht mehr sicher stehn.

Dann finde ich dich im Verborg'nen. Denn Glaube trägt im tiefen Meer ...

Danke

Diese Geschichte hat siebzehn Jahre gebraucht, um zu wachsen. Tally und Timo haben mich durch die Städte Leipzig, Essen, Köln, Berlin und Chemnitz begleitet.

Überall haben Menschen mich inspiriert und ermutigt, sodass am Ende dieses Buch stehen kann.

Von ganzem Herzen umarme ich meinen Ehemann Matthias, der mit seiner unglaublichen Geduld und Liebe immer für mich da ist und der mir Mut gemacht hat, meine Geschichten der Öffentlichkeit zu präsentieren. Ich danke meinen sechs Kindern, die mich unterstützen und mir noch einmal zeigen, wie es ist, jung zu sein.

Danke auch an Christina Ott, die mich an die Francke-Buch GmbH vermittelt hat. Wer hätte gedacht, dass uns der Wind ein Stück weit über die gleiche See wehen würde?

Ein ganz großes Dankeschön verdient die Lektorin dieses Buches, Evelyn Uebach. Ich kann nur jedem Autor einen so feinfühligen, hilfreich kritischen Sprachexperten wünschen. Wenn Geschichtenschreiber diejenigen sind, die Edelsteine finden, dann sind es die Lektoren, die sie zu vollem Glanz hin schleifen.

Ich bedanke mich bei Hillsong United (insbesondere Matt Crocker, Joel Houston und Salomon Ligthelm), die nicht wissen konnten, dass der Song *Oceans* für Tally eine solche Wichtigkeit bekommen würde. Ich bin sicher, dass er Millionen Menschen berührt.

Mein Herz fliegt mit diesem Buch zu den Familien derer, die in meinem Bekanntenkreis Menschen früh ziehen lassen mussten.

Ganz besonders denke ich damit an meine Jugendfreunde Lisann und Ronny. Euer Leben war nicht so lang, wie wir es uns gewünscht hätten. Trotzdem seid ihr ein unverzichtbarer Schatz in meinem Leben. Danke.

Und nichts könnte wichtiger sein, als dem Danke zu sagen, der der Grund ist, warum ich schreibe: Jesus Christus, dessen Liebe die Schwungfeder von allem ist, was ich überhaupt zu tun vermag.

Chemnitz, Dezember 2020